又见雷雨

时代出版传媒股份有限公司
安徽文艺出版社

滕肖澜，中国作家协会全委会委员，一级作家，现为上海市作协副秘书长、中宣部"四个一批"文化名家。作品曾获第六届鲁迅文学奖中篇小说奖、首届锦绣文学大奖、《上海文学》奖、《十月》年度青年作家奖等。并入选《人民文学》与"盛大文学"共同推选的"未来大家TOP20"。

又见雷雨

滕肖澜 小说精选

滕肖澜 著

TENG XIAOLAN
XIAOSHUO
JINGXUAN
YOUJIAN LEIYU

时代出版传媒股份有限公司
安徽文艺出版社

图书在版编目（ＣＩＰ）数据

又见雷雨/滕肖澜著.—合肥：安徽文艺出版社，2020.12
（滕肖澜小说精选）
ISBN 978-7-5396-7063-8

Ⅰ．①又… Ⅱ．①滕… Ⅲ．①中篇小说－小说集－中国－当代②短篇小说－小说集－中国－当代 Ⅳ．①I247.7

中国版本图书馆CIP数据核字(2020)第206848号

出 版 人：段晓静		丛书统筹：姜婧婧	
责任编辑：姜婧婧　侯晋文		装帧设计：Simple	

出版发行：时代出版传媒股份有限公司　www.press-mart.com
　　　　　安徽文艺出版社　　　　www.awpub.com
地　　址：合肥市翡翠路1118号　邮政编码：230071
营 销 部：(0551)63533889
印　　制：安徽新华印刷股份有限公司　(0551)65859551

开本：880×1230　1/32　印张：12.75　字数：290千字
版次：2020年12月第1版
印次：2020年12月第1次印刷
定价：50.00元(精装)

（如发现印装质量问题，影响阅读，请与出版社联系调换）

版权所有，侵权必究

目录
Contents

蓝宝石戒指 / 001

我是好人 / 072

握紧你的手 / 145

小么事 / 208

星空下跳舞的女人 / 259

叶儿随风去 / 279

又见雷雨 / 330

蓝宝石戒指

(一)

　　李小妮与宋琳的缘分，其实是从宋琳手上那枚蓝宝石戒指开始的。
　　李小妮和丁浩是十月结的婚，仪式办得很简洁，在酒楼雅座设了三桌，请的都是亲戚，同事朋友一个也没请。丁浩说："都二十一世纪了，不用计较那些虚的东西，只要我们俩恩爱就行。"李小妮知道丈夫的心思。丁浩其实是要面子，怕别人见他娶了一个外来妹，模样既普通，讲起话来又带黄梅腔，背地里笑话他。丁浩说："酒席办多了，亏钱，没啥意思。"李小妮想，酒席办得越多，红包收得就越多，不但不亏，还能赚点儿呢。这些话，李小妮放在肚里不说出来，说出来就没劲了。做人谁没个虚荣心啊？李小妮不想在细节上太过计较。

婚后,小两口到丽江度蜜月。原先丁浩想就近找个地方,杭州无锡什么的。李小妮坚持要到丽江。去丽江玩一趟的费用,够去杭州无锡十来趟了。李小妮倒不是有多喜欢丽江,只是心里觉得,丁浩娶她娶得太便宜了。结婚毕竟一生只有一次,他好歹也工作五六年了,应该有些底子。结婚时房子是老公房,家具也没添什么,项链、戒指是他奶奶拿老货熔了再打的。他花费得实在不多。要是连旅游的钱都想省掉,就有些说不过去了。丁浩答应得还算爽快,立马就从银行取了一万块钱出来。这让李小妮欣慰了许多,心想,这个老公还是挺好说话的。

去丽江的飞机上,李小妮吐得一塌糊涂,呕吐袋换了七八个,到后来空姐都急了,说:"你要不要紧?不行的话我们通知地面叫救护车。"李小妮说:"没事,吐完就好了。"她把早上吃的东西一股脑儿吐个干干净净,睡了一会儿,果然就好了。李小妮是第一次坐飞机,新奇得不得了,东张西望,把扶手上的按钮按了个遍。喝饮料时,她问丁浩:"这个要不要钱的?"丁浩也是第一次坐飞机,说:"不晓得,应该不要钱吧。"李小妮喝了四杯橙汁、三杯芒果汁、两杯咖啡,走马灯似的上厕所。坐在靠走道位置的那个人被她弄得一会儿站起来一会儿坐下去,脸色不大好看。

坐在李小妮前排的是一个三十来岁的女人。她起身去卫生间时,手在椅背上搭了一下,无名指上那颗蓝宝石戒指闪闪发光。李小妮的目光顿时就被吸引过去了。女人五官清秀,卷曲的长发,穿一件黑色低领毛衣,领口那一圈毛茸茸的。李小妮也不是没见过宝石戒指。小店里买的，几十块钱两个，那光泽是死的、假的、木的。这颗不一样，荧光从里面柔柔地透出来，一层层地漾开，蓝得像湖水，能把人的目光牢牢定住，像上了锁。一看就知道价值不菲，不是一般人戴得起的。

女人拿手去撩头发。手指是雪白的，戒指是湛蓝的，头发是乌黑的，色彩分明。举手投足都轻轻柔柔的。坐下时，她朝座上的男人微微一笑。李小妮猜那人应该是她丈夫。女人把椅背朝后放低，大概是想睡一会儿，力道大了些，碰到了李小妮的膝盖。李小妮还没说话，她已察觉了，回头说了声"对不起"。

她的声音清清脆脆，一笑，眉毛弯弯的。

李小妮觉得，这女人一定是个有钱人。李小妮没接触过什么有钱人，但她就是有这种感觉。女人又捋了捋头发，那枚蓝宝石戒指分外耀眼。

到丽江已是下午三点。李小妮和丁浩拿着行李，跟着导游来到酒店。古城客栈，装潢得古色古香，木门木窗，连锁匙都是旧式的。门前一个很大的院子，溪水潺潺流过，旁边有一口井。两人放下行李，简单收拾了一下，便走出来。

一条小溪绕着古城，弯弯曲曲的，走到哪里都能听见流水声。导游说，走在丽江不怕迷路，只须顺着溪水，"顺水进古城，逆水出古城"，大致便不会错了。青石铺成的路，日子久了，被踩得锃亮。一群少女穿着当地纳西族服装，站在街上，皮肤黝黑泛红。丽江海拔高，阳光无遮无拦地照下来，清澈得似是能看见千道万道线，通透得很。空气清新爽洁，闻着便觉得心情舒畅。

晚上，李小妮在露天酒吧里又遇到了那个女人。她和那男人坐在一起，面前放着两瓶啤酒，还有一些小吃。女人拿着照相机，不停拍周围的风景。一会儿，她举起酒，要和男人干杯。男人笑笑，干了杯。女人看上去兴致很高，话也很多，可那男人不怎么说话，一直在摆弄他的手机。

女人瞥见李小妮，一笑。李小妮也笑了笑。

李小妮和丁浩没喝酒，点了一份意大利面、一份烤肉、一份蔬菜，是晚饭。这里的东西实在是贵。李小妮一边吃，一边心疼。她一个月工资才八百块，这一顿饭就要一百多，够她平常半个月花销了。丁浩赚得比她多，也不过两千来块。那天去旅行社付钱的时候，李小妮就有些后悔了。想想真是不值得。普通老百姓，日子还得算计着过。李小妮想，等过了蜜月，可不能这样了。

女人又要了两瓶啤酒，一个麻辣鱼火锅，正中放着，热气腾腾。她手握酒瓶，那枚蓝宝石戒指在灯光的反射下，显得越发湛亮。

"你干吗老盯着人家看？"丁浩问李小妮。

李小妮忙把目光收回来。她自己也觉得奇怪，活像个小偷似的。

第二天出发去泸沽湖。车上，李小妮又看见了那个女人，坐在他们前面。李小妮想，怎么这么巧呢？停车吃饭时，大家一起聊天，李小妮知道了这女人叫宋琳，男人是她丈夫，叫朱以谦，两人是拼团进来的。

"真巧，又见面了。"宋琳笑着对她说。

"是啊，真巧。"李小妮也说。

宋琳原先准备去瑞士滑雪，机票、酒店都订好了，出发前两天，旅行社打电话来通知，瑞士发生雪崩，行程取消。朱以谦的意思是，下次再去吧。宋琳不肯，说好不容易有了假期，可不能浪费。硬拖着他到旅行社再看了一圈，说："去丽江好不好？"朱以谦没说好，也没说不好，只淡淡丢下一句："随便你吧。"

宋琳兴致勃勃地整理行装，出发时，连走路都是飘着的。朱以谦说她像个小姑娘，怎么就高兴成这样。宋琳嗲嗲地说："好久没出去玩了嘛。"她心里晓得，其实这情绪一半是真，一半是装。宋琳开了五年饭店，早练得一身铜筋铁骨，水泼不进，刀砍不入。小姑娘？她怎么会是小姑娘呢？——顾冰冰才是小姑娘，年轻貌美、充满朝气，像春天才冒出的嫩芽尖。

这次出来，朱以谦是有些慌的。顾冰冰发短信对他说："我一时一刻也离不开您，离开您我会窒息而死的。相信吗？说不定我们会在丽江相遇。"他反复揣摩这几句话，反复揣摩顾冰冰这个人。她要是真来丽江怎么办？现在的年轻人都是多血质，感情用事得很。朱以谦心里越慌，脸上就越镇定，没事人似的。

他以为宋琳不知道，其实宋琳在旁边像看猴戏一样地看着他。

宋琳有个当私家侦探的朋友，得过她不少好处，嘴巴也紧。她不费什么功夫，就把朱以谦和顾冰冰那点事弄清楚了。风度翩翩的导师与情窦初开的研究生，接触久了，便生出些异样的情愫来。吃过几次饭，喝过几次咖啡，发生过几次关系。

依着宋琳的脾气，换了其他人，早被整得一塌糊涂了。可朱以谦不一样。她是想和他白头到老的。宋琳猜大概是结婚久了，加上她一直忙饭店的事，没空陪他，才会被人乘虚而入。男人骨子里都是花心萝卜，一丁点诱惑也禁不起的。这道理她清楚得不能再清楚了。饭店开门做生意，那些孤男寡女专挑角落里的座位，两人紧挨着，趁人不注意便摸来摸去，点菜时大方得眼睛也不眨一下，除了谈恋爱的小青年，多半便是暧昧关系了。陪老婆哪会吃那么贵的菜？谁会给上钩的鱼再投鱼饵？——这些，她见得太多太多了。

宋琳想来想去，既然不准备闹翻，那就要赶紧补救。论年轻貌美，她比不上那女孩，可她有十多年的感情垫底，像锅贴外面那层焦焦的皮，厚厚实实包着里面油汪汪的热汤，有滋有味。嫩芽尖算什么呀？青青涩涩，最多只是一时的新鲜，耐不了久的。宋琳想明白这点，看朱以谦的目光变得愈来愈温柔，情意从里面一点点地渗出来，眼波流转，很妩媚了。

开了六小时的盘山公路后，车子终于到达泸沽湖。下了车，人犹如置身画中，浓墨淡彩，一笔，一画，再一抹。远远看去，像群山中嵌着的一块瑰宝，美得都不似在人间了。丁浩为了找个好的拍摄角度，差点从半山腰滑下去。李小妮吓出一身冷汗，说："你可别让我刚结婚就当寡妇。"她到哪里都抓着他的衣角。丁浩说："你当我是小孩啊？"李小妮说："你就是小孩。"丁浩说："你比我还小两岁呢。"李小妮道："你虽然比我大，可是你不会照顾自己，所以在我眼里，你就是小孩。"

丁浩的手放在外面久了，冻得冰冷，李小妮把他的手握住，凑近了，呵热气，一边呵，一边问他："冷不冷？"丁浩坏笑说："换个地方就不冷了。"李小妮问他:"哪里?"话音刚落,丁浩两只手就往她大衣里伸去,李小妮羞得忙不迭躲开,已经晚了,胸前已被他重重摸了一把。丁浩嘿嘿笑着,心满意足的。

李小妮骂道:"要死啊!"朝四周瞥去,刚好与宋琳的目光相接。只是一下子,很快便转开了。李小妮脸颊立刻便红了,心想这个人的目光有些奇怪。李小妮偷偷又朝她看了一眼,见她正拜托别人替她夫妻俩照相。她丈夫比她高了一个头,两人依偎着,对着镜头微笑。李小妮觉得,这对夫妻挺般配的。她猜这男的应该是个当官的,派头摆在那儿,不会是小老百姓。这女的确实也挺像个官太太。想到这里,李小妮不禁又朝她手上看去。可惜她戴着手套,见不到那颗戒指。

分配房间时,导游告诉大家,这里分为标间和民房两种。标间有独立卫生间,民房则没有。行程中原先订的都是民房,如果想升级到标间,要多付一百块钱。

李小妮想,不就是睡个觉嘛,白白多出一百块钱,不划算。不过她没有马上做出决定。她观察周围的人,差不多一半人升级,一半人照旧——看来心疼钱的人不止她一个。李小妮放心了,到导游那里拿了民房的钥匙。

宋琳换了标间。房间里没有空调,她把电热毯开了,坐在床上。朱以谦一直在发短信。她问他:"给谁发呢?"朱以谦说:"老孙,问我休假到什么时候。"宋琳嗯了一声。朱以谦走进卫生间,刚关上门又出来了,慢条斯理地拿过手机,把刚才的短信删掉,踱了几步,装模作样陪着看了会儿电视,才又进了卫生间。

宋琳只当没看见。

晚餐简单得近乎粗糙。八个人一桌。五花肉、炒大蒜、焖萝卜、番茄蛋汤。宋琳吃了两口便放下筷子,拿纸巾抹嘴。朱以谦也吃得不多。一旁,李小妮和丁浩狼吞虎咽。那盘五花肉倒有一半是他俩吃掉的。李小妮拿汤舀了饭,呼噜呼噜吃得喷香。一桌子的人都吃完了,只剩他们还在吃。宋琳觉得李小妮的样子挺逗,便把菜朝他们跟前移了移,说:"慢吃。"李小妮一愣,有些窘了。宋琳微笑道:"是出来度蜜月的吧?"李小妮说:"是啊。"宋琳道:"这猪肉倒是散养的,其实很香呢。"李小妮愣愣地说了句:"那你也吃。"宋琳一笑:"我不大爱吃肉。"

吃过晚餐,导游宣布,晚上有个烤肉节目,是自费的,每人交五十块,就能吃到现烤的牦牛肉和羊肉,还有鱼虾。

导游开始挨个收钱。李小妮问丁浩:"去不去?"丁浩说:"随便你。"李小妮看周围的人,好像都交了钱。正犹豫着,导游的手已伸到了面前。

李小妮迟疑了一下,说:"我们不去了。这个,我不大爱吃肉。"

话刚出口,她便察觉了,讪讪的,都不敢看宋琳了。离开餐厅时,她和丁浩走在最后面,见大家跟着导游都上了车。宋琳和朱以谦也去了。李小妮心里闷闷的,像有什么东西堵着。走在楼梯上,她恨恨地说:"有什么好吃的?五十块钱在上海够买十斤肉了。"丁浩说:"导游能抽成,他巴不得我们都去。"李小妮想到宋琳,说:"她不是不爱吃肉嘛,怎么也去了?"丁浩问:"谁?"李小妮说:"就是坐我旁边那女的。"丁浩嘿了一声:"人家有钞票,高兴,你管她呢。"

回到房间，丁浩就把李小妮推到床上，没头没脑地脱她衣服。李小妮说："脏不脏？都没洗。"丁浩喘着气说："你不嫌我脏就行了。"李小妮拿脚把他往床下踹，说："一人一张床，这床小。"丁浩说："床小才好呢。"说着伸手搔她的痒。李小妮咯咯笑着，人便渐渐软下来。

众人吃完烧烤回来，李小妮和丁浩还在疯。李小妮说："好像有人在敲门。"丁浩说："这时候谁会敲门？"李小妮说："我怎么知道，你去看看。"丁浩很不情愿地披上衣服，下了床，刚打开门，头还没探出去，身后被人推了一下，整个人便跌了出去。李小妮飞快地关上门，没命地笑，笑得腰都直不起来了。

丁浩敲门，说："别闹，快开门。"李小妮说："那你说句好听的。"丁浩说："我爱你。"李小妮说："太轻了，听不见。"丁浩恳求说："别闹了，人家都上楼了。"李小妮道："你不说，我就不让你进来。"丁浩只好说："我爱你。"李小妮忍着笑，道："还是听不清。谁爱谁？你不说清楚，只好在外面挨冻了。"

几个人从楼梯那里慢慢地走过来。丁浩把衣服紧了紧，下身只穿一条短裤，抖抖索索的。已经有人发现他了，惊讶地睁大眼睛。丁浩心里说了句"妈的"，一吸鼻子，心一横，对着门里大声道：

"我爱你！丁浩爱李小妮！！"

话音刚落，门便开了，一只手将他拉了进来，另一只手也很快凑了上来，抱住了他的腰。

宋琳洗完澡出来，朱以谦已经睡着了，电视还开着。宋琳上了床，朝他看了一会儿。她知道他没睡着。宋琳叫了声："以谦。"

没动静。宋琳又道："亲爱的。"伸手去碰他的脸。

朱以谦睁开眼，说："怎么了？"宋琳笑笑："没什么，看你睡着了没有。"朱以谦打个哈欠，说："白天坐车太累了。"宋琳问："要不要我帮你按摩按摩？"朱以谦说："不用，你自己也累了，早点睡吧。"

宋琳看着他，忽道："我们睡一张床吧？"

朱以谦一愣，说："这床小，一起睡太挤了。"

宋琳笑了笑，说："我就是喜欢跟你挤。"她爬下床，钻进他的被窝。"好暖和啊，"她躺下说，"老公的被窝就是暖和。"朱以谦说："我是无所谓，就怕你睡不好，我们俩个子都不小。"宋琳笑道："没关系，只要和老公一起睡，睡不好也没关系。"

半小时前，朱以谦收到顾冰冰的短信："我已经在来丽江的飞机上了。"他惊出一身冷汗。顾冰冰这个姑娘他还是了解的，冲动起来什么事都做得出。朱以谦寻思，她不是真想让我离婚吧？都不敢往下想了。

宋琳的手指在朱以谦胸口拨啊拨，指甲轻轻抠着，麻麻痒痒的。朱以谦心里七上八下，哪有闲情理她，又不能推开她，只好假装睡着。

渐渐地，宋琳也没了兴致，把手抽回来，关了灯，一丝睡意也没有，眼前浮现出顾冰冰那张圆圆的鹅蛋脸，甜甜笑着。宋琳不禁有些气馁了，其实是气苦。她想，又不是她在外面有男人，怎么反倒是她这么辛苦?

宋琳翻了个身,朝向另一边睡,忽然想起刚才丁浩在屋外敲门的情景。小两口耍花枪,一举一动都是甜蜜的。因为甜蜜,还有年轻,所以才这么肆无忌惮。

宋琳羡慕得要命。

次日一早,大家就起床了。此刻的泸沽湖,笼罩着薄薄的晨雾,远远看着,完全便是神仙住的地方了。导游带大家去当地摩梭族屋里去家访,每人三十块钱。李小妮不想去,丁浩说:"我倒想去看看。"李小妮说:"那你去吧,我在湖边等你。"

李小妮沿着湖边走。太阳一点点露出脸来,湖面镀上一层金色。柳树倒垂在水里,旁边是几艘木船,一个船夫坐在船头抽烟。李小妮一瞥,见宋琳站在湖边。李小妮愣了愣,还没想好是不是过去,宋琳已笑着和她打招呼了。

"早啊。"宋琳说。

"早。"李小妮道。

宋琳问:"怎么没去家访?"李小妮想,你不是也没去吗?你未必不晓得我是心疼钱,故意问的吧。她懒懒地道:"我对这个不大感兴趣。"宋琳点头说:"我也是。都是假的,跟演戏没什么两样,真要看当地的风土人情,可不是这么看法。"李小妮听着很对胃口,跟着道:"就是。"

李小妮见她眼圈有些发黑,问她:"是不是昨晚没睡好?"宋琳一怔,说:"嗯,我在外面睡不习惯。"李小妮点点头:"我刚来上海的时候也是这样,后来就好了,到哪儿都睡得一样踏实,一躺下去就打呼噜。我老公说我睡觉像只小猪猡。"

"我是安徽人,"李小妮说,"喏,就是唱黄梅戏的那个地方,七仙女与董永晓得不?就是我们那里唱出来的。"

宋琳笑笑,在一旁的长凳上坐下。李小妮也坐了下来。不远处,一轮红日稳稳地浮在湖面上。两人你一句我一句地聊天。因是陌生人,没有顾忌,反倒比普通朋友还自在些。

宋琳问她:"你们几时结的婚?"李小妮告诉她是上个星期。宋琳感慨道:"多好啊,现在正是最开心的时候。为什么叫蜜月?就是因为像蜜一样甜。一辈子只有一次。我们是老早过了。你现在正浸在蜜里呢,好好珍惜吧。"

李小妮哦了一声,说:"我觉得你们现在也很开心啊。"

宋琳笑笑,反问她:"你怎么知道?"

李小妮问她:"你们结婚多久了?"宋妮说:"六年。"

李小妮撇撇嘴,说:"就是嘛,结婚这么久了,还会出来玩。我们要是结婚六年,肯定不会出来玩了,就算出来,也不会来丽江。"李小妮本来不想说下去的,想想反正以后也不会见面了,说了也无所谓,便说下去:"来一趟丽江多贵啊,打死我以后也不旅游了。旅游就要花钱,还不实惠,我宁可买点吃吃穿穿。这次出来,连个钱响也没听见,一万块就没了。你不晓得我有多心疼。像你们这样的才叫旅游,我们其实是穷大方,勒紧裤腰带出来的。"

"所以说呀,"李小妮傻傻地笑了笑,"我觉得还是你们比较开心。"

宋琳摇摇头。过了一会儿,她道:"就算天天出来旅游,也未必就会开心。"

李小妮朝她看,道:"你不开心吗?"话一出口便后悔了,不该这么问,太直接了。宋琳稍一迟疑,那句话在心里打了个转,还是说了出来:"因为不开心,所以才出来。"

李小妮诧异地看着她。

宋琳朝她笑笑。不远处,一群红嘴鸥停在湖面上。宋琳掰了一块面包丢去,顿时,它们全过来了,在她头顶盘旋。宋琳又扔了一块面包。一只红嘴鸥张开嘴,在半空中接住了面包,一振翅膀,咕咕叫了两声。

李小妮见到她手上那枚蓝宝石戒指,心想,她怎么会不开心呢?她那么有钱,说不开心肯定是假的。戴那么漂亮的戒指还会不开心?嘿,有钱人都爱装腔作势。

宋琳见李小妮的脸被晒得红扑扑的,嘴上一圈淡淡的茸毛,阳光下闪着金光。她可真幸福啊!宋琳暗暗叹了口气。这世界上,还有什么比夫妻恩爱更幸福的呢?

(二)

李小妮每天早上六点起床,到菜场买菜,买豆浆、油条,回到家,丁浩差不多也起床了。服侍他吃完弄好上班,李小妮开始整理房间洗衣服,到八点五十分,算算时间差不多了,出门来,慢慢地踱到超市,换上工作服,客人便陆续进来了。超市就在前面一条马路上，走路只需五分钟。李小妮当初选择到这家超市当收银员，也是因为离家近，上班方便。让同事帮忙顶个半小时，她就可以回家做午饭和晚饭。丁浩的奶奶腿脚不方便，一日三餐都要别人做好端到她跟前。

丁浩的父母很早就去世了。他是奶奶拉扯大的。丁老太有严重的关节炎，厉害的时候连动都不能动，整个人就那么躺着，拉屎拉尿都要别人侍候。当初丁浩和李小妮第一次见面时，丁浩就把这事给提了出来，他说："我将来是要和奶奶住在一起的，做我的媳妇就得照顾我奶奶。"李小妮没把这事放在心上。她说："照顾就照顾呗，我六岁就帮我妈洗床单了，八岁已经能买米换煤气了。"李小妮见家长那天，丁老太给了她个软钉子碰。丁老太腿脚不方便，嘴巴上却一点不含糊。她说："我孙子是三代单传，我把他当宝贝似的养大的。你要好好待他，也要把他当成宝贝。"李小妮想这老太说话挺有趣的，便说："我知道了，奶奶。"丁老太接着说："我孙子相貌堂堂，捧的是铁饭碗，你能嫁给他是你的福气，是你前世积德，烧了高香了！"李小妮觉得这话不是很中听，但也没太往心里去，笑笑，便过去了。

李小妮的工作是做一天休一天，一半时间待在家里，对着丁老太。除了一日三餐，她还要经常扶丁老太下楼晒太阳。本来阳台上也能晒太阳，可丁老太硬是说下面空气好，不接接地气，老闷在家里会生病的。李小妮就问她："奶奶，那以前我没过门的时候，您也常下楼晒太阳接地气吗？"李小妮是随口一问，谁知道丁老太就不高兴了，晚上等丁浩回来，便把李小妮的话学给他听，说："你媳妇嫌我麻烦，不想照顾我了。"丁浩问李小妮。李小妮听了一愣，想这老太太怎么这么多心啊？李小妮个子瘦小，丁老太却和丁浩一样又高又壮，每天扶着她上下楼，李小妮总要累出一身汗。邻居看见了，都说："丁阿婆啊，你这个孙媳妇算是讨着了。"丁老太却说："我把孙子养这么大，现在让孙媳妇做这么点事，也说得过去。"

李小妮削苹果给丁老太吃。丁老太叫起来："你削的苹果皮怎么这么厚？半只苹果都被你削掉了！"李小妮说："知道了，下次削得薄一点。"丁老太絮絮叨叨："看你也不是什么富贵人家出来的孩子，怎么苹果皮削得这么厚？奇怪，想不通……"

李小妮在炉子上烧开水，一转身去收衣服便忘了，等到一壶水烧剩半壶才想起来。丁老太抱怨："你晓不晓得水多少钱一个字，煤气多少钱一个字？过日子哪经得起你这样浪费？还有，水是不能反复烧开的，喝了会中毒的，你晓不晓得？唉，跟你说也说不清，外地来的就是什么都不懂……"

李小妮这只耳朵进，那只耳朵出，倒也相安无事。换了别人，等老公回来总要诉会儿苦，可李小妮到了晚上，大半倒忘了，剩下的那一小半，她想想也不值得说，都是小事。丁浩也是个马大哈，从不问老婆，到了房间一脱衣服就是要快活。李小妮被他带得也对那件事起劲得不得了，两人只要一上床便是干柴烈火。这件事丁老太也要管。一次她对丁浩说："乖孙啊，眼圈都眍下去了，这样下去可怎么得了呀！"她嫌这话说得还不明显，又加了句，"要肾亏的呀。"丁浩和李小妮的脸立刻红得像番茄。

超市的同事劝李小妮："跟老的住在一起就是别扭，趁早搬出去单过。"李小妮说："算了吧，总不见得撇下她一个孤老太太，丁浩不会肯的。"一个同事说："那就雇个保姆，也省得你整天端屎端尿爬上爬下地照顾她。"李小妮笑了："你逗我是不是？我这点工资全给保姆还不够呢。"同事说："那就请钟点工，一天来个两小时，至少能帮你打扫房间烧顿饭。"李小妮听了没吭声。她想，要是有钱该多好啊，钱能解决许多问题。

一天，李小妮到银行去存钱。丁浩的工资留着做生活费，她的工资每个月存起来，是零存整取。银行的利率太低了，存三年也就那么点钱，还要扣利息税。李小妮扳着手指算到年底能存多少，过年还得寄点钱回去给爸爸妈妈。她嫁到上海来，爸妈逢人便夸耀，好像女儿挖到了宝似的。其实，上海也不是人人都有钱，穷人多着呢。

李小妮办完手续走出来，忽然听见有人叫"抢钱"，一看，有个男人从前面蹿了过去，手里拿着一个女式包，后面跟着一个女人，边跑边叫"抢钱"。李小妮来不及多想，便追了上去。她中学时得过全校短跑冠军，一般人不是她对手。果然，她很快便追上了那男人，拽住了包。男人骂声"找死啊"，想把她推开。李小妮死死拽住不松手。男人急了，拔出一把匕首便朝她捅去。李小妮拿手一挡，刀尖从她的手臂上划过。这时，警察到了，抓住了男人。丢包的女人也跟了上来，连声道谢。李小妮手臂上一阵刺痛，血透过衣服渗了出来。女人说："谢谢，谢谢！"

李小妮听出这声音有些熟悉，一看，那女人竟然是宋琳。

宋琳也非常惊讶。她道："怎么是你？！"

她瞥见李小妮手臂上的血，叫起来："呀，你受伤了，我陪你上医院。"

朱以谦接到宋琳电话的时候，正和顾冰冰在办公室里。顾冰冰拿论文给他。旁边没有其他人。朱以谦看了两行便放下了。他问她："你为什么要吓我？"顾冰冰很委屈的样子："朱老师，我什么时候吓过您？"

朱以谦说："你发那些短信，不是吓我是什么？"

顾冰冰嘴巴一撇，说："朱老师，我可不是吓您。我原先是真想去的，可后来我老朋友来了肚子疼，就算了。朱老师，您是不是怪我没去？"她嗲嗲地问他。

朱以谦叹了口气，说："你又不是不知道，我太太是多聪明的女人，我一路上都提心吊胆的，就怕你真的冲过来。你呀你呀，我差点被你吓成神经病。"

顾冰冰一笑，从后面钩住他的脖子。

朱以谦忙不迭地让开，说："哎，当心被人看见。"顾冰冰说："看见就看见，怕什么？"朱以谦看她一眼，摇头道："你这个姑娘啊，你是不是把我吓成神经病还嫌不够，还想要我的命？"

顾冰冰嫣然一笑，露出嘴角的酒窝，说："我才不舍得要您的命呢。我只要想您一点点时间，两个小时就够了，陪我吃顿饭怎么样？我请客。"

朱以谦的手机这时响了。是宋琳，让他到医院。

朱以谦赶到医院时，李小妮缠着绷带坐在床上，宋琳陪在旁边。

两个警察正给她们做笔录。那个年轻的女警察对李小妮佩服得不得了，说："你怎么跑得那么快，像飞一样？你是不是市田径队的？"李小妮很不好意思地笑笑，道："不是的，不是的。"

宋琳把朱以谦拉到一边，说："不能让人家白受伤，我想给她点钱。"朱以谦说："给钱不大好吧，有点那个。"宋琳："有什么关系？她家里条件不大好，我知道的。"朱以谦说："我怕人家会有想法。"宋琳笑笑，说："不会的，你放心吧。"

宋琳夫妇给了李小妮一个信封，里面是五千元钱。李小妮见了一怔。宋琳说："拿着吧，买点营养品，你流了那么多血，要补一补。"朱以谦也道："这是我们夫妻的一点心意，现在这个社会，还有像你这样见义勇为的人，太难得了。我们真的是非常感激你。请你收下吧，就当是我们给你发的见义勇为奖。"

李小妮有些不知所措了。她想有钱人出手真是大方，随随便便就是五千块，像发草纸一样。厚厚一沓钞票拿在手里，感觉很奇妙。李小妮想，放在老家，这差不多是全家人一年的家用啊。

临走前，宋琳给了李小妮一张饭店的名片，说："有空过来，我给你打对折。"

李小妮把五千块钱存了起来。她没有告诉丁浩，是想着过年将这笔钱汇给爸妈。丁浩不是太计较的人，可毕竟不是亲生父母，何况他奶奶也在，多一事不如少一事。李小妮原想立刻就寄过去的，但又怕爸妈以为她赚钱这么容易，也不好。

这阵子，丁浩厂里效益在走下坡路。乳品厂最怕卫生检查不合格，被媒体曝光。原先销路很好的一个酸奶，几周前竟被查出细菌严重超标，登了报纸，销路一落千丈，立刻就从生产线上撤了下来。职工的奖金也受到影响，减了三成。

李小妮有记账的习惯。所有的支出，都一五一十地记在本子上。她一手拿着丁浩的工资单，一手拿着账本，眉头蹙成一个"川"字。她对丁浩说："这个月，光你的工资已经不够付家里开销了，又从我的工资里拿了五百块出来垫上。如果一直这样下去，我们到年底就存不了多少钱了。"

丁浩对钞票不像李小妮那么敏感，说："哦。"

李小妮说："这个月，你有两天起得太晚，是叫出租车去上班的，白白多付了三十四块钱。烟比上个月多抽了五包，又是三十多块。还有，你嫌带饭太难看，硬是要在食堂里吃，这样一来，又多花了几十块钱。其实带饭多好啊，又营养又实惠，还不用排队。"

丁浩说："你不晓得，我们车间里，只有我和孙大姐两个人带饭。孙大姐都快五十了，我才二十多，又是个大男人，同事看了要笑的。"

李小妮说："笑就笑吧，笑笑又不会少块肉。"

丁浩说："你老公被人笑，你有什么光彩？再说，我们也没到过不下去的地步嘛，又不是揭不开锅。"

丁老太也凑过来帮腔："就是，男人都要面子的，你不懂。"

李小妮不说话了，坐到一旁织毛衣。低着头，她看到自己织毛衣的手，光秃秃的手指。不知怎的，忽然想到宋琳手指上的蓝宝石戒指。

李小妮垂头丧气地想：换成是宋琳，肯定不会为每个月的生活费发愁，也不会没钱贴补自己父母。她家里的钱，一定堆得像小山那样高。

丁浩车间里有个值班长得了癌症，要重新提拔一个人。车间主任对丁浩印象一向不错，就找他谈了话。丁浩回家向李小妮提了这事。值班长不是官儿，但每月可以多两三百块钱津贴，年终奖系数也能提高一点。李小妮听了很感兴趣，问他有多少希望。丁浩说："车间主任既然跟我提了，希望是肯定有的，不过还是要花点本钱，舍不着孩子套不着狼。"李小妮点头说："这话对。"

两人准备请车间主任吃顿饭，再送点礼。李小妮说："那就在家里吃。"丁浩说："人家主任是什么人，还看得上你家里这点小菜？"李小妮说："外面吃东西贵。"丁浩说："我也知道外面吃东西贵，可没办法呀，外面吃才够诚意够气派。"

忽然，李小妮灵光一闪，叫起来："我知道一家饭店，可以打对折！"

李小妮按照名片上的地址，找到了"君再来"饭店。她想还是先来探探风，饭店太高级太寒酸都不好，到时候发现不对就来不及了。况且，宋琳是不是真的肯给她打对折，这些都是要事先搞清楚的。

"君再来"是一幢欧式老洋房改造成的饭店，门前有很大的一块草坪，心形的花圃，纯白色的外墙，顶上尖尖的，像童话里的房子。李小妮在门外看了半天，她想这饭店可够怪的。她走上前，侍应生替她开了门。

店里装潢得很别致,地板是碧绿透明的,墙上挂着许多油画,灯是嵌在墙里的,像碗的一角,罩着薄纱,灯光隐隐约约。每张桌子都点着一支蜡烛。低低的轻音乐回荡在每个角落。李小妮一眼便看见宋琳站在那里和服务员说话。她穿一条玫瑰红的长裙,腰间束一根金色的带子,领口处戴了一个亮闪闪的别针。李小妮从来都不敢穿很艳的衣服,怕被说成是乡下人,俗气。现在她发现,只要搭配得好,色彩鲜艳的衣服其实还是很漂亮的。关键还是要看谁穿,像宋琳这样,谁要是说她像乡下人,谁自己就是乡下人。

宋琳看到李小妮,先是一愣,继而笑容满面地过来了。

李小妮有些不好意思,再一想,是她自己答应的,况且就算不肯也没关系,大不了再找别的饭店。于是李小妮直截了当地说了。

宋琳让服务员把菜单拿来,问:"是你自己点菜呢,还是我给你推荐几个特色菜?"李小妮想,我哪会点菜啊,但又怕她点得太贵。宋琳似乎看懂了她的心思,笑一笑,飞快地把菜点好了,在计算器上一打,报了个价钱:一百二十三块。李小妮一看,她再不懂,菜的价钱还是心中有数的,确实占了老大便宜了。宋琳说:"三个人这些菜应该差不多了,酒水饮料算我送你的。"

李小妮说:"谢谢,谢谢。"宋琳是帮了她大忙了。这点钱对宋琳来说也许不算什么,可她是看得比天还大的。穷人就是这点气短,一文钱逼死英雄汉,没钱就要处处受困。李小妮想到这里,不禁暗暗叹了口气。

几周后,值班长人选揭晓了,不是丁浩,是另一个人。车间主任跟丁浩打招呼,没办法,那人是厂长的亲戚,上头都安排好了。丁浩蔫蔫地回到家,李小妮听说,也蔫了。吃饭是一笔开销,送礼的烟和酒又是一笔开销,都打水漂了。李小妮有些气了,说:"他既然没把握,怎么收礼时眼睛眨也不眨一下?"丁浩说:"那有什么办法,总不见得把礼再要回来。"

李小妮一声不吭地坐在床上。丁浩洗完澡出来,二话不说就往她身上腻。李小妮推开他。丁浩说:"你怎么了?"李小妮说:"你还有心情干这个?"丁浩笑了:"天又没塌下来,我为什么会没心情?"李小妮看他一眼,没说话。丁浩又凑上去。李小妮心里不痛快,说了句:"你就是这样没心没肺。"

丁浩一愣:"我怎么没心没肺了?"

李小妮问他:"你就甘心当一辈子普通工人?"

丁浩反问:"不当普通工人我还能做什么?"他看着她,说,"你当初可没嫌我是工人,怎么,现在后悔了?"李小妮骂道:"你无不无聊?"丁浩说:"谁无聊?你自己变心了,还说我无聊。"李小妮气了,叫起来:"你讲的是么事,讲的是么事?"她一激动,安徽话便跳了出来。

丁老太在隔壁听见,急匆匆地赶过来,说:"怎么,吵架啊?"

丁浩没好气地说:"没吵没吵,你老人家别管了。"丁老太说:"两个人脸都红了,还说没吵?"丁浩说:"跟你说没吵就是没吵,你管那么多干什么?"

丁老太只得退出去,一边关门一边说:"唉,娶了媳妇就不把奶奶当回事了。"

李小妮朝丁浩看看,上床钻进被窝。过了一会儿,丁浩也上来了。他的腿碰到她的腿。李小妮气呼呼地往旁边挪了挪。渐渐地,丁浩的手也不老实了,一个劲地往她身上凑。李小妮重重地打了他一下。丁浩趁势便抓住她的手。李小妮要挣脱,他抓得牢牢的,她挣不掉。她骂道:"讨厌!"丁浩笑了笑,一手搂住她,一手便把灯关了。

李小妮带了一筐砂糖橘去找宋琳。她说:

"这橘子是超市里才进的,新鲜,我带一筐来给大姐你尝尝。没别的意思,就是想谢谢你。我占了便宜,你就亏钱了,我心里怪不好意思的。"

宋琳很是意外。她老早就把那事忘了,百把来块钱的生意,才不值得放在心上。没想到李小妮还为此专门跑了一趟。她这番话简简单单,却说得很是真诚。宋琳倒有些感动了。李小妮说要走,宋琳挽留道:"急什么?坐会儿吧。"她让服务员泡了杯上好的龙井,再拿了些点心过来。

宋琳问她那件事怎么样了。李小妮说:"没啥搞头,黄了。"宋琳安慰她道:"想开点,你老公年纪还轻,将来会有机会的。"

李小妮说:"也没啥想不开的,就是有点没劲。空欢喜一场,还花了那么多冤枉钱。本来还想着当值班长能多挣点,现在倒好,赔了夫人又折兵。"

宋琳说:"钱花了还能再赚回来。只要你们夫妻同心,会越来越好的。"

李小妮摇了摇头。她说："大姐你不知道我们的情况。我们和你们不一样。你们条件好，觉得钱没啥要紧。可我们不一样。我们一分一厘都不能用错地方，用错这日子就过不下去了。"李小妮说着，心里一阵苦涩，都有些想哭了。

宋琳看着她两片红扑扑的脸蛋，忽然想起几个月前在泸沽湖边聊天的情景。那时这女孩好像也说过类似的话。宋琳想，自己在她这个年龄的时候在忙些什么呢？——饭店才刚起步，她没日没夜地扑在外面，有时候整整一个星期夫妻俩都见不着面。钱是越来越多了，可夫妻感情越来越淡，像泡了又泡的茶。有时宋琳会想，当初如果没有开饭店会怎么样？她继续当她的会计，拿一份薄薄的薪水，也许几年后工厂就倒闭了，她下岗在家，靠朱以谦那点工资，两人平平静静地过日子。清苦是清苦些，买不起车子，也住不起大房子，但说不定感情倒是蛮好。

宋琳想，要是拿这些话劝李小妮，她未必听得进去。

李小妮忽道："大姐，你们家的马桶是不是都是镶金的？我听人家说，有钱人家的马桶都是镶金的，至少也是镶银的。"

宋琳一愣，继而笑出声来。如果换了别人说这句话，她会觉得这人是傻子，或是故作天真。可李小妮不一样。她发现自己有些喜欢上这个女孩了。在云南相遇，在上海又相遇，茫茫人海，她们好像挺有缘。

（三）

李小妮和宋琳成了朋友。

女人有时候就是这么奇怪，莫名其妙的，两个不相干的人就成了无话不谈的朋友，许多对丈夫也未必会说的话，都推心置腹地说出来，既是倾诉者，又是聆听者，要好得像一个人似的。

宋琳告诉李小妮，她和朱以谦是在火车上认识的。两人聊了一路，下车前交换了电话号码，回到上海谈了两年恋爱便结婚了。婚后不久，她辞职开了饭店。资金是问父母借的，再加上自己的积蓄，五十万起家。生意越做越大。朱以谦也从副教授升到教授，成为学校里最年轻的博士生导师。朋友都说他们两个人有帮妻运和帮夫运，一结婚就顺得不得了。

李小妮怔怔地听着，问："大姐你怎么会想到开饭店呢？"

宋琳想了想，说："大概一时心血来潮吧，不想一辈子拿死工资。那时年轻胆子大，换成现在说不定就不敢了。想想也后怕啊，那些钱都是我爸妈省吃俭用攒下来的，讲得难听点，是棺材本。要是亏了他们就活不成了。"

李小妮说："有本事的人胆子都大，胆子小就什么也干不成了。"

宋琳笑着问她："你们丁浩胆子大不大？"李小妮撇嘴说："他呀，该大的时候不大，不该大的时候又大。"宋琳问："怎么呢？"李小妮道："见到领导胆子小得像老鼠见了猫，连个屁也不敢放；在我面前倒是胆大得很，我让他往东，他就往西，我让他往前，他偏往后。"宋琳笑道:"少在我面前装样,我瞧他对你可是听话得很呢。在丽江的时候,你是不是把他关在门外吹冷风了,嘿,我看他老老实实吭都没吭一声。"李小妮呀的一声,说:"你看见啦?"她有些不好意思了,脸都红了:"不是的,那时候才刚结婚,不作数的。新婚哪个不是这样?我妈说新买的马桶都三天香呢,更何况是人。"

宋琳笑了,说:"傻丫头,你把你自己比什么了?"

李小妮一想也是,咯咯笑了。

宋琳感慨道:"其实小妮啊,我跟你讲,钱多钱少都无所谓,夫妻俩感情好才是顶顶要紧的,真的。"

李小妮说:"大姐,感情再好,没钱也乐不起来啊。要不怎么说贫贱夫妻百事哀呢。"

两人说的其实都是真心话,到了对方耳里,竟有些像身在福中不知福的风凉话了。宋琳想,钱再多又有什么用?老公照样在外面搞女人,只不过这事不能跟你说罢了。李小妮想,你是因为有钱所以才这么说,要不然咱俩换换,你肯吗?

一个风和日丽的下午,李小妮陪宋琳逛街。宋琳在商场买了一双靴子,三千五百块钱。李小妮盯着价格牌看了半天,还当自己多看了一个零。心都揪起来了,想这是什么鞋啊?金子打的啊?不过李小妮忍着没开口,免得丢自己的脸,也丢宋琳的脸。经过围巾柜台时,宋琳挑了一条围巾给李小妮,说:"我觉得这颜色很适合你呢,是雪青色的羊绒围巾。"李小妮瞟了一眼价格牌,六百九十九。李小妮吐了吐舌头,放下了。宋琳问她:"喜不喜欢?"李小妮笑笑。宋琳便对售货员说:"包起来。"拿信用卡结了账。李小妮惊得说话都结巴了:"大、大姐,这个…不用……"宋琳一笑,把包好的纸袋给她,说:"拿着吧。"

两人到星巴克喝咖啡。宋琳要的是摩卡咖啡,李小妮也跟着点了这个。窗外便是黄浦江,望出去开阔得很。沙发又宽又软,坐着整个人像是陷了下去。咖啡很香很浓,浮着一层白白的奶油。周围的人脸上都是闲暇的神情,好像什么都不在乎,端着咖啡杯,低声说话。李小妮猜这些人和宋琳应该都是差不多的,会买昂贵的衣服和鞋子,喝几十块钱一杯的咖啡,花钱像倒水一样。李小妮想到平常这个时候,她多半在菜场里跟小贩为一毛两毛争得面红耳赤。身上穿的是几年前买的旧衣服,头发乱得像稻草,皮夹里永远不会超过一百块钱。

宋琳手上那颗蓝宝石戒指闪闪发光。

李小妮不禁暗暗叹了口气,同样是人,怎么差别就这么大呀!

宋琳开车送李小妮回家。快到家时,刚好遇见丁浩骑着自行车过来。李小妮下了车,朝他挥手:"喂、喂!"

丁浩见到宋琳,打了个招呼。宋琳朝他笑笑,开车走了。

李小妮问他:"这么早就下班了?"丁浩说:"厂里生意不好,没活干也没人管,就溜出来了。"他指指手里的菜,说,"喏,菜都给你买好了。你老公好不好?"李小妮一笑,上前挽住他胳膊,嗲嗲地说:"我老公最好了。世上只有老公好。"

丁浩把脸凑过去。李小妮在他脸上啵地亲了一口。

两人依偎着往家走。丁浩问她:"下午都干什么了?"李小妮说:"喝咖啡,逛商场,大姐还送了我一条围巾。你猜猜多少钱?"丁浩说:"多少?"李小妮把价钱告诉他。丁浩惊讶极了。他说:"哟,你可傍上大款了。"李小妮咯咯地笑。丁浩说:"拿人家的东西还笑,皮厚。"李小妮说:"你以为是我问她要的啊,大姐她硬给我的。"

丁浩说:"有钱人就是大方啊。"

李小妮嗯了一声,忽道:"老公,我们也做点小生意好不好?"

宋琳在后视镜里见到李小妮和丁浩亲热的举动。小两口在大马路上卿卿我我,旁若无人。甜甜蜜蜜的小夫妻。什么是幸福?这才是幸福啊,宋琳想。

宋琳回到家,让保姆歇着,亲自下厨做菜,腰果虾仁、木耳烤麸、糖醋鱼、猪手煲、鸡汤,都是朱以谦爱吃的。宋琳洗了个澡,换了件衣服。

朱以谦比平常晚了一小时到家。刚才,顾冰冰缠着让他送她。他拗不过她。顾冰冰是南京人,跟别人合租了一套房子,那个女生三天两头到男朋友那里去,这房子便差不多是顾冰冰一个人住。她总对朱以谦说太寂寞,晚上被窝里冷得要命,想找个人暖身子。朱以谦被她撩拨得按捺不住,在那张单人床上出过几次轨。

宋琳没有问朱以谦为什么晚回来。朱以谦倒有些心虚了,解释道:"这个,堵车,高架上堵得一塌糊涂。"宋琳接过他的外衣,说:"是呀,周末都堵车。"

宋琳开了瓶红酒,又放了张朱以谦喜欢听的唱片。

宋琳给他夹了一块猪手,问他:"味道怎么样?"朱以谦说:"不错。"宋琳说:"多喝点鸡汤,我在里面放了些虫草,很滋补的。"朱以谦"哦"了一声，说："你也多喝点，你整天忙饭店的事，很辛苦。"宋琳替他盛了一小碗放在旁边。朱以谦说："谢谢。"宋琳一笑，说："不用谢。"又问他，"累不累？"朱以谦说："还行。你呢，累不累？"宋琳笑道："我也还行。"——两人客气得倒像是外人了。

过了一会儿，宋琳说："吃完饭我们出去看电影，怎么样？"

朱以谦问："最近有什么好电影吗？"

宋琳说："《无极》，还有《金刚》。"朱以谦道："报纸上都说《无极》不好看。"宋琳道："那就看《金刚》好了，听说在北美票房很不错。"朱以谦说："我不大爱看打打杀杀的片子。"宋琳笑了，说："《金刚》不是打打杀杀的片子，是部爱情片。"朱以谦一怔："爱情片？好吧，我无所谓，你喜欢就去看吧。"

看电影时，宋琳把手搭在朱以谦手上。朱以谦先是不动，过了一会儿，借机喝水拿开了。宋琳又把手搭上去，朱以谦又拿开了。宋琳见周围几对男女都依偎着，女的将头靠在男的肩上，亲密得很。她再看朱以谦，目不斜视，一动不动，像个木头人。宋琳想，你倒看得挺认真。她慢慢地凑上去，头刚碰到他肩膀，朱以谦触电似的弹开了。宋琳吓了一跳，朝他看去。朱以谦其实刚才在想与顾冰冰缠绵的情景，被宋琳这么一碰，瞬间竟有种被捉奸的惊惶，自己也没料到的。为了挽回僵局，他将宋琳的手握住拍了两拍。宋琳没说什么，拿过可乐喝了一口。

看完电影出来，宋琳说去逛商场，顺便给朱以谦买件衣服。她说："你好久都没买新衣服了。"朱以谦说："我又不是演员，衣服够穿就行了,不用买新的。"宋琳说:"你可是大教授,讲台下那么双眼睛盯着你呢,不穿好看点怎么行?"

朱以谦还没说话,宋琳又讲下去:"穿得好看点,才招人喜欢嘛,说不定哪个女学生就看上你了,还能发展一段师生恋,多灵光!"

朱以谦笑了笑,说:"是吗?那就买吧,看看会不会有女学生喜欢我,呵呵!"宋琳也笑了笑。她知道他越是这样,心里就越是忐忑不安。朱以谦试穿了一件白色的夹克衫,售货员捧场说:"哎呀,好精神呀,一下子年轻了十岁。"朱以谦笑着问宋琳:"这下打扮年轻了,真要有女学生喜欢我了,怎么办?"宋琳微微笑着,心想你就装吧,累死你。

接下去的一段时间里,朱以谦每天都准时到家,没课就待在家里哪儿也不去。顾冰冰几次约他,他都拒绝了。朱以谦反复揣测宋琳那句话的意思,是纯粹开玩笑,还是敲山震虎呢?他想来想去,应该没留下蛛丝马迹才对。短信是看了便删的,学校里两人也从不在人前有任何亲昵举动,吃饭喝咖啡一般都坐在角落里,逛街通常都戴着墨镜,谨慎得像是特务接头,应该不会被人发现。

这天,朱以谦下班买了一大捧玫瑰给宋琳。宋琳说了声"谢谢",笑吟吟地把花插上。宋琳说:"这花真漂亮。"朱以谦说:"花再漂亮,也比不上我老婆漂亮。"

宋琳听了一怔。好久没听他说这样的话了,竟有些不习惯,又有些滑稽。不过,她还是挺高兴的。没办法,女人就是吃这一套。

李小妮劝丁浩去做点小生意，说了几次，丁浩起初是不肯，到后来也烦了，说："妈的，我也想赚钱啊，可哪有本钱？我们两个人加起来连五万块也凑不齐。做什么生意？嘿，卖茶叶蛋啊？"

　　李小妮说："问你奶奶借点。"丁浩说："我奶奶哪来的钱？再说她就是有钱也不会借给我们，亏了怎么办？老人家要跳楼的。"李小妮说："你没试过怎么知道一定会亏呢？试试看嘛。"丁浩说："帮帮忙，有些事情可以试，有些事情不能试的，试了不行要倾家荡产的。"李小妮很看不惯他那副大惊小怪的样子，便冲了他一句："你自己也说了，我们加起来五万块也不到，就算全亏了也就是五万块，什么倾家荡产，别讲得那么吓人！"

　　丁浩嘿了一声，说："你最近跟宋琳走得近了，口气也变得越来越大，什么'全亏了也就是五万块'，你晓得五万块钱我要攒多久，你以为我是宋琳啊？有多大的能耐才能做多大的事。硬撑要别筋的，你晓不晓得？"

　　李小妮没吭声。这天晚饭，李小妮做了一个炒青菜，一个红烧豆腐，外加一个紫菜蛋花汤。丁老太吃得一张脸成了苦瓜脸，埋怨说："一点油水也没有，这样下去我皱纹又要多几根了。"丁浩问李小妮："怎么都是素的，没荤的？"

　　李小妮慢腾腾地说："菜不好，就多吃几碗饭呗。多大的能耐才能做多大的事。我们这样的人，就只能吃青菜豆腐，硬撑要别筋的。你晓不晓得？"

　　这天，夫妻俩大吵了一架。吵得天昏地暗，谁也不肯让步。最后，李小妮拿出乡下人吵架的本事来，又是哭又是闹，还在丁浩手臂上抓了一条血痕出来。丁浩又不能真和她打，半真半假，闹着闹着，看她凶巴巴的样子，不禁又觉得好笑。

李小妮骂："兔崽子！"

丁浩回骂："他妈个×！"

李小妮骂："王八蛋狗杂种！"

丁浩回骂："我×你十八代祖宗！"

李小妮呀的一声，伸手就往他头上敲下去。丁浩一把将她的手抓住。李小妮挣脱不了，就用脚踢。丁浩没让开，腿上被她踢了好几下。

丁浩大声道："你再踢我就还手了！"

李小妮不理，继续踢。丁浩一用力，把她推倒在床上。一只手抓住她，另一只手搔她的腰眼。李小妮痒得尖声叫起来。

丁浩道："说声对不起就放了你。"

李小妮大叫："放屁，放屁！"

丁浩便一直呵她的痒。李小妮又是笑又是尖叫。过了一会儿，丁老太来敲门了，说："你们两个小孩怎么回事，拆房子啊？"丁浩才放了手。

这天晚上，李小妮躺在床上，翻来覆去怎么也睡不着。忽然，脑子里电光一闪，想，你不做，我自己就不能做了吗？大姐也是女的，我就不信我做不了。

第二天一早，她对丁浩说："今天起，我要做生意。"

丁浩还没睡醒，揉着眼睛，一时没反应过来。李小妮又说了一遍："我要做生意。我想赚钱。你要是不同意，我就不给你做饭，饿死你！"

李小妮把眉毛抬高，嘴巴嘬着，拿眼瞟他。

李小妮告诉宋琳，她准备做干货生意。

李小妮说："我都算好了，在我们那边的小菜场租个摊位，每月租金是一千二百块。我有个要好姐妹，她表叔是专做海产品干货批发的，我从他那里进货，比一般批发商还能再便宜一成。每天一两百块的生意额应该能保证，这样除去租金，还能再赚点。虽然不多，可总比超市收银员强多了。"

李小妮说："大姐，做生意我是外行，你教我点门道吧。"宋琳笑道："这干货生意我可没做过。"李小妮说："就算没做过，生意跟生意总归差不多，大姐你经验丰富，随便教我几条窍门就够我用的了。大姐我跟你讲，这次我可是把整个家底都拿出来了，要是亏了，我老公饶不了我。我要去跳黄浦江的。"

李小妮是那种说做就做的人。她和小姐妹的表叔见了面，商量停当，进了五十斤墨鱼干，五十斤鳗鱼干，五十斤虾干，还有些小零小碎的海产品。那位表叔果然豪爽，比外面批发价便宜许多。一共花了四千多块钱。李小妮的想法是，刚开始先少进一些，看看情况，好的话再说，不好的话，亏也亏不到哪里去。

前两天，生意不大好，因为是陌生面孔，看归看，几乎没有人买。

李小妮对自己说，不能急，一急就办不成事了。她学外面收破烂的人那样吆喝："喂，鱼干咪，谁要鱼干啊，上好的鱼干！"

隔壁摊位那个卖干货的苏北女人冲她翻白眼："叫甚的叫，你以为一叫就有生意啦？"李小妮不理会，吆喝几声后，居然还唱起了黄梅戏：

"郎对花，姐对花，一对对到田埂下。丢下一粒籽，发了一棵芽，么秆子么叶，开的什么花，结的什么籽，磨的什么粉……"

李小妮坐在那里，咧开嘴，对每一个经过的人都笑。她笑得很甜，加上又是年轻姑娘，几个人不禁便停下了脚步，翻看她那些鱼干。

"买一点回去尝尝吧，这种墨鱼干烧排骨汤最鲜了，要是不好吃，你明天拿过来，我把钱全退给你。"李小妮笑吟吟的。

三四天后，来买东西的人渐渐多了。李小妮不像隔壁那个女人，一角钱都不肯让。她是很好说话的，顾客说便宜一点就便宜一点，反正总有的赚。笑眯眯的，再嗲嗲地叫上一声"阿姨""叔叔""大哥"，大家都觉得这个小姑娘挺乖巧，卖的鱼干确实也不错。这样生意便越来越好。两个星期后，李小妮一结账，除去成本开销，居然赚得有两千来块。比以前在超市一个月赚得还要多。

李小妮做生意归做生意，一日三餐还是回去烧的，整理房间洗衣服，陪丁老太下楼晒太阳接地气，这些一点也不少做。她知道分寸。丁浩已经让步了，她也要识相。丁浩到菜场来看过一次，晃晃悠悠地过来，拿了一块鳗鱼干说晚上加菜，临走时嬉皮笑脸地丢下一句："李老板，恭喜发财啊。"李小妮不指望他来帮忙，只要他别反对就行了。有时候想想，这个老公还算可以的，虽说不求上进，但大事上还是能讲得通的。平常吵归吵，吵完就没事了。李小妮想，嫁个上海老公还是没错啊，再孬也比老家那边的男人强，工资高不说，还不会打老婆，偶尔还会买个菜洗个衣服什么的。难怪啊，全中国的女人都想嫁上海男人。

李小妮把这一阵的账算给丁浩听。丁浩说："哟，赚钱了。"李小妮得意地说："那当然，我是谁啊。"李小妮给他买了一双皮鞋，给丁老太买了一件羊毛衫。丁老太拿着羊毛衫看了又看，说："我都一把年纪了，买什么新衣服啊。浪费钱。"李小妮一笑，说："奶奶您才多大呀，八十都不到，人家九十多岁还穿红着绿呢。"丁浩把新鞋试穿了，有些偏小。李小妮说："明天我拿过去换。"丁浩看了看价格牌，道："一百六十块呢，还没我去年买的那双好，那双才五十块钱。"李小妮说："你懂什么，这双是羊皮的。开价二百四，我还还了半天价才讲下来的。"

李小妮说到这里，忽然想起宋琳带她逛商场的情景。她买的那双靴子，够她和丁浩买十年鞋了。李小妮在心里嘿了一声，想，我什么时候才能买得起她那种靴子啊。嗯，一斤鱼干赚五块钱，一百斤五百块，一星期卖两百斤，一个月赚四千块钱，一年是五万块钱不到。十年下来差不多就有五十万了。我拿这钱开饭店，再过几年说不定也能像大姐那样成大老板。到时候我先把这房子换了，再买辆车，买贵的靴子，买贵的衣服，买宝石戒指，再去喝下午茶，呵呵……

李小妮伸出手，想象一枚蓝宝石戒指套在无名指上的情景。她的手指又细又长，虽然皮肤稍黑了一点，但手型不错，戴戒指应该也很漂亮。李小妮嘴角带着笑，正想得出神，丁浩一只手已经不安分起来,在她身上游荡。丁浩扳她的脸。李小妮说:"真烦。"丁浩说:"你怎么能嫌你老公烦?"他粘膏糖似的往她身上凑,忽然眉头一皱,说道:"咦,你身上有股咸鱼的味道,臭死了。"

李小妮咯咯笑起来,说:"看你还敢碰我。"

星期天,李小妮给自己放了半天假,送了十几斤鱼干给宋琳。

李小妮在"君再来"的厨房里看到那些鱼干又小又陈,远不如自己卖的好,心念一动,便问宋琳:"大姐,这些鱼干多少钱买进的?"宋琳让人拿账本来看了,价钱比李小妮的进价还高了一点。李小妮说:"大姐你回去尝尝我那些鱼干,要是好的话,以后你干脆从我这儿进吧,价钱差不多,东西可好得多呢。"

李小妮在心里算了笔账,如果以高于进价一成的价钱卖给"君再来",虽说比在菜场卖是少赚了点,但"君再来"是大饭店,等于套住了一个大客户,以后的生意就稳了许多。对她好,对宋琳也好,是两全其美的事。

宋琳笑了笑,没作声。她也知道进的鱼干质量不是太好,可那个供应商都合作了五六年了,关系一直不错。饭店生意是一个庞大的交易链,其实也是人情链。一环扣一环,丝丝入扣。贸然改变的话,吃亏的是她自己。

这个道理,李小妮不会懂。宋琳也觉得没必要对她说。

这时,丁浩打了个手机给李小妮,问她在哪里。李小妮说:"我和宋姐在饭店里聊天。"丁浩说:"今天居委会组织老人到东方明珠参观,奶奶出去了,家里就我一个,我还指望你回家陪我吃饭呢。"

李小妮咯咯笑道:"那真是对不起了,你一个人吃吧,我和大姐已经在吃了。"宋琳听了,便道:"让他也来吧,反正菜都是现成的。"李小妮便对丁浩说:"大姐让你来,你就来吧。"

挂掉手机,宋琳说道:"真恩爱啊,离开半天也要舍不得。"李小妮笑了,摇手说:"没有的事。大姐你不知道我们,斗鸡似的,三天一小吵,五天一大吵,有时候吵得凶了,我连杀了他的心都有呢。"

宋琳笑了笑。服务员把一盆骨头砂锅端上来。这是"君再来"的招牌菜。李小妮尝了一口,汤又鲜又浓,说:"大姐,这汤怎么这么好吃?你有什么秘方,告诉我,我回去也烧烧看。"宋琳笑道:"告诉你也没关系,不过你可不能告诉别人。"李小妮道:"我不说。"宋琳道:"放点罂粟磨的粉,汤就好吃了。"李小妮一愣,说:"这是什么东西?"宋琳一笑,说:"不知道就算了,反正家里也用不到。"

过了一会儿,宋琳问李小妮:"说说看,你们两个当初是怎么认识的?"

李小妮说:"是我一个同事的表姐介绍的。介绍人跟我说,这男的是乳品公司的工人,上海人,收入稳定,人也老实。我一听不错啊,就去了。我记得那天是星期六,约好在肯德基碰头。从门外进来一个男的,身体壮壮的,脸长长的,鹰钩鼻,像香港片里的打手。我看了,想,不会是这个人吧。谁知道他居然走过来问我是不是叫李小妮。我心想这下没戏了,这男的一看就不是什么好人,不可能一起过日子的。嘿,大姐你说好笑不好笑?"

宋琳笑道:"那后来呢,怎么又跟他好了?"

李小妮说:"后来谈了一会儿,发现这个人好像还不错,至少比我前几个相亲的强多了。我是很有自知之明的,长得不漂亮,没文化,又是外乡人,能找到像丁浩这样的真是运气了,还挑什么?大姐,我也不怕你笑话,其实我和丁浩好上,是我倒追他的。你不晓得那阵子我有多辛苦,天天都做两份饭,一份自己的,一份给他,中午换两辆公共汽车送到他厂里,再跑回去上班。下了班就在门口等他,他要去哪儿就去哪儿,他要吃什么就吃什么,什么都听他的,待他像祖宗一样。嘿,人家谈恋爱是男的宠女的,我们是颠倒过来了。"

李小妮笑笑,继续说:"有什么办法,谁让我条件不如他呢,要拴住他,就得这样。我爸妈天天唠叨让我找个上海女婿,我也想找个上海人当老公啊,要不然我千里迢迢来上海干什么,安徽又不是没男人。大姐你说是不是?"

宋琳嗯了一声。

李小妮嘻嘻一笑,说:"现在好了,结了婚我就不怕他了。他自己心里也清楚,到哪儿找像我这么好的老婆啊,又做家务,又照顾老人,把个家弄得妥妥当当的。换个上海小姑娘试试?所以大姐啊,你总说我们两个人要好,其实讲穿了,就是我离不开他,他也离不开我。我虽然脑子笨,这点我是想得很明白的。男人说到底就像小孩,谁对他好,服侍得他舒舒服服,他就跟谁好。"

这时,丁浩进来了。宋琳招呼服务员再拿一套碗筷过来。

李小妮推了推他,说:"我们正说到你呢。"丁浩问:"说我什么了?"李小妮道:"说你是个好人,待会儿回去一定会帮我做晚饭,还会帮我洗碗。"丁浩笑起来:"好啊,我做个酱油汤,再拌个黄瓜。你吃不吃?"李小妮对宋琳说:"大姐,他欺负我。"丁浩道:"我怎么欺负你了,你让我做饭我就做饭,我对你不要太好哦。"李小妮撇嘴说:"那好,以后我天天给你做酱油汤和拌黄瓜。你可别怨。"

李小妮一边说,一边往丁浩碗里夹菜,又给他盛了碗汤。

宋琳有些心不在焉。她在想李小妮刚才所说的话。

她想,对男人好,他真的也会对你好吗?

(四)

朱以谦打算和顾冰冰出去旅游一次。倒不是他想去,而是顾冰冰一直缠着要到杭州去玩,都念叨了几个月了。他实在拗不过她,便答应了。

说来也怪,好像男人年纪越大,越是对年轻小女孩没辙,上海话叫"吃"。朱以谦就是"吃"顾冰冰。其实一开始也没怎么样,只是有些好感罢了,渐渐地,像有张看不见的网,越缠越紧,到后来竟离不开她了。她不在身边的时候,眼前全是她那张俏脸,放电影似的,一遍一遍地回荡。连做梦也会梦见她,噘着小嘴,亦娇亦嗔的模样。一次,朱以谦梦见她说要分手,急得心都焦了,追上去想抓她的手,谁知一脚踩空,就醒了。朱以谦睁开眼睛,见宋琳也醒着,便很担心,生怕刚才梦里叫了顾冰冰的名字。好在宋琳没说什么,这才放了心。

朱以谦对宋琳说他周末要去杭州开会，星期一早上回来。

宋琳问他："可不可以带家属？"朱以谦吃了一惊，笑笑，反问她："你说呢？"宋琳说："我又不要公家出钱，自己去总可以吧，白天你只管开你的会，晚上我来陪你。"朱以谦说："我们是两个人一间。"宋琳说："那我另外开一间，这样总行了吧。"朱以谦嘿的一声，说："那还不如我们下次自己去玩呢，又何必非要挤在这个时候？"

宋琳凑近了，搂着他的头颈，柔声说："人家舍不得你嘛。"

朱以谦笑着拍拍她的背，说："我是去三天，又不是三年。"

宋琳说："三天我也舍不得，我一分钟也离不开我老公。"

宋琳把头埋在朱以谦怀里，自己都觉得有些好笑。李小妮和丁浩那样，是情之所至，她却像在演戏了。三十好几的人了，还做小儿女状。这样想着，又觉得有些悲凉，无可奈何的。

宋琳听着朱以谦的心跳声，半是促狭半是开玩笑地说：

"亲爱的，你心跳得好快哦，扑通扑通，像只受惊的小兔子。"

朱以谦微笑道："是吗？那说明我老婆太有吸引力了。你这么抱着我，我有点把持不住。"他说着便去解她的衣服纽扣，吻她的嘴唇。宋琳勾住他的头颈。

朱以谦把宋琳平放在床上，在她耳边轻声说了句：

"老婆，我也舍不得你。"

李小妮每半个月进一次货。问楼下开小卖部的冯干巴借辆三轮车，从杨浦骑到普陀，装好货再骑回来，来回要四个小时。天气热，这么一路骑下来，衣服全被汗湿了。有一次下大雨，刹车不灵，李小妮差点撞上一辆卡车，半条命都吓掉了。手腕脱臼了，回到家也不敢跟丁浩说，半夜里疼得直吸气，眼泪也下来了。第二天去看医生，诊断下来是轻度骨折。医生说："你也真是吃硬啊，伤成这样还不快点来医院，再晚一天就麻烦了。"丁浩知道后，就说她："谁让你做生意了，你老老实实待在家里会骨折吗？"李小妮没理他，缠着绷带照样去菜场看摊子。

那位搞批发的表叔对李小妮不错，有什么好货总是让李小妮先挑，价钱也好商量。唯一不足的地方就是，喜欢占小姑娘便宜。每次李小妮去进货，他总要借机会摸李小妮的手，或是搭一下肩膀，蹭一下腰什么的。起初李小妮不大高兴，想你这不是耍流氓么。可是后来渐渐发现，只要让他摸一下，鱼干的价钱便会往下低一点。连讨价还价都省了。李小妮也想开了。不就是摸一下嘛，没什么大不了的，又不会少块肉，便睁只眼闭只眼了。

这天，表叔告诉李小妮，有一批鲍鱼干，一级品，批发价二百二十块钱一斤，比外面便宜了近两成。李小妮看了看样货，果然不错，肉质饱满肥厚，就是贵了点。李小妮吐了吐舌头，说："十斤就要两千多块呢。"

表叔说："这样才赚得多啊，老弄些小鱼干小虾干、一斤赚个两三块，那有什么意思。这些鲍鱼干你批回去，一斤起码能赚个五十块。十斤就是五百块，一百斤就是五千块。你自己想想，合不合算？"

李小妮沉吟了一下，说："我批二十斤。"表叔说："要批就多批点,也就是你,换了别人我还不说了。这明摆着是爷叔挑你发财,人家求都求不到呢。你错过机会可别后悔。"李小妮笑笑,犹豫了一下,问:"你这里一共多少?"

表叔说:"两百七十斤不到一点。你要是全部拿去,我算你两百五十斤。"

李小妮眉头紧蹙着,脑子里飞快地盘算,心怦怦直跳。一咬牙,说:

"行,我全要了,你给我算便宜点。"

表叔道:"一句话!"说着,笑嘻嘻地在她手上摩挲着,一遍又一遍。

李小妮把家里的存折全拿出来,到银行提了钱,下午表叔便把货送过来了。表叔说:"小阿妹,我对你够意思吧,亲自送货上门,你这是贵宾待遇,晓得吧?"李小妮把钱攥得紧紧的,手心里全是汗,呼吸都急促了。

李小妮说:"我所有家当都在这里了,亏了我要找你拼命的。"

表叔嘿了一声,说:"怎么可能亏?你就把心吞到肚子里,等着赚钱吧。"

李小妮把鲍鱼干放到秤上称了称,算下来一共是五万五千块钱。李小妮说:"再便宜一点。"表叔说:"不能便宜了,再便宜表叔我要倒贴了。"李小妮说:"再拉掉一千块,怎么样?求你了。"表叔说:"都讲好了,怎么又讨价还价了?"

他叹了口气,说:"好吧好吧,我这个人就是见不得小姑娘求我。小姑娘一求我,我就心软了,我一心软,肯定就要破财了。算了,一千块就一千块,算是爷叔提前给你发压岁钱了。"

李小妮一笑,把钱数了两遍,交给他。表叔收好钱,一只手便搭到她肩膀上了。李小妮没吭声,想,看在一千块的面子上,搭一下就搭一下吧。

表叔又拿另一只手去摸李小妮的脸。李小妮皱了皱眉头,还是没吭声。表叔说:"你的脸可真滑啊,你每天拿牛奶洗脸吗?"李小妮把头朝旁边一让,他的手便落空了。表叔笑了笑,忽地,在她脸上亲了一口。李小妮猝不及防,没躲开。

"好香啊。"表叔嘿嘿笑道。

李小妮眉头一竖,刚想发作,想想还是忍住了。她重重地推开他。

"我要回家了,"她道,"你也快点走吧。"

表叔笑道:"好,小姑娘要我走,我就走,我最听小姑娘的话了。"

李小妮把他送走,舒了口气,一回头,见丁浩就站在背后。她吓了一跳,再一看,丁浩的神色不大对,脸上像刷了一层糨糊,有些骇人。

李小妮去搀他的手。他甩开了。丁浩冷冷一笑,说:

"他怎么这么快就走了,再坐一会儿嘛,搂一搂,抱一抱,亲个嘴嘛。"

李小妮一怔。

"他妈的贱货!"丁浩咬牙切齿地骂道。

李小妮低估了这件事的严重性。她以为和往常一样，吵几句就会好了。路上，丁浩一句话都没说，她去挽他的胳膊，丁浩重重一甩，将她甩个趔趄。

回到家，丁浩把房门一关，待在里面，晚饭也没出来吃。丁老太问李小妮怎么回事。李小妮不敢说实话，只说了句，厂里有点事不顺心。丁老太说："再不顺心，饭总要吃的呀，要饿坏的呀。"李小妮嗯了一声。

洗过碗，李小妮趁丁老太上厕所的时候，走过去敲门。李小妮说："丁浩你开开门。"没动静。李小妮又说："丁浩你出来吃点东西，我把汤都热过了。"依然是没动静。李小妮轻声说："是我错了，你开开门。"这时，丁老太从厕所出来，狐疑地看着她。李小妮笑笑，坐下来看电视。

丁老太进屋睡觉了。李小妮又去敲门："丁浩，你让我进来，我要睡觉了。"

过了一会儿，门开了，扔出来一个枕头、一条毯子，随即又关上了。

李小妮一愣，把枕头放到沙发上，躺了上去。起初是懊悔，渐渐地，又有些委屈，想我到底做错什么了，我又没让他碰我，手长在他身上，我有什么办法。再说了，我还不是为了这个家，赚来的钱难道不是大家花的吗？

李小妮有些愤愤了。把毯子兜头一蒙，睡了。

第二天，她很早便起床，胡乱吃了些早饭，去菜场了。

鲍鱼干的生意果然不错。只一天工夫，便卖出去三十多斤。李小妮暗暗庆幸货进得多，又后悔没把价提得再高些的。她去大商店看过了，差不多的品质，贵上四五十块钱，照样有人买。李小妮想，表叔那里应该还有的，这么好的货，他不可能自己一点不留。大不了再让他揩点油。李小妮想到这里，又觉得自己有点贱，已经惹丁浩生气了，居然还在想这档子事。她心里乱得很。觉得做人真难啊，像小时候玩的魔方，每一步都牵着好几步，顾了这头，那头却又顾不上了，难啊。

晚上回去，丁浩还是昨天那张臭脸。饭依然是没出来吃。李小妮叫了几次，他不理睬，便不耐烦了，想，你就饿吧，饿出病来活该。丁老太忍不住了，说："你们别瞒我，我晓得你们肯定有事。"李小妮说："没事。"丁老太说："你当我是傻子啊，我老早就看出来了。"李小妮迟疑了一下，说："是这样的，丁浩不高兴我在外面做生意。我们吵了几句。"丁老太说："他不高兴，那你就别做了。女人家在外面抛头露面是不大好，我也不大喜欢。"李小妮撇撇嘴，没说话。

丁老太走过去敲门："乖孙啊，小两口吵几句就吵几句了，饭还是要吃的，哦？不吃饭要饿坏身子的，奶奶要心疼的。"

丁浩在里面大声说："奶奶你别管了！"

丁老太说："我怎么能不管呢？我就你这么一个孙子。"

丁老太一边说，一边推李小妮："像个木头人似的，劝你男人出来吃饭啊！"李小妮说："我劝过了，他不听我也没办法。"丁老太说："他不听你就跪下来求他，求到他出来为止。嘿，自己男人饿了好几顿了，做老婆的倒是笃笃定定。"

李小妮一愣，倔脾气上来了，走过去重重地敲门。

"出来！"她叫道，"出来吃饭，缩在里面干什么？有话你给我出来说！"

过了一会儿，丁浩出来了。他狠狠地看着李小妮。

"你这个死女人叫什么叫？"

李小妮没理他，到厨房盛了一碗饭，摆在桌子上。

李小妮说："吃饭，吃饱了有力气了再吵。"丁浩眼一瞪："你他妈还凶了是吧，欠揍是不是？"李小妮哼了一声，没说话。

丁浩三口两口扒完饭，把碗一扔，说："从明天起，不许你做生意了。"

李小妮想也没想，就说："不行。"丁浩问："怎么不行？你他妈的还想让那个老色鬼摸个够是不是？"李小妮朝旁边丁老太看了一眼，说："你别胡说八道。"

丁浩说："我亲眼看见，你赖不掉的。我跟你讲，家里还没到过不下去的地步，不需要你出去赚钱。"李小妮忍着没吭声。丁浩又道："我说呢，怎么刚刚开始做生意就会赚钱，原来是这个道理。哼，为了赚钱，连脸都不要了。"

李小妮有些恼火了。她没想到丁浩会说得这么难听。

"我怎么不要脸？"李小妮大声道，"我是陪他过夜了，还是在菜场里跳脱衣舞了？我又不是故意让他碰的，你们男人哪个是好东西，有哪个不想揩女人的油？我怎么办，抽他耳光吗？妈的，我也想舒舒服服在家里享福呀，你以为我喜欢忙东忙西？我还不是想让这个家过得好一点。你看看人家过的日子，再看看我们过的日子。

嘿，我不像你，你倒是过得挺自在，一点心事没有。"

丁浩说："后悔了是吧，那你真不该嫁给我，嫁个有钱人多好啊。"李小妮说："你讲什么废话，我几时说我想嫁有钱人了？"丁浩哼了一声，说："我早晓得，你跟那个姓宋的待久了，眼界高了，心思就活了，瞧不起我这个普通工人了。"

丁老太一旁插嘴道："普通工人怎么了，我孙子哪点输给别人了？小妮不是我说你，做人要心平些，你一个小地方来的姑娘，能找到我们丁浩，该知足了。你不要身在福中不知福。"

丁老太大概觉得这话还不够分量，又加了句："我要是你啊，就算每天让我给老公磕三个响头也愿意。"

李小妮怔住了。一团火气从丹田升起来，渐渐地，在身体里扩散开。委屈得竟有些想笑了，却又笑不出来。是那种不清不楚的难受，五脏六腑都变得挖塞（郁结）起来。她愣在那里，话憋在喉咙里，难受得很，打了几个转，还是说了出来：

"既然你孙子这么好，当初又何必找我呢？南京路、淮海路有的是漂亮姑娘，你倒是娶一个回来试试，看有谁肯一天三顿地服侍你们，买汰烧拖地板洗衣服整理房间，看谁肯天天扶个一百六十斤的老太太下楼晒太阳接地气。嘿，让我给他磕头，他怎么不给老娘我磕头呀？"李小妮冷笑。

丁浩先是愣了愣，随即上前啪地打了她一记清脆响亮的耳光。

李小妮捂住脸，朝他看。丁浩恶狠狠地说："不打你，还上天了！"李小妮没再说什么，从沙发上拿过包，打开门，头也不回地出去了。

丁老太在后面说:"喂!喂!你去哪儿?"

李小妮不理睬,噔噔噔便冲下了楼。

宋琳接到李小妮的电话,带着哭腔,说和老公吵架了,没有地方可去。宋琳说:"那你就过来吧,朱以谦这两天刚好出差。"

半小时后,李小妮到了,眼睛肿得像桃子。宋琳让她坐下,给她泡了一杯茶。

李小妮说:"大姐,我本来不想打扰你的,可我实在是没地方去。"宋琳说:"没关系的。"李小妮抽噎着说:"我算是看穿了,结婚真的是没什么意思,找男人还不如找条狗,还能陪你乐乐。男人真不是东西,良心都被狗吃掉了!"

李小妮哭着说:"我不回去了,说什么也不回去了!"

宋琳在她肩上拍了拍,安慰了两句。渐渐地,她涌上一种古古怪怪的感觉,细细辨来,竟是隐隐约约的开心。只是淡淡一点,在心头搔啊搔的,慢慢地晕开来。李小妮的不如意,像一剂膏药抚在她的伤口上,凉凉的痒痒的,竟是说不出的适意。她先是吓了一跳,继而又觉得不好意思,有些卑鄙了。却止不住这念头一点点地蔓延,到后来,胸腔里已是铺天盖地了。

当晚,李小妮和宋妮躺在一张床上,两个人都睡不着,眼睛睁得大大的,看着天花板,想着各自的心事。

李小妮叹了口气,说:"大姐,活着真没劲啊。"

宋琳也叹了口气,说:"是有点没劲。"

李小妮说:"说什么男女平等,其实还是女人倒霉,又要赚钱,又要做家务，为这个家累死累活都没人心疼，好像是你前世欠了他的。男人好吃懒做都没关系，你只要稍微有一丁点错，他就可以骑到你头上，扇你的耳光。"

宋琳感慨道："没错，女人是比男人要苦得多。"

李小妮道："老天爷真不公平呀，要让女人吃那么多苦。还要怀孕生小孩，怎么就不让男人生小孩啊。还有每个月来例假，多麻烦。大姐我跟你说，我每次来例假肚子都痛得死去活来，又是头晕又是吐，恨不得有人拿根棒子把我敲昏过去。难熬啊，每次都像去鬼门关转了一趟——"

李小妮讲到这里，忽然呀地一下，停住了。她张大嘴巴，若有所思地。

宋琳问她怎么了。李小妮停了一会儿，失声道：

"我这个月没来例假，都过去大半个月了，我一直很准的——"

第二天上午，李小妮到医院去做了检查。医生告诉她，她已经怀孕六周。

李小妮没回家，直接去了菜场。丁浩打她手机，她看都不看，便揿掉了。她想，去你的，你还想当爸爸呢，老娘打掉也不给你。想是这么想，心里却是七上八下，也不知是开心还是难过。她是很喜欢小孩的，丁浩也一直嚷嚷要个儿子，丁老太更是时不时地念叨，说："你们两个人天天黏在一起，怎么到现在肚子还没动静？"李小妮的爸妈也写信问过几次怎么样了，有消息没有。李小妮更喜欢女儿，小姑娘软软薄薄的头发，绑个蝴蝶结，像洋娃娃一样可爱。但又想有个儿子会更得宠,中国人多半还是觉得儿子好。

手机又响了,还是丁浩。李小妮把手机调到静音,看着屏幕一直闪烁。她促狭地想,你现在知道急了吧,我偏不接,急死你。心情不知不觉倒是好了些。她把鲍鱼干拿到显眼的位置,插上标价牌。向走过的顾客吆喝:

"来,瞧一瞧看一看来,特级鲍鱼干!"

这时,有两个穿制服的人走过来,在她面前停下。李小妮乍一看,还以为是警察,吓了一跳。那两个人说:"我们是市卫生检疫站的。"李小妮愣了愣,说:"哦。"其中一人说:"昨天有群众在你这里买了鲍鱼干,回家食用后发生中毒现象,目前正在医院抢救。我们要将你这里的鲍鱼干拿回去化验。麻烦你跟我们走一趟。"

李小妮还没完全反应过来,两个人就将那袋鲍鱼干拎了起来。李小妮跟着他们到菜场外面,上了一辆面包车。很快地,车到了卫生检疫站,李小妮被带到一个小房间等候。有人给她倒了一杯茶。李小妮一颗心在半空中荡啊荡的。过了一会儿,那两个人出来了,旁边还站着几个穿白大褂的人。他们表情都很严肃。

他们告诉李小妮:"你这批鲍鱼干二氧化硫成分严重超标,我们要予以没收。"

李小妮脑子嗡地一下炸开了。她先是愣住了,继而翻来覆去地说:"不会的,不会的,不会的……"工作人员把化验报告放在她面前。她看了,却又看不懂。她求助似的看着他们,盼着谁能开口说句好话。偏偏他们脸上一副公事公办的表情。

李小妮的心一点点沉下去。

她发疯似的跑去找表叔。表叔见到是她,借口要上厕所,就想躲。李小妮拦住他,说:"你把钱还给我。"表叔说:"我哪来的钱?再说我也没欠你钱。"

李小妮脸涨得像猪肝一样青紫,眼睛里血丝都出来了。

她叫道:"你还我的钱!你不是跟我说这是一等品嘛,一等品怎么会被人家没收掉?你这个骗子,你还我的钱!"她一边说,一边拼命拽他的衣服。

表叔躲开,说:"你拉我衣服干什么?你这个女人真是奇怪,我又没有拿枪指着你的头逼你买,是你自己愿意的,关我什么事?"

李小妮啊的一声,扑上去撕他的脸。表叔一把抓住她的手,说:"你这个疯婆子,我跟你说,再这样我就报警了!"说着一甩,将她推出老远。

第二天,李小妮怀里揣着一把刀,到表叔厂门口等他。她要把刀架在他脖子上,如果他不还钱,她就给他一下子,让他见点血。她豁出去了。可一连几天,她都没见到表叔的人影。后来,一个好心的门卫告诉她,表叔不做了,辞职回老家了。

李小妮失魂落魄地走在大街上。脑子里一片空白,什么都记不得了。她去找以前那个小姐妹,说:"你表叔骗我的钱,你去帮我要回来。"小姐妹为难地说:"其实他也只是我的一个远房表叔,我跟他不是很熟的,连他住哪里都不晓得。"李小妮离开时,后面竟有个调皮的青年在唱"我家的表叔数不清——"。李小妮听了,真是欲哭无泪,心口上被什么东西沉甸甸地压着,连说话都没力气了。

走着走着,肚子有些饿了。她停下来,在路边的小店吃了碗馄饨。馄饨塞进嘴里,竟似觉不出味来,木头似的,一个接一个地往嘴里送,也不觉得烫。吃了一会儿,不知不觉眼泪就流了下来,滴到汤里。她心里难受极了,想痛痛快快地哭一场,却又哭不出来,胸口闷得厉害。

钱没了,家当全没了,丁浩不会饶了她。这和昨天还不一样。昨天多少还有些底气,是受了冤枉的倔强,能说得过去;现在不同了,她闯了大祸了,丁浩就是和她离婚,她也无话可说。一想到"离婚",李小妮心都揪起来了。要是真离了婚,她便什么都没有了。离过婚的外地女人,又没钱,就像一团垃圾。

李小妮跑去找宋琳。说也奇怪,人到这一步,反倒什么顾虑也没有了,一见面便说:"大姐,我想问你借五万块钱。"

李小妮想好了,如果宋琳问她借钱干什么,她就老老实实地说出来,把情况一五一十告诉她。可宋琳只是一愣,什么也没问,便答应了。

宋琳拿了五万块钱给她。李小妮接到钱的那瞬间,先是一阵轻松,紧接着看到她手指上那枚蓝宝石戒指,心里一酸,竟有些不平了。倘若宋琳郑重再三地问她钱的用途,或是说一时凑不齐,过几天再给她,这样倒好些。偏偏她只字未提,不到十分钟便把钱取来了,爽快得不得了。李小妮酸溜溜地想,这些钱对我来说是性命攸关,怎么对你来说却像五毛钱那么轻松?

李小妮说要写借条。宋琳先说不用,见李小妮坚持,便同意了。李小妮把借条写了,折好交给她。宋琳看也不看,往抽屉里一塞。李小妮心里更不舒服了,别别扭扭的。宋琳要留她吃饭,她说不了,回家吃。宋琳问:"你们和好了?"李小妮有些心不在焉,便嗯了一声。宋琳笑笑,说:"小夫妻吵架,越吵就越要好,等你把小孩生下来,你们感情会更好的。"

李小妮笑了笑。她忽然留意到,宋琳的脸上闪过一丝失望。她一怔,再细看时,宋琳已把头别开,去和服务员说话了。

刚结婚那阵,宋琳和朱以谦都不想要小孩,一直避孕。后来开饭店,更是没工夫理会这些,一拖就是六七年。直到朱以谦在外面有了女人,宋琳才想到应该生个小孩。

宋琳为怀孕做了充分的准备工作,戒烟戒酒,每天一粒复合维生素片,每周去健身房运动三次。可快一年了,肚子一直没动静。她去看中医。那个六十多岁的老中医搭脉后,对她说:"你是子宫后位,加上激素水平太低,所以很难怀孕,但你也不要急,越急就越难怀上。你把心情放轻松,还是有希望的。"

朱以谦从杭州回来,带了两袋去壳小核桃给宋琳。宋琳最喜欢吃这个。

宋琳问他累不累。朱以谦说:"累啊,本来还想抽空逛个西湖,但日程排得实在太满,连玩的时间也没有。"他说着,在宋琳脸上亲了一下,说:"真想你啊,老婆。"宋琳笑了笑。

吃过晚饭,宋琳把中药煎上。房间里顿时弥漫着一股浓重的药味。朱以谦问她:"这是什么药?"宋琳说:"补药。"朱以谦微笑道:"我老婆这么漂亮这么年轻,还补什么?"宋琳开玩笑说:"现在不补,等变成老太婆你就不要我了。"朱以谦说:"怎么会呢,你就是头发全白牙齿掉光我也照样喜欢你。"宋琳一笑，心想，李小妮夫妻那样要好，倒是整天吵吵闹闹，冤家似的；我们这样的，反倒是漂亮话一句接一句，听着似是恩爱得不得了。想想也觉得好笑。

洗完澡，宋琳只穿一件蕾丝内衣便走出来。朱以谦躺在床上看报纸。她过去，一把拿走他的报纸。朱以谦一愣，看她。宋琳脸色红润润的，微微笑着，额头那一绺刘海儿还带着水珠。她在他面前坐下，轻轻抚他的脸。

她常年做运动，身材保养得很好，该胖的胖，该瘦的瘦，一点也不像个三十好几的女人。朱以谦先是一怔，随即便有些局促起来。宋琳亲吻他的脸，他的颈。手指弹钢琴似的，在他身上拨拉着。朱以谦伸手揽住她，回吻她，心里却在想前两天和顾冰冰在一起的情景。年轻女孩就是年轻女孩，活力从身体各个角落渗出来，聚拢成一团炽热的火。年轻时的火，纯得不掺一点杂质，像原始森林里的小兽，野性未驯，憨直得可爱；岁数一到，再怎么好，终归少了那种味道，做作了，变了味了，没劲了。朱以谦摸到宋琳腰上的肌肤，有些松弛了，软塌塌的一片。岁月不饶人啊。有时候朱以谦也觉得有些对不起妻子。可没办法，他是上了瘾了，离不开了，像吸毒一样，戒也戒不掉，一戒就要伤筋动骨。

忽然，宋琳在朱以谦的头颈里闻到一股淡淡的香水味。她从未用过这种廉价香水。

她一愣，呆呆地看着朱以谦，心一点点沉下去，抱住朱以谦的手松开了。她缓缓地直起身。朱以谦问她："怎么了？"她说："我想上卫生间。"

宋琳在马桶上坐了半个多小时。心里酸得要命,鼻子也酸了,眼泪在眼眶里打转,一圈又一圈,硬撑着不让它落下来。到后来连眼睛也酸了,五脏六腑都酸了。

宋琳回到房间,朱以谦已经睡着了。她上床,和衣坐着,看着他。他倒是睡得挺香,轻轻打着鼾,嘴角还带着笑。宋琳猜他大概又梦见了顾冰冰,也许待会儿还会再叫顾冰冰的名字。他以为她不知道。宋琳忽然觉得气恼得很。她做错什么了,他怎么能这么待她。李小妮说得不对,其实男人都是贱骨头,对他越好,他反倒逃得越远。宋琳恨恨地想。

宋琳下了床,走到阳台上点了一支烟。不知怎的,竟一下子想起了李小妮,挺着大肚子,和丁浩手拉手走在路上。李小妮并不漂亮的五官泛着光,咯咯笑着,眼睛眯成一条线。宋琳使劲摇了摇头,想挥去眼前这幅画面,谁知挥了又来,满脑子都是李小妮,闭上眼睛,耳边回旋的也是她咯咯的笑声。

宋琳又是羡慕又是忌恨,想,我活得还不如一个外地女孩子。

(五)

李小妮把怀孕的事告诉丁浩。丁浩开心极了,抱着她在房间里转了几个圈。李小妮又道:"我不做生意了。"丁浩更加开心,说:"你老早就该这样了。家里又不是穷得过不下去,吃不起饭就喝粥,何必那么辛苦去做生意?亏得你运气好,没蚀本,你又不是不晓得,外面做生意做得倾家荡产的都大有人在。"

李小妮听了,没说话。

丁老太知道李小妮怀孕了,高兴得合不拢嘴。她主动承担了家里的大部分家务。一日三餐变着花样,讲究营养和口味。李小妮这才知道原来丁老太的厨艺这么好,色香味俱全,尤其是那道红烧肉,红红润润入味得很,特别下饭。还有一道雪菜黄鱼,肉嫩汁鲜,李小妮一口气就能吃掉大半条。丁老太说:"只要我孙媳妇吃得香,我天天烧,烧到你吃腻为止。"李小妮都有些受宠若惊了。

丁老太问李小妮还想吃什么东西。李小妮说:"我想吃骨头汤。"丁老太便起个大早,到菜场买上好的筒骨,拿回家熬汤,香喷喷的一大锅。李小妮尝了,说:"宋姐告诉我,汤里再放点罂粟壳粉就更好吃了。"丁浩听了,说:"你晓得罂粟壳是什么,就是鸦片呀。"李小妮吃了一惊,说:"那宋姐怎么还往汤里放呀?"丁浩嘿了一声,说:"这东西吃了会上瘾,一上瘾,饭店生意就好了。"李小妮说:"这不是害人嘛。"丁浩说:"现在都这样,反正又吃不死人。"

丁老太不用李小妮扶她下楼晒太阳接地气了。相反地,她还每天教李小妮打木兰拳,说锻炼一下对胎儿有好处。天气好的时候,她和李小妮在阳台上晒太阳。两人一边织毛衣,一边聊天。丁老太告诉李小妮许多丁浩小时候的事情,三年级还尿床;冒充家长签名被他爸爸揍个半死;高二下半学期得过一次作文比赛三等奖;上班第一次拿薪水,给她买了一个痒痒挠,她一直用到现在……丁老太讲到孙子时,总是绘声绘色,连眉毛都透出光彩来。李小妮听着,跟着一起笑。她也说自己小时候的事情。上小学时偷老爸的零钱去买棒头糖;看见别人烫头发觉得好玩,便拿火钳烧红了去试,结果头发全烧焦了；十八岁还没来例假，妈妈都担心她会不会有病……两个女人这么聊着聊着，感情倒是比以前深了许多。那些话是长着翅膀的，扑腾扑腾便飞到彼此的心里，生根发芽，开花结果。

丁老太说："小妮啊，你别怪我平常总护着丁浩，等你将来生了小孩，你就会懂了。等你有了小孩，你也会觉得天底下只有自己的小孩是最好的，谁都配不上自己的小孩。"

李小妮琢磨着丁老太的这番话，缓缓地点了点头。她在织婴儿的毛衣。算起来小孩应该是正月里出生，属猪。人家都说属猪的人运气好，一辈子吃穿不愁。李小妮已织得差不多了，只差一个袖子。她把小毛衣举起来，想象孩子穿上它的情景，忍不住便露出微笑。

晚上，丁浩趴在她肚子上听，说："咦，怎么没静？"李小妮嗔道："才两个月，有动静就成妖怪了。"丁浩搂着她，说："我们给孩子取个名字吧。"李小妮说："又不知道是男是女。"丁浩说："那就取个男女都能用的名字。嗯，丁丁灵怎么样？顶顶灵，嘿，我的小孩一定顶顶灵。哈哈！"

李小妮在他头上轻轻打了一下。丁浩说："我今天给你买了一件礼物。"他变戏法似的掏出一个小盒子，里面是一枚铂金戒指，镶着一颗小碎钻。丁浩给她戴上，问她："喜不喜欢？"

李小妮点点头。丁浩在她嘴上亲了一下，说："老婆，我们以后不要再吵架了，好不好？"李小妮说："我又不想跟你吵。"丁浩说："我也不想跟你吵。"停了停，他道，"我其实是很喜欢你的。"李小妮看着他，说："我也很喜欢你。"

丁浩伸手抱紧她。李小妮闻到他身上熟悉的味道，鼻子一酸，眼泪差点下来。那一瞬，她是有些后悔去做生意了。丁浩说得对，硬撑要别筋的。五万块钱就这样硬生生给别掉了。五万块虽然不多，却像她的脊梁，支撑着。现在脊梁骨被抽掉了，看似没什么变化，整个人却已中空了。李小妮懊悔极了。

她想，有钱没钱大概是前世注定的，有些人赚钱轻轻松松，有些人使出吃奶的力气也赚不到钱。各人有各人的命。她天生就是该受穷的命，像宋琳那样的，才是有钱人的命。就像那次去丽江旅游，她的钱是从牙缝里省出来的，紧巴巴咬着牙去的；可宋琳不是，人家本来是想去瑞士的，丽江只是小意思。差得太远了。

李小妮原先以为，宋琳是山顶上的一朵花，高是高的，可总能爬得上，够得到。她带着希望爬啊爬啊，一不小心跌落下来，这才发现，原来宋琳不是花，是山顶的月亮，她永远也不能达到的。希望变成绝望，因为曾经努力过，便更觉得恨，是得不到的妒忌，再混上伤心。这感觉突如其来，连她自己也没料到。

过了阵子，丁浩陪李小妮到医院做产前检查。医生说胎儿有点偏大，让她适当控制饮食。"现在的人啊，一怀孕就拼命补，这样没好处的，"医生说，"胎儿太大容易难产，为什么现在剖腹产越来越多，就是这个道理。"

李小妮走出病房，瞥见长凳上一个人挺面熟，再一看，竟然是朱以谦。他身边坐着一个年轻女孩。两人手握着手，样子很亲密。李小妮一愣，低头走开。丁浩问她："你怎么了？"李小妮手一指，说："看见那个男的吗？宋姐的老公，你见过的。"丁浩一看，说："是啊，他怎么也在这里？"李小妮说："他旁边那个女的，不知道是什么人。"丁浩一笑，说："这还用问吗？情人呗，看他们那副样子就晓得了。"

过了一会儿，朱以谦和那女孩走进问诊室。李小妮对丁浩说要去厕所，悄悄地跟了过去。她躲在门口，听见医生说，怀孕五周——李小妮吃了一惊。

回家的路上，李小妮反复想着宋琳以前说的那些话，还有那天听说她夫妻和好时流露出的失望表情，脑筋一转，便明白个七八分了。怪不得她说不开心，李小妮想，原来她老公外面有女人。李小妮又想了几遍，肯定是这样，没错。

阳光从窗外直射进来，照在她身上，暖洋洋的，她有些倦意了，美美地打了个哈欠。她握着丁浩的手，轻轻捏了两捏，像捏面粉团似的。丁浩看看她，说："怎么？"李小妮笑道："没怎么，就是想捏捏你。"丁浩嘿的一声，撩了一下她的下巴。

李小妮说想吃麦当劳。两人便到了附近的麦当劳，走进去，李小妮点了一个麦香鱼汉堡、一个麦香猪柳蛋汉堡、一份炸鸡、一份薯条。她吃得满嘴是油。丁浩说："你胃口可真好。"李小妮说："那当然，我现在是两个人吃嘛。"丁浩看着她，说："我觉得你今天心情好像不错。"李小妮嫣然一笑，没说话。

李小妮把在医院碰见朱以谦的事告诉宋琳。她说："大姐，我本来不想说的，怕影响你们夫妻感情，可再想想，还是告诉你的好。我把你当亲大姐才告诉你的，你可别怪我多事。"

宋琳只是嗯了一声，没说什么。她给李小妮倒了一杯水。李小妮看到她拿杯子的手微微发颤，便道："大姐，你没事吧？"宋琳说："没事。"

宋琳勉强笑了笑，一抬头，触到李小妮的目光——闪闪烁烁的，似有层薄雾挡着，拨开来，里面却是藏不住的快意。两人都是微微一怔。女人的直觉是最灵的，不需要说话，只要眼神那么一交流，触电似的，便通透了——从眼睛一直看到心里。许多话、许多片断像闪电般划过，只是一瞬间的工夫。心头同时打个激灵。事情便是从那一瞬起，变得有些不同了。

宋琳又笑了笑，说："男人嘛，就是那副德行。现在这个社会，只要稍微混得好一点的男人，哪个在外面没花头？我也看开了，随他去吧。他喜欢轧姘头就轧姘头，喜欢养私生子就养私生子。无所谓。反正我又不靠他养活。"

李小妮说："大姐你这样想我就放心了，我还怕你想不开呢。"

宋琳说："小妮啊，谢谢你告诉我。我知道你是为我好。"

李小妮点点头，在她手上轻轻拍了拍，是安慰的意思。宋琳那枚蓝宝石戒指闪着湖水般的光芒。李小妮看到自己那枚戒指，脸上一热，很快地便把手放下去了。她瞥见宋琳在朝自己微笑，意味深长地。李小妮也朝她笑笑。

李小妮有些恶毒地想，你钱再多，老公在外面养女人，你又有什么开心？

宋琳一整天都恍恍惚惚的，头也疼了。有个新来的服务员打碎一只杯子，她一下子火起，狠狠训斥了一通，还说要在工资里扣钱。那个小姑娘哭得泪人似的。旁边的人都很诧异，纷纷猜测老板娘今天是怎么回事。

宋琳不到四点就回家了。打开门，朱以谦坐在沙发上看电视。他看到她，忽地一下站起来，有些不自然了。他说："回来了？"

宋琳没说话，包一扔，也坐在沙发上。

朱以谦朝她看，想说话，又不敢。他心里也是乱糟糟的。昨天，顾冰冰对他说，她大概是怀孕了。他忙不迭地陪她去医院检查。医生说出"怀孕"两个字时，他头皮都要炸开了。他劝她把孩子打掉。顾冰冰却道："我不想打掉。"他沉着嗓子说："不想打掉你还想生下来啊，我看你是疯了。"他挥动着双手，都失了分寸了。

顾冰冰直截了当地问他："你喜欢我还是喜欢你老婆？"朱以谦愣在那里。顾冰冰接着说："如果你喜欢我，那就离婚吧。"

朱以谦没想到宋琳会这么早回来。他以为她至少也要七八点钟才到家。朱以谦本来还想趁这几个钟头好好思考一下，理一理，顺一顺，现在有些措手不及了。

朱以谦看看她，小心翼翼地问："今天这么早？"宋琳说："嗯。"朱以谦又道："你不舒服吗？"宋琳道："没有，我舒服着呢。"朱以谦听她的口气不对，一颗心顿时便提了起来，问："你是不是有事？"

宋琳摇摇头，说："我会有什么事？我什么事也没有。"

朱以谦找不到话题了，好像说什么都不合适，便干脆不说了。两人坐在沙发上，一动不动地盯着电视，其实什么也没看进去。到了吃饭的时间，朱以谦说："我们出去吃吧，吃韩国烧烤。"他知道她喜欢吃烧烤。宋琳忽地站起来，说："我没胃口。"然后进房间了。

朱以谦看着宋琳慢慢地走过去，脸上冷得不带一点表情。他的心也一直悬着。他其实是有些怕这个老婆的。讲句良心话，宋琳一直对他很好，上海滩上像她这样好的老婆还真不多。她在外面做事风风火火，在家里却一直很温柔。可朱以谦还是怕她。有些人的厉害是藏在骨子里的，外表再柔情似水，棱棱角角还是掩不住的。朱以谦觉得宋琳就是这种人。女人一旦给男人这种感觉，男人就会有压力。顾冰冰便不一样了。她作，她撒娇，她胡闹，好像浑身都是刺，可那些刺是软的，像按摩棒上的一个个突起，敲在身上酥酥麻麻，舒服得很。朱以谦就是喜欢让她敲，让她刺。

他洗完澡，回到房间，宋琳已经睡了，灯也关了。才九点多，她从来不会早于十一点睡觉，今天有点反常。朱以谦不敢开灯，轻手轻脚地脱了衣服，上了床。他的手碰到她，才发现她没睡，只是和衣坐着。朱以谦问她："怎么不睡？"

宋琳说："我睡不着。"朱以谦哦了一声，过了会儿，说："我陪你。"

两人就那样坐着，黑暗中只听到彼此的呼吸声。片刻后，朱以谦去握她的手，她一抽，挣脱了。朱以谦又去握，这次用了力气，宋琳没挣掉。朱以谦叫了声："老婆。"宋琳没吭声。朱以谦又叫道："老婆。"宋琳还是没吭声。朱以谦忽然觉得心里很难受，像被人咬了一口，缺了什么似的。他用力握住她的手，她的手冰冷。

"老婆，我很喜欢你的。"话一出口，他自己都觉得有些不伦不类，像文艺片里蹩脚的台词，在不适宜的时候说出来，导演自认为是经典，却引得台下嗤笑声一片，反倒像肥皂剧了。

宋琳似是轻声哼了一声。

"老婆,我……"朱以谦还没说完,便被宋琳打断:"我要睡觉了。"

宋琳躺了下去,朝向另一边。她头刚碰到枕头,眼泪便止不住地滑了出来。

顾冰冰接到宋琳的电话,约她在学校附近的真锅咖啡馆见面。宋琳说:"我们见面的事,请你先不要告诉朱以谦。"顾冰冰似是犹豫了一下,宋琳笑了笑,说:"别怕,我又不会吃了你。"

约好是下午五点。宋琳先到了。五点十分,顾冰冰也到了。她说:"对不起,我迟到了。"宋琳一笑,说:"没关系。请坐。"

顾冰冰坐下来,朝宋琳瞥了一眼。见她穿了一袭浅紫色的低胸长裙,头发微微鬈着,拿一枚金色的小别针斜扣着,妆容淡雅,五官显得非常精致。顾冰冰今天过来也是精心打扮了一番,粉红色的贴身背心配牛仔裙,头发扎得高高的,青春逼人。为的就是要把宋琳这个半老徐娘比下去。可一见面,她才知道自己失算了。宋琳不算漂亮,却很有韵味,这种年纪的女人,举手投足都像是甘草,入口不怎么样,却越嚼越香,耐看得很。顾冰冰心里哼了一声。

两人点了咖啡。不一会儿,咖啡上来了。宋琳往里放糖和伴侣,搅拌。小指微微跷着,动作轻轻柔柔。她端起咖啡喝了一口,接着,往后一退,靠在椅背上,欣赏窗外的风景。她将耳边的刘海朝后捋去,头略略侧着,睫毛的剪影投在脸上,神情淡淡的,悠闲的模样。

顾冰冰忍不住了,问她:"请问,你叫我来干吗?"

宋琳从包里拿出一个信封,给她。顾冰冰愣了一下。宋琳说:"里面是一张三十万的支票。"

顾冰冰浑身一震,整个人呆住了。

宋琳不急不慢地说:"把孩子打掉,离开朱以谦,这钱就是你的。我这人不喜欢拐弯抹角,要么你就拿钱,要么你就继续缠下去,不过我可以保证,你这个博士一定读不成。选择 A 还是 B,随便你。"

宋琳说完,端起咖啡,轻轻吹了吹。

顾冰冰看着信封,眼神完全定住了。呼吸霎时变得急促起来,胸口那里一起一伏。额头渗出一粒粒汗珠,不停拿舌头去舔嘴唇,舔得口红都花了。她似是考虑了许久,一咬牙,拿过那个信封。宋琳笑了笑,说:"很好。你应该知道怎么对我丈夫说,是吧?"

宋琳约李小妮在酒吧里喝酒。李小妮没喝,她一个人叫了五六瓶啤酒,酒越喝越多,话也越说越多,絮絮叨叨的。她把顾冰冰的事情告诉李小妮。

宋琳说:"这个世界上没有钱办不了的事。那种小姑娘,自以为很了不起,其实我拿钱就能把她给砸死。"李小妮听了不是滋味,没吭声。宋琳打个酒嗝,说:"跟我抢老公,她梦都别做!小妮我跟你说,这个世界上什么都是假的,只有钱才是真的。有钱就有一切,没钱什么事都做不成。"

她嘿嘿笑着。后面那句话她是说给李小妮听的。她朝李小妮看,李小妮拿着酒杯,脸上肌肉是僵的,连笑容也撑不住了。宋琳知道她心里不舒服。她还欠着她五万块钱呢。宋琳当然不会在乎这区区五万块，在乎的是李小妮。那天她借钱给她，她脸上就是这副表情。是尴尬，还有难堪。宋琳想，这个世界真是奇怪啊，她有的东西别人没有，可别人有的东西，她怎么也得不到。老天爷就喜欢开玩笑，总不肯让你事事如意，给你个虚无缥缈的希望，让你去追去求，到头来多半还是不能如愿的。宋琳当初是把李小妮当成镜子的，对着这面镜子，她以为便能看见明天的自己——她和朱以谦迟早也会像李小妮夫妻那样恩爱。谁晓得这镜子竟是面放大镜，一照之下，反倒将自己的软肋看得更加清楚，躲也无处躲。

李小妮一看表，已经晚上十点多了。她打电话让丁浩来接她。半小时后，丁浩到了。他一开口便怪李小妮："知道自己怀孕还弄得这么晚，你不晓得我有多担心。"李小妮道："大姐让我陪她说话呢。你坐会儿，再陪陪大姐。"

宋琳挥着手说："没事没事，你们走吧，要不然你老公要怪我了。"

李小妮笑道："管他呢，他就是这副样子，好像我是重病号一样。大姐你不知道，他每天都要逼我喝两杯牛奶，营养品一个个排着队给我吃，这样下去我非补成大胖子不可。上个礼拜医生已经说胎儿超重了，万一到时候胎儿太大，生不出来怎么办？"丁浩眼睛一瞪，道，别瞎说："不许触自己霉头。"

李小妮一笑，对宋琳说："大姐，你怎么不生个小孩呢？"宋琳摇头说："我不喜欢小孩。我先生也不喜欢。"李小妮说："小孩多好玩啊，大姐你条件好，自己不想带可以请个保姆嘛，现在不生，等你将来年纪大了会寂寞的。"宋琳说:"寂寞我就领养一个,反正孤儿院里有的是又聪明又漂亮的孩子,"停了停,又道,"有钱还怕领养不到小孩?到时候我领养个十七八个的,开个幼儿园,蛮热闹。嘿嘿。"

宋琳朝她笑。醉眼蒙眬的。

李小妮说:"领养的哪有自己生的好啊。再说了,我听人家讲,男人到一定岁数就会特别喜欢小孩,那时候再想生就来不及了。男人和女人不一样,男人七十岁还有生育能力,女人一过更年期就没戏了。"李小妮促狭地说下去,"好多男人就是这个时候想到在外面找女人的。中国人讲究传宗接代,没小孩到底还是不行。再有钱,以后死了连个继承人也没有,都白赚了。最多给自己打副金棺材。大姐你说是不是?"她朝宋琳一笑,心却怦怦直跳,想自己是怎么了,连这么恶毒的话都说出口。好像被什么驱使着,不由自主地。

李小妮把自己杯中的酒给丁浩,嗲嗲地道:"我不能喝,你替我喝了。"丁浩将酒一饮而尽,说:"回家吧。"李小妮便对宋琳说:"大姐,我们送你回去。"

宋琳摇摇晃晃地站起来,说:"不用,你们走吧,我自己能走。"李小妮说:"瞧你都喝醉了,我不放心你一个人回去。走吧,我们到外面去。"

三人走到门外,拦了一辆出租车。坐上去,李小妮说:"先送大姐回去。"跟司机说了地址。丁浩坐在前排,李小妮和宋琳坐后排。丁浩几次转过身,看李小妮。李小妮对他笑,他也笑。柔情蜜意都蕴在眼里,掩不住的。宋琳看见了,将头转向窗外,心里酸得要命,和着胃酸，一阵阵翻江倒海，难受极了。她把车窗摇下，吸了几口新鲜空气，才好过些。

车开到一半，李小妮忽说肚子疼。丁浩急了，说："那先回自己家吧。"不一会儿，到家了，李小妮下了车，对丁浩说："你送大姐回家，我自己上去。"丁浩关切地问："你要不要紧？"李小妮摇头说："没事，就是想上厕所，大概是吃坏东西了。"

车又启动了。宋琳懒懒地靠在椅背上，看着丁浩的后脑勺。眼睛闭上又睁开，迷迷糊糊的。她酒量其实不错，平常陪熟客喝酒，一两斤白酒都不在话下。今天不晓得怎么回事，几瓶啤酒就醉成这样，头疼得厉害，像钻子在里面使劲地钻。怪不得人家说伤心喝酒容易醉，还真有几分道理。宋琳对丁浩说："真是不好意思了，让你送我回家。"丁浩说："没关系。大姐你可别睡着，我不认识路的。"

宋琳咧嘴一笑，说："我知道。"

很快地，车到了目的地。宋琳打开车门，走出来，身体摇晃了两下，差点摔倒。丁浩扶住她，说："大姐我送你上去。"他扶着她，上了电梯。宋琳说："十八楼。"她软软地倚着扶手，瞥见丁浩在照一旁的镜子，似是在看脸上的青春痘。宋琳忽然想起李小妮对她说过——丁浩身体壮壮的，脸长长的，鹰钩鼻，像香港片里的打手。宋琳笑了笑，忽道："真年轻啊，还有青春痘，我十年前就不长青春痘了。"

她冲他笑。丁浩有些尴尬，嗯了一声。

打开门，家里灯暗着，没人。朱以谦还没回家。丁浩扶她在沙发上坐下，说："我走了，大姐你好好休息。"宋琳先是不动，忽地一下抓住他的手臂，说："我有点难受，麻烦你陪我一会儿好吗？"她声音嗲嗲的，拖着长长的鼻音。她自己都有些吃惊，好像一张嘴，就蹦了出来。猝不及防地，都不像自己了。

丁浩一愣，直直地看着被她抓住的手臂。宋琳柔柔地望着他，含情脉脉的。她酒劲上来，有些控制不住自己了，被什么东西牵引着，一步步走了下去。她的眼神会说话，情意从里面一丝一丝地渗出来。她每前进一步，丁浩便往后退一步。她这才发现自己其实并没有全醉，大脑最深处那块其实是清醒的。这样的半醉半醒，正是人胆子最大的时候。一些平常想都不敢想的念头，这时都蹦了出来。

丁浩的脸都红了，整个人像是定住了。

宋琳将外套脱了，只剩一件薄薄的紧身衣。胸部那块勾勒得很是丰满。她看见他的目光一点点往上移，最终停留在自己胸前。抖抖索索的，又是贪婪的。眼里有什么东西遮遮掩掩，却又跃跃欲试。

也不知过了多久，宋琳忽地一把抱住了丁浩。丁浩的手微微发颤，在半空中停了片刻，终于还是落在她身上。解开她裙子后面的拉链。他们滚倒在沙发上。他的唇，重重地压在她的唇上。他的手，没头没脑地在她身上摸索。他的节奏，狂野得让她吃惊。他浑身上下每一处肌肉，都是蓄势待发的弓箭，只需她轻轻一拨，便是所向披靡了。宋琳从未感受过这种激情，整个人都要疯了。她不禁对李小妮又多了几分恨意。女人是花，要雨露灌溉的，这样的丈夫，便是最好的园丁。他知道花需要什么，他的每一个动作，都是让花开得更艳更媚。

丁浩额头上的汗，落到宋琳的脸上，一滴又一滴。宋琳闭着眼睛,脑子里翻来覆去便是那句话——你得意什么,你老公也不是好东西,一遍又一遍地。

半小时后,丁浩穿好衣服,慌慌张张地离开了。宋琳点上一支烟,走到阳台,看着丁浩匆匆拦了一辆出租车。宋琳先是呆呆看着,继而笑了。一张毫无表情的脸,笑意陡地聚拢来,像瞬间换了张脸,突兀得很,都有些可怖了。

宋琳对着天空喷了个烟圈。已是立秋了。今年冷得早,夜里风寒得很,呼呼吹着。笑容僵在那里,似是也冻住了。

李小妮生下一个女儿。满月那天,宋琳送了一对金手镯当贺礼,还在"君再来"摆了一桌,算是她请客。李小妮原先是说不用了,宋琳坚持要,说是一点心意。李小妮只得答应了。

菜很丰盛,龙虾、鲍鱼,每人还有一盅鱼翅。宋琳专为李小妮点了一个椰汁炖燕窝,说女人吃最补了。宋琳那枚蓝宝石戒指在李小妮面前晃啊晃,耀眼得很。李小妮看着看着,觉得它像一个小眼睛,盯着自己,无遮无拦地。看得她心都灰了。宋琳大谈生意经,说饭店最近的营业额又翻了一番,还上了报纸,东方电视台的记者都来采访过了。李小妮听着听着,觉得无趣得很。过了一会儿,她对宋琳说:"我有点头疼,先走了。"宋琳送他们到门口。她说:"我让司机送你们回去吧。"

宋琳换了一辆白色的奔驰敞篷跑车,一百多万。停在饭店的花圃边。每个进来吃饭的人,都要对它行注目礼。李小妮见了,只瞟了一眼,便道:"不用了,我们自己回家。"也不待宋琳回答,拖着丁浩便走。

宋琳对丁浩笑了笑。丁浩忙不迭地把头转开。想做得坦然些，过了头，看着反倒更怪了。朱以谦过去就常是这副表情。宋琳心里冷笑了一下。

李小妮与丁浩站在路口拦出租车。等了许久都没有车。丁浩说："我们去坐公共汽车吧。"李小妮想到宋琳还在后面看着，便不同意，坚持要等出租车。她头一低，看见颈里那条羊绒围巾。她本来不想戴的，是丁浩说这条围巾配衣服正合适，才戴上的。当初宋琳送她围巾，她感激不尽，现在再想想，好像从一开始，宋琳对她便是居高临下的。宋琳送她东西，像施舍一条小狗，几百块钱对宋琳来说又算得了什么？她们之间，终究还是不平等的。宋琳根本看不起她。她是个有钱人，而她呢，是个穷得不能再穷的可怜虫。

一会儿，旁边又多了几个等车的人，都是刚从"君再来"吃完饭出来的。一个女人说："这家店的骨头砂锅真不错，我吃了这么多骨头砂锅，这家是最好的。"另一个女人说："对呀，价钱也不贵，下次还过来吃。"两个女人叽叽喳喳聊着。

李小妮听着，先是不动，忽地脱口而出："你们知道为什么好吃？因为里面放了罂粟壳。罂粟你们知道是什么吗？就是鸦片！吃多了会上瘾的，戒不掉的！"

那两个女人盯着她看。

"不信是吧？"李小妮大声道，"不信你们就打个电话给卫生检疫站，让他们过来检验一下，看看是不是真的。"

丁浩要拉她走，她把手甩掉了。

"我要是骗你们,我就不是人,是畜生!"李小妮赌咒发誓了。

她说完,觉得畅快得很。一回头,见宋琳就在她身后,似笑非笑的。

两个女人就那样呆呆地站着,一动也不动。

我是好人

(一)

我下了飞机,并没有马上回家,在机场绕了一圈,挑中一间颇有名气的冰淇淋店。门口有块价格牌,我没想到去看的那一刹,惯性作用让我有了大款的做派。从外望去,环境气氛不错,我毫不犹豫,进去了。

客人很少。我要了一杯咖啡,一块芝士蛋糕,一盒冰淇淋。很快就来了。喝一口咖啡,把蛋糕切成一小块一小块,用小勺送进嘴里,慢慢地咀嚼,冰淇淋不用牙齿咬,让它躺在舌头上,一点点融化。我吃得很慢,极有规律。咖啡、蛋糕、冰淇淋,咖啡、蛋糕、冰淇淋……舌尖忽冷忽热,和我的心一样。

昨晚是一个极度狂欢的夜。我当了十几年的老师,却还是第一次，男男女女，吃饭喝酒，唱歌跳舞，异性按摩，弄得烂醉如泥，不省人事。那个南方的海滨城市啊，风景如画，四季如春，祖国大部分地区早已寒风刺骨，这里依然是暖风习习，掺着香风，不知不觉，大家都有些人来疯。我喝了几瓶酒？自己也数不清了，只记得那个姓万的教导主任，眼睛有点斜的，一个劲地说："江老师，给我个面子，再喝，再喝。"我给足了他面子，也给足了大家面子。

一会儿，到了夜总会，KTV包房门口坐着一排女孩子，袒胸露背，睁大眼睛看我们。灯光下，一双双眼睛水汪汪的，可怜兮兮。万主任飞快地扫视了一遍，很随意地点了三个："你，你，你，进来吧。"这三个女孩子刚才还静若处子，马上就动若脱兔了，抽筋似的，从座位上弹起来，笑嘻嘻地跟着我们进了包房。万主任说："每人先唱一支，好的留下，不好的出去。"第一个女孩子唱了两句，立即被赶了出去，第二个差强人意，第三个还不错，于是被安排与我合唱一支情歌。我五音不全，老是跑调，喝醉酒的人，嗓子发沙，像缺少润滑油生了锈的机器，偏偏热情最高涨，每个人都在帮我点歌，酒精让我兴奋无比，来者不拒。万主任问我吃什么，我说随便，他给我点了一个龟参燕窝盅，说对男人特别滋补。又开了一瓶XO，斟满一杯，亲自端到我面前。一介书生，几时受过这样的热情款待？——我晕乎了。

唱毕，万主任让那女孩子陪我一起回宾馆。这就真的吓坏我了。女孩像麦芽糖一样粘在我身上，大家都笑，说她跟我有缘。我很坚决地推辞了。再醉，这点自控力还是有的。万主任叫了辆出租车，送我回宾馆。走进房间，我重重地倒在床上。有电话打过来，是嗲嗲的女声:"先生,要不要服务啊。我挂断了。"

埋单时,我意识到一切已经结束,又回到了现实。现实是,你一个月才赚两千元不到,而一顿下午茶却吃掉一百多元。前两天万主任签的账单要比这丰厚得多,他签得十分爽快,因为公款可以报销。我跟在后面,有他们的鼓励,尽可以点自己喜欢吃的东西,不必顾及价钱,潇洒得很。我忘了,现在是吃自己的,花自己的。

我重新审视自己的社会地位。一个穷教书匠而已,没钱。因此,我有穷人的专利——小家子气、讨价还价。我问服务员小姐:"这芝士蛋糕怎么这么贵,28元才一小块。"小姐看我一眼,不慌不忙地拿出价格表:"先生,这是全市统一价。"

"太黑了吧,"我抱怨,"简直是暴利。"她解释道:"我们所有的原料都是从国外新鲜运来,当然不便宜。"我摇头:"这么贵,怪不得没客人,薄利多销懂不懂?"

她以为我会赖账,又叫来一个女孩,以壮声势。两人警惕地看着我。事实上,我连想都没这么想过——正因为钱包吃了亏,才要在嘴上讨点便宜。

我掏出皮夹,悻悻地付了钱。

坐上机场大巴,突然下雨了。一滴,两滴,三滴,落在玻璃窗上。

我给家里打了个电话。没什么事,只是下意识的动作。车上太无聊,干坐着,不知不觉就拿出手机,拨了家里的号码。说些什么呢,没想好。这似乎是件可笑的事——见了面都没话说,偏偏要打电话。

电话接通了,传来有节奏的"嘟——嘟——"。

我准备告诉李雯,我没带伞,想叫出租车回去。这样,她肯定会说:"别浪费钱,我来接你。"我让她待在家里,说:"下雨天不方便,别出来了——"话题将在你谦我让之中得以延续。手机费不便宜,六毛钱一分钟,工薪阶层,说上几句点到为止,差不多便挂了。我断定,实际的电话内容与我预料的,必然相差无几。这份自信来源于十几年的夫妻生活,十几年如一日,没有默契,也有惯性。

接电话的,竟是母亲。

"到了。"我说。

"噢。"

我问:"李雯呢?"

"出去了。"

"那没事了,回家再说。"

李雯昨天做晚班,今天休息,此时应该在家里。她生活单调而有规律,轻易不会更改。下雨天,她会去哪儿呢?我不自禁地想到罗景福。

也许,此刻她正和罗景福在一起。罗景福,四十出头就秃顶,一毛不剩。离了婚,独自带着上初中的女儿,住在我家隔壁,对李雯一直心存妄想,这谁都看得出来。他有着中年独身男人的不甘寂寞,以及厚颜无耻。他堂而皇之地亲近李雯,献殷勤,套近乎,忘了李雯是有夫之妇。这是个丰富而杂乱的时代。那些被传统道德长期压抑的东西,包括各种跳跃的、浮躁的、不羁的,甚至邪恶的行为，刹那间变本加厉，时髦起来。我忽然想到，他这样做，是不是存心欺负我？楼里那么多大姑娘小媳妇他不挑，单单找上了我的老婆。其实，李雯又不漂亮。他看准我无钱无势无勇，挑软柿子捏，吃定我了。

雨越下越大。怒气源于猜想，来得莫名其妙，却落地生根，有雨水的滋润，发了芽，开了花。雨珠滴答滴答，听得人十分厌烦，恨不能用手撕开这层厚厚的雨雾，让太阳露出脸来。

下了车，我在车站里躲雨，又打了个手机。我促狭地想，如果是李雯接的，一定要让她出来接我，带上伞。

电话那头还是母亲。她担心地问我："是不是有事啊？"我说："没事。"挂掉电话，我坐了下来，跷起二郎腿。拿定主意，每隔二十分钟打个电话。

李雯什么时候把伞送来，我就什么时候回家。

车站上的人少了又多，多了又少，只有我没动。一辆出租车停在我面前，司机按了几下喇叭，看我两眼，确认我并不想上车，走了。

继续打手机——李雯依然没回来。母亲的声音更焦虑了，我再次向她解释没事。又一辆出租车犹犹豫豫地停下，走了。

我面无表情，眼睛空空洞洞地望着天空。

为什么要叫出租车？偏不叫。赚钱容易么，扯着嗓子在讲台上指手画脚，喊破了喉咙，也不过那么点钱。有钱人才叫出租车，我是穷人，下雨天就该在车站等老婆送伞来。老婆不在家，那就等呗，反正穷人的时间不值钱。我坚定了想法。等，继续等。

李雯不回家,我也不回家。

雨,千万别停。绵绵细雨也好,倾盆大雨也行,只管下吧。天色渐渐暗了下去。我想,再晚你也得给我送伞。最好是三更半夜,她到了家,再急急忙忙出来。笃!笃!笃!雨点一滴一滴,结实又沉闷。我和她一声不吭,走在午夜的马路上,她撑她的伞,我撑我的伞。我希望她生气骂人,骂得越难听越好。她是工厂女工,跟我结婚这么久,近朱者赤,她也学会用一些文绉绉的词儿了。她跟着我听京剧、昆剧,看世界名著,在我的同事和学生面前做出一副落落大方的模样,客人们唤她"江太太",学生尊她为"师母"。但骨子里她还是个中学毕业的女工,把她惹急了,有什么说不出做不出?她生气也好,不生气也罢,我都不在乎。没有人会指责我的不是,连她的家人也不会帮她。无论怎样,都是我占上风。

李雯有致命伤。作为女人来说,绝对是致命伤。

手机响了。竟然是李雯。

"你不是早下飞机了嘛,怎么还没到家?"

我说:"下雨,我没带伞。"

"没带伞就叫辆出租车回来呗,真是的。妈说你一连打了好几个电话,我还以为出什么事儿了呢。快回来,今天是什么日子,你还不快点回来。"

"什么日子?我不解。"

"傻瓜,你的生日。"

我想起来了,今天是我三十九岁生日。电话那头一个劲催促,催得我心慌意乱,正想问她刚才去哪儿了,电话已挂断,传来急促的忙音。我拿着手机发了一会儿呆，思路完全脱节了，叫了一辆出租车，匆匆赶回家。抬腕看表，下飞机时是两点零五分，现在是五点三刻。这三小时四十分钟，过得莫名其妙。

原来李雯是去采购晚饭的材料。我打开门，她便迎上来，接过我的行李，拉我进厨房，看盆里肥硕的大闸蟹，告诉我一只足有四两重，正宗阳澄湖蟹。她让我摸蟹壳，得意地道："看吧，只只都很厚实。"锅里炖的是芋艿老鸭汤，香气扑鼻。母亲把生姜洗净切碎，放在三只小碟子里，撒一点白糖、味精，倒上醋。又把几样熟菜装盆。李雯兴冲冲地拿出一瓶剑南春，炫耀似的，对我说："今天让你喝点好酒。"她不知道，昨天晚上我一个人就喝了两瓶水井坊。眼前这些酒菜加起来，能抵得上平常家里好几天的伙食开销，却还不及昨晚那盆澳洲龙虾刺身。

她帮我倒上酒，又为自己和母亲倒了一点葡萄酒，提议先干杯，祝我生日快乐。我们三人碰了杯，杯子发出清脆的响声，大家都笑了笑。我说："谢谢你们给我过生日，我自己倒忘了。"母亲说："又大了一岁了。"依然是小时候的口吻。我说："不是大一岁，而是老了一岁了。"李雯道："老什么，正当壮年嘛。"

李雯把电视机打开，六点半本市新闻，七点钟《新闻联播》。我们边看电视，边吃螃蟹。螃蟹这玩意儿吃起来费劲，却也有好处。人只有一张嘴，若要专心致志地吃东西，便不能说话了。对于不想说话的人来说，能找到沉默的理由实在是件开心的事。反正播音员那张嘴是不会停的，从地方到中央，这么一路看去，一小时后，新闻结束，饭也吃完了。

玻璃柜里摆着爸、妈、我、江博四人的合影。那是十几年前拍的。我紧挨着母亲，江博搂着父亲的脖子。

相架下压着一张贺卡。母亲告诉我，是江博从美国寄来的。我点点头。每年过生日，这个同父异母的弟弟照例都会寄一张卡给我。里面是龙飞凤舞的英文贺词，还有一年比一年拙劣的中文字——"生日快乐"。

我很认真地吃着螃蟹，心无旁骛。用牙签把蟹脚里的碎肉挑出来，放进嘴里，吃得干干净净。李雯见了，笑道："看，江弘多会吃啊。"她拿蟹肚跟母亲的蟹脚蟹钳交换，因为母亲牙齿不好，咬不动。她问我："这螃蟹还行吧？"我点头。她很得意，告诉我买蟹的经过。跟小贩讨价还价，跑到公平秤上复秤，缺斤两，又折回去理论，最后连市场管理员也惊动了。她说得绘声绘色。平时她绝不会跟我说这些——她知道我怕烦，最不爱听这些婆婆妈妈的事。今天是我生日，气氛不错，她才有胆子向我啰唆。她像个孩子，懂得看人脸色，趁父母心情好时撒娇卖乖。

我注视着她。她化了淡妆，涂了口红，薄施脂粉。头发刚吹过，很柔顺，几根刘海弯弯曲曲搭在前额。一定是刚才买东西时顺便去了理发店。我忽然想起，临出差时，她就不断提醒我，快些回来，最迟星期六一定要到家。她老早就算好日子，星期六，十月初八，正是我的生日。

她啃着蟹脚，突然抬起头，朝我一笑，笑得很媚。

我先是一愣，再一想，就明白了。这笑容和大闸蟹、剑南春一样，是用来庆祝我生日的。她想必是练了很久，要把这笑容留到特定的日子，出其不意地展露。笑容中，竟还朝我抛了一个媚眼。

我真想跟她说别笑了，比哭还难看。她却在此刻站起来，嗲嗲地，搂住我的脖子，"啵！"在我脸上亲了一下。我一哆嗦，汗毛根根倒竖。

李雯笑着，一个幸福的小妇人。

吃过饭，李雯拿出一个小鲜奶蛋糕，打开，"生日快乐"旁边写着我的名字。点上蜡烛，关了灯，要求我在吹蜡烛前许愿。我一口气吹灭了蜡烛，她鼓掌，母亲也鼓了几下。我真担心她们会为我唱生日歌，幸好没有。她切开蛋糕，每人一块。我吃了几口，她忽然叫我别动，拿纸巾在我嘴角轻轻擦下一块奶油。"你呀，长不大。"她道。

我只有苦笑。

我坐在沙发上看报纸。电话铃响了。我拿起来，喂了一声。

"老江，回来了？"系主任顾仁清的声音。

我下意识地坐直身体。"是啊，下午刚到。"

"怎么样，还顺利吧？"

"蛮好的，一切都顺利。"

"顺利就好。一年到头忙着教书，有机会出去遛遛，散散心，不错吧。这次名额是我帮你争取来的，你可得谢谢我呀，哈。"

"谢谢、谢谢。"

"哈，开玩笑。我才要谢谢你呢。我们的那本书下个星期就要出版了。"

"噢。太好了。"

"我和爱人想请你吃顿饭哪。"

"不必了。"

"要的。我们辛苦了这么久,庆祝一下嘛。你挑个日子。"

"那,随便,你定日子吧。"

寒暄了几句,挂了。刚放下,电话铃又响了。这次是毛毛的妈妈。她一听到我的声音,便激动地叫起来:

"江老师……"

"她泣不成声地告诉我,毛毛摔了一跤,血流不止,又犯病了。"

我说:"明天我过来。"

"不用了,江老师,我、我没别的意思,只是告诉你一声……你已经花了那么多钱了,我不好意思再……"

"明天我过来。"我又说了一遍。

如果声音能跪下磕头,电话那头的女人早已磕得头破血流了。我挂掉电话,长长地吐出一口气。好累,做人好累。隔着电话,看不到人,只需在语气上下些功夫,不必费心做表情,尚且如此。

电话铃竟然又响了,我预感不会是好事。

男人的声音——是罗景福。找李雯。

李雯奔出来接电话。我走进房间,关上门。

房间里有分机。我拿起听筒。

"吃了饭没有?"罗景福问。

"吃了。"李雯道。

"你老公回来了?"

"回来了。"

"明天你老公在家吗?"

"星期天,当然在家了。"

"他不是在外面接了许多课嘛,给那个得了白血病的小孩治病。啧啧,他可真是个活雷锋啊。"

"屁话!……要是没事,我挂了。"

"哎,别挂,我还有要紧的话没说。"

"什么?"

"嘻,你心里清楚的,我不说你也知道。嘿嘿,你明知故问。"

"挂了!"

我放下听筒。

我的呼吸声很重,毫不顾忌。她肯定听到了。我对着电话,沉默了一会儿。李雯走进来。我们对视一眼,她坐下,道:"你听了?"

我不回答。

"你偷听我电话?"她加重了语气。

我抬起头。

她腰里系着围裙,手指交叉摆在肚子上,胸口不住起伏,看着我。

"我是听了。你有什么不能被我听的?"我冷冷地道,"你和他有什么见不得人的事情,怕被我听见,啊?"

她脸涨得通红,突然间又变得惨白。停顿了几秒钟,站起来,朝外走去。打开门,母亲站在门口,一脸惊愕。我听到李雯在客厅大声叫道:

"不要脸!"

接着，哐当几声，像是茶杯被摔在地上，碎了。

"你太欺负人了！"她哭喊。

我站起来，把报纸一扔，冲出去，左右开弓，打了她两记耳光。

我手上有她的眼泪。

她愣住了。母亲也愣住了。

"你还有理了！"我吼道，"把你爸爸、妈妈还有弟弟、弟媳，全都叫过来，我倒要问问他们，当着老公的面，跟别的男人在电话里不清不爽、打情骂俏，你们李家就是这样教育女儿的吗？是你不要脸还是我不要脸?!"

李雯哭着回娘家了。走的时候，把门重重地一关，砰！

我看了看墙上的石英钟。八点五十分。她娘家在郊区，离这里很远，公共汽车要换三次，路上至少两个多小时。窗外还下着雨，刮着风。晚上比白天冷得多，她只穿着一件羊毛衫，外套也没带。

我准备把她追回来。楼道里响起一阵急促的闷雷似的脚步声，听得人心惊肉跳。——这女人大概想把楼梯踏穿。渐渐轻了。一会儿，安静了。我的手刚碰到门，又缩了回来。

我终究没有出去。

母亲在一旁窥视，关注着我的一举一动，眉头微蹙着。我在客厅里踱了几步，又坐下。

我洗了澡，躺到床上。看表，只过了半个多小时。李雯现在在干什么呢？我想，她该不会在车上大哭吧？她哭起来的样子可真难看，鼻子又红又硬，像根冻僵的胡萝卜，眼睛眉毛全缩成一团，眼泪鼻涕交汇着，从嘴角流下来，身体时不时发抖，抽筋似的。人的哭相本就凄苦，她更是如此。我讨厌她哭，倒不是因为哭相难看，而是，我不能忍受她哭得那么伤心，那么惨。她每一次哭都像是发泄，要把心底长期积聚的郁闷一股脑全倒出来似的。她的哭声不大，却撕心裂肺，让人听着难受。我气不过。

天知道，该哭的是我。

你有什么委屈，你也配吗？哭是受害者的权利，靠它博人同情，支撑着度日。你却连这仅剩的好处也不给我，全夺了去。我一无所有。我打了你，那是一时失手。我宁可哭的是我，冲下楼的也是我。

我看到床头柜上那幅结婚照。我们紧挨着，傻笑。李雯鼓起腮帮，眯着眼，笑得露出牙龈肉。当时给我们拍照的那个摄影师——这已是十几年前的事了——他觉得我们这一对新人极笨，表情木讷，缺乏协调。拍到一半，他气急了，扔下一句："拍了半辈子的照，还从未见过像你们这么没默契的夫妻！"我们没把他的话放在心上，一笑了之。现在想来，摄影师有他的直觉，搞艺术的人最是敏感，只需几个细微的眼神和动作，便可以体会到。你不得不承认，这世界上确实存在第六感，它很微妙。说不清理由，摆不上桌面，没有人把它当回事儿。但怪就怪在这里，过了若干年后，事实证明，人的直觉往往是正确的。真的很奇妙。

我和李雯认识的时候，才二十出头，在一个工厂，都是车工。谈了两三年的恋爱，结婚了。李雯长相普通，身体健康，很大众化的女子。当时我不过是个毛头小子，有些理想，但前途渺茫，不敢想得太多，否则就变成痴心妄想了。我还是相当安分的，老老实实的一个人，瘦瘦高高，五官端正，不太丑。我坚信人的容貌与境遇有关。现在，几乎每个人提到江弘，都会说，这家伙长相真不错。即便是对我再不满的人，也不会攻击我的外表——依然是这张脸，比起当年还老了许多，胖了，腰围粗了一圈，肚皮肉厚了几寸。那时从来没有人说江弘是帅哥。当然了，我穿着皱巴巴的工作服，一天到晚弯着腰低着头在车床上干活，不爱说话，不会交际。头发乱糟糟的一团，不买时髦的行头，不听流行歌曲，走起路来双臂摆动得极不自然，没有风度，没有派头，没有钞票。我是个很不起眼的家伙，和李雯正好配成一对。这桩婚姻，既不高攀也不低就。

结婚没多久，我留职停薪，去读大学。六七年后，我当了老师。

我们一直没有孩子。

相当长的一段日子里，我很忙，拼命地学习，没有精力顾及其他的事情。我认为我们没有孩子，或许别的原因。我们还年轻，不怕。等到一切都稳定下来，事业方面可以暂告一段落了，打个哈欠，伸个懒腰。这时，我发现，我的家人，李雯的家人，我们的邻居，我们的同事，我们的朋友，几乎所有的人，都关注着一件事：我们三十好几了，还没有小孩。

我看表，十点零五分。李雯应该还没到家。

今晚必定是个不眠夜。我干脆起身，为自己泡了杯浓茶。

我抱怨那时的婚前检查。只是那么草草几项，穿白大褂的同志漫不经心，一手摸着你的器官，一手拿着印章，往往是还未检查完，印章已经盖在纸上了。正常，一切正常。这样的过程，除了敛财，我想不出还有任何其他的目的。最初制定这一程序的同志，想必也是个中国人,应该知道中国人的大忌,怕什么,就要查什么。中国人最怕结婚生不出孩子,你就该往生殖泌尿那方面好好地下手,彻查一番。婚前检查不是为了保障婚姻幸福吗?有些毛病是瞒不过去的,早晚总会知道。知道得越晚,情况越糟。

如果早在结婚前,就知道李雯不会生小孩,我会怎样呢?

这个问题我曾想过无数遍。太残忍了,硬生生撕下一层皮,血肉模糊。男未婚,女未嫁,她不能生育,分手天经地义;结了婚便不同了,尽管法律规定夫妻一方不育,另一方有权提出离婚,但这不是说断就能断的。好比去商店买衣服,没付钱之前,你尽可以千挑万选,把所有的衣服试个遍;一旦付了钱,开了发票,银货两讫,拿回家才发现有毛病,想退,可就不容易了。

离婚,还是不离婚?

摆在你面前两条路,方向完全相反。一条路,是圣人;另一条,是恶人。

——要么圣人,要么恶人。

而这世上大多都是凡人。

我有点困了。原来浓茶也会捉弄人,我想静静地坐上一夜,它却偏要让我睡觉。有时候我失眠,喝杯热牛奶,竟整晚都睡不着。事与愿违。古人说,人生不如意事十之八九。这世上真正活得开心的人,只怕也不多。

李雯的屁股很大。我怎么会想到这个,真是莫名其妙。她的屁股确实很大,但绝不性感。我认为,性感的屁股不一定要很大,但必须结实,微微上翘,形成一个优美的弧度。我虽然没有摸过这样的屁股，但可以想象，摸上去一定像个皮球，很有弹性。李雯的屁股我是摸过的，松垮垮的一团，像包着烂棉絮的枕头。具有讽刺意味的是，母亲当初见了她，竟悄悄跟我两个姨妈说，这姑娘屁股大，好生养。她们三个上了年纪的女人笑得不怀好意，对着我。那时我确实不知道女人的髋骨与生小孩有什么直接联系，也不太在乎李雯的长相和身材。无论屁股大屁股小，只要是女人，结了婚都会生小孩，我是这么认为的。迟早我会当上爸爸，有个小东西，男孩或是女孩，会叫我"爸爸"。顺理成章的事，起初我并没觉得这有什么了不起，我也不怎么喜欢小孩。直到一个晴朗的下午，看见那张医生开出的诊断书。那一刻，天并不冷，我的心冷了。

李雯是先天性输卵管阻塞。

丈母娘打电话来时，我穿着衣服睡着了。突然间铃声大作，惊醒，坐直。看表，十一点了。我打了个哈欠。

"江弘啊，李雯到家了。我怕你担心，打个电话来说一声。两口子过日子总有矛盾，李雯脾气是急了点，你别放在心上，这么多年夫妻了，她是怎样一个人，你还不清楚？误会，都是误会。没事的，你先消消气，过几天我送她回来，讲讲清楚就好了。"

丈母娘的声音又轻又柔。

"知道了。"我没精打采地挂掉电话。

（二）

我以为教导主任老宋急着找我，是谈关于刘飞考试作弊的事，没想到，只几天工夫，班上又出了一件大事。

黄潜坐在角落里，眼睛骨碌碌转个不停。这么冷的天，他只穿了一件薄薄的夹克衫，黑乎乎的白衬衣领子露出来，缩着身体。我看不过去，脱下外衣给他披上。老宋瞟我一眼。我知道他在想什么，他肯定觉得，我这是故作姿态。他大概还会联想到学校每年评优，那么多学生投我的票，都是因为我会做人的缘故。我是滥好人、伪君子——许多老师都这么认为。老宋是绝对不会想到把衣服脱下来给学生穿的。这没什么不对。各人的性格不同，我确实比较容易注意到那些细节问题，要我眼睁睁看着学生挨冻，真的于心不忍。

老宋让黄潜交代事情经过。

"昨儿下午我没课，在宿舍里闲得发慌，就想出来找点儿乐子。您知道，这学校有啥好玩的，到外面唱歌、跳舞、看电影又要花钱。想来想去，还是女浴室这地儿有点儿意思。（老宋大喝一声：'无耻！'）您甭骂我，我本来就是个小痞子，您又不是不知道。逮都让您逮住了，横竖总是个处分，您就省点儿力气吧您哪。"黄潜是北京人，一口京片子松脆利落。

"都看见什么啦？"老宋问。

"哎哟，宋老师，您这话问得高明。您说，女浴室里我能看见什么？让我帮您形容一下？嗯，我想想，先从那女孩的腿说起吧，白生生……"

我干咳两声，喝道："黄潜，别胡闹！"

老宋气得全身发抖，脚一蹬，道：

"老实交代，你到底看见了没有？"

"看见了，当然看见了。"黄潜哼了一声，翻个白眼，"我要是没看见，那女孩早没命了。浴室里就她一个人在洗澡，洗着洗着，冷不丁倒在地上，我吓一跳，还以为她滑了一跤，后来见她喘不过气来，才知道是心脏病犯了。再怎么着，也不能见死不救啊，赶紧打电话叫救护车。宋老师，我可是救人一命哪！"

"你小子还有理了！"老宋骂道。

"怎么没理了？您想，我要是看见了不吭声，拍拍屁股就跑，由她自生自灭，神不知鬼不觉，我还能让您给逮着？救了人，就是英雄，功过相抵不算，您还应该奖励我点儿什么才对。"

"嘿嘿，厚颜无耻，厚颜无耻。"老宋不怒反笑。

黄潜一撇嘴，问道："宋老师，将心比心，您要是处在我的位置，请问，您会怎样做？"

老宋一愣，脱口骂道："放你的狗臭屁，我会去偷看女生洗澡？"

"您急什么，我只是打个比方而已。"黄潜笑道。

老宋恨恨地对我道："老江，你是他的班主任，你说，该怎么办？"

我道："黄潜偷看女生洗澡，绝对是不应该的。但这件事同时又牵涉到救人一节，情况比较特殊，所以一定要从长计议。"

我说的全是废话。但除了这个，我还能说什么呢？

刘飞的事已让我大伤脑筋，偏偏黄潜又来凑热闹。刘飞是连续几年的三好学生、优秀党员。昨天，学校做了最后决定：开除学籍。连刘飞都落得这步田地，更别说黄潜了。我没什么信心。

一波未平，一波又起。我有些烦躁，朝黄潜看去。这个捣蛋鬼！

他依然是那副天塌下来都不怕的神情，对着我，调皮地一吐舌头。

我下了课，算好时间，乘校车赶往毛毛那家医院。

平常这会儿早该到了，今天赶上修路，又是下雨，坑坑洼洼。一条本来就不宽的马路，挖个坑就占去一半，骑车的、开车的、走路的，全挤到一块，你争我抢，硬是要从这狭小的空间里挣脱出自己的一条道。前面一辆出租车抛锚了，整条马路的机动车都只能停下来。驾驶员们伸出脑袋，满脸焦躁。踩不了油门，便猛揿喇叭，十几辆车同时揿喇叭，像一支没有指挥的交响乐队，杂乱无章，让人头昏脑涨。自行车一辆接着一辆，不急不缓在边上驶过，侧头往车里看看，笑一笑，幸灾乐祸。走路的人撑着伞，小心翼翼，踮起脚，唯恐裤管沾上泥，慢慢地，也把长龙甩在后面。

起初我是睡着了，睡得挺香。渐渐地，感到车身颠簸得厉害，弯弯曲曲，像在走山路，越开越慢，到最后干脆停下了。我睁开眼睛，一看，天全黑了。

——昨天这个时候，我正在给毛毛讲故事。她妈妈坐在旁边削苹果，削了一个给我，我说不要，给了毛毛。晚饭我在医院门口买了三份盒饭，毛毛不能吃太肥腻的东西，我专门给她挑了一份清蒸鲫鱼加香菇菜心。住院部的看门老头换了个新的，不认识我，说时间太晚了，不能探视，硬把我挡在门外。毛毛妈在楼上看见了，慌忙奔下来，在楼梯上绊了一下，跌跌撞撞差点摔倒。她再三向我道歉，说："江老师您专门跑一趟，真是过意不去。"我把几盒营养品给她,还有一个大信封,里面装了五千元钱。我看见她脸上的肌肉抖动几下,像哭又像笑,嘴巴哆嗦着,说不出话来。我宁可她说不出话——再好的话,听多了也会反胃的。一个下岗的女工,没读过多少书,老实巴交,辛苦拉扯着女儿。她有千言万语,苦于不会表达,一声"谢谢"翻来覆去地说,恨不得把心挖出来给你看。她竟然想将盒饭里的大排让给我吃。她说:"江老师,你爱吃大排的,是吧?"我急忙摇头,并再三向她说明,我牙齿不好,怕大排肉嵌进牙缝里,胃也不好,大排太硬,吃了不消化。她这才作罢。吃完了,她抢着把我的饭盒拿去扔了。

毛毛刚做过化疗,没什么精神,吃得很慢。她妈妈便喂她,把鱼骨头剔去,用小勺送进她嘴里。我静静地坐在旁边,看着。十二岁的小姑娘,脸上苍白得没有一点血色,瘦得只剩下架子,眼窝凹下去,两个深深的洞,颧骨突出来,嘴唇发青。周围弥漫着浓重的药味和酒精味,由于是用餐时间,还混合着油腻腻的饭菜香。这间病房共有六个床位,望去,躺着或老或小的女病人,头发或长或短,都是一样的神情萎靡。

医生护士走来走去。踢嗒踢嗒,高跟皮鞋踩在地上,竟像是踩在人心上。走道里阴森森,头顶的白炽灯照在地板上,又反射回去,白茫茫的一团光,像雾气笼罩着,心里空落落的,很冷。医院这种场所,听到的,看到的,闻到的,感觉到的,没有一样让人愉悦。若是不能治病,病人整日处在这样的氛围里,只怕死得更快。

我一下子站起来。毛毛妈紧张地放下小勺,也跟着站了起来。她看着我,问我要干什么。我知道她想帮我。她的眼睛一直没有离开过我，自始至终都关注着，生怕有什么地方怠慢了。看她这副惶恐的模样，我竟有些内疚。

我说："我要去一趟卫生间。"她大概觉得这事帮不了我，笑笑，坐下了。

那辆抛锚的车终于被拖走了。

周围开始骚动起来。车子一辆挨着一辆，像是冬眠的蛇到了春天，蠢蠢欲动。驾驶员振作精神，脚踩在油门上。喇叭声又响起来，最前面的车开走了，第二辆跟上，接着，第三辆，第四辆……

我靠在椅背上，呜的一声，整个人往后一仰，又朝前倾去。车发动了。

本来我今天可以不去的。毛毛妈说："江老师您学校医院两头跑，太辛苦了，回家休息吧。"我说："回家也没事，陪毛毛说说话也好，生病的人都希望有人在身边陪伴的。"毛毛妈道："江老师您真是个好人。"

天知道，其实我心里想的并不像嘴上说的那么漂亮。

我的想法是，那么多钱都给了，也不在乎这点工夫，好人做到底。

我是很心疼钱的。毛毛得的是白血病，诊疗费加上住院费，乱七八糟各种费用加起来，前前后后，已经花掉我好几万元了。看来还得花下去。这是个无底洞。毛毛的爸爸早去世了，毛毛妈拿三五百块下岗工资，家里一穷二白，如果没有我，毛毛只能等死。

"别着急，"我对毛毛妈说，"钱总会有办法的。这学期我接了许多课，星期六、星期天也不闲着。有老同学让我客串演些电视剧什么的，赚些外快。我准备戒烟，酒也少喝。我们家开销本来就不大，我又没小孩，再让我爱人少买点衣服、化妆品，也别在头发上花那么多钱，手头紧些。一个月攒个千把块，一年就是一万二。为了毛毛，只好拼命啊。你看，我现在随身带草珊瑚含片，胖大海一天喝两大杯，前几天有个老师推荐我一种药粉，喷在喉咙上，专治咽喉肿痛，我试了，凉丝丝的，效果果然不错，本来还有些咳嗽的，现在全好了……"

毛毛妈掏出手绢擦眼泪。

我告诉她我喉咙没事，这两天天气骤冷，有些感冒，才会疼得话也说不出来。

我咳嗽两声，向床底的痰盂里吐了口痰。

毛毛妈把眼泪擦干，激动地对女儿说："毛毛你要牢牢记住，江老师是我们的大恩人，等你病好了，这辈子就算做牛做马也报答他，听见吗？"

"咳、咳、咳……"

记得有一次，还是读书的时候，一个同学过生日，我送他一副手套，却忘记把发票从袋子里拿出来。事后想起来十分难堪，恨不得有个地洞钻下去。告诉母亲，她却说："这有什么，你这副手套是名牌货，价钱不便宜，让人家看看也好，免得他以为你是从地摊上买来的。"我完全不能接受，送给别人的东西就要让人家收得坦然，留张发票，暗示价格不菲，这算怎么回事。

我又一次做了同样的事。只不过，当年是无心，现在是有意。

我的衣服上沾着粉笔灰，眼睛布满血丝，说话声音嘶哑，神情憔悴。我没骗她。这学期我确实接了很多课，每天来回奔波，累得一个月里瘦了十多斤。我那样说，绝没有放弃的意思，也不指望她报答我——说实话，到了这个地步，她大概也没什么可以用来报答我的东西了，她人老珠黄，应该也不好意思以身相许吧。我不图什么，然而，人就是这样奇怪，明明知道没有回报，即便听些空洞无谓的感谢话也是好的，这样一来，心里便似会舒坦些——我出了钱，又出了力，偶尔在她们面前表表功，博两滴眼泪，这总可以吧。

"我们毛毛真是好运气，能碰见江老师您这样的大好人。"

毛毛妈一遍又一遍地说道。

好运气？运气？

我想起几年前的一天——"江老师，晚报上刊登出一批家境贫穷的学生。大家决定集资助养其中的几个，直到他们初中毕业。您是班主任，希望您也参加。"班长——那个扎马尾辫，笑得很甜的女孩子，歪着头，看我。

我挑中了小名叫"毛毛"的小姑娘。小学五年级学生，品学兼优，父亲早逝，母亲下岗多年，无其他经济来源。

"不太贵，江老师，我们算过了，每年也就两千不到。"

我想了想："嗯，这个小姑娘就由我一个人承担吧。"

从五年级到初中毕业，四五年的时间，大约七八千块钱。

我把这件事告诉李雯。我道："学生们提出来的，不好意思拒绝，就当是做善事吧，积阴德的。"她道："好啊，我没意见。"

几天后，我与毛毛见了面。很乖巧的一个女孩子，有两个酒窝，眼睛大大的。毛毛妈拿出女儿从一年级到五年级的成绩单,还有各种各样的奖状、奖杯,大大小小铺满了整张桌子。她相当拘束,两只手不知如何安放,一个劲地揉搓着,随时变换手势。毛毛妈千恩万谢,并不断向我说明,毛毛读书如何的用功,每次考试都是第一名,老师是如何喜欢她,考虑让她当大队长,等等。她唯恐我看不清,还把那些奖状凑到我面前,让我看个仔细。我的茶凉了,她飞也似的帮我去换。她们家是那种老式的石库门房子,有邻居在外面探头探脑指指点点,毛毛妈热情地介绍:"这位是江老师,大学老师,出钱供我们毛毛上学的。"

一种优越感笼罩了我。原来出了钱,便能得到如此奢侈的尊敬。我的虚荣心得到了异样的满足,这很可笑。我一度为自己感到羞愧——我生长的那个年代里,领导老师家长教育我们:谦虚谨慎,做了好事不留名,施恩不图报。眼下,在这对母女面前,我隐含着施舍者的得意,居高临下的怜悯。高尚无私的后面,藏匿着某些不足为外人道的浅薄。我因此而脸红。我试着用市场经济的理论来分辩,这世上任何事物都是等价交换,我拿钞票换她们的感恩戴德,两下里相宜。毕竟,我是真的出了钱,真金白银。我也不富裕,一分一厘来之不易。我是凡夫俗子,爱听别人的好话,爱看别人的笑脸。试问,在这个大城市里,又有几个人会掏出钱来,去帮助那些非亲非故的人呢?相比之下,我已很难得了。

毛毛第一次晕倒,是在我提出助养三个月之后,送到医院,她妈妈通知了我。我讨厌医院,尤其是讨厌看见医生那张阴沉的脸,从他们嘴里吐出的,绝不会是好话。那一刹,我打了个冷战,就像当初在妇产科，那个女医生把李雯的症状告诉我，这感觉几乎一模一样。

我有一种坏预感。

毛毛妈哭得一塌糊涂。我竟麻木了，脑子里空荡荡的，像被什么掏空了似的。我越来越信命了。

毛毛遇见我，是她的好运。其实想开了，我也并非运气不好——运气只是一时的，有好有坏，时来运转，坏运气也能变好；我是命不好，命却是一辈子的，自出娘胎就铁定的，改不了的。

我没有跟李雯离婚。当然，我也不可能抛下毛毛不管。

这一切，都是命中注定的。

刘飞来向我辞行。

他收拾好了行李，一个大旅行包，露出网球拍的手柄。他眼睛有些红肿，大约是没睡好，嘴紧抿着，五官更显得棱角分明，是时下流行的很酷的那种。这次挫折让他看上去成熟了不少。

一周前，他拿着一张很大的美工纸找我签名。

纸上有许多老师同学的签名。正上方是几个大字："给我一次机会吧。"刘飞试图以舆论力量来缓和事态。学校三令五申，一旦发现考试作弊，立即开除。几年来，所有被抓住的学生无一幸免，其中也不乏品学兼优的好学生。刘飞抱着一丝希望，四处奔走。其实那时，我已经大致知道了学校的处理意见。我拿出笔，端端正正地签了名。我不忍心告诉他真相，也不好意思不签名。

他是在考英语时被抓住的。纸条放在口袋里，有好几张，密密麻麻抄满了单词。他拿出来看了两次，被监考老师看见，逮个正着。铁证如山，无可辩解。后来，我问他："是不是没复习好？"他道："想考高分。"我叹道："何必呢。"

刘飞再三向我解释，他以前从未作过弊，这是第一次。我并不太相信。时下大学生中作弊成风，我曾不止一次地在班上晓以利害关系，但他们听不进去。刘飞充分调动在社交人事方面的优势，上下活动，到处奔波。那几天，我家的电话十有八九都是刘飞打来的。他向我及时通报事态的发展，并与我商量对策。电话里，他依然口齿伶俐、思路清晰、稳稳当当、不慌不忙。这让我不得不佩服他的沉着，确是一个难得的人才。如果真像他所言，是第一次作弊，那只能说明，他的运气实在差到了极点。我为他感到惋惜。

我问他将来有什么打算。

他把旅行包往地上一放，拿出烟，递给我一支。我很惊讶，他本来是不抽烟的呀。他为我点了火，再自己点上，抽一口，熟练地喷出一个烟圈。我把邻座的椅子移过来，让他坐下，问他要不要喝水，他摇头。

刘飞告诉我，他在圈内认识一些人，导演、摄影、演员都有，将来演演电视剧什么的，应该不成问题。我真心为他高兴，道："那就好，我也放心了。"

刘飞回忆这四年在校的情形。他用一种极其伤感的口气说来，语速极快，声音却很轻，模模糊糊。我听不太清楚，也不好意思打断问他。

"想不到还是被开除了。"刘飞叹道，"真像一场噩梦。"

他无限感慨地对我道:"江老师,人呀,真是不能犯错,不必多,只要一次,便前功尽弃了。"

我叹了口气。

"有人说,我刘飞每年得甲等奖学金,全是靠作弊。真是放屁!——班上至少一半人作弊,怎么他们就不能得奖学金呢?"他有些激动起来,"大家明知道这话不可信,偏偏就愿意相信。为什么?妒忌!树大招风,人怕出名猪怕壮。谁不爱看别人倒霉啊?尤其是像我这样平时挑不出毛病的人,更过瘾。哼。"

这是刘飞第一次在我面前发牢骚。毕竟,他还是个二十出头的小伙子。

刘飞吸一口烟,不留神呛了,猛烈地咳嗽起来,脖子上的青筋都暴了出来,脸涨得通红。我在他背上拍了拍,安慰了两句。

几年后,有记者来到学校,找到我,要求了解当年刘飞作弊的情况。——这时,刘飞已成了家喻户晓的大明星,主演的影片在国内引起轰动。我不想多说什么,把皮球踢给了其他老师。很快,这起作弊事件成为许多报纸杂志争相报道的新闻,炒得沸沸扬扬。刘飞在记者招待会上被问及此事。——那一刻,我想起他的话:树大招风,人怕出名猪怕壮。我在家里那台二十五寸的老式电视机上看到他,他完全是一个大明星的模样了,戴着墨镜,穿着前卫的服装,在话筒前显得漫不经心。话题放得很大,扯得很远,空洞乏味,穿插着一些花哨的手势,比画了半天,却言之无物、不知所谓。

此刻,刘飞坐着,双臂放在桌子上,身体抬高,微微朝前倾,整个上身的力量都压在手臂上。他伸舌头舔一下干枯的嘴唇。空调开得太热，闷得很。我站起来，给他泡了一杯茶。他说："谢谢!"

我劝他："别想那么多了。"

他恨恨地道："早知今日，何必当初。我那么辛苦干吗呀？什么学生干部、三好学生，都滚他妈的蛋！"

他很孩子气地道："江老师你知道吗，我这人其实懒得很，最好是不要读书，不要工作，什么正经事也不做，整天泡泡女生，吃喝玩乐。"

我微笑道："谁不喜欢这样啊？是人都喜欢。我也想整天不用上课，待在家里享福。可是没办法呀，不上课就没有钱，总不成去偷去抢吧。人活着，这一辈子都得约束自己，否则世界不是乱套了？"

刘飞道："对。但很少有人能约束一辈子的。"

他又道："江老师，我是坚信人性本恶的。你看那些一两岁的小毛头，什么也不懂，不会说话不会走路，竟然就会拿玩具手枪对着别人的脑袋，嘴里还叫着'哦、哦、哦'。长大了，受了后天的教育，才懂得要遵纪守法，做个文明人。其实内心深处都有做坏事的冲动。人往往是在理智与本能之间徘徊，而理智的人活得最辛苦。"

我道："也不能这么说。"

突然之间，我没了继续谈话的兴致。刘飞思路跳跃，喜欢把话题拦腰截断，引往另一个角度，看似更深一层，其实是走了题。他才多大？没有生活体验，没有人生阅历，只是受了一点挫折，便愤世嫉俗起来。

他没有经受过，也体会不到——那种发自内心的失望，甚至于绝望。那种滋味，不甜不苦，不咸不淡，看似恬静如水，恰到好处，经年累月,渐渐地,却有股浊气从心底直逼上来,厚重得令人窒息。难受到了极点,却又不知从何说起,无人能诉,无法可医,摸不着痛脚,搔不到痒处,被一股巨大的力量裹着,无声无息地,向更深处陷去。这种滋味,是人间酷刑,真正是度日如年。我但愿他——刘飞,永远也不要尝到。

不记得是谁说过一句,刘飞很像我。当然,指的是作弊前的刘飞。

黄潜的事,校方低调处理。偏偏在校园网站上,有人虚拟了一场辩论赛。

正方持"黄潜应该受到惩罚",反方则持"黄潜不该受到惩罚"。

反方的大致意见是,如果黄潜看到那女孩昏倒而不声张,便没有人知道他曾经到过女浴室,他完全可以置身事外。为了救人一命,不顾自己的声誉,放弃自己的前途,可以说,这是舍己为人的英雄行为。相比之下,功足以抵过。

正方反驳,黄潜偷看在前,救人在后,偷看是必然行为,救人只是偶然行为。救人于危难,这是每个有良知的人都应该做的事,是最起码的道德准则。并不能因为他救了人,就把他的丑行全部抹去,这完全是两码事。再说,那位被黄潜偷看的女孩,还只是个大一的新生,出事之后,整天把自己关在宿舍里,情绪低落。作为一名中国女性,发生了这种事情,今后她将如何自处?她还是否有勇气度过这四年的学校生涯?这些,都是不容忽视的问题。

除了辩论双方，为了增加效果，竟还虚拟了正副校长、党委书记、教导主任等一些师长的看法，模仿各人的性格、语气，娓娓道来，倒也像模像样。

可气的是，这里头也有我的一段话。

网上的"我"说："黄潜偷窥女浴室，严重违反了校纪校规。作为班主任，我很痛心。教不严，师之惰，我在此深刻反省。但，社会是复杂的，环境是多变的。同样一件事，我们既要从正面看，也要从反面看；既要往坏处想，也要往好处想；既要将它放得很大抬得很高，也要把它缩得很小压得很低；既要张，也要弛；既要达到惩罚恶行的目的，又必须起到宏扬美德的效果；既要……"

想必我在学生心目中，是个啰唆无比、言语乏味的老师。最后那个省略号，不知省略了多少嘲讽和讥笑——总算是省略了。学生们对我已经是相当客气了。字里行间透着一个"傻"，这傻，多少还有些可爱的意思。

细细想来，如果真要我发表意见，虽不致这样啰唆，大意倒也八九不离十。

教导主任老宋在网上绝对是一副凶狠的嘴脸：

"妈的，不能饶了这小子！不能饶了一个流氓，一个恶棍！为什么现在卖淫嫖娼屡禁不绝？就是因为像黄潜这样的下作坏越来越多，十几年的书都读到狗身上去了！我建议学校立即将他开除，绝对不能姑息养奸！再说——"后面还有一段调侃，"——老子如花似玉的乖女儿明年也要来了，留着黄潜这个祸害，连澡也不敢洗，妈的，人都要发臭了！"

老宋的女儿准备明年考影视学院，不知是哪个促狭的家伙知道了，竟连这也编了上去。学生们都是记恨的，闷在心里，当面不敢说，在网上可是百无禁忌。

私下里，老宋对我道："这帮学生，都他妈的不是东西。"

我忍住笑："算了，算了。"

他道："你以为我想整他们啊？我也是没办法，谁让我是教导主任。校纪校规又不是我定的，谁坐我这个位置，都得狠下心来。你说是不是？"

老宋叹了口气，道："其实有时候想想，这个社会也真是不公平。不就是考试作个弊、看女生洗澡嘛，有什么大不了的。谁小时候考试不作弊？哪个小伙子在青春期的时候，不喜欢看黄色画报？"

我和老宋的关系一般，完全没想到他会跟我讲这些话。这使我对他改观了不少。尽管后来，他训起学生来依然是一副凶巴巴的晚娘面孔，但我总是竭尽所能，在学生面前帮他说好话。

有时候，人们表面所做的事，并不一定是心里想做的。很无奈。

我去见校长。

几天后，黄潜的处理结果下来了：记过处分。我喜出望外，脱口在校长面前说道："如果黄潜再犯错，我就自罚一年的工资加奖金。"话一出口，便有些后悔，冲动了。校长没说话，只在我肩上拍了拍。

一天放学后，黄潜找我去喝酒。我道："学生不宜喝酒。"他道："江老师，咱们出去喝还不成吗？我要是不请您喝酒，非憋出病来不可。"

他把我拉到学校附近的一家小馆子，点了三四个小菜，问我："白的还是黄的？"我说："黄的吧，江老师不是小伙子了，白的吃不消。"

他笑笑，叫了两瓶古越龙山，也不拿杯子，掀去瓶盖，每人面前放一瓶。"干杯！"他道，拿起酒瓶，和我的一碰，一仰脖子，喝掉小半瓶。

"北方人都这么爽快吗？"我问。

"不，也有小鸡旮旯儿的，一口只咪那么一点，我特看不惯。要喝，咱就得喝个痛快，别跟个娘儿们似的。"黄潜用袖口抹一抹嘴，冲我笑。

"我本来还想拿个杯子的，听你这么一说，倒不好意思了。"我笑道。

"喂，小姐，"他手一挥，叫道，"拿个杯子来！"

黄潜酒量其实不行，一瓶酒下去，话就多起来了。他颠来倒去地向我道歉和道谢，并再三承诺今后绝对不会再犯了。他道："我犯错，不光让您操心，还得害您罚钱，我要是再犯错，还他妈的算是人吗？"

他还要叫酒，被我制止了。我道："你如果喝醉了，待会儿怎么进宿舍？"他点点头，乖乖地陪我吃菜，一会儿又自说自话，在我的杯子里喝了两口。

突然，他加重了语气，指着我的脑袋，一本正经地说道："江老师，您是好人。"

他真的醉了。我说："我当然是好人，你也是好人。"

"您是好人。"他又强调了一遍,"绝对是好人。"

埋单时,我看他迷迷糊糊的,正要付钱,他一把推开我,大声道:"江老师,说好了,这顿我请。"拿出皮夹子给我,我从中抽了两张,又把找来的零钱放进去,还给他。

一路上,黄潜搀着我的手,脚底打飘,靠着我才能走路。我暗暗好笑,这家伙总是这样,班上每次聚餐,叫得最起劲的是他,闹得最凶的是他,第一个倒下的肯定也是他。

他口齿不清地道:"江老师,您、您是我的偶像。我特别佩服您。"

我笑笑。

"江老师,我是真的特别佩服您。您别怪我口无遮拦,您、您听我说,我要是有个老婆不能生孩子,我铁定扔了她。是男人都介意,也只有您,这么多年了,像没事人似的,照样跟师母恩恩爱爱。您还年轻呢,凭您的条件,找个电影明星也没问题呀,师母长得又不漂亮,对吧?嘿,还有那个生病的小孩儿,跟您非亲非故,巴巴地为她花上好几万治病,我算是服了您了,你还真舍得啊!要是我,管她娘呢,一脚踹开,我又不欠她的。

"江老师,谁不知道您上课那是呱呱叫啊,选修课好多学生都是冲着您才来的。怎么您到现在连个副教授都没评上呢?您也真好脾气,满不在乎的,照样上您的课,当您的班主任,不声不响,见了谁都一团和气。

"江老师,我可不是在挑拨离间,我是真的佩服您,真的,不骗您。您简直不像是吃五谷杂粮长大的,您、您是圣人。我要是有您一半强，我妈该乐得合不拢嘴了，我也不会去女浴室偷看了……那女孩大概也活、活不成了，您也不用为我在校长面前说上几箩筐好话了，我也不用怕让您罚钱而、而整天乖乖地待在宿舍里了，我又可以去女浴室偷看了，我、我……"

我把他送到宿舍门口时，这家伙思维已经彻底混乱了，语无伦次，白眼一个接着一个，打着酒嗝。看门的老头儿冲着黄潜就骂。我连忙向他解释，老头儿见是我，才同意放他进去。

"江老师，"黄潜抱歉地朝我摆手，"不、不好意思，还让你送、送我……"

我侧头避开他嘴里喷出的酒气，苦笑："别说了，早点休息吧。"

夜晚比白天冷得多，少了太阳，寒风肆意地吹，还很狡猾，从你的袖管里、裤管里、脖子里钻进去。只一会儿工夫，全身上下便冷得透了，再后来，渐渐地麻木了，僵了。

而思维永不会有僵了的一天。

丈母娘几次打电话给我，让我去接李雯，她恳求道："你一个大男人，就让让她吧。"我坚决不肯。那头，丈母娘让李雯听电话；这头，母亲好说歹说，硬是把电话塞给我。我们在电话里僵持了半天。最后，李雯道："我过两天再回来。"我道："随便你。"李雯道："要是我永远不回来呢？"我道："随便你。"李雯道："那我就永远不回来算了。"我道："随便你。"李雯道："你倒是狠得下心。"

心？心早死了。

毛毛妈告诉我，医生建议毛毛做手术，骨髓移植的大手术。我不动声色，心在收缩，窒息。直至听见她犹犹豫豫地说，手术费大要五六万左右。顿时,砰的一声,心缩到极点,突然炸开,炸得四分五裂,感觉到体内血花四溅,好疼。毛毛妈欲言又止:"江老师——"我微笑:"有我呢,别担心。"

心?心早碎了。

半年前,顾仁清求我帮他写一本书,是关于新中国五十多年来电影艺术发展史的,包括导演、演员、编剧等多项栏目,资料性很强,需要进行艰苦的收集工作。顾仁清向我暗示,这次年度评职称,一定让我评上副教授。我花了整整三个月的时间,白天查资料,夜晚写作,熬得白头发多了好几根。我把厚厚一沓稿件交到顾仁清手上。我只想当副教授,每月多几百块工资,我需要钱。然而,最终我还是没有当上副教授。两位跟上头关系密切的老师评上了。顾仁清请我吃饭,我看到那本精装版的书,作者赫然是他。我当然不意外。他道:"下次,下次一定评你,哈,老江,你还年轻嘛,放心,放一百个心。"

心?心早冷了。

这些,黄潜不知道。

他只看到我的脸,笑眯眯的,人前永远是一团和气的脸;却看不到我的心,死了碎了冷了的心。

我对着天空,狠狠骂一声:"×他妈的。"

(三)

今天李雯要回来。还有,她的爸爸、妈妈、弟弟、弟媳、小侄子，全要来。

起先我比较满意，这样倾巢而出大张旗鼓，说明他们郑重其事。及至电话最后，丈母娘关照一句："江弘啊，都是自己人，菜不要买太多噢。"我才意识到，这五六口人一下子拥过来，也不是件轻松的事。

母亲感冒了，身体不舒服，自然地，买汏烧就落在了我的身上。我早早地起了床，到菜场买新鲜的河虾，价格不便宜，丈母娘喜欢吃。小侄子钟爱糖醋鱼，逛了一圈，适合烧糖醋鱼的只有鳜鱼了，小的不像样，挑了条一斤半重的。买了一瓶泸州老窖。加上我，今天总共有三个大男人，丈人酒量一般，小舅子倒是海量，只好再买一瓶。狠狠心，又买了两只甲鱼，回去炖汤。

家里乱糟糟的，我以最快的速度整理一遍，扫地拖地抹灰，废报纸旧杂志理出一大堆，藏到床底下。母亲提醒我拿拖鞋。我爬上凳子，从壁柜里翻出几双拖鞋，有些潮气，放到阳台上晒。这时门铃响了。来得倒挺早！只好再将拖鞋拿进来，忙中出错，手一抖，一只拖鞋从七楼直落下去。听到结结实实的一声扑通，探头去看，底楼那个胖女人手叉腰，仰起头，吃力地瞪着我。

我系着围裙，在厨房忙碌。母亲陪亲家聊天，聊到最近肆虐全市的流行性感冒，还有南下的寒流，三个老人似乎很谈得来。李东问姐姐家里有什么好看的片子，李雯把抽屉打开，让他自己挑。这么冷的天，弟媳胡玉玲只穿了一件羊毛衫，下面还是裙子，空调开着，她依然叫冷，李雯只好翻出一件厚毛衣给她。四岁的小侄子罗罗抱着装零食的罐头，在那里大嚼。

我杀鱼、剪虾、洗菜、切肉，手忙脚乱。厨房是开放式的玻璃门，客厅里的人应该看得很清楚，我一个人在里面团团转，动作仓促而机械，缺乏协调，像早期电影。偏偏就是没人理我。

我偷偷瞟了李雯一眼，猜想她会不会进厨房来帮忙。她是把自己当成客人了，坐在那里，陪着大家聊天，对我视而不见。她进来过一次，我以为她要帮我，谁知她问："茶叶被你放到什么地方去了？"我花了几秒钟的时间琢磨她的语气——不温不火，很平静。我也很平静地告诉她："在电视柜下面。"

直到菜上桌，大家好像才看到我，纷纷跟我打招呼。丈母娘道："江弘，快坐下快坐下，都忙了大半天了。"——原来她也知道我忙了大半天了。我坐在丈人和小舅子当中。李东为我倒了酒，点上烟，一口一个"姐夫"，叫得好不亲热。丈人关切地问我："喝白酒，胃吃得消吗？"胡玉玲看了我一会儿，认真地道："姐夫，最近好像瘦了点。"

很快有了点酒意。丈母娘首先发话，把女儿的人品和作风分析了一遍，最后向我保证，那件事绝对是误会。接着，丈人、李东、胡玉玲纷纷表态，证明李雯不可能红杏出墙。李雯坐着，不紧不慢地吃着碗里的嫩黄瓜，一声不吭。

我问她："那天你们在电话里都说了些什么？说出来，让大家听听。"

她道："何必问我，你不是都听见了嘛。"

我道："他为什么要跟你说那些话？"

她道："他喜欢说，我有什么办法？"

母亲忙出来打圆场:"罗景福是什么人?你们夫妻俩犯不着为这种人生气,不值得。"

我道:"苍蝇不叮无缝的蛋。无风不起浪。"

李雯哼了一声:"还有没有?接着往下说呀。反正你是大学老师,能说会道。"

胡玉玲扑哧一声笑出来,一拍手,道:"你们看,姐姐、姐夫在打情骂俏呢!"

大家都笑起来,我也只好笑了笑。

丈人问起我最近的工作情况。他很郑重地道:"江弘这个孩子我是相当喜欢的。我们李家几十年来没出过一个大学生,就这个女婿最争气。当初李雯跟他谈恋爱的时候,他还是个普通工人。第一次上门,我跟他一聊,这谈吐就是不一样啊。你们看是不是?现在成了大学老师了,乖乖,大学生都要叫他老师哎。哈,我觉得光荣,这个,光荣得不得了,哈哈。"

"爸爸,慧眼识英雄嘛。"李东笑道。

丈母娘刨根究底,问母亲,罗景福是怎样一个人。

母亲飞快地说道:"楼道里出了名的,专爱占女人便宜。流氓一个。"

丈母娘不屑地冷哼一声,对李雯道:"这么个东西!也难怪江弘要生气,以后少跟这种人搭讪,听见没有?你呀,就是良心太好了,脸皮也薄。"

我朝丈母娘看了一眼。听她的口气,倘若罗景福不是这么一个东西,档次再高些,或是人品再好些,李雯倒也不妨与他搭讪。

丈人放下酒杯，很严肃地对我道："江弘啊，不是我帮自己女儿说话。这么多年，她对你怎么样，你还不清楚吗？夫妻俩吵吵架没什么，床头吵床尾合嘛，但千万不能想歪了。"

李东说得更是直接："姐夫，这不是明摆着的嘛，姐姐的条件又没你好，她怎么可能抛下你，在外面找男人呢？她又不是傻子。"

我有些好笑。照他的意思，如果李雯的条件比我好，就应该在外面找男人。

我把罗罗抱到腿上。这孩子小眼睛塌鼻梁，满脸雀斑麻坑，黑一道，黄一道，两条鼻涕拖出来，哧溜一下，又缩回去。我拿纸巾帮他把鼻涕弄干净，笑着问他要不要喝酒。他竟然点头。我拿起酒杯，在他嘴唇上碰了碰。眼看着他的鼻涕又流了出来，碰到我的杯口。我一阵恶心，装得若无其事，给他夹了一筷糖醋鳜鱼。我把他搂在怀里，任凭他的鼻涕口水弄脏我的衣服。

我说："罗罗，做姑父的儿子好不好？"

我觉得自己实在无耻，这样肉麻的话都说得出口。这个脏小孩，我恨不得用夹子把他的鼻孔夹住，然后像丢垃圾一样丢得远远的。

胡玉玲在一旁看着，叹道："唉，姐夫这么喜欢小孩。"

丈人丈母娘不说话了。没办法，是他们理亏。李雯十九岁才来月经，一直不调，如果做家长的早些发现，及时治疗，说不定能治好的。是他们李家欠我的。他们只有乖乖听着。

我忽然想到，刚才我在厨房忙碌，换了五六年前，丈母娘早就抢着来帮忙了。只不过才隔了几年，态度便完全不同。为什么呢？——这道理再简单不过。那时我才三十出头，年轻力壮，大可以和李雯离婚，另找个女人结婚生孩子。他们害怕，所以要捧着我、哄着我。现在，我快四十岁了，一天天衰老，随之慢慢下降的，是我的生育能力。等再过几年，我成了不折不扣的糟老头，那时候，他们便更加有恃无恐，不怕我离婚，不怕我在外面找女人。他们可以无所顾忌——这些势利无情的人。

和往常一样，他们又劝我领养孩子。

李东说："姐夫，养儿防老嘛。家里没个小孩，总不太好。"

丈母娘说："我在孤儿院有熟人，让她留意一下，挑个刚出生的，身家清白，长相好身体也好的男孩，怎么样？"

我断然拒绝了："我不要。别人的孩子我不养。"

李东咕哝一句："那个生病的孩子，你不是养得蛮起劲嘛。"

我反问："我这人运气不好，良心又太好，你教教我，应该怎么做？"

李东翻个白眼，不说话了。

我要求李雯在她父母面前保证，以后绝不跟罗景福说话。

李雯说："都是邻居，一句话也不说吗？"

胡玉玲笑道："哟，想不到姐夫这么封建啊。"

我掏出香烟，递给丈人和李东每人一支，点上。

我道："我这个人是很保守的，你们说我封建也好，刻板也好，我就是这样的一个人。我不喜欢老婆跟别的男人言行太亲密，哪怕是误会也不行。"

罗罗手里在玩一串钥匙，不小心掉在地上，发出清脆的零散的响声。

我道:"趁着今天大家都在这里,李雯我向你提一条意见。做人不能没头脑。上月有一次,你开了门,竟然忘记把钥匙拔下来,整整一天啊,直到我下了班才发现,幸好没让人偷了去。你自己说,你有多少次去超市忘记把伞带回来?有多少次买菜找错零钱?有多少次乘车坐过了站?这样丢三落四,怎么当家?"

丈人丈母娘阴沉着脸。李东朝天花板看。胡玉玲在给罗罗擦嘴。

没人应声。

我一横心,索性又加了一句:

"不是我说你,李雯,横看竖看,你这人还真没什么优点。"

画龙点睛的一笔。

我希望他们发怒,然后爽爽快快吵一架,把话都挑明,倒也干净了。

偏偏,他们没有任何反应,吃完饭,走了。

原以为会有一场混战,谁知一拳打在空气里,成了我独自练太极。

他们的耐性比我想象的要好。

这不难理解。毕竟我还不是糟老头,毕竟我才四十不到。毕竟,我是大学老师,有着一笔不多但却稳定的收入。而李雯的工厂早已岌岌可危,明年出台的新一轮下岗名单,想必就有她的名字。

其实我还是属于冲动的那类人。我苦心经营的"以静制动"方针,因为我的冲动而几次险遭夭折。我的假想敌们远比我精明。他们是准备好以不变应万变的。他们比我想得多、看得远。我控制不了自己,脑子里一片混沌。我提醒自己冷静,冷静,再冷静,其结果就像是把一块烧红的铁扔进冰水里。巨响,沸腾,冒泡,蒸汽……

胡玉玲的屁股浑圆。她穿着短裙,坐下来时,毫不顾忌地把裙子往后一撩,露出穿着黑色紧身裤的大腿和臀部。我是无意间看到的。说实话,她的屁股并不能引起我多少绮思。她的身材不太好,该胖的胖了,该瘦的却不瘦。我的想法很实际,也很单纯,不带一丝邪念。

我想,这个屁股,应该能生很多小孩吧。

真的,我没有一点淫邪的意思。我班上的女生比她漂亮得多,年轻得多。杜美美整天缠着我,挑逗我,我也没有半分越雷池的念头。其实,我从小就讨厌屁股大的女人,感觉很脏。

胡玉玲和李东结婚前,流产过三次,以至于双方老人都担心,小两口以后是否还能再生。他们多虑了。婚后不到一年,胡玉玲便生下一个大胖儿子。几年间,她流产的频率让我惊诧,我甚至怀疑,她之所以不采取可靠的避孕措施,是为了向大家展示她那无与伦比的繁衍后代的效率。

不知道李雯看在眼里,会怎么想。

她不是马大哈,但有时候她的举动,会让我捉摸不透。她经常从娘家回来,讲笑话似的告诉我,胡玉玲请了两周的病假躺在床上,面色蜡黄,动弹不得。我明知故问:"生病了?"她兴致极好地让我猜。我没心思跟她玩这种把戏,爱理不理。她便告诉我,不是病,又流产了。我奇怪她讲到这个话题时,竟没有一丝一毫的异样,那么若无其事,神情自若。她到底是怎样的一个女人?是真的没心没肺，还是故作姿态，妄图在不经意间把尴尬轻轻带过？

送走丈人一家，母亲抢着洗碗，对我使个眼色，嘴巴朝李雯一努。我装作没看见。李雯上前帮着擦桌子，收拾碗筷，跟母亲谦让了一会儿。

她两手端着菜碗，道："江弘，过来一下。"

我哼了一声："干吗？"

她道："帮我把冰箱门打开。"

我走过去，打开冰箱。

我站在一旁，看她把菜肴安排好，放得整整齐齐。她说："今天的菜烧得不错。"我面无表情，鼻子里发出一声很轻的嗯，算是回答。

李雯切了一盘甜橙，招呼我吃。我说："我不想吃。"她坚持："饭后吃点水果好的。"我打了个哈欠，起身到卫生间去。她在我身后大声道："哎，书上说，抽烟的人要多补充维生素C！"她还顿了顿脚。这让我感到好笑。

我躺在床上看报纸，李雯开门进来，我们对视了一眼。李雯脱去衣服，钻进被窝。她道："今天你神气了。"

我道："神气的是你家里人，一个接一个，车轮战，多有声势，多厉害。"

她道："厉害不过你，你一个抵仨。"

我们半真半假地争执了一会儿。

我渐渐没了兴致，说："好了好了，睡觉吧。"

李雯在被窝里踢我一脚。被子顿时被踢开一只角，我们的双脚露在外面。

我只好钻出被窝,像一只狗熊那样,笨重地趴在被子上,吃力地伸出手,把被子毯子重新掖好。我道:"别闹了,现在全市流感。"

我们躺下来。经过刚才的折腾,我全身冻得冰凉。我尽量朝自己这边睡,不碰到李雯。她却用热乎的大腿去焐我冰冷的脚。我往旁边闪开,她又凑上来。

我轻声道:"傻瓜。"她道:"你才是傻瓜。"

我们的脸相距不过数寸,能感受到彼此的呼吸。我假装打个哈欠,闭上眼睛。我在心里说,快点睡着吧。偏偏睡意像掉在水里的肥皂,调皮油滑,让人捉摸不着。我把眼睛闭得紧紧的,生怕睁开眼睛,便看到李雯的脸。

迷迷糊糊间,听见她小声咕哝了一句。

我睁开眼睛,问:"你说什么?"

她摇头,道:"没什么。睡吧。"

"噢。"我转过身,背对着她,继续睡觉。

其实,我的耳朵灵得很。

我听得一清二楚。

——刚才,她说:"我知道,你不离婚,是为了让我难受。"

唉,我累了,倦了,困了,就当没听见吧。

第二天早晨,我、李雯、罗景福和他女儿,在电梯里。

"阿姨、叔叔。"小姑娘甜甜地叫了声。

罗景福像条泥鳅,刺溜一下,便站到了李雯旁边。电梯不挤,他却嬉皮笑脸,和李雯挨得紧紧的。我站得笔直,一声不吭。他边说话，边用肩膀轻轻顶一下李雯的手臂，然后下巴一仰，极轻佻的样子。

我冷眼旁观，李雯神情木然，并不理睬。

走出电梯时，罗景福抢在我前头冲了出去，边走边道：

"江老师，最近课挺多，挺忙啊。"

我神情漠然，拉住李雯的手，放进自己口袋，以平时少有的亲密态度，互相依偎着，慢腾腾地走下台阶。

杜美美不是班上最漂亮的女生。她的五官分开看，没有一样值得惊艳，合在一起，却恰到好处。同样的举手投足，她总能比别人多出几份韵味。当演员，对她而言，最适合不过。

今天，我犯了一个错误。表演课上，我讲到"通过眼神来刻画人物心理"时，举了一些范例，让学生来演绎，其中有一项是"热恋中的情人眼神"。杜美美主动上台表演。

我感觉自己像是故意给她一个机会似的。

她大方地道："江老师您就暂时当我的情人。"

她将外衣脱掉，长发向后一甩，对着我，含情脉脉。

她的眼睛不太大，是细细长长的丹凤眼，挺媚。她渐渐进入角色，带着三分娇羞，欲语还休，瞟一眼，低下头，再瞟一眼。

有同学在底下笑道："怎么搞得像偷情似的。"

杜美美看着我。她故意表演得含蓄委婉，借此说明她爱我，爱得多么患得患失，多么瞻前顾后，多么不容易。她一副楚楚动人的模样。她以为搞艺术的人一定是敏感和浪漫的。

事实上，我很敏感，却不浪漫。

我因为胆小而谨慎，因为谨慎而敏感，因为敏感而多疑。我不相信一个二十出头的漂亮女孩会爱上一个四十岁的男人。即便这男人有着一米八的个头、俊朗的五官、稳重的谈吐，以及出众的才华。我缺乏想象力，呆板无趣，从不渴望，并且拒绝生活中任何奇迹的发生。

但我却是个受人尊敬的班主任。很多学生愿意对我坦诚相见。他们告诉我，杜美美手里握着一大把男友。她的口味杂乱而新奇，到了不可想象的地步，曾经和一个非洲来的留学生爱得死去活来。一个与杜美美同宿舍的女生对我说，杜美美在宿舍里大放厥词，扬言非要追到江弘老师不可，并且跟人打了赌，赌一个星期不用洗碗。

因此，我是非常小心翼翼的——我怎么可能不小心翼翼呢？我随随便便的一句话、一个眼神、一个手势，就可能成为女生间茶余饭后的谈资，或是杜美美一个星期甚至一个月不用洗碗的赌本。

生活中处处充满陷阱，我这么认为。

我注意分寸，既不对杜美美假以颜色，也不能过分冷淡，着了痕迹。

下了课，杜美美说，她八百米考试不及格，体育老师让她放学后一个人到操场上去补考。她道："江老师，您也去，帮我打气，好不好？"

我道："我去了也没用。"

她撒娇似的抓住我的手，摇晃两下，道："求您了——"

为了不让更多的人看见我们拉拉扯扯的样子，我只好投降。

放学后，我陪着杜美美来到操场上。

"让她跑呗，差不多也就过了。"体育老师笑道。

杜美美道："江老师您陪我一起跑吧。"

我说："你饶了我，我可受不了。"

"那，最后一圈，您拉我一把。"她降低要求。

我问一旁的体育老师："行吗?"

"行啊。"

杜美美脱掉外衣，扔给我，只穿一件贴身的黑色羊毛衫。她站在起跑线上，微微弯腰，上齿咬着下嘴唇，盯着前方跑道。

"预备——跑!"

杜美美跑步的姿势不错，两条长腿抬得很高，双臂摆动极有节奏，看起来相当优美。但速度不快。我怀疑她之所以跑不快，就是因为太过讲究姿势。片面追求形式，而忽视了内容。

跑完一圈，她明显慢了下来。脸色惨白，跌跌冲冲地经过我身旁，喘着粗气。我自然要履行诺言，朝体育老师笑笑，赶上两步，拉着她，一起朝前跑。

远处教学楼上，有几个学生扶着阳台栏杆，往这边看。

杜美美的手很热，她的身体向后仰，我必须花很大的力气，才拉得动她。她的脚步零碎杂乱，呼吸粗重而急促。

我说："加油啊。"

最后一百米。她彻底没力气了，我只有在后面推她，像是推一辆抛了锚陷在泥里的汽车。

她的羊毛衫紧贴着身体，很短，稍一用力，便缩起来，露出腰间一大片肌肤。她的腰纤细而结实，雪白，亮得耀眼。

我推她，使劲地往前推。

我当然看见了她露出来的腰。只看了一眼，目光便跳过。

不远处，体育老师向我们扬着手里的秒表。有希望，有希望！

我手上忽地一轻，杜美美迈开了大步，用尽力气，往前冲去。

到了！

杜美美肆无忌惮地靠着我。我的手碰到她的腰，触电似的，立刻移开。拿过大衣，给她披上。她一副体力不支的模样，整个人靠我身上。我当然也只有让她靠着。她看着我，那种情意绵绵的眼神让我心惊肉跳。

她柔柔地道："谢谢你，江老师。"

我还能说什么呢。我很慈祥地微笑，嘱咐她今后加强锻炼。

楼上有许多双眼睛看着。我放慢脚步，和体育老师走在一起，三人并排，边走边聊。我来到班上，很多学生都在。我把杜美美叫到身边，以她为例，鼓励大家重视体育，多运动多锻炼，争取人人体育都过关，顺利毕业。

我笑说："还有哪位同学体育不及格啊？江老师陪你一块儿去补考，体育老师总归会买我一点面子的，哈。"

接着，我和几个男同学趁势聊到了 2008 年北京奥运会、世界杯，还有足球彩票、黑哨。我轻轻捶了某个男生一下，说："你小子，这么大块头，推铅球还不及格，差不差劲？"我又指着杜美美，道："还有你，手长脚长，偏偏跑得那么慢，蜗牛爬似的。"

我用一种恨铁不成钢的口气道："你们这些孩子啊，娇生惯养，吃不得一点苦——"

杜美美在一旁咬着嘴唇。我暗自擦了把汗。

毛毛在看书。

天气不错，阳光照进来，落在她脸上，似乎有了些血色。刚做完手术，还算成功。小姑娘看上去心情不错。我轻手轻脚地上前，坐下来。她见是我，放下书，甜甜地一笑。

"江叔叔。"

"你妈呢？"我问。

"买东西去了。"

她看的是初一语文课本。

我问她："想不想上学？"她道："想也没用，医生说我现在还不能出院。"

我抚摸她的头发，道："快了。"

她道："妈妈也这么说。"

我说："等你病好了，叔叔带你去吃麦当劳。"她道："我要吃'巨无霸'。"我笑道："你这么小的个子，能吃得下吗？"她道："别小看我，我胃口大得很呢。"

我爽快地答应："好，就吃'巨无霸'。"

我剥了个甜橙给她。

毛毛长长的睫毛闪动两下，忽然问我："江叔叔，你是不是不喜欢小孩子？"

我一愣："嗯？"

"你为什么不生个小孩呢？"

"叔叔是男人，怎么生小孩？"我逗她。

"阿姨会给你生的呀。"

"叔叔不想要小孩。"我道。

"为什么？"小姑娘刨根问底。

"小孩子太麻烦了，不会自己大小便，每天洗尿布，多累人啊。"我随口说。

她又问："江叔叔，你是不是很有钱？"

我想了想，道："一般吧。"

"动一次手术得花好多钱，叔叔你不心疼吗？"她低低地补了一句，"我又不是你的小孩。"

毛毛的睫毛忽闪忽闪，在眼角处投下一片阴影。我竟不知说什么好。她才十二岁，正是似懂非懂、口无遮拦的年纪，想到什么就说什么。小姑娘跟我很亲，比对她母亲还亲。我一星期至少来医院三次，带来她喜欢的连环画、巧克力，还有用各种树叶花瓣做成的漂亮书签。我喂她吃饭，陪她看书，给她讲故事，为她倒尿壶。她对我不仅仅是感激，她是把我当成亲人一样的。

"妈妈说，等我长大了，工作了，就赚钱孝顺你，像亲爸爸那样孝顺。"

我注视着她。

一股暖流在我胸中涌动，鼻子酸酸的。孩子是这世间少有的纯真的动物。我是多么渴望一种单纯、简洁、轻松、完全没有压力的氛围啊。

然而，感动只是一瞬间。我很快便想到了毛毛的病，情况不容乐观。她是白血病，目前医学界还没有根治的办法。前两天，同病房的一个女孩死了，留下空荡荡的病床。她也是白血病。毛毛的病情随时有可能恶化，她或许活不到十六岁。她说要赚钱孝顺我，我很欣慰，但，更多的是感伤。

那天，我坐在手术室门口，一根接一根地抽烟，狠狠地抽烟。

六万三千八百元。我省吃俭用辛苦攒下的积蓄、血汗钱。骑着我的破自行车，来回两个钟头去郊区上课，那些嗷嗷待哺的学生，都是我的衣食父母。我的喉咙好了又坏，坏了又好，痰里带血头疼脑热是经常的事。为了每节课提高十元钱，我背离了君子重义轻利的古训，跟相交多年的老朋友讨价还价纠缠不休。我托人在二流电视剧里演个配角，忠奸都无所谓。下了课，我飞奔到摄影棚，化装师在我下巴装上一绺山羊胡子，顶上瓜皮帽，穿上长衫，戴一副金丝边眼镜，再添上几条皱纹，把头发弄成花白，演一个年过半百的老举人，仗势欺人、强抢民女，结果在新婚之夜被姑娘的相好一刀劈死，胸口弄个血窟窿，眼睛一闭就完事。匆匆洗把脸，卸了装，又要赶去上夜校。晚上黑漆漆的，地上什么东西泛着金光，已经骑过去了，心念一动，想不会是别人掉的金戒指吧，硬生生地又掉了头，停下车，一看，是钥匙圈。

我不是个贪财的人，可此时此刻，我确实需要钱。

记得有一次，我陪毛毛到病房外散步，走到小卖部，问她要吃什么。她指指棒头糖。以后，我便常给她买棒头糖。其实我知道，她并不一定真的喜欢吃这个。只不过棒头糖最便宜，五毛钱一根，可以吮上半天。

小孩子是不该想那么多的。人的一生，受的束缚太多，只有童年是无忧无虑的。别的孩子，跟大人逛超市时，想必是不会顾及价钱的，蹦蹦跳跳，爱吃什么就买什么，不买可以哭可以闹。小孩子有任性的权利。

懂事的毛毛。

我常安慰自己，算了算了，就把毛毛当成亲骨肉吧，反正我也没有小孩，毛毛又那么乖。钱花在自己女儿身上，还有什么话好说？但总是心有不甘，毛毛终究不是我的孩子。何况，亲生的小孩只怕也不用花费这么多钱。

夜深人静时，我会幻想我的孩子。不知为什么，总是个女孩。聪明漂亮、讨人喜欢的女孩——大眼睛，小嘴巴，挺直的鼻梁，白雪公主似的皮肤，笑起来两个酒窝。我再辛苦也无所谓，因为有她，我的女儿。我抱着她、宠着她、护着她，不让她受一丁点伤，吃一丁点苦。我从没有像现在这么渴望要个孩子，我的孩子，亲生的孩子。

我心里空落落的，少了些什么。

我把存折递给毛毛妈。她的手都发抖了。

不管院方吹嘘他们的技术如何如何高明，仪器如何如何先进，我都一笑了之。白血病又称血癌，我不是怀疑这家市级医院的信用，只是没有抱太大希望。

前面的路，一眼望不到头。

我长长地叹了口气。

我道:"毛毛,乖,还是好好孝顺你妈妈吧。"

李雯到药房为我抓了一些中药,再买回一坛高粱酒,自己浸药酒。

她兴致勃勃地把酒搬到我面前,让我看里面的蛤蚧和人参。她道:"江弘,你脸色不太好,冬天要补一补。"我道:"我不相信这些,药补不如食补。"

李雯听了,靠在我身上,道:"药补也要,食补也要。告诉我,你想吃什么,我买回来做给你吃。"我道:"我想吃熊掌燕窝。"她伸出手指,点了一下我的额头,笑道:"你这个人啊,真难侍候。"

我蹲下身,看浸在瓶子里像乌龟一样的蛤蚧,有些触目惊心。我说:"这玩意儿能吃吗?"李雯道:"蛤蚧是清肺的,你整天咳嗽,嗓子也不好,吃这个最合适。"我又看到那些沉到瓶底密密麻麻的颗粒,道:"这么多,不会有副作用吧?"她朝我瞪了一眼:"怕我害死你啊,医生配的,还会有错?"

母亲要晒被子,李雯抢上来,道:"妈,我来。"她抱着被子去阳台。母亲凑近我,道:"李雯这个人还是很好的,懂得体贴。"我笑笑。

李雯为我做了猪蹄汤和冰糖银耳羹。她道:"买不起熊掌就吃猪蹄,买不起燕窝只好吃银耳,反正都差不多。"

门铃响了。我去开门。

江博——我同父异母的弟弟,出现在门口。

八年前他去了美国,在那边娶妻生子落地生根。我们之间唯一的联系，便是每年一两张明信片。他高我半个头，穿一件黑色的夹克，留着艺术家式的长发，脸色红润，比起照片上略微发福一些，大约是吃多了牛油和乳酪的缘故。

他叫我"哥哥"，我们握了手，随即拥抱在一起。母亲奔出来，久久说不出话。他紧紧地搂住母亲，称她是"我最亲爱的妈妈"。

"我只有一天时间，"他道，"明天就要回美国。"

江博建议中午由他请客，到外面吃。母亲说，难得回来，还是在家里好。李雯飞快地跑了一趟菜场，买来鸡鸭鱼肉与新鲜蔬菜，做成一桌美味佳肴。

席间，江博告诉我们，一家著名的时装杂志刊登了他最新设计的系列冬装，他的名字被放得很大：BOB·JUN。他在纽约已经有了一点名气，相当多的圈内人看好他，欣赏他简约凝重的设计风格，并称他是"一匹来自东方的狼"。

江博掩饰不住的意气风发。

他说："你们相信吗？我正在朝美国的主流社会进军。"

他把他妻子和儿子的照片给我们看。他的妻子是个美丽的金发女郎，在硅谷一家计算机公司工作。他的儿子十分可爱，黑头发蓝眼睛的混血儿，今年三岁。

"我过得很好。你们呢，我亲爱的妈妈和哥哥？"他笑着问。

"我们也很好。"我道。

江博提出为我们买一套房子，在风景怡人的海边。

母亲说："不必了。"

"为什么？"江博道，"这是我的一点心意，当年您曾那样帮助过我。"

母亲道:"我帮你,不是为了要你报答。看到你现在这样,我很高兴。"

江博道:"房子是给您养老的。"

母亲又一次婉拒了。

我把杯中五十三度的白酒一饮而尽。李雯看了我一眼。

告别时,江博对母亲道:"如果没有您,就没有我的今天。"

母亲微笑:"你是我丈夫的儿子,也是我的儿子。"

江博和母亲热烈地拥抱。我送他下楼,他潇洒地把大拇指一翘,一辆出租车停了下来。他跟我说"再见",然后告诉司机一个五星级酒店的名字。

回到家里,我说还想喝酒。李雯道:"都喝完了。""那就喝你买的补酒。"我道。她说:"刚浸下去怎么喝,起码得浸两个星期。"我坚持要喝。她没办法,倒了一小盅给我。"少喝点,"她说,"你喝得已经够多了。"

到了晚上,我开始上吐下泻,抱着马桶,脸色像死人一样惨白。母亲为我找药。李雯吓坏了,说要上医院。我狠狠推开她。

我道:"你配的什么补酒?"

她一愣。

我死盯着她:"药能乱吃吗,吃错药会死人的,你知道吗?"

"怎么是乱吃呢,医生配的药,还有错吗?"李雯急了,申辩道。

我骂道:"药店里那些坐柜台的,能叫医生吗?他们为了赚钱,最好你把药店里所有的药全都搬回来,你这个没文化没知识的女人!"

母亲倒来开水,喂我吃了一片诺氟沙星。

"大概是酒喝多了,"母亲道,"你的肠胃一向都不好。"

她拍拍李雯的肩膀,道:"别放在心上,他身体不舒服。"

李雯点点头,眼睛红红的。

母亲道:"你先睡吧,这儿有我。"

我从卫生间出来,看见母亲坐在沙发上。

"好点了没有?"她问。

"嗯。"

"干吗发那么大火,你明知道她是好心。"

我不说话。

"江弘,做人不可以这样。你要是讨厌她,就离婚。既然决定不离婚了,那就要好好过日子,这样对大家都好。"

母亲又道:"我知道,你今天发脾气,不是为了李雯。"

我依然不说话。

"你妒忌江博,妒忌他比你强,对不对?"母亲看着我。

我看表。十点了。

"没出息!"母亲道。

我倒抽一口冷气,大声说:"妈,我不信您就不妒忌。他是爸的儿子,又不是您的儿子。"

"爸和您离了婚,又跟别的女人生了孩子,你们早就没关系了。当年您居然会把所有的积蓄拿出来,让江博去读大学。我高考成绩全班第一,却因为家里供养不起,只能去读技校。妈,我才是您的亲骨肉啊！"

母亲道："江博是你弟弟，那时他妈妈刚好病死，他的境况比你惨。江弘，我从小就教育你，要做个高尚的人。"

我笑笑："借口。"

母亲看着我。

"其实您是要强，为了面子，对不对？您是大户人家的女儿，却下嫁给爸爸这个跑船的，可悲的是，最终他又抛弃了您。您又羞又气，表面上却做得雍容大度，还供他儿子读书。爸爸在您面前一把鼻涕一把眼泪。您居高临下，用另一种方式重新找回了尊严和体面。爸爸到死还对您感激涕零，左邻右舍都夸您是个好人，以德报怨，先人后己。真是了不起啊。您很快乐，是吗？奇怪，您难道不害怕吗？如果我真的当一辈子的车工，怎么办？"

母亲漠然地看着我："江弘，你想得太多了。"

我道："妈，您一直教育我，要做好人，做高尚的人。其实你我都明白，我们骨子里根本没那么高尚。对吧？

"初中的时候，班上组织到烈属家里做义工，整理房间，做饭烧菜，给老人擦身，端屎端尿。我是最卖力的一个，什么事都抢着做，再累，脸上还是笑眯眯的。校长在大会上点名表扬我。其实天晓得，我根本不喜欢做义工。我想睡懒觉，看小人书，打弹子，吃棉花糖。有一次我实在不想去了，借口拉肚子，在厕所里躲了一个下午，被蚊子咬得满身是包。妈，您千方百计想把我培养成一个高尚的人，强迫我成为一个高尚的人，其实您应该知道，在这个社会里做个好人有多辛苦。我很累，真的很累。"

母亲叹了口气。

我有气无力地道:"妈,我想和李雯离婚,再找一个漂亮的会生孩子的女人。"

"噢,那就离吧。"母亲淡淡地道。

我笑起来:"您知道我不会的。"

"毛毛我也不想管了,任她自生自灭。"我道。

母亲点点头:"好,我同意。"

我大笑:"那怎么可能!哈哈——"

我笑得眼泪都流了下来。

"睡吧,"母亲拍着我的肩,轻声道,"睡一觉,醒来就好了。"

我口齿不清地说道:"其实,那套房子应该要的。一百来万呢。"

走进房间,李雯和衣躺在床上,她看着我。

她问我:"好些了吗?"

我想伸手去摸她的脸。迷糊中,手指伸进她的鼻孔和嘴巴。

她似乎笑了笑。我道:"对不起。"

她扶我躺下。

沉默了一会儿,她道:"都是夫妻,什么对得起对不起的,睡吧。"

关了灯,四周一片漆黑。窗外,没有月亮,也没有星星。

(四)

不知不觉就到了春天。过了年,又老一岁。我是真的四十岁了。

我大概过了人生的一半了吧。

这样想,并不觉得遗憾,反倒有些轻松。生活就是那么回事。高兴也好,不高兴也好,都是一辈子。匆匆数十年,眼睛一眨,说过也就过了。

大年初二,我陪李雯回娘家。丈母娘托我一件事,她表妹的小女儿今年准备考影视学院,让我到时留心一下,尽量帮帮忙。

这事还早,我满口答应下来,说一定尽力。

上次的事,和丈人、丈母娘闹得不愉快,因此,这次不敢怠慢。

古人说:四十不惑。近来,我似乎是渐渐想通了一些事情,或者说,是懒得想。看似豁达,其实是散漫了。有些事情,起初总不能释怀的,再想想,其实也没有什么大不了。偶尔在阳台上坐坐,叼根烟,望着蓝天白云,像个老人那样发呆。泛上心头最多的一句,竟是:哎,不过如此嘛。

人都有这么一天。当你轻飘飘的,用一句"不过如此"来概括人生时,那么,你是真的老了。你不再有理想,不再拼了命地去努力,棱角被磨得像鸡蛋那么滑。你很知足,认为万事都离不了个"缘"字。你倒霉那是因为你命不好,或是前世作了孽什么的。

我尽可能地让自己多吃少想,像个傻瓜那样的活着。

李雯对我很好,确实很好。我心平气和的时候,便能意识到这点。她是个好女人。如果我换个年轻漂亮会生孩子的老婆,未必能像她这样对我好。当然,李雯的态度里,或多或少的,包含了一些内疚和补偿。她不得不这么做。她很无奈。她的脾气并不好,没出嫁前是个风风火火有些倔强的女孩,在单位里常和领导吵得不可开交。曾跟一个像牛么壮的男人大打出手,男人脸上被她挠出五道血印,李雯喘着气,手里还抓着这个倒霉蛋的一把头发。结婚时,为了她母亲的一根金项链、两副金耳环,她和她弟弟明争暗斗,没少花心思。她就是这种人。这些年,她越来越瘦,皮肤本来就不怎么好,现在更是又黄又燥,像风干了的橘皮。她老得比我快。

我忽然想起十几年前的情形——到食堂去买饭,她用一把锃亮的大调羹,将自己饭盒里的荤菜拨给我,动作利落得很。调羹划过铁制的饭盒,发出一阵尖锐刺耳的金属声。那时,我是多么坦然地伸手把饭盒接过来,眨着眼睛,看着浓油赤酱的红烧狮子头、葱烤大排,还有炒得油光光的大蒜腊肉。天很冷,菜肴冒着蒸汽,香喷喷、热烘烘。她听见我吞咽口水的声音,抬起头,笑一笑。唉,时光若在那一刻凝结,该有多好。

将心比心,这些年李雯过得也很苦。我奇怪自己竟想到这层。

我甚至想到领养一个孩子,好好地过下半辈子。

一眨眼,四十年,再一眨眼,又是四十年。人生能眨几回眼?罢罢罢,就这么过吧,何苦难为别人,也难为自己。

然而,老天就喜欢跟我开玩笑。我好不容易想开了,想通了,它却不依不饶,硬是要让我钻死胡同。

罗景福被流氓捅了一刀。那天,他送李雯去上夜班。

我赶到医院。病房里除了李雯,还有一个警察拿着本子在问话。罗景福肩膀上缠了绷布,隐隐渗出血丝。

警察问我是谁。我指指李雯:"我是她丈夫。"

警察有些诧异,看我一眼,又朝罗景福看了一眼。

我知道他在想什么。

如果不是这件事,我大概永远也不知道这样一个事实:李雯每次上夜班,罗景福都会送她。她一年至少上一百天夜班。也就是说,一年至少有一百个晚上,罗景福用他那辆半新不旧的助动车,风雨无阻,载李雯到工厂。而一般这个时候,我总是极悠闲地躺在床上,看书读报。

我忽然有一种莫名的恐惧。

在罗景福面前,我从来没有恐惧过。他调戏我老婆,勾引我老婆,占我老婆便宜,一直以来,我是这么认为的。我对他气愤、鄙视,充满了一个正人君子对人渣的厌恶。可我并没把他放在心上。说实话,我从不担心李雯会对这样一个其貌不扬的痞子动感情。

此时此刻,我的心很乱,酸酸的——我竟然是吃醋了。

警察问罗景福:"几点的事?"

"大约是晚上十一点。"

"对方有几个人?"

"四个。"

"说了什么?"

"也没什么,就是要钱。不给就拔刀子。"

"看清他们的长相了吗,多大年纪?"

"天太黑,看不清。岁数挺小,就二十左右吧,个子不高。"

"怎么动的手?"

"我说没钱,他们要搜。我说搜我就行了,别碰女的。他们不理,说着说着就打了起来。我把其中一个人推在地上,另一个亮刀子，李雯叫'救命'，他们急了，就捅了我一刀。"

警察问："她叫救命，怎么捅你？"

李雯道："本来是想捅我的，他动作快，挡在前面。"

她说完看了我一眼。

警察走了。

罗景福对我道："晚上睡不着，都是邻居，送送她，当是锻炼身体。"

我哪有心思听他的解释。

出院那天，我抢着付了医药费。叫了一辆出租车，打开前车门，让罗景福坐进去。我和李雯坐在后面。一路上，我没话找话，和李雯聊起系里的事情，告诉她某某老师结婚了，在酒店里请了三十桌。某某老师坐电梯，一不留神踏空，受了重伤。某某同学的爸爸因贪污被起诉，判了二十多年。李雯显得心不在焉，目光游移不定。我在反光镜里看见罗景福的脑袋，低垂着，若有所思。

罗景福的女儿飞奔出来。罗景福抱着她跟我们说再见。我打开门，母亲迎上来，问没什么事吧。我说，一切都好。

李雯一直没吭声。

我道："你一个女人上晚班确实挺危险的，这么多年，是我疏忽了。"

她摇摇头，道："也没什么。"

我道："吓坏了吧？"

她道："还好。"

我们平静地聊了一会儿，东扯西扯，始终没有切入正题——我们都在逃避。其实她清楚，我也清楚，再说下去，触及敏感部位，又是一场事端。

不管怎样，我认为她还是应该向我说明一切的。我可以装糊涂，她不能。

罗景福倒是想跟我谈，但我不想跟他谈。

他装作是碰巧，在电梯前与我相遇。他说："早上好。"我说："早上好。"

我们盯着电梯门上那排数字，光圈一个一个地跳过。到了。

电梯里，他对我道："李雯是个好女人。"

我说："当然。"

他有些冲动地说："我很喜欢她。如果你——"

我冷冷地打断他："咦，你裤子拉链没拉上。"

电梯门在这时极其配合地打开，几个人走进来。我看见罗景福躲在人后，低下头，做贼似的，飞快地把拉链拉上。

杜美美找我商量有关毕业论文的事情。

放学后，办公室里空无一人，我们一直谈到晚上。她向我描述论文的选题、构思和一些具体想法，嘴里的热气吹过我的头颈，我闻到她头上洗发水的清香，有几缕发丝调皮地在我脸上蹭着，痒痒的。

她说话的时候，睫毛像一把小扇子，抖动着，扑腾扑腾。她涂了宝蓝色的眼影，含有荧光粉，眼皮闪闪发光，十分怪异。她的眉毛向上挑得高高的。嘴唇亮得像雨后的花瓣，娇艳欲滴。她脸上的皮肤白里透红，没有一丝瑕疵。

她发觉我在看她，报以一笑。

结束后，她道："江老师，我们去跳舞怎么样？"

我道："我不会跳。"

她道："跟着大家一起扭就是了。"

她带我来到市中心一家迪厅。走进去，要了两杯饮料。她脱掉外衣，又把我的外衣也脱掉，扔在一边。她抓住我的手，拽我进舞池。

周围都是比我小得多的少男少女。音乐震耳欲聋，灯光昏暗摇曳。大家随着节奏，闭上眼睛，发疯似的扭动全身。他们的舞姿毫无章法，像是一群原始人，极其狂野地炫耀自己的身体。他们没有意识，把一切付诸肢体语言。强有力动感十足的节奏，足以使每个人的听觉都麻木，除了音乐，他们什么也听不到，外面的世界与己无关。他们用尽一切力量，满头大汗气喘吁吁，跳到最后一秒，虚脱趴下为止。

在这里，我是个异类。我年届四十；我的衣服裤子裁剪得中规中矩，一个洞也没有；我的发型十分传统，头发颜色是黑的；我的双目炯炯有神，显得清醒无比。

起初我觉得可笑，不能理解。在杜美美的催促下，入乡随俗，试着扭臀摆臂，很快就适应了。我领悟到跳迪斯科的关键：别管别人怎么看，跳你的就是了。这里的人都是自顾自，谁也不会理你。

我的动作十分笨拙，如同一只偷到蜂蜜乐得手舞足蹈的狗熊。我意识到每一次扭动都像是某种发泄，畅快无比。我闭着眼睛，上下左右，乱扭一气。出汗了，热了。用力过猛，肘部撞到别人的身体，听见一个女人的尖叫声，很快又淹没在雷声般激烈的音乐里。杜美美凑近我，搂住我的脖子，往我脸上吹气。我握住她的腰，能感觉她的体温，发烫。杜美美飞快地转圈，长发飘起来，一圈又一圈，越来越快，越来越猛，她以前在戏校里练过刀马旦，有功夫底子。最后一个漂亮的回旋，准确地落在我的怀里。

这真是个奇妙的所在。我完全融入了其中。

人与人的接触是那么的轻松，毫无顾忌的，想干什么就干什么。心里有事，不痛快，那就跳吧，扭吧。出一身汗，便爽了。这是一个世外桃源、人间仙境。我越发跳得起劲了，把头摇得跟拨浪鼓一样，手好比鸡爪疯发作，在半空中乱舞乱抓。屁股上那两块肉沉甸甸地抖动着。脚步虚浮，向左，向右，再向左，向右。跳得腿酸了，腰也酸了。那一刻，忘了身在何处。

杜美美抱住我，放肆地在我脸上亲了一下，重重地。

也不知过了多久，我和杜美美坐出租车离开。她先下车，我们大方地拥抱，互说"再见"。紧接着，我又来到一个杂乱的音像制品市场。我的手里拿着一罐啤酒，说话时带着浓重的酒气，走路摇摇晃晃、跌跌撞撞。经过的人用对付醉鬼那种厌恶的眼神看着我。

我走到一个摊贩面前，问他有没有三级片。

他看看我，朝旁边装满碟片的纸盒一指。

"自己挑，"他道，"十元三张。"

我慢腾腾地精挑细选。从皮夹里拿出一张十元钱，带走三张碟片。

夜深了。路边，好几个洗头妹站在店门口，穿得花花绿绿，浓妆艳抹，向单身夜行的男士抛媚眼。平常我是绝不会多看一眼的。但今天，方才的纵情狂欢，还有过度的酒精，似乎为某些不可想象的事情提供了可能性。

我走得很慢，一步三顾。

"先生，要不要来坐坐呀？洗个头，刮个胡子，捏两下，嘻嘻。"

一小时前，我抱着杜美美，她软绵绵地靠在我身上。我们都喝了酒，意乱情迷。她道："江老师，你真帅啊。"我说："一般吧。"

她紧紧箍着我的脖子，脸与我相距不过寸许，我能闻到她嘴里口香糖与啤酒相混合的气味。她在我胸口摸索着，似乎要解我大衣的纽扣。我抓住她的手，牢牢地握着，不让它动弹。她一笑，把头抵在我胸前。

她道："江老师，您真是一个特别的人。"我说："是吗？"

"有没有想过找个情人？"她问。

"嗯？"

"我怎么样，还行吧。"她媚眼如丝，吐气如兰。

"唔，还行。"

于是，我们紧紧地抱在一起。

再往下似乎是顺理成章的事情。我喝了很多酒。酒能乱性。

然而，什么事也没有发生。

我有一身铁布衫功夫，刀枪不入。遇到外界侵袭，全身自然而然产生保护反应。这是一种惯性，不受大脑控制。也许潜意识里，我渴望着与杜美美有所进展，渴望光顾年轻的洗头妹。但事实上，永远也不会。

杜美美说:"我是《西游记》里的女妖怪,江老师您就是唐僧。"

我笑笑。

她道:"您是金蝉子转世,道行深。我降不住您。"

我径直回了家。

李雯已经睡了。我大摇大摆地爬上床,看三级片,音量开得很大。李雯被吵醒,瞥了一眼电视,愣住了。我见到她惊愕的眼光,笑笑。她闻到酒味,问我刚才去哪儿了。我说:"跟学生跳舞去了,"补充一句,"女学生,漂亮的女学生。"

我故意向她展露衬衣上鲜红的唇印。她见了,没吱声。

我邀请她一块儿看碟片。她下床给我泡了一杯茶,又绞了一块毛巾。

"你喝醉了。"她道。

我道:"没有。"

李雯拿着抱枕,靠着。我们不说话,看碟片。

忽然,我翻个身,搂住了她。吻她。

她有些吃惊,但还是伸出手臂,抱住我的头颈,回应着。

至少有五年了,我们不曾这般亲密过。

"江弘。"她轻声唤我的名字。微微发颤,带着泣音。

"嗯。"我道。

忽地,我狠狠推开她。她一下子倒在床上,又弹起来。席梦思发出沙哑的弹簧断裂的声音。她被这突如其来的撞击惊呆了。

我喘息着,渐渐平静下来。

我用那种能杀死人的冰冷眼光看着她,一字一句迸出:

"去你的!白忙活,你又不会生小孩。"

空气在那一刻凝结。冷得让人害怕。沉默。

她盯着我看,足足有两分钟,一动不动。

第二天,她交给我一张保险单,"受益人"一栏赫然写着我的名字。

她道:"杀了我吧,做得干净利落些。我死后,保险金全都归你,五十万。算是我这辈子欠你的。"

我没理她。

她向我哭喊:"我受够了,离婚吧。大家在一起不高兴,这么耗着,何必呢。"

我问她:"离了婚,再去跟那个罗景福结婚,是不是?"我斩钉截铁道,"不离,耗到死!"

李雯走了。

许久以后,当李雯回忆到这一天的情形,她无限感慨地对我说:"在这之前,我一直是爱你的,真的。我是个再平凡不过的女人。一个男人从不给我好脸色看,另一个男人却真心实意地对我好,拼了命地保护我。换了是你,你会不变心吗?"

她道:"总而言之,是我对不起你。"

我听了,只是一个劲地傻笑。

罗景福搬家了。还有李雯,一夜间仿佛都失了踪。

杜美美再也没有来纠缠过我。相熟的女生告诉我,她把那天晚上的事情加油添醋,描绘了一番,宿舍里的女生轮流为她洗碗。她现在的目标,是表演系一个新来的帅小伙,长得像F4,比她小了好几岁,据说篮球打得特别棒。

我以为这下会闹得沸沸扬扬了。谁知并没怎么样。其实大家都忙得很,老师和学生亲密一些,只要没越轨,谁会来理你?

我照样上我的课,教室里座无虚席。校报上时而有学生赞美我的文章。下课时,学生们抢着为我擦黑板,跟我聊天。同事间相敬如宾,话不多也不少,保持着友好的不远不近的距离。一切照旧。

几个月后,李雯出现了。

我觉得她胖了许多。她笑笑,说了一句我做梦也没想到的话。

"我怀孕了。"她道。

"什么?"我张大了嘴巴。

"这些年我一直在吃药。连我自己也没想到。"

"这个孩子是罗景福的。"

其实她不说我也知道。

我沉默了几分钟。天知道,这时候我所有的逻辑思维根本派不上用场。我混乱了,彻底混乱了。一块大石从天而降,把我打蒙了。

罗景福在一旁,看着我。他握着李雯的手。

事情完全颠倒了。

李雯是不会生孩子的,可她居然怀孕了,孩子还不是我的。我以为离不离婚,主动权一直是操纵在我手里的。我可怜她,所以不离婚。留下她,给她些好脸色,是我的仁慈,我的恩赐。就像可怜一只小狗,扔一根肉骨头,够她乐的了。这么多年,我委屈自己,便是为了那一点可笑的虚荣心。我活得很苦,但我残酷地安慰自己,不管怎样,至少有人活得比我更苦。我怎么也想不到,最终提出离婚的,竟会是李雯。

我搜肠刮肚,想要找出些愤怒的感觉。眼前这两个人,应该能称之为"奸夫淫妇"吧。我要用仇视的眼光,逼视他们,让他们无地自容。

然而,我愤怒不起来。更奇怪的是,我居然想笑,又想哭。我控制不了自己的大脑。接着,冒出一句连自己也不敢相信的话:

"把孩子生下来吧。要是打掉了,以后还不知道能不能再生。"

"我没想过要把孩子打掉。"李雯说。

"对对对,生下来。"我没头没脑地道,"我会把这孩子当成亲生的一样。以后,我们好好过日子。"

李雯看着我。她摇头。

"别骗自己了。接受这个孩子,你不会开心的。悲剧又会重演。江弘,你是个好人,没错。可好人也会伤人的。"

她又一次提出离婚。

我呆呆地坐着,看她整理行李。红皮的结婚证从箱底掏了出来。打开,两张稚气未脱的脸,笑得十分憨厚。那时的我们,充满了对未来的期望。

李雯胖胖的手在箱子里翻腾着,衬衫、羊毛衫、大衣、毛毯,一件件被翻了出来。樟脑丸的味道充斥着整个房间。这古老而又熟悉的感觉啊。十几年的时光,一掠而过——我们羞答答地坐着,看着双方的母亲把一床床簇新的被子、毯子拿出来,整整齐齐,堆得像小山那么高。我那八十多岁的老外婆,吃力地蹲下身子,坐在一张小凳子上,咧着没牙的嘴,为我们缝被子。长辈们唠里唠叨,说的都是筹办婚宴的琐事。李雯的小姐妹们帮着装喜糖,叽叽喳喳闹个不停。满屋子耀眼的红色,不停晃动着。到处都贴了"囍"字,那么鲜艳,刺激着我们的感官。我瞟了李雯一眼,她刚好也在看我,都有些不好意思,飞快地低下头。这就是结婚啊。一男一女走到一块儿,有些茫然,有些惶恐,还有些新奇。

有时候我想,这些年到底是不是做错了,怎么会走到这一步?

老天可以做证,我曾是那么渴望做个好丈夫,有没有孩子都一样。我曾长期地说服自己、勉强自己,苦苦挣扎。但我不是圣人。生活会改变人的初衷,磨损人的德行。我不知道,如果当初干脆些,选择离婚,跟她一刀两断,情况是否会比现在好?

李雯把所有的东西整理成一个大包。

我们握了手。她的手很热,我的手冰冷。

毛毛的病情又一次恶化。

我在医院里守着她,整整两天两夜。

她睁开眼睛,朝我一笑,很憔悴。

她的嘴唇惨白,很干燥,结了一层痂。说话的力气也没有了,眼睛似是罩着薄雾,蒙蒙眬眬的。

她又一次被抢救回来了。并发症是感冒,四十度的高烧。

我安慰她,没事的,会好的。

她呆呆地看着天花板。

小姑娘第一次在我面前哭了。

"我快死了,是不是?"她问我,"再怎么治疗也是白费力气,是不是?"

我一遍又一遍地说:"有希望,相信我,绝对有希望的。"

医生把毛毛的病情做了分析。内容和他的脸色一样,都不好。

他让我们有心理准备,最多再拖一年。

毛毛妈哭晕过去。

我轻手轻脚地走进病房。毛毛睡着了。

我坐在床边,看着她。她苍白的残留着泪珠的小脸。手平放在胸口上,微微起伏。我怎么也睡不着,到外面抽了一根烟。进来,倚在一旁的躺椅上。听见毛毛翻了个身,又沉沉睡去。我轻拍她的背,替她把被子掖紧。

迷迷糊糊睡去,一觉醒来,她眼睛睁得大大的,望着我。月光下,她的皮肤雪白,像个洋娃娃——我梦中的女儿,就是这样。

我看表,凌晨两点半。

我问她:"睡不着吗?"她摇头,说:"这样醒着,时间会过得慢些。最好是永远不用睡觉,那样才好呢。"

我不知说什么好。

她忽道:"江叔叔,我还是死了算了。"

"别瞎说。"

她眨了眨眼睛。真的:"活着有什么好?死了,我就不用受罪,妈妈,还有你,都不用受罪了。"

我一阵心酸。

我道:"我没觉得受罪。如果你死了,我会伤心得要命,吃不下饭睡不着觉,那才叫受罪呢。真的,不骗你。"

她看着我,眼里有光,一闪一闪的。

"江叔叔,如果你有女儿,你一定会很宝贝她的。"

"我不宝贝她,我只宝贝你。我对她微笑。"

她笑了。

她说:"江叔叔你是个好人,大好人。"

我一笑:"等你长大了,别做好人,要做个开心的人。人只有一辈子,什么都是假的,开心最重要。记住了?"

她点点头。

我开始给她讲故事。讲得很轻,生怕吵醒了周围的病人。讲着讲着,她闭上了眼睛。

今晚的月亮很圆。大概快到十五了吧。月明星稀,几颗星星,点缀着一轮明月,孤孤单单的,挂在天边。风,轻轻地拂过。隐约有树的影子,晃动着,枝叶摇曳。一只飞鸟掠过,拍打双翅,在夜空中留下清远的回音。

像一幅画,动静相宜的画。

渐渐地,我也睡着了。

握紧你的手

(一)

才六点不到,周围已经黑下来了。没有灯光,是那种直沉到底的黑,厚重得很。还有静,不觉得清静,而是森森的,带着透骨的冷意,直逼进骨髓里。

李谦坐着吃面条,旁边点一根蜡烛,光影在墙上闪闪烁烁。有应急灯,可他没用,年轻时练出来的本事,就算伸手不见五指,面条也不会吃进鼻子里。他是吃过苦的,眼前这些算不了什么。何况还是他自己找上门的。打那通电话时,孙晓美的声音隐隐带着哭腔,一句话能说清的事,分成了好几句。听得出,是有些乱分寸了。他问她:

"你和'大富翁'里的那个'孙小美',是啥关系?"

电话那头愣了一下:"——我是'拂晓'的'晓'。"

他笑笑:"明白了。"开个玩笑,是想调节一下气氛。他最听不得女人哭,况且也不是什么大不了的事,不值得掉眼泪——至少他这么认为。

"我需要你一直待在店里,哪儿也不去,就算天塌下来也待着——行吗?"她问。

他停了停,随即用很郑重的口气告诉她:

"放心——只要你不走,我就不走。我保证。"

这是李谦驻守"大方"饭店的第十天。电是早就断了的,昨天起水也断了。屋里摆着几箱矿泉水,好在刚入秋,喝冷水没问题。早餐吃面包,午餐和晚餐有人送过来。麻烦的是上厕所,因为断水,只能拉在塑料袋里,再交给送饭的人扔掉。送饭的小工姓王,二十来岁,贵州农村人。孙晓美每天付他十块钱。这钱赚得心惊肉跳——这幢大厦已经完全成为一个孤岛了,与外界相邻的马路,被挖成了几米宽的沟壑,下面是裸露的横七竖八的水电管道和高压线。上面垫一条木板,像独木桥,走得颤颤巍巍。木板还时不时地被人抽走,必须不断地寻找新的木板。垫上,被抽走;再垫上,再被抽走。物业公司那帮家伙便是有这胃口,乐此不疲。

中午时,玻璃窗被一块不知哪来的石头敲破,碎片掉得满地都是。那时李谦正对着塑料袋小便,惊了一下,差点尿裤子上。总算人没事。"小儿科——"他嘴里咕哝着,拿扫帚把碎片扫了。接着,陆续从破了的窗洞里扔进来几只死鸡死鸭,还有死猫,剥了皮,血淋淋的。他摇着头,依然是打扫了。没事人般坐着,看一份《报刊文摘》。老套路，吓唬那些老弱病残还行，对他不管用。

"九几年的招数了，也没个新鲜的——"

他削铅笔，在桌上铺开一张纸，画画。一个女人的轮廓渐渐出现，黑白色调把那张微瘦的脸映衬得有些冷。她俯卧在地上，努力抬起头，手向前伸着，试图抓住些什么，很艰难，眼里有泪光。

他画到这里，停下来，陷入了沉思，随即把纸揉成一团，扔在旁边。

晚上，孙晓美亲自过来送饭。原因是小王提出涨价，一天要十五块，"那鬼地方，不像人待的，每次去都捏一把汗"。孙晓美说他："你大男人一个，胆子比老鼠还小？"小王加上一句："还违法——"孙晓美于是啐了一口："违个屁法！"

饭菜是孙晓美亲自做的。狮子头加香菇菜心。味道稍有点咸，但还过得去。李谦怕热，在屋里只穿一条背心。孙晓美看到背心上的两个小洞："你老婆也不帮你补补？"

"我没老婆。"李谦说。

"没结婚？"孙晓美问他。

李谦停了停。"——结过，离了，跟别人走了。"

孙晓美哦了一声。

"你呢？"李谦问，"这事怎么不找你男朋友？"

"我没男朋友，"孙晓美学他的口气，有些调皮的，"有过，分了，跟别人走了。"

李谦嘿的一声，没说话。孙晓美拿出一瓶红酒、两个杯子："喝点？"很爽气的样子。倒是李谦犹豫了一下。"——好吧。"

其实从头次见面到现在，两人之间的交流并不多，比陌生人强不了多少。孙晓美在网上挂"招聘启事"，找个二十四小时看店的人，是抱着试试看的念头，病急乱投医了。所有的办法都试了，物业公司、法院、媒体——该去的都去了，毫无效果。一家小饭店而已。大厦是人家的，产权是人家的，人家要拆你有什么法子？手续都是合法的，到哪儿都说得通。再说了，你一个女人，逞什么能？犯什么倔？旁边的按摩店、宠物店、精品店、洗衣店，大家都识趣地搬走了。就算有些不满，牙齿打落和血吞，忍忍也就过去了。偏偏这个小女人，不晓得哪根筋搭错，居然铁了心，死活不让，一门心思要当钉子户。

"这种地段，你晓得一平米多少钱？"几杯酒下肚，孙晓美的话多了起来，"现在他们说的数目，五年前都不止这个价。抢钱哪！说要建什么高级商场——他要是还在，哪能让我这么受人欺负。"

李谦酒量比她好得多，所以话也比她少。其实第一眼看到她，他便隐约猜到她是什么人。长相摆在那儿，漂亮，比良家妇女多些风尘味。用仿得很好的大兴 LV。妆化得有些粗，做了水晶指甲，戴着白金项链、黄金耳环，波斯猫似的长卷发。说生硬的上海话。看人的眼神，透着些世故，却又不像见过多少大场面。

果然，一会儿，她便说出她原先干的是美容行业，八年前跟了他。两人一块开的这家饭店。半年前，他到外地进货，就再也没有回来。

"我手机上个月被人偷了，重新换了个号码。这家店要是拆了，他回来去哪里找我？"女人说了坚守的理由，"——我要在这里等他。"

李谦给她夹了一个狮子头:"吃菜。"

她问他为什么会接下这个烫手山芋。"你是第四个找上门的。前面三个都只待了一天便逃走了。其中有个还是大学生。嘿,小毛孩,人家扔一串鞭炮进来,他就吓得尿裤子了,以为是手榴弹——我看得出,你不一样。你是干什么的?"

李谦反问:"你猜?"

"警察?"

他摇头。

"混帮会的?专门帮人收账的?"

他还是摇头。

她目光触及脚边那几团纸,拿起来,打开——画的都是一个女人,俯卧在地上,朝外伸着双手。她怔了怔:"你是个画家?"

"不是,"他告诉她,"我是学建筑的。"

"建筑师?"

"谈不上建筑师,只不过大学里念的是建筑系。"他说到这里,停了一下,"小时候的理想是造房子,所以就选了建筑系——四十多岁了,一套房子也没造过,嘿,倒是拆过不少房子。"

孙晓美有些诧异地朝他看。

"你刚才问我为什么会接这个烫手山芋,"他把杯中的酒一饮而尽,说下去,"我告诉你——是为了赎罪。"

九十年代对于李谦来讲,是一段混乱而丰富的日子。他炒股票、倒腾烟酒、卖黄牛票,还去日本打过工。赚了些钱,但不太多。真正意义上的第一桶金,来源于那些开发商。那时没有"钉子户"一说,有的只是"难缠户"。李谦的工作,便是对付这些"难缠户"。弄走一个,便从开发商那里领一笔酬金。"拔钉子"这活儿不是人人都能干的。眼要准,手要快,脑筋要活络。李谦干了十来年,硬生生在这条道上干出些名气,算是前辈级人物。断水断电、砸玻璃、堵下水道,这些行内惯常的做法,他看不上眼,嫌没有技术含量。他的拿手好戏是"打擦边球"——在一百米开外搞爆破,轰隆一声,房子看着没事,但有了裂缝,成了危房,住不得人,不搬也得搬。或是紧挨着房子施工,等屋里的人一出门,便伪造机械事故,比如拿一块预制板吊在空中,看准时机,哐当一声掉下去。对外称是意外,其实这么一砸,房子差不多就垮了。

"你的思路没有错,"李谦从行家的角度,肯定了孙晓美,"屋里一定要有人。不走,咬紧牙关就是不走。只要人在,他们就比较头疼。"

"真像你说的那样,人早晚吓死,不走也得走。"孙晓美叹气。

"你一个女人肯定不行——我在这里,拖得一时是一时。"

"是持久战。"

李谦点头:"没错。"

孙晓美叫他"李叔叔",嘴巴像涂了蜜:"原来你是这行的老祖宗,我请你算是请对了——李叔叔,我全靠你了。"

"别客气,你付钱请的我,我会尽力。"

孙晓美在他杯里续满酒,瞥见画上的女人:"她是谁?——你老婆？"

"不是。"李谦停了停，"你说你之前找过法院，为什么不去信访局？"

"去过，根本没用。"孙晓美知道他在岔开话题，还是问下去，"那是——你的情人？"

李谦想，这女人有些烦。"没错，是情人。初恋情人。"他道。

第二天，小王又来了，送饭，倒屎倒尿。"现在找活儿难，只好认了。"工钱从十块涨到十二块。他说在乡下，一天只能挣三四块钱。他问李谦："大哥，你一个月挣多少？"

李谦告诉他："一千三百块。"

"那你比我强，坐着不动就能挣那么多钱。我跟你换换。"小王很是羡慕。

李谦笑笑："好啊，你去跟老板娘说。"

"孤岛"上并非没有同伴。除了大方饭店，还剩下一家米粉店和一家书店，都维持得相当艰难。米粉店老板是桂林人，夫妻店，两口子都是一样的倔脾气，又很恩爱，连"不求同年同月同日生，但求同年同月同日死"这种话都说了。书店老板是位退休教师，满头银发，穿西装戴领结，打扮得山青水绿，书生气很重，因为无儿无女，便更没有后顾之忧。三家店离得近，李谦的到来，无疑增加了他们的战斗力。精神上有了支持，同时技术上也得到改善。上周，米粉店老板娘接到一个陌生电话，说她儿子在放学路上被车撞倒，送到医院，要马上动手术。电话里姓名、模样、学校都说得不错，由不得她不信。两口子当场乱了分寸，立刻便要赶过去。李谦说先等等，拿自己手机拨了那个号码。

"二宝呢？他手机换了也不跟我说一声，人死到哪里去了？找不到他——"

两口子在一旁听得云里雾里，不知是什么状况。一会儿，李谦挂了电话："别着急，你儿子没事。"两口子兀自没回过神来，又问"二宝"是谁。李谦回答："现在是这行的头了，当年是我小弟，跟着我的。打电话那个应该是他手下的手下。嘿，还是些老套路，也不晓得变革。"

第二天，米粉店老板便给儿子配了个手机，叮嘱他千万不能接近陌生人。小家伙刚读小学，由外婆带着，一星期才能见爸妈一次，每次过来都哭得泪人似的，老板娘也跟着哭。李谦在旁边看着，心想这两口子撑不了多久。书店老板说要给市长写信："这事他不能不管——"老先生写得一手漂亮的正楷，李谦说有空要跟他练字。两家店的玻璃全换成钢化的，被敲碎时不会伤人。门锁换了德国进口的，比较难撬。李谦让他们再买个红外线报警器，有人进来就会响。还有，手机二十四小时放在身边，一发觉不对就打110。

"其实也没什么，除死无大碍。"老先生很有些英雄气概。

李谦笑笑："跟死没关系。我提一句——真要有什么，别硬撑。留得青山在，不怕没柴烧。人最要紧。"

他们问李谦，当年他干这行时，有没有拔不掉的"钉子"。李谦说："有。"他们想听点具体的。李谦拿话岔开了："不是什么光荣的事，不提了。"

二宝来找李谦，一口一个"阿哥"，还是当年的口吻，毕恭毕敬的。

"十来年不见了,阿哥,风采依旧啊。"

李谦嘿的一声:"算了吧,快五根的人了,有个屁风采。"

"阿哥当年急流勇退,现在改行当菩萨了——我不晓得阿哥你在这里,否则老早过来问好了。"

二宝带来几盒小菜,是在饭店买的打包的,还有一瓶花雕。李谦从抽屉里拿出两个一次性杯子。二宝把酒倒上。

"好久没跟阿哥一起喝酒了——"

两人干了杯。李谦喝了一口:"这酒味道不错。"

"阿哥,你跟那姓孙的女人啥关系?"二宝问他。

"啥关系也没有。"李谦道。

"真的?"

"真的。她在网上登了招聘启事,我看见了,就来了。"

"阿哥,别怪我多嘴——早点收手。我跟你讲,这块地皮人家是势在必得,早晚的事。你晓得人家是什么背景?黑白两道都有关系。耗下去,倒霉的肯定是你们。别人我不在乎,你是我阿哥,自己人,比亲阿哥还要亲的阿哥。当年要不是你带我入行,我现在还在替人修脚踏车呢。这份情我记一辈子,我不能眼睁睁看你吃亏。"

李谦没说话。

"难不成,阿哥你是缺钱?"二宝朝他看。

李谦忍不住笑骂:"缺个屁钱!也就全市最低工资,我要是为钱,捡破烂也比这个多些。"

"那是为啥?"二宝想不通了,"阿哥你——是不是身体不舒服？"

"是啊，"李谦故意道，"得了绝症，没几天活头了，临死前想做点好事。"

二宝摇头："阿哥你还是老脾气，倔得要命。"

两人边喝边聊。二宝说起当年，他从外地过来，在城郊租个铺位修脚踏车，李谦那时靠倒卖烟酒赚了些钱，却很节约，整天骑一辆破脚踏车，不是这里坏就是那里坏，是他家的常客。一来二去两人混熟了。李谦当了拆迁队队长后，开发商出于长远考虑，让他物色一批人，组个培训班，李谦便把二宝拉了过来。其实李谦后来说，拆迁这行靠的是天赋，培训班没用，太教条，要灵活运用。二宝这方面有些独门招数，比较擅于分析人的心理，包括调查当事人的家庭、工作、背景，从而抓住他的弱点，迫使其就范。曾经有个机关干部，有些后台，嘴硬招子也硬，拆迁队费了好大工夫都拿不下来。二宝说不急，花了两个星期跟踪这人，结果发现这人在外面有个情妇，床上拍了裸照，这家伙顿时吃瘪。还有个做小生意的，被逼急了，爬上顶楼天台，说谁敢动房子他就往下跳，没人敢动他。二宝打听到他妈患病，需要长期住院，可医院病床紧张，根本插不进去。二宝托了几层关系，替他搞定病床，还替他妈找了个好医生。这人感激涕零，差点给二宝跪下来，不到两天就搬了。李谦说二宝在这行是把好手。果然，他退下后，二宝就接了班。

"往事如烟哪！"二宝给李谦倒上酒，叹道，"上个月，有个小子手下没准头，用力过猛，结果把一个小孩给砸伤了——阿哥，我现在算是了解你当年的心情了，忒造孽。"

李谦把酒一饮而尽,不说话。

"其实再想想,也不是你的错,"二宝道,"这就是命。老天爷给她安排好了,那就是她的命。阿哥,人拗不过天的,做啥事都不能硬撑。"

李谦还是沉默,眼里有了些痛苦之色。

停了一会儿,二宝道:"阿哥,再过几年,等我退下来,我们哥俩再一起干。"

"干什么?钉子户?"李谦慢慢地拿纸巾擦了擦嘴。

二宝笑起来:"行啊,只要跟着阿哥你,干什么都行。"

"没钱赚。"

"没钱赚也行。跟着阿哥,喝西北风也开心。"

"再回去修车?"

"行啊,干回老本行,心里踏实。"

两人你斟我饮,不觉都有了些醉意。李谦说:"不喝了,头有些疼。"二宝便笑道:"阿哥你这是大脚装小脚,你是什么酒量我还不知道?"李谦摇头说:"不是装,是真的醉了。"

他话音刚落,头一歪,便醉倒在桌子上。

二宝坐着不动,用手推他:"阿哥,你怎么了?"

李谦一动不动。

"阿哥——"二宝提高音量,又叫了声。

李谦还是不动。

二宝从口袋里拿出手机,拨了个号码:"可以了,进来吧。"

很快,两个男人从外面走了进来。"抬走,"二宝加上一句,

"手脚轻些。"

两人走到李谦面前,正要动手,李谦霍地睁开眼睛。二宝愣了一下:"阿哥——"李谦坐起来,目光炯炯,变戏法似的。

"药下得重了些,"他叹道,"一喝就喝出来了。二宝啊,你眼光不如从前了,我一直在拿纸巾擦嘴,你就是没看出来。"

"阿哥,"二宝停了停,"别怪我。"

"不怪你,"李谦摆了摆手,"——回去吧。我晓得你也是为我好,可我跟你讲,这桩事我是管定了。你做你的事,该怎样就怎样,不用顾忌。"

"阿哥——"

"拆了那么多年房子了,想试试看被人拆是什么滋味。"李谦说完,笑笑,拿过旁边几张被酒浸湿的纸巾,扔进垃圾桶里。

(二)

墙上的挂钟,嘀嗒嘀嗒地走着。若不是它,在这屋子里几乎感觉不到时间的移动,完全停滞了,厚重得像一块天鹅绒的落地窗帘,把一切生机和光亮都挡在外面,直直地垂了下来。没有日出而作,没有日落而息。有的只是无休止地静坐、发呆。看不了电视,上不了网。连手机电池板也是小王在外面充了电带过来。顺便带来的还有当天的报纸。

李谦坐在吧台的长脚凳上抽烟。烟雾中,他的脸显得有些深邃。他摆弄着手边的空白小黑板——以前营业时,上面会写着当日特价菜的名称，桌椅和厨房用具都搬空了。原先孙晓美还抱着一线希望，嫌搬来搬去麻烦，想搁着。李谦劝她搬走："都是钱买的，毁了心疼。"这话多少有些消极的意味。李谦又加上一句："凡事做好最坏的打算，没错。"

小王回了趟贵州老家，返城时给李谦带了一瓶酸豆角，说是自家腌的，比外面买的干净，也好吃。"下面时放一些，开胃。"这东西耐放，搁久了也不易变质，很适合眼下的局面。他跟着孙晓美，叫李谦"李叔叔"。李谦问他几岁。他回答："十八。"李谦便嘿的一声："那这声'叔叔'我还当得起。"

小王叫王进才，小学毕业便出来打工了，年纪轻轻已有十来年工龄。他说他乡下已经有未婚妻了，等再赚些钱，就回去结婚，家里人都催着呢。

"她叫美美——"他有些羞涩地告诉李谦。

"哦，也叫美美，"李谦问他，"跟老板娘啥关系？"

"啥关系也没有。老板娘长得比她好看多了——我那个美美，是个大饼脸，人又矮，其实不怎么好看的——"

李谦笑了一下："好看不能当饭吃——能生儿子就行。"

新装上的窗玻璃很快又被砸破，刚好小王来送饭，碎片飞到他眼角，伤口不深，却满脸是血，看着有些怖人。李谦劝孙晓美不必再配新的了："钢化玻璃不便宜，没必要花这冤枉钱。"孙晓美便弄来两块厚塑料，四条边拿万能胶固定住，装在窗洞上。"快入冬了，不然冻死你。"李谦让她带小王去医院缝了几针，又打了针破伤风。

"好歹人家也是工伤。"李谦道。

小王用纱布蒙着一只眼，佝偻着身体过来送饭，李谦说他像个负伤的战士。"很勇敢，小同志。明知山有虎，偏向虎山行。"小王拿出一件雨衣，给李谦："李叔叔，这给你，碰到情况能挡一挡。"李谦接过："这个好，就算泼硫酸，也不至于一塌糊涂。"

　　吃完饭，小王把屋子里里外外打扫了一遍，又拿个塑料袋，把李谦的脏衣服统统扔在里面，拿回去洗。李谦有些不好意思，想给他钱，又觉得不合适，便扔了包烟给他，是"中华"。小王揣在口袋里，说等回老家时给老丈人抽。

　　凌保富晃晃悠悠地来了。穿着物业的制服，最上面两粒纽扣松着，歪戴帽子，像极了抗战时期的白狗子。一进门就嚷"差不多了吧，准备耗到什么时候？等得花儿都谢了"。每次都是这么几句，冷饭炒了又炒。音量很大，口气却是往里收的，有点弱。李谦晓得他是个木偶老虎，线头牵在别人手里，人家手紧一紧，他便动几下，吼几声；人家不动，他便也僵着。物业公司里人不少，单单给他派了这个活儿。隔几天过来催一催，吓唬几句，是份讨人嫌的差事。孙晓美叫他"宝货"——是他名字的谐音。他不以为忤，反而相当高兴。被孙晓美"宝货""宝货"地叫几声，骨头便轻三两。头顶原是不毛之地，越发亮了，手和脚也跟着不老实，恨不得整个人贴上去。这秃子是个色鬼。

　　"老板娘今天不在——"李谦告诉他。

　　"不找她不找她，"凌保富一边摇手，一边加重语气，"——给句话，到底啥时候搬？上头这次发狠了，说派辆铲车过来，不管活的死的，统统铲掉！"

"干脆弄辆坦克,更爽气。"李谦一本正经道。

"不是开玩笑,"凌保富在一旁坐下来,自顾自地拿起一份报纸,看了看又放下,"你们要是不信,早晚吃苦头。"桌上还有李谦吃剩下的两块熏鱼,他也不嫌脏,拿起来便往嘴里送,又问,"——老板娘呢?"到底是摒不牢。

"老板娘回老家了。"小王挺看不起他,故意道。

话音刚落,孙晓美便从外面走了进来。凌保富一对小眼睛顿时放出光芒:"小孩子不学好,骗人——晓美,我的晓美啊——"唱戏似的,兴冲冲地迎了上去。孙晓美斜眼看他:"癞痢头宝货又来了——"他并不生气,一只手便往她肩上搭去。孙晓美一让,避开了。

"当心我告诉你老婆——"凌保富的女人在附近一家医院当挂号员。

"告诉她我也不怕,"凌保富嬉皮笑脸的,"这女人性冷,我们都几个月没夫妻生活了,早晚离婚。"

孙晓美习惯了他说话的腔调,心里骂娘,嘴上却不愿十分得罪他:"那等你离了婚再来。"

"你等我?"凌保富笑着去抓她的手,被她打掉了。

"等,"孙晓美点头,"等到你头发全掉光了,也照样等下去。"

她带来了肯德基的炸鸡、薯条和蛋挞。四个人一起吃下午茶——这情形多少有些奇怪。逼债的和欠债的团团坐,一派祥和。凌保富对着孙晓美,把话说得贴心贴肺:

"好好一个女孩子,受这份罪做啥?天底下男人又不止他一个!

卖了铺子当嫁妆，等你的人从这里排到吴淞口，笃笃定定——"

"老菜皮了。"孙晓美摇头。

"瞎讲！"凌保富一锤定音，"还是小白菜，绝对的。"

铲车到底是没有来，只来了一群老鼠。门锁着，窗关着，人进不来，可老鼠有它们的路。四面八方，铺天盖地的。夜里，米粉店老板娘吓得尖叫，声音划破长空。成百上千只老鼠，津津有味地撕咬着书店里的书，听得人毛骨悚然。老先生惊恐地拿手电筒驱赶它们，头不小心撞在墙角上——救护车到的时候，人已经休克了。

几天后，李谦坐在店里，听外面一片喧哗，有人大声指挥，将书店里的东西搬出来。卡车停在壕沟那边，书、书架、桌椅，陆续被运上车，七手八脚的。米粉店老板应该是沉不住气，跑出来问人怎么样了。半晌才有人回答"脑溢血"。米粉店老板又问："现在还好吗？"便没人应声了。

又搬空一家。"孤岛"越发冷清了。天也愈来愈冷。孙晓美托小王送来一只炭炉，放在屋里取暖。"老板娘让你当心，别一氧化碳中毒。"小王转达。

李谦铺开一张白纸，握笔的手有些冻僵。先是女人的长发，继而是眼睛、鼻子、嘴巴。女人趴在地上，双手朝外张开，目光似在企求——隔几天便画这么一幅，笔法是熟得不能再熟了。女人的模样纹丝不变，像是拷贝的。李谦朝女人看——女人也在看他。眼睛会说话。别人听不见，只有他能。声音有穿透力，捂上耳朵也会漏进来。那双伸出的手，他晓得，是等人握住呢。他怕会忘记她，所以不停地画。

"这招有点损,"李谦对小王道,"我们那时候,一般不用老鼠啊蟑螂臭虫什么的,会传瘟疫。'拔钉子'也要有品,不作兴这样。"

小王看他画画。白天闲着没事,他便留下陪李谦。李谦本来也不是多么怕闷的人,但时间长了,到底是有人陪着舒服。小王话很少,是个有些腼腆的听众,适时地插上一两句。

"那么多老鼠,他们怎么弄到的?"

"别说老鼠,就是老虎,他们也能弄到。"李谦嘿的一声,"他们有的是路子。"

"老先生可怜了。"小王叹了口气。

李谦不说话,目光重回画上的人——她看着他,似是也在叹气。

门口有人探头探脑。起初还当是要捣鬼,再一看装束,是两个拾荒的人。背着筐,衣衫破烂,脸上有几道煤黑。李谦发现一个规律——每到星期二,便有这样的人出现,不是拾荒的就是要饭的。他问孙晓美。孙晓美解释:

"他在的时候,定下规矩,每星期二,这附近吃不饱饭的人都可以过来免费领一份盒饭。他们习惯了,总会过来看看。"

李谦有些惊讶:"一直这样吗?"

"有四五年了。"

李谦沉默了一下:"他是个好人。"

"那当然。"她有些得意道。

屋里有了炭炉,到底是暖和多了。最近几顿饭,小王都带了酒来,红酒、黄酒都有。李谦中午不喝,只是晚上稍微咪一点,驱寒,也有助睡眠。一瓶酒分几天喝，李谦是替老板娘省钱，都不容易呢。除了酒，菜也越来越丰盛，有鱼有肉，保温瓶里装了汤，是那种广东靓汤，费工夫。李谦知道孙晓美的心思——是怕他离开。眼看着一波强似一波，敌人就要发起总攻了，她怕他打退堂鼓。

老鼠药买来了，屋子里各个角落都放上一点。米粉店老板娘受惊过度，再也不敢留着了，"这帮天杀的——"，都有些歇斯底里了。剩下她男人一个，其实也是硬撑，又是孤单又是茫然，傻子似的，拿个ipad，整天"切水果"，恶狠狠地，一"刀"下去，水果四分五裂。李谦有带来的对讲机，给他一只："想要找人说话，就用这个。"于是，两个男人隔着墙，对着空无一人的店铺，拿着对讲机交流。

"吃了饭没?"

"吃了。"

"吃了啥?"

"还能有啥？米粉。你呢?"

"我比你丰富。给你送点儿?"

"算了吧。没胃口。"

"想老婆了?"

"不想。想也没用——这日子都过成什么样了!"

"会好的。"

"亏得还有你，大哥。你真专业，连对讲机都有。"

"你要是喜欢，等挨过了这阵，就送给你。"

两个男人絮絮叨叨，说些无关紧要的话。倒像两个女人了——

其实是互相解闷。前面的路，一眼看不到头，漆黑一片。李谦安慰他，说自己最倒霉的时候，做生意把钱输个精光，讨债的人拿着刀子坐在门口，不敢出门，抱个饼干桶，一天只吃两块饼干。怕惊动那些人，连个屁也不敢放。也挨过来了。

晚饭后不久，孙晓美来了，带了两只大闸蟹，放在饭盒里："刚煮好，还是烫的。"李谦说："才吃了饭呢。"她回答："螃蟹不饱肚的，这个季节，吃蟹最惬意。"

还有温好的黄酒。孙晓美给李谦倒上："正宗绍兴太雕，试试看。"李谦叹了一声："老板娘忒客气。"

"别叫老板娘，叫我名字——美美。"

李谦笑笑："小王的未来老婆也叫美美。"

是雌蟹。一只足有三两半，肉实黄厚。孙晓美自己不吃，劝他把两只都吃了："我在外面有的吃，你这里不方便，多吃些。"李谦也不客气，自顾自剥着吃。

她瞥见桌上的画："初恋情人这么好？到现在还忘不了？"

"初恋嘛。"他回答。

她停了停，把大衣脱了，挂在凳子上。屋子里没空调，他劝她还是穿上："免得着凉。"她说不冷："刚才走得快，出了一身汗。"

她穿了一条绛红色的羊毛裙，很收身，腰那块像蛇，蜿蜒上去，又是峰峦叠翠了。漂亮女人就是漂亮女人，脸蛋身材摆在那儿，也难怪凌保富整天惦记。李谦只看一眼，便把目光移开。喝酒，吃蟹。孙晓美给他倒酒。

"李叔叔，多喝点。"

她紧挨着他，胳肢窝张开，似是要把他环抱于臂下。香水味很盛。李谦朝边上让了让。女人的身体没头没脑地挨上来，端酒杯的手在他眼前拂过，半空中转了几个圈，稳稳地落到他嘴边。

"叔叔——"省略了"李"字，像是潘金莲戏武松。

她向他说起当年在家乡的时光。她父母很疼她，她从小便乖巧，又生得好，学习成绩也不错。高中毕业时，她完全能考上大学的。可她不，硬是要到大城市闯一闯。"读大学，未必能找个好工作，就算找到好工作，也不见得能赚多少钱。"她手指软，点穴又准，很适合做美容，回头客挺多。本来是想攒点钱，回家开家美容店的，遇到他之后，便改了主意，死心塌地跟着他了。他人很好，也很温柔，要了她的那个晚上，更是温柔。跟着他的几年里，时间不是均匀地流动着的，而像杯里的冰块，一大块满满当当，动也不动。昨天、今天、明天，都差不多。他不提结婚，她也不强求，只要和他一起，就足够了。饭店生意不算好，但也能糊口，她那双做美容的手改在收银台收账。客人们一口一个"老板娘"，叫得她心花怒放，她想一辈子都这样。可有一天，他却突然不见了，变戏法似的，一下子从她的生活里消失——冰决一点点烊成了水，时间从那时起，才慢慢流动起来，越流越快。昨天倏地变成今天，今天却望不到明天。

"那天是五月十六号，我记得很清楚，是星期天。"她道，"他说去青浦进货，吃了早饭就走了，结果一走就再也没回来。我到处都找遍了，连他的小学同学都一个个打电话过去问。还有生意场上的人，认识的不认识的，问了个遍，一点音信都没有。"

"没试过去他家里吗?"李谦道。

"他没有家,是孤儿。"

李谦怔了一下:"哦。"

"除了我,他没别的亲人了。这家店是他的命,要是店没了,我走了,他就活不成了。"

话题有些凄然。她停下来,眼里有什么东西闪动着。但很快,又是笑逐颜开。她目光瞥过那架钢丝床:"垫被好像薄了些,晚上睡得冷不冷?"一边说话,一边走到李谦身边。"要是冷的话——"她手指弹钢琴似的,在他肩上轻轻掠过,有些俏皮。很快地,两只手都上来,却是替他捏肩。

李谦一怔,差点就要让开。忍住了。是怕她难堪。嘴上说:"很专业呀。"瞥见她的眼神,有些妩媚。只是这"妩媚"像件大衣,是穿在外面的。里面其实是木木笃笃的,是实得不能再实的东西。

"叔叔——"

李谦心里软了一下。倒不是那种意思,而是有些可怜她。酒、螃蟹、紧身的羊毛裙、媚笑,还有这手按摩技术,像圣诞节打包卖的礼盒,一股脑抛给他。同样是女人,米粉店老板娘跑就跑了,还有她男人撑着。她不行,她跑不了,她自己说的——店没了,她走了,那男人就活不成了。那男人是她的命。

"老板娘,"他拍胸脯道,"有我在,一夫当关,万夫莫开。"他很少这样豁胖——是宽她的心。

她手上不停。

"我晓得,"她道,"我放一百二十个心呢。"

"那就安心回家睡觉,"李谦拿捏着语气,小心翼翼地,"要是有空,下次再带些酒来,螃蟹就不用了,我这种粗坯,嫌吃着太麻烦。"

他又说了遍"放心",拿过大衣给她穿上。她怔了怔,穿上了。什么东西戛然而止,有些突兀了。她停了几秒,说"谢谢",声音竟有些哽咽。别过头,都不敢看他了。

她默默收拾桌上的碗筷。

"能不能帮个忙?"他忽道。

她一愣:"嗯?"

"给我买条长裤行吗?不用太好,去大卖场买就行。"

她兀自不明白:"怎么了?"

"给老鼠咬得全是洞,穿着像丐帮帮主了——麻烦你。"他笑。

(三)

"救命——"

女人躺在地上,旁边,巨大的火苗像毒蛇的舌头,肆意舞着,火光映红了天际。周围很嘈杂。女人的哀求声有些嘶哑,似是已发不出声,泪水含在眼里,满是惊恐的神情。

李谦缓缓向她走去。女人的手,朝他不断挥动着,手指纤长,像春日里的柳条。那一瞬,他仿佛听不见别的声音,耳朵里只有她声嘶力竭的"救命——"。

他想伸手,却似是没了力气,脚下像踩着棉花。

他看着她,两人之间那段距离,竟是越来越远。他脑子里一片空白,头疼得厉害。针戳似的。

——他一下子醒了。

头真的很疼,裂开似的。又是同样的梦——同样的女人,同样的场景,在同样的时刻醒过来。他竟有些懊恨了。那双朝他伸出的手,下落如何,一直没有答案。

李谦爬起来,倒了杯水。忽然,他闻到一股浓烈的烟味。霍地朝窗外看去,瞥见几团红彤彤的火焰,还有黑色的浓烟——真的着火了。

他心里咯噔一下,心想"这帮浑蛋要放火",立刻拿出手机打了119,以最快的语速报了地址和路标。随即奔到隔壁,敲开了米粉店的大门,把睡得正沉的男人叫醒。两人衣衫不整地冲到外面,却齐齐愣住了——几个燃烧着的垃圾桶摆在门口,像平地上插着几根蜡烛。火苗不大,烟雾却很重。放在这样的深夜,倒也有几分气势。

消防队到的时候,垃圾已经烧尽,只剩下几个光秃秃的黑桶。队长把两人数落了一通,离开了。米粉店老板一脚将垃圾桶踢得老远,骂道:

"妈了个巴子的!"

李谦知道,这是恶作剧,也是威吓。现在是垃圾桶,也许将来某一天,着火的会是这幢房子。他问孙晓美借了手机,给凌保富发短信:

"癞痢头宝货,过来一趟。"

很快,凌保富兴冲冲地来了:"我的晓美啊——"倏地停下来,面孔一板,"人呢?"李谦回答:"刚才还在,去超市买东西了。"凌保富坐下来，朝他看，有些幸灾乐祸："怎么，老江湖了，还被几个垃圾桶吓得尿裤子？"

李谦摇头："年纪大了，眼神不比以前了，只好被人家欺负。"又问他，"喝不喝茶？"凌保富嘿的一声："冷水泡茶吗？这儿又不能烧水。"李谦道："有罐装的乌龙茶。"他道："来一罐。"李谦便站起来，到墙角的箱子里拿了罐乌龙茶递给他，走路时右腿晃了一下，差点摔倒，扶住旁边的桌子才站稳，疼得咝气。凌保富问：

"怎么了？"

"没事。昨晚光顾着逃命，没看清，脚扭了一下。"

一会儿，孙晓美回来了。"瘌痢头来啦？"她把手里的塑料袋给李谦。李谦拿过，迅速塞进抽屉里。凌保富瞥见里面是几副膏药，嘴上道："什么东西这么隐蔽？安全套啊？"孙晓美骂他："放屁！"凌保富嘻嘻笑着，又问她："找我什么事？"

孙晓美说想让他老婆帮忙挂个号："伤科那个王医生，口碑不错，就是挂不到号，年底前都满了——宝货啊宝货，派你用场的时候到了，你可不许让我失望。"

凌保富一口答应："晓美的事，就是我的事。谁啊？谁要看伤科？"

"老家一个朋友。"

"包在我身上。"凌保富一只手又不老实了，朝孙晓美身上蹭，"办成了，怎么谢我？"

"你想怎么谢？"孙晓美朝他白眼。

"你懂的呀——"凌保富拿手肘顶了一下她的腰，笑得不怀好意。

事情很快办成了，约在周三上午十点。凌保富问孙晓美，要不要陪着去。孙晓美说不用："不敢劳您大驾。"凌保富笑笑，又说要去李谦那儿看看："再去讨罐乌龙茶——"孙晓美说李谦这两天感冒："又是流鼻涕又是咳嗽，不怕被传染你就去吧。"

午饭前，几条人影溜进了大方饭店。偷偷摸摸，鬼影似的。先在窗前张望了一会儿，确定里面没人后，拿万能钥匙开了门。进去便搬东西，桌子、椅子、钢丝床——一件件往外抬。一个人从口袋里拿出榔头，使劲朝墙上抢去，顿时便砸了一个口子。

几人掏出家伙，正要再砸，忽然，警笛没命地响起来，四五个警察从天而降，从旁边包抄过来。几人惊慌失措，还来不及反应，便被反扭住，戴上手铐。一人挣脱掉，只逃出几步，背上便挨了一警棍，晕倒在地上。

李谦找了一个相熟的记者朋友，拍了照，还写了篇豆腐干文章《拔掉钉子户的若干招数》，登在晚报上。题目是李谦起的，很有些夺人眼球。李谦说这事其实没啥意思，无非是出口恶气。"不能光挨打不还手——"孙晓美同意他的看法，又道："瘌痢头宝货这下要讨骂了。"

果然，隔了一天，凌保富便来了，脸色黑得像包公："合起来玩我是吧？"

李谦很郑重地向他道歉："这事是我不对。大家都是出来讨口饭吃，不该难为你。"又问，"没把你饭碗给砸了吧？"凌保富瞪眼："少假惺惺。"李谦一瘸一拐的，给他拿了罐乌龙茶："消消气。"

"他妈的还演！戏都结束了，还演。"凌保富瞥见他的腿，恨恨的。

"是真的瘸了，没骗你，"李谦告诉他，"那天晚上太紧张，慌不择路，大腿在门上砸了一下，伤筋了。"

"最好断掉。"凌保富咬牙切齿道。

孙晓美给李谦买了条 LEE 的牛仔裤，原先那条破裤子做了抹布。李谦挺不好意思："不是让你随便买一条吗?"孙晓美幽了一默："你姓李，当然要穿 LEE。你们本家的牌子。"

新裤子穿上有些紧身，屁股那块像素鸡。尺寸是李谦报的，"光吃不动，都长胖了。"孙晓美说："又没吃啥好的。"这几天她都亲自给他送饭。菜色一如既往地丰盛，还有酒。

她这阵不做水晶指甲了，十个手指光秃秃的。头发也没弄，只简单地扎了个马尾，发尾有些毛糙。李谦看在眼里，便猜测她经济上有些拮据。"怎么没啥好的?"他道，"天天大鱼大肉——老板娘我跟你讲，我有脂肪肝的，你就当帮我个忙，简单点，少肉多菜。报上说了，脂肪肝时间久了，容易转化成肝癌。"

"哪有这么吓人！"

她把酒朝他面前推了推，示意他喝酒，却不给他倒上，应该是念及上次的事，有些尴尬。李谦又说起牛仔裤："多少钱?"她说不用："一条裤子的事——"李谦不肯："是我让你买的，你这样以后我可不敢让你带东西了。"她摇头："真的不用。你在这里代我受罪，一条牛仔裤算什么?"

"我是拿工钱的，又不是白干。"李谦道。

"算了吧，"她嘿的一声，"你当我是傻子啊？你让我扔掉的那条裤子，够买好几条 LEE 了，照理我该赔你才对。"

李谦朝她摆了摆手，笑笑。她停下来，半晌，叹了口气。

"还有多久？"她幽幽道。

"什么？"

"你说，还能撑多久？"

李谦还没回答，她又立刻摇头："算了，不提这个。撑得了多久是多久。我晓得，也亏得有你，否则这里早成平地了。"

她说她一个老乡的男朋友在政府机关上班，通了路子，这两天就会有人过来。"信访局我都走了一千遍了，要不是认识人，等到我头发白了，他们也不会睬我。"

"来了也没用，"李谦停了停，"——我可不是扫你的兴。"

"我知道，但总比什么都不做强。"

第二天，信访局的人来了。两男一女，大概问了一些情况。那女的负责记录，其中一个男的看上去像是个小头目，问孙晓美：

"他们干过些什么？"

"堵下水道、砸玻璃、放老鼠、扔臭鸡蛋、放火——"

"有证据吗？"

孙晓美指着塑料做的窗户："怕他们砸，我才装的这个。"

"这个不算证据。"

"他们砸玻璃扔东西，我总不见得搁在那儿不打扫吧？"

"有人证吗？"男人面无表情地问。

"隔壁米粉店老板，他能做证。"

"他跟你们利益一致,不能算。"

孙晓美嘿的一声,不说话了。几人又待了一会儿,便说要走,打开门,什么东西迎面砸来,正中那女人的胸口。她吓了一跳,再一看,是一只硕大的猪头,血淋淋地滚落下来,两只眼睛朝外凸着。女人没命地尖叫起来,那两个男的瞠目结舌。

"这算是证据了吧?"李谦朝他们看。

人走后,孙晓美问李谦:"猪头哪儿来的?"李谦笑了一下:"有进步啊——小王早上在菜场买的。"孙晓美嘿的一声:"不用说,猪头肯定也是他扔的,是吧?"

"小伙子挺机灵,"李谦笑道,"老板娘可以考虑给他涨工钱了。"

信访局的人说已经立案,研究调查还需要一段时间。

"等他们调查完,坦克都已经开进来了。"李谦道,"——这事关键还得靠自己。"

孙晓美激动起来:"你有把握保住这家店?"

"那倒不是——不过我有把握让他们头疼一阵子。"李谦瞥见她失望的神情,"小姐,你以为这很容易吗?我跟你讲,当一个称职的钉子户至少需要具备三个品质,"他扳着手指,"——勇气、智慧、耐性。不是阿猫阿狗都能做到的,尤其像我这样,青帮老大改行为民请命,更加让人放心。"

孙晓美知道他是在安慰自己:"青帮老大油腔滑调。"

李谦呵呵笑道:"我是实话实说。"

"不过,"孙晓美朝他看,"我看得出,你是个好人,正人君子,很让人放心的那种。"

"谢谢。"李谦朝她拱了拱手。

信访局也并非全无用场。连着一个多礼拜,都平安无事。星期天,米粉店老板娘过来与丈夫团聚。加上李谦、孙晓美和小王,用炭炉吃火锅。材料是带来的,围坐着,边吃边聊。久违了的好气氛,像是一家人在度周末。

吃到一半,凌保富来了。米粉店老板嘲笑他:"星期天也不闲着,辛苦啊。"

"为人民服务嘛。"他也不客气,大刺刺地坐下,"晓美啊,我的晓美啊——"嬉皮笑脸地朝孙晓美瞟,又问她要碗筷。孙晓美起身给他拿了一副:"你属狗的是不是?哪儿有好吃的,你就往哪儿钻!"他接过,叉开筷子便在锅里捞了一片羊肉。

"有酒没有?"他又问。

米粉店老板娘板着脸,给他倒了半杯。

他尝了一口:"哟,米酒。不错。"

"自家酿的,你多喝些,以后再多算计我们些。"

他嘿的一声:"谁算计谁啊。谁都不是省油的灯,没那么好欺负。"

米酒味道确实不错,每个人都喝了点。这酒不凶,但后劲足。几杯下去,便有些上头。孙晓美说:"万一敌人趁机打进来,怎么办?"米粉店老板说:"我会醉拳,进来一个揍一个。"他女人在一旁道:"算了吧,你还醉拳呢,喝醉了连拳头都握不起来,还醉拳——"

"星期天他们也休息，"凌保富一本正经道，"不信你问他。"手指着李谦。

李谦点头道："过去是这样，现在据说班头调整了，改成三班倒，星期天照样有人值班。不过那些头头脑脑们还是常白班，朝九晚五。所以问题不大。"

大家都笑。

"现在是什么情况？"孙晓美转向凌保富，"透点内部消息，怎么样？"

"一条消息，一晚上。"他借酒装疯。

"我看你大概想吃耳光。"孙晓美拿起筷子便朝他扔过去。

李谦问小王："美美还好吗？啥时候回去结婚？"

"过年就走。"

"老婆本赚得差不多了？"

小王有些不好意思："还差得远。不过婚还是要结的，在我们那里，我这个年纪早属于晚婚了。再不结，我爹妈就该跳脚了。"

米粉店老板娘说李谦："你不要管人家——你自己是啥情况？你老婆离了几年了？"

"七年。"

"那怎么不再找一个？"

"我这种材料，没人看得上我。"李谦说完，瞥见孙晓美在瞟自己，朝她笑笑，夹了一筷鱼丸放进嘴里。

小王是第一个奔出去的。他捂住肚子，说句"吃坏了"，拔腿便往外跑、接着是米粉店两夫妻、孙晓美、凌保富。公共厕所在马路对面，五十米开外。李谦隔着窗子，见几人提着裤子出来了又进去，样子很狼狈。来回几趟，差不多隔了一个多小时才平息。屋子里有药箱，李谦拿出诺氟沙星分给大家吃。

"那些火锅材料，肯定是在冰箱外放得太久，变质了。"米粉店老板娘很抱歉。

"瘌痢头宝货，是你下的药吧？"孙晓美朝凌保富瞪眼。

"下个鬼！"凌保富嘿的一声，"我他妈拉得肠子都快出来了——要下也是他下的，只有这家伙没事。"指的是李谦。

李谦耸耸肩，不说话。米粉店老板娘问他："你为什么没拉肚子？"

"如果我也拉了，谁看店？"

"好好说。"孙晓美道。

李谦停了停："举个例子，飞机上通常有两个驾驶员，而他们吃的肯定是不同的食物，这是行规。万一其中一个吃坏肚子，另一个还能继续飞行——一样的道理，我们要是都拉个稀里哗啦，那等我们从厕所回来，这里肯定已经变成敌占区了。相信我，那些家伙星期天不会真的休息。"

大家都沉默了一下，气氛倏地有些凝重。

"我说吧，谁都不是省油的灯。"半晌，凌保富咕哝了一句。

大家离开后，孙晓美留下来。她问李谦："你刚才没吃火锅吗？——我明明看到你吃鱼丸了。"

"我会变戏法。"

"怎么变的？"

"这是祖传的本事，传男不传女。所以不能告诉你。"李谦一本正经的。

孙晓美也不追问。停了停，她道："李叔叔——"

李谦朝她看，她似是犹豫了一下："求你，一定坚持下去，行吗？"

"行。当然行。"李谦瞥见她仿佛快哭出来的神情，把手放在她的手背上，拍了两拍。

与此同时，他觉得头有些晕——晕得不同寻常。

吃饭前，米粉店老板娘与她男人在房里争吵时，音量有些大，而他的耳朵一向很好。女人提了个价格，比之前高了许多，有妥协的意思。她男人不肯，两人吵得很凶，女人甚至连"离婚后孩子归我"这样的话都说了。那时李谦就想，原来"同年同月同日死"并不是真的。女人家胆子小，又没常性，李谦觉得这也没什么。只是一转眼，她便带着火锅过来，笑吟吟的，像换了副面具，便有些奇怪了。火锅味道不错，她劝大家多吃，自己却一筷未动，只吃旁边那碟拌黄瓜。谁都没有留意，可李谦向来是个多心的人——天上不会掉馅饼，拿了人家的钱，多少总会做些什么才对。

她酒倒是喝的，所以李谦也喝了。

他使劲晃着越来越晕的脑袋，回想刚才有谁没喝酒——好像每个人都喝了。他应该不会看错。

孙晓美从皮夹里拿出男人的照片，给李谦看——是个留着平头，长得挺精神的家伙。她翻来覆去地说，要是有个孩子就好了，最好是儿子，长得像他。这样她就不用经常看照片了，看着儿子就行了。

李谦觉得，这个近三十岁的女人其实还是个孩子——除了那个人，他好久没碰到这么痴情的女人了。

"把药箱给我。"李谦听到自己的声音，像是从很远的地方传来。

她有些愕然："啊？"

他又重复了一遍，神情严肃。

她很快拿来药箱。他打开，从里面取出一支针剂，动作迅速地撕去包装，同时捋起衣袖，熟练地将针筒里的红色液体推进手臂静脉。

"这是什么？"她吃惊极了。

"醒酒药，"他道，"能让一个醉汉在一分钟内迅速清醒。"

他瞥见她惊愕的神情，感觉一股凉意瞬间席卷全身，不自禁地打了个寒战，脑子顿时清醒了。"专业钉子户必备。"他开了句玩笑。

与此同时，一声巨响差点把他的耳朵震聋。

两人迅速奔到窗前。只见一辆推土机缓缓逼近，大厦的一侧，无数砖瓦倒落在地上，扬起的粉尘几乎遮盖了小半个天空。推土机并不罢休，转到另一侧，又是一阵巨响，大厦被连根拔起似的，砖瓦像玩具积木那样纷纷倒下。

"他们要拆房——"孙晓美颤声道，牙齿因为愤怒和惊恐而不断打战。

"你快走！"李谦沉声道。

"我——"她停了停，坚定地摇了摇头，"我不走，有本事他们就来。"

李谦看了她片刻。他还是第一次这么认真地看她——她的眼睛很美。从她的瞳孔里,他看见自己。脑海里忽然跳出一个熟悉的影子,也是这么倔强,倔强到极点的女人。那时候,她的瞳孔里也有他。

"我不走——"孙晓美又说了一遍。随即身体一晃,人直直地倒下来——醉倒了。

李谦扶住她,朝她看,仔仔细细地。他的醉意还未全消,以至于她的脸看上去有些叠影,不怎么真实。那一瞬,仿佛有种灵魂出窍的感觉。

"我也不走,"他轻轻抚了一下她的头发,柔声道,"留下陪你。"

(四)

现在这幢大厦很有些诡异了。严格意义上说,它甚至不能被称之为"大厦",只是处于一堆废墟当中的几个破门洞。两侧似是被人用手掰断,切口很不圆润,一片狼藉。

——除了没有工人,它更像是个进行中的工地。

孙晓美醒来时,发现自己躺在钢丝床上,身上盖着李谦的大衣。她站起来,兀自有些头晕,瞥见李谦坐在旁边,对着刚完成的一幅画发呆——还是那个女人。她转过头,霍地看到外面的景象,呆住了。怔了足足有一分钟,随即便要开门出去。

"外面现在空气很差,"李谦提醒她,"而且路也不好走。你暂时别出去。"

孙晓美停了停，脑子还有些转不过来。半晌，她问："米粉店两口子呢？"

"被抬出去了。"不带表情的声音。

孙晓美定了定神，朝他看，他额头上有血迹。再看手上的大衣，背后裂了很大一个口子。"怎么回事？"她惊道。

"小事情，"他头也不抬，"不用担心。"

孙晓美从药箱里拿出纱布，替他包扎伤口。瞥见地上那个空针筒，又问："这玩意儿有副作用吗？"

"多少有一点，但问题不大。以后你结婚，我送你老公一支，包管他千杯不醉。"

李谦瞥见她有些异样的神情，猜想她一定觉得他有毛病，这当口还有心情开玩笑。多年来他的心理素质已被磨炼得相当过硬，再恶劣的环境下也能表现自如。二宝说过，他这样很招女人喜欢："阿哥，你是女人杀手，老少通吃。"

孙晓美渐渐平静下来。她坐着，看到桌上那幅画。

"真的是初恋情人吗？"

李谦停了停："不是——但她很喜欢我。"

"你喜欢她吗？"

他思考了几秒钟："不怎么喜欢。"

孙晓美有些诧异地看了他一眼，忍住了没问下去。

现在只剩下大方饭店一家了。米粉店老板的酒量应该不错，以至于他被两个男人架出去时，竟然还没有完全失去意识，不断挣扎着，当然只是徒劳。他醉倒前最后一次拿对讲机通话，说的是"诺氟沙星还有吗?",李谦回答:"有,管够。"

李谦想,这样也好。她女人说的那个价钱,应该够两口子另找个地方开店了,或许地段差些,但总比整天提心吊胆过日子好。有时候太纠结于某个东西,吊着一口气不放,到头来只会苦自己。李谦说孙晓美是自讨苦吃。

"后悔吗?"他问她。

她摇头,又问他:"你呢,后悔来这儿了?"

他嘿的一声:"我从不做后悔的事,"停了停,又道,"——我是怕你吃亏。"

他说完,心里咯噔一下,想,怎么说这个了,她听了不语。两人都沉默了一下。屋外经过一番大折腾后,此刻完全安静下来,屋内也是静悄悄的。有什么东西在缓缓流淌,很有节奏,像钟摆发出的声响,轻微而又执着。

"以前在报上看到一张照片,'最牛钉子户',旁边房子都拆光了,只剩下当中光秃秃的一间。牛得一塌糊涂。"孙晓美说,"想不到现在我也成这样了。"

"你很牛。"李谦道。

"你更牛。"她说完,忽地上前,一把抱住他。

他呆了呆。她似是有些不好意思,把头深埋在他的怀里。他闻到她头发间的阵阵清香:"我身上臭,几个礼拜没洗澡了——"她却抱得更紧了,像是抓着一根救命稻草。他听到她沉闷的哽咽声,眼泪鼻涕应该都擦在他身上了。他忽然有些心酸,那个失踪的男人应该不知道这女人为他所做的坚持。

他把手放在她背上,轻轻拍了两下。

孙晓美拿手机发了条短信。一会儿,小王过来了。他用了"差点迷路"这个词,"天哪,都不认识了,完全变样了——"他应该是吓坏了,翻来覆去地说。

"科技化程度高就这好处,放在古代,现在连一堵墙都没敲烂呢。"李谦说。

小王带了些八宝粥罐头:"没办法,只能先将就些。"孙晓美对李谦道:"等大功告成,我请你吃大餐。"小王又拿出两罐啤酒。李谦笑着摇头:

"我可没吃粥喝酒的习惯。"

连着几天,孙晓美都睡在店里。另外搬了架钢丝床过来,两人各睡一张。李谦劝她回去,她不肯,说陪他说说话也好。"青帮老大也不容易——"她开玩笑。李谦说:"男女授受不亲,住着不方便。"她怔了怔,随即嘿的一声:"都什么时候了,还计较这个。"

晚上,两人各自躺着,在黑暗里聊天。

李谦问起饭店当初的情况:"每周二都布施,不亏本吗?"

"也就少赚一点,亏不了。"

"盒饭里有些啥菜?"

"不一定。反正一荤两素,再送一罐饮料,汤随便喝。"

"知道,刷锅水。"

"算了吧,我们才不是刷锅水呢,是煲出来的,老火靓汤。"

"广帮菜馆?"

"也谈不上广帮菜馆,就那种茶餐厅,小本经营。"

李谦问她是怎么认识那男人的:"做美容的时候吗?"

"他从来不做美容的。我一个小姐妹介绍的,是她客户的亲戚。"

她向李谦说起第一次见他时的情景:"我一看到他,就知道,这辈子我跟定他了。他问我要电话号码的时候,我好像连呼吸都停住了,耳朵嗡嗡直叫,傻乎乎的,一个字也说不出来。人家说'一见钟情',大概就是这个意思吧。"

"是不是特别想他?"李谦问。

她沉吟了一下:"好像也不光是想,而是特别放心不下,一颗心老悬着。吃饭的时候,就想,他现在吃什么呢,会不会饿着;睡觉的时候,想,他现在睡得好不好,不会失眠吧;降温的时候,就想,他衣服穿得够不够——"

"上厕所的时候,想,他会不会便秘。"李谦话一出口,便有些后悔了,不该开这个玩笑。她倒是没有生气,停了停,换了个话题:"你说巧不巧,我在网上登启事,全国有那么多人,偏偏就让你看见了,应了聘——你说,这是不是缘分?"她问他。

他嗯了一声。

那一瞬,他忽觉得眼前的情景似曾相识。那时,旁边也是这样一个柔中带嗲的声音,一问一答,一来一回。他记得她问他的最后一句,便是:"我们去哪里?"他回答:"随你高兴,到哪里我都陪着你。"说这话时,他脸上是真挚到极点的神情,拿捏得恰到好处。女人喜欢听男人表姿态,却又不爱男人说得太轻率,最好是想一想,但也不可过于犹豫。这当中的分寸,他最是拿手。

"如果没有他,也许我会喜欢上你。"孙晓美很认真地道。

李谦摇头："和客户有暧昧关系，是大忌。"

孙晓美嘿了一声："你就臭美吧！"

李谦猜她以为他是在开玩笑，便也耸耸肩，做出开玩笑的样子。

她说她胆子很大，在女人里面属于出类拔萃的。高中时和同学去看《午夜凶铃》，到最后大家都不敢睁眼，唯独她看得津津有味。"小时候我和妈妈出去走夜路，都是我牵着她的手——"李谦点头："那我就放心了，多了个坚实的后盾。以后晚上我睡觉，你来值夜。"

"没问题。"她道。

女人家到底是女人家，爱干净，死活不肯把便溺在塑料袋里。她找了个痰盂，每次用完都拿到外面倒掉。李谦说这样太麻烦："非常时期，不能太讲究。"她不听。屋子里没水，不能洗手，她在痰盂旁放包湿纸巾，用来擦手。李谦好笑，嘲她："怎么不去弄个'卫洗丽'？"

事情到底是发生了。一天夜里，她方便完，出去倒痰盂时，被人兜头浇了一身。起初她还以为是硫酸，吓得尖叫，后来才发现是冷水。回到屋里时，整个人都在发抖，也不知是冻的还是被吓的。后来又有人扔了一盒碟片进来——是《夜半歌声》。还有纸条，上面用红笔写着"不怕变成宋丹平，就继续拖吧"。

李谦打电话让小王送她去医院。当天晚上，她高烧发到三十九度六，吊了整夜的盐水，不停地说胡话，整个人都虚脱了。李谦知道，胆子再大的女人，不怕《午夜凶铃》，但没有不怕《夜半歌声》的。这是女人的软肋。

隔了两天，孙晓美病好了，又来到店里。李谦倒有些意外了，想这女人胆子是大。她织了顶帽子,给他戴上:"自己不住,不晓得这里条件有多么艰难——"帽子是用几种颜色的线拼着织的,很见功夫,只是男人戴着有些奇怪。她说:"反正待在屋里也没人看见,暖和最要紧。"李谦便依了。镜子里,瞥见自己顶着一头红红绿绿,像个傻子。

"想想还是算了,"她低着头,似是自言自语,"这么挵下去也没啥意思。"

他怔了怔,朝她看。

"——不值得,"她说完,忽道,"我给你做美容,好不好?"

也不待他同意,她便把他按倒在钢丝床上,从包里拿出一堆瓶瓶罐罐,朝他脸上抹去。先是清洁,再涂上爽肤水、按摩膏,接着便是按摩了。她的手真的很软,没骨头似的,划着圈,像在脸上跳舞。她一边做,一边道:

"以前我也替他做的,都是睡觉前。他这人很懒,经常不高兴洗脸,我就说,那帮你做个美容吧——他脸上的皮肤不如你,你在男人里面属于比较白皙的,他不行,坑坑洼洼都是麻洞,特别费料,就像海绵,水啊油的全吸进去了——做着做着,他就睡着了。白天忙饭店的事,特别累。要节省成本,他只请一个小工,什么都自己干——"

她絮絮叨叨地,说的都是他,像在催眠。

夜深了,趁她睡熟,李谦拿出她的手机,翻看通讯记录。果然,来电记录里有二宝的号码。通话时间足足有十几分钟。李谦把手机放回她的包里。重新躺下来,与她的脸相对——她已睡熟了,微蹙眉头，鼻根处有个浅浅的"川"字。呼吸声有些粗重。睫毛披在眼睑上，几根粘在一起，似是刚流过泪——是心事重重的睡相。

李谦看了她一会儿，伸出手，摸了一下她的脸。谁知她竟醒了，霍地睁开眼睛，有些惊惶。应该是没睡踏实。李谦心里叹了口气，轻轻拍她的背，哄小孩的口气：

"睡吧睡吧，没事的，睡吧——"

第二天，凌保富过来。孙晓美对他道："瘌痢头宝货，你就快没事做了，当心被物业公司炒掉。"凌保富有些意外，道："怎么，真的准备搬了？"

"都是老菜皮了，再不搬就成菜干了。"她说着，问李谦，"你以后准备做啥？"

"出国。"

"出国做啥？"

"老婆儿子都在澳大利亚。离了婚，老婆不是老婆了，儿子照样是儿子。"李谦第一次谈起前妻的情况，"她现在的男人，是个卖葡萄酒的，也离过婚，有两个儿子。我儿子跟他们不是很合得来。你也晓得，青春期的小孩都有些叛逆。我过去，亲生爸爸在旁边，总归好一些。"

"也是。"

凌保富央求孙晓美，也为他织一顶帽子。孙晓美说"织一顶绿帽子"，他也不生气，装傻卖疯，一个劲地往她身上蹭，手很不老实。"这么久了，你男人也多半不要你了，跟我走吧，我养你。你再帮我生个儿子，能落上海户口。"孙晓美提醒他，"当心吃耳光。"

他听惯了,并不当真。谁知孙晓美手起掌落,竟真的打了他一记耳光。"啪!"声音清脆响亮。

凌保富捂着脸,怔住了。李谦也吃了一惊。

"瘪三!"孙晓美骂他,一字一句地,"你以为你是什么东西?要不是穿了这身狗皮,老娘早就斩掉你那只狗爪子了。瘪三!垃圾瘪三!烂货!笃底货!"

凌保富猝不及防,被骂得怔住了。孙晓美骂完了,拿起大衣,打开门径直出去了,留下目瞪口呆的两个男人。

"妈个×的!"半晌,凌保富回过神来,朝地上狠狠吐了口痰,"吃了炮仗了!"

李谦拿了罐乌龙茶给他,他一把推开:"说我烂货——她自己才是烂货!"

"不要这么说女同志。"李谦说他。

"她不是烂货,那你娶她,你肯吗?"凌保富朝他看,"——对了,是不是你吃人家豆腐,惹恼了她,她才把气出在我身上?"

"胡说八道。"

"那她干吗突然发火?"

"女人嘛,容易情绪化。"李谦停了停,换了个话题,"——真的会被炒掉吗?"

"炒个屁!老子早就不想干了。吃力不讨好,赚不了几个钱,还被人骂。"

"等我以后开公司,请你当保安。"李谦道,"我觉得,你这人还算尽责,是个好人选。"

凌保富翻个白眼："什么公司？皮包公司？"

"钉子户代理公司，专门帮人当钉子户。"

"那要个屁保安？人家推土机开过来，当人肉盾牌？你开我多少工钱，殉职给多少抚恤金？我跟你讲，我跟我老婆关系再差，总归还是夫妻一场，不能不为她将来考虑。"

李谦忍不住笑了。他发现这个"瘌痢头宝货"其实也挺可爱。

两人喝着乌龙茶。凌保富说他家也快要拆迁了："我是肯定不会当钉子户的，那种鸽子笼，住了几百年了，十七八口挤在一起，现在一拆迁，最不济也能弄个两套新工房，换成现钞也要个一两百万。我笑都要笑死了！"

"有时候，不光是钱的问题。"李谦沉吟了一下。

"发嗲，这叫发嗲，"凌保富嗤之以鼻，"怎么不是钱的问题？小女人要是给她一千万，你看她搬是不搬？再说了，不搬又能怎么样？她倔到现在，不照样是搬？什么事情都是先礼后兵，趁人家现在客客气气，给你房子给你钱，识相点早点搬。就算要当钉子户，也最多是装装样子多捞一点，不好真的一根钉扎下去的。不信你问小女人，现在后不后悔？"

孙晓美再来的时候，已经是两天以后了。她给李谦结了三个月的工资。"搬场公司下午就到，"她对他表示感谢，"这段时间，辛苦你了。"

"辛苦什么，革命又没成功。"

"你已经做得很好了，是我自己立场不坚定。"她道。

李谦嘴巴动了动，没说话。半晌，问她新店开在哪里。

"有空我来捧你的场。"

"不一定留在这里了,说不定回老家。我爸妈一直催我回去,这下他们高兴了。"

她默默地整理东西。李谦在一旁看着她,将一些零碎的物件打包,分门别类。动作有些僵硬。李谦迟疑着,一句话在喉头转了半天,还是说了出来:

"真的要搬吗?——想清楚了,不后悔?"

她朝他看,眼圈红红的,很快又低下头。

他停了一会儿,忽地,指着桌上那幅刚完成的画:"——想听故事吗?"

十五年前的夏天。

李谦"邂逅"了一个女人。与他年龄相当,没结过婚,不怎么会打扮,说话声音有些粗,走路大步流星。她是知青子女,在工厂当会计,每天两点一线,没有社交生活,父母还在新疆,爷爷奶奶死后,她一个人住。

她是相亲认识的李谦。介绍人是她的一个同事,其实是二宝的朋友的朋友。一切都如计划般进展顺利。她喜欢他温柔体贴的个性,还有俊朗的外表。二宝说得没错——他是女人杀手。这招之前也用过,但时间比较短,通常两三天就能搞定,这女人属于比较难缠的——整条弄堂都搬空了,唯独她,刀砍不入,水泼不进。那时的李谦,年轻气盛,不达目的不罢休。他把"我爱你"说得逼真无比,撺掇她搬走:"新工房独门独户,清清爽爽,不用倒马桶——"费了许多工夫,她终于被说通了。签合同的前一晚,她邀他到她家。想着大功告成,今后不会再见了,他便也格外地殷勤,煎了牛排,开了红酒,点上蜡烛。气氛相当好。他想,最后给这个女人留点美好的回忆吧。

他与她上了床。是她主动,他本来不想的,但她太过热情,作为男人他很难拒绝,在礼貌上也怕她难堪——她真的是处女。这让他有些惭愧,欺骗了这个女人的感情,还占有了她的身体。她问他:"什么时候办证?"他说:"随你。"她说不想留在这里了,想换个地方。

"我们去哪里?"她问他。

"随你高兴,去哪里我都陪着你。"

……

孙晓美听到这里,朝他看。

他避开她的目光:"是不是觉得我像个恶棍?"

"不是'像',而是百分百的'是'——继续。"

李谦说那天晚上,他们聊了许多。

"她向我说起她的父母。两个地道的上海人,老三届,在新疆插队时相识、相恋、结婚、生女。她十岁那年回的上海,和爷爷奶奶挤在一起。房子很小,才八九个平方,摆张桌子再摆张床,人就挪不开了。她说她爸爸以前也是在这里长大的。十几岁离开上海,一眨眼,头发都白了。上海话都说不利落了。再熬一阵,等退休后回来,这里就是落脚点。再小再简陋,总归是个窝。她说新疆的房子很大,抵这里十倍都不止。但她父母心心念念的,便是这里。"

"你不会懂得,这套房子对我们来说,意味着什么。"那天晚上,她这么说。

他说:"我懂。"

"不,你不懂,"她加强了语气,"你说,新工房有抽水马桶,就不用倒马桶了,这点确实很好。可我是个恋旧的人,我始终怀念我奶奶在水池下洗马桶的情景。我小时候很'作',不喜欢上'二手桶',每次都要我奶奶洗干净马桶,我才上。我奶奶说我爸爸小时候也有这个毛病。你知道那种感觉吗?马桶洗干净了,桶归桶,盖子归盖子,倚着墙,晾在太阳下。拿进屋子的时候,它有一股阳光的清香。我这么说,你不要笑——我说的不只是马桶。这套房子,有我的回忆,也有我爸爸的。在新疆的时候,我们一家三口想到它,就会马上忘掉不开心的事情,就会笑。它不只是一套房子。对我们来说,它就是一切。叶落归根,它就是我们的根。"

她举起手中的酒杯,对着灯光。绛红色的液体中,有一圈耀眼的光环,微微晃着。

"在新疆的时候,说起'上海',就是这样——闪着光的。"

李谦说他那时是有些震动了。他从没见过她露出那样的神情。眼神有些迷离,声音似是从很远的地方传来。她更像是在喃喃自语。

"我爸妈要失望了。"最后她说。

"住新工房也是一样的,总归是个落脚点。"他道。

她摇头,有些伤感的:"不一样,完全不一样——"

李谦说他动过脑筋,想补贴她一点钱。这样他心里会舒服些。但又觉得不妥,好像自己成了一个嫖客。那晚之前,他一直以为她是一个有些倔强的马大哈，仅此而已。

......

"然后，你就和她分手了？"孙晓美问他。

他沉默了一下。

"不该说分手，而是——永别。"他瞥见她惊诧的神情，把头转向另一方。

他说第二天，他按约定来接她去签合同。他已经尽了最大努力，给她相对优厚的条件。二宝开玩笑说，他大概是真的动了心了。到了她家，看见她一动不动地站着，手里拿着一个可乐瓶，里面装着黄澄澄的液体。那一刻，他心猛然一跳，预感到接下去会有事发生。果然，她告诉他，瓶里装的是汽油。

"啊——"孙晓美惊呼，"她想干什么？"

"你说呢？"李谦叹了口气。

他说那天，她看他的目光，坚毅得可怕，声音冷得像冰。"我知道你是什么人——从一开始就知道。我不怪你。这房子早晚会拆。就算没有你，最终也保不住，我知道。"

他哑口无言。

她说她很喜欢他："非常非常喜欢——就算你是个坏家伙，我还是喜欢你。这些天有你陪着，我很开心。我会永远怀念这段日子的。"

他看到她眼里的泪光，闪啊闪的，像那天晚上红酒杯里的光圈。

她把汽油往床上浇的时候，他兀自没有回过神来，怎么事情就到了这一步了。她点燃了火柴，朝床上扔去，瞬间便起了熊熊大火。

他惊呼，伸手去拦她。她用力甩开了他，歇斯底里地大叫、大笑、大哭，眼泪顺着脸颊滑落下来。她的脸被火光映得很亮，都有些耀眼了。那一瞬，他好像真的明白了——房子对于她来说意味着什么。她用这种极端的方式告诉他，她不能没有这套房子，失去了房子，活着便没有意思了。她与房子共存亡。

他试了几次，想要拉她走，都被她推开。火势越来越猛，他只好自己逃了出去。找到一个公用电话，拨了119。再折回去，屋子已经完全被火笼罩了。隔着门，他看见她倒在大火中，表情痛苦，朝他伸出手——

……

"后来呢?"孙晓美问他。

他摇头:"不记得了——等我醒过来时，发现自己躺在医院里。那天的事情，我竟然一点也想不起来了。医生说这叫'选择性失忆'。是因为我内心深处不愿面对，所以本能地拒绝，不去想起它。"

"那……她死了?"

他点了点头。

孙晓美停顿一下:"——见死不救。"

"也许吧。医生应该就是这个意思，说得比较委婉。"

李谦把目光移回桌上的画——女人的手，隔空朝他伸去;女人的眼睛，充满了忧伤与惊惶。他发现，这女人其实与记忆里的她不太一样。她真人没那么好看，五官没那么精致，皮肤也粗糙得多。三年前，他报了个绘画班，便开始画画。毕业作品，画的便是这一幅。老师评价很高，说他挺有天分。

"二宝的话,你别信他。"他对孙晓美道。

她怔了一下。

"他是不是对你说,你男人外头有别的女人,把你甩了?千万别信他,这小子擅长这招,他知道你的死穴在哪里。"

"他有照片,"她有些痛苦地说,"他和一个女人的照片。由不得我不信。"

"照片被处理了。这种小把戏,一点难度也没有。"

她看向他,泪眼蒙眬地问:"真的?"

"二宝是我带出来的。他再高明,也越不了我去。"李谦停了停,"实话告诉你,其实这些日子我也在帮你找人。不是我自吹自擂,我找不到的人,二宝他更加没门儿。"

"你不是一直待在这里吗?"

"不用我亲自去找。我有我的关系网,"他道,"遍布全国。"

孙晓美不说话了。半晌,问他:"当年那套房子呢?拆了?"

他嗯了一声。

"在哪里?"她又问。

他告诉她:"就是这里——我们现在所处的位置。"

(五)

很快便是过年了。时间如梭,每年都是这样,短袖脱下没多久,秋风便起了,一天冷似一天,接着,便是满街羽绒服了,连个过渡也没有。四季,像是照相机里的几帧照片,只需按个键,便轻轻松松翻了过去。时间其实是有声音的,春天的鸟啼声,夏天的蝉鸣声,秋天的落叶声,冬天的北风声。一年里节日很多,都是安安静静的,唯独春节最热闹,也最鲜艳。夜里听的鞭炮声,早上起来,已成了满地夺目的红通通。

除夕晚上,下了好大的雪。初一早上,雪渐渐停了。因为被雪覆盖着,白茫茫一片,大方饭店少了之前的狼藉,看着倒像是童话世界里的一间小屋。很有些空灵。

雪地上,密密麻麻的都是脚印,一串串,大大小小,重重叠叠。

屋子里挤满了人。用炭炉烧火锅,锅里是沸腾着的牛肉、羊肉、鱼丸、蛋饺、肉皮。众人团团坐着,拿筷子去夹锅里的食物。热气直冲到脸上,溢着红光。

——来的是都是些流浪者。孙晓美用了一下午的时间,在附近街道贴了传单。"不用门票,只要你无家可归,都可以来。"广告做得很是成功。人来得比预想的还要多,差点就要挤破门槛。李谦做了筛选,把一些手脚健全的成年男人剔除了,剩下的主要是老弱病残。孙晓美还考虑了传染病这一点。"可别把什么乱七八糟的病给带进来——"便又筛了一次。主要是靠目测,感冒咳嗽也就算了,最怕是那些皮包骨头形容枯槁的,手臂上还有针孔,那就比较麻烦,只好谢绝入内。也有带宠物的,比如一个阿婆捡垃圾时拾了条癞痢狗,一定也要带进来,孙晓美好说歹说,说地方小空气差,有小孩还有个孕妇,影响不好。阿婆才答应把狗拴在外面,吃饭时扔块骨头给它。

有一些老面孔问孙晓美老板去了哪里。孙晓美回答,出远门了。

他们朝李谦看，纷纷猜测是不是换老板了。李谦向他们解释，我是打工的，老板娘请来站岗的。那些人都感慨，饭店要是还开着该多好，至少一周能吃一顿饱饭。

食物很丰富。除了火锅，还有面包，买了几大袋。这种搭配有些奇怪。李谦本来的意思，是弄些饺子，或是汤圆什么的。可只有一个炭炉，没电没煤气，实在不方便。东西都是孙晓美负责采购，除了吃的，还有一次性餐具、纸巾。另外找人送来两箱可乐、一箱黄酒、两箱啤酒。年夜饭不能没酒，喝了酒才有气氛。

靠墙的桌子上，放了些糟鸡爪、烤麸、花生、泥螺等冷菜，水果与面包甜点摆在一起，有点自助餐的架势。李谦本来担心，这些人的吃相会很难看，万一争抢起来，局面会不好收拾，大过年的。可事实并非如此，他们还是比较懂礼貌的，甚至有些拘谨。都是些平常处境差到极点的人，陡然受到如此款待，都觉得不可思议。

"为啥呀？"一个瘸腿男人喝着酒，问李谦，"是发了财吗？"

李谦笑笑："要是发了财，干吗住这里？"

"那是为啥？"

"做好事，积德。"李谦拿起酒杯，与他一碰。

"那还是钱太多了。我也想做好事积德，可浑身上下找不到一张十元钞票。"男人瓢声瓢气道。他女人是屋里唯一的孕妇，怀孕五个月。两口子从河南过来一年多了，男人原本在建筑队做工，但被钢筋砸断了腿，丢了饭碗。现在两口子在天桥下搭个简棚，勉强住着。冬天西北风呼呼地刮，跟露天没什么两样。

孙晓美给他女人开了小灶，拿了瓶纯果汁给她，孕妇不能喝碳酸饮料。孙晓美问她准备在哪里生孩子。她倒是乐观,说:"等到临盆那刻,往市政府门口一躺,总不见得没人理吧。""那生出来以后呢?"孙晓美问。她回答:"生下来总养得活,实在不行就去要饭,饿不死人的。"女人胃口很好,吃了四五个面包,冷菜拿勺子去舀,当饭吃,火锅也吃了不少。她说她怀孕到现在,只有这一顿是吃饱了。

一个六十多岁的老头想看春晚,问李谦有没有电视机。李谦说:"没电,看不了。"老头便有些郁闷,说:"早知道就不来了,看不到赵本山了。"孙晓美道:"赵本山有啥好看,我们这里这么多人,一人一个节目,比春晚还热闹。"便让大家表演节目。起初众人都推让,不肯。孙晓美便说"击鼓传花"。李谦拿一支筷子敲碗边,再拿块手帕卷成球,大家围成一圈坐,手帕球传到谁手里筷子停下来,那人便要表演节目。

先是轮到一个瞎子。他倒很大方,并没怎么推辞,拿出自己要饭时的二胡,咿里呀啦拉了一段,有些悲凉的曲调。下面有人咕哝了一句"过年呀",他才停下,不好意思地笑笑,说自己只会这一段。接着轮到那个孕妇,她说自己身子重不方便,让她男人来表演。那瘸子便唱了段《青藏高原》,嗓子居然很好,高音都唱上去了。大家都喝起彩来。他说去年这个时候,公司犒劳没回家过年的工人们,到 KTV 包了个场,他唱的便是这支歌。那时他腿还没有瘸,唱到高潮处还会跟着拍子跳上几步。

轮到一个六七岁的小男孩,很有些腼腆。让他唱歌、跳舞,他都摇头。孙晓美便道:"随便表演什么都可以,挑你拿手的。"他想了想，走到孙晓美旁边，也没见他动作，再一看，手里已多了个钱包。孙晓美呀的一声，去摸口袋，已空了。大家都沉默了一下。陪男孩来的那个中年人，尴尬得说不出话来。还是李谦出来打的圆场：

"三百六十行，行行出状元。继续、继续。"

年夜饭吃到凌晨。散场时，众人都有些依依不舍，问孙晓美："明年还办吗？"孙晓美道："这房子要是不拆，就还办。"那些人便叹气："那是肯定不会办了。"

还剩下一些水果和冷菜，酒也没喝完。有人问能不能打包。孙晓美说，可以。那些人便拿了塑料袋，各自打包。喝完的空酒瓶，也被他们装进袋子里带走，可以卖钱的。还有个女人，看中一个点心盒上的纸花，问这个能不能带回家。她说她三岁的女儿最喜欢这个。孙晓美问她怎么女儿没带来，她回答，半年前病死了。

"好心有好报。"带狗来的那个阿婆这么对孙晓美说。

"也谈不上好心，这房子反正也保不住了，趁现在没拆，就利用一下。"她停了停，"其实也不是我的主意——他在的时候，每周都会这么来一下子。"

"你男人心眼不错。"阿婆道。

孙晓美点了点头。

客人们陆续离开了。那个小男孩抱着一罐可乐。他已经喝了十来罐了，肚子高高隆起，却还舍不得走，眼睛看着孙晓美。孙晓美拿了几罐可乐，给他捧着，又给了他一些糖果。陪着来的那个中年人，孙晓美憋了半天，还是忍不住问他："是你儿子？"那人怔了怔，回答说"是"。孙晓美想自己这是多此一问，摆摆手，让他们走了。

很快，房间里只剩下李谦和孙晓美两人。都有些累，顾不上打扫，坐着休息。李谦开玩笑说不该放那小男孩走："他一走，以后上海滩平均每天丢三到五个钱包。"

"一看就不是他儿子，多半是拐来的，要不就是孤儿，被别人遗弃的。"

"同样是孤儿，你那位就完全不同了。政府该给他颁发好市民奖。他对维护社会安定团结起了很大作用。"李谦一本正经地道。

"少胡说。"

李谦伸了个懒腰："忙了一夜，我要补个觉。"

"过年也没能让你休息，"她抱歉道，"真是不好意思。"

"一工算三工，你付我三倍工钱就行了。"他笑。

两人都睡了一觉。醒来后，孙晓美说了自己的想法。她说这念头是一下子冒出来的："要是他在，也一定同意——"李谦想了想，说可以，是个两全其美的主意。两人互望一眼，很郑重的神情，像在进行一桩庄严的事业。有些不可思议，但又跃跃欲试。

消息放出去不久，第二天便来了七八个人。包括瘸子夫妇、养狗的阿婆、瞎子，还有男孩和他的监护人。孙晓美说了规矩：随便住，被褥自己带，不供应吃的，不能损坏房子。几人答应了。孙晓美随即谦虚了一下，说："地方小，条件差，接下去人会越来越多，委屈大家了。"瘸子说："差什么，水泥造的房子，比我天桥下那个棚好多了，又不收钱，谁嫌差就别住啊。"孙晓美又对阿婆说："狗还是要拴在外面，不能带到屋子里。"阿婆一口答应。

"还有，"孙晓美加上一句，"屋里一定要留人，不能都出去。"

"明白，"瘸子道，"让那帮狗日的拆不了房子。"

"不能说脏话，"孙晓美提醒他，"有孩子在呢。"

"还有一点，"李谦补充道，"真要有事，就撤。人最要紧。"

大方饭店成了流浪者的聚集地。几十个平方，住满了人。地上铺着各种各样的报纸，以及简单的生活用品。衣服放得到处都是，角落里摆了几盏煤油灯。男男女女挤在一起，零散地聊着天——这间屋子在普通人眼里，也许只是废墟中的一处危楼，然而，对这些人来说，却是珍贵到极点的栖身之所。他们并不完全固定，而是不断变换着的，先来先得。到后来，渐渐形成了自己的秩序。他们虽然是潦倒的人，但也遵守一定的章法：老弱病残是要照顾的；男人谦让女人；轮流做饭、值勤；不在室内吸烟；处境稍好些，便让出地盘给需要的人。他们并不害怕可能发生的事情，因为落魄如此，已经无可畏惧。

物业公司应该是束手无策了。负责人找到孙晓美，说这样不妥。孙晓美回答："我又没做犯法的事，他们喜欢住进去我有什么办法？"那人一时也反驳不出。孙晓美又说："谁让你们把房子拆成那样？墙也倒了，锁也坏了，我想拦也拦不住啊，所以要怪只能怪你们自己。"那人更是郁闷。孙晓美给他出主意：

"跟红十字会联系一下，把这些人都安置了，他们自然就不会留下了。"

李谦依然住着。孙晓美问他："不去澳大利亚了？"他说："不去了，替你看房子。"孙晓美停了停，又问："这房子要是一直留下去，你怎么办？"

"那我也一直住下去，替你看房子，等你那位回来为止。"李谦认真地道。

孙晓美沉默了一下。半晌，问他："这房子真的能保住吗？"

李谦瞥见她孩子般的神情："还是那句话——我在这里，拖得一时是一时。"

她笑笑。

"真要保不住，"他加上一句，"我替你再造一幢。别忘了，我学的是建筑。自己人，不收你设计费，到时候请我喝顿酒就行了。"

孙晓美在大门上贴了张纸条："大壮，如果你到了，就告诉这里的人，他们会联系我的。"她本意是想留下自己的新手机号，但李谦觉得不合适："一个女人随便公开她的手机号码，风险太大。"孙晓美说以前做美容的时候，每个客人都有她的号码。电话越多，生意就越好。大壮第一次打她手机的时候，也说是要做美容，说话都有些口吃了——他其实比她更局促。

"他是孤儿，所以比别人更懂得没有家的苦。"她道，"他说他喜欢看到那些人吃饱饭的样子。每次见那些人流浪在大街上，特别是冬天，他就觉得特别难受。"

"他要是回来，看到满屋都是人，肯定开心。"李谦道。

"就是。"孙晓美嗯的一声，眼神充满着憧憬。

过完年没多久，小王回来了，给李谦和孙晓美带了喜糖。孙晓美问他："怎么新娘子没一起出来？"他回答："她要在家里干活，照顾爹妈，等我赚多些钱，再把她接过来。"孙晓美说："等你下次回去，说不定就能当爸爸了。"他怔了怔，笑得有些羞涩，连连摇手："那不会，还太早，太早——"

小王继续给李谦送饭。屋子里其他人伙食自理，唯独李谦能享受这个特权，有菜有酒。李谦说要戒酒："一屋子人都看着我喝，不好意思。"小王说："李叔叔你是管理层，不一样的。"过了个年，小伙子也学会开玩笑了。李谦觉得挺有趣。

凌保富再一次来到店里。他说他家那边拆迁令正式下来了，过了正月就办。他和老婆商量过了，也要闹上一闹，但不能一根钉子钉到底，见好就收，三六九抓现钞。他让李谦过去给他把把关。李谦说可以："多出来的钱，四六开，你六我四。"

"做你妈的春秋大梦！"凌保富骂道。

孙晓美为他织了顶帽子："喏，拿去。"凌保富有些意外，疑疑惑惑地拿了。"上次我有些冲动，你别往心里去，其实我晓得，你这人不坏。"孙晓美一边说，一边朝他笑笑，"新年快乐啊，瘌痢头宝货。"

"怎么回事？"凌保富指着李谦，问孙晓美，"是不是他漫天要价，不肯干了，你想把我拉过来当炮灰？"

"就算他不干，也指望不了你啊。别的不说，让你天天睡在店里，你老婆还不得杀了我？"孙晓美道。

"她敢？老子先休了她！"凌保富好了伤疤忘了疼，嘴巴又不老实了，"晓美，我的晓美啊，你睡不睡店里？要是你也睡，老子就算当炮灰也干。"

他说着，看到满屋子人："难民营啊——"李谦说让他过来当门卫:"老板娘开你高薪,你来不来?"他呸的一口:"让老子当丐帮帮主,老子不干。"

他说这招行不通。"你以为那帮人是吃素的?人再多也没用,早晚把这里夷为平地。"

"这房子留一天,就让他们住一天,"孙晓美道,"他们也不讲究,只要个遮风避雨的地方就行——等哪天真拆了再说。"

正月十五那天,瘸子老婆说有个商场在搞猜灯谜活动,猜中就有奖,据说奖品还挺丰富。一屋子人蜂拥似的去了,留下瘸子和李谦。瘸子说女人就这样,爱贪小便宜,怀孕了也不消停。一会儿小王过来送饭,李谦便从饭盒里拨了一半给瘸子。

"菜挺多,两个人吃刚好。"

瘸子客气了一下,也就吃了。李谦问他:"孩子出生后,有什么打算?"他回答:"走一步算一步。"他胃口挺好,很快便把自己那份给吃了。李谦见他吃得香甜,索性把自己那份又给了他。"快是孩子他爹了,要养精蓄锐,多补一点。明天起,我每顿留一点给你老婆,她饿没关系,肚子里的孩子饿不起。"

瘸子应该是有些感动,连说了几遍"你是好人"。说到老婆肚里的孩子,他眼圈红了一下,说:"像我们这样的,其实不该有孩子,生出来遭罪。"李谦沉默着。他又说:"有时候想想,真恨不得去抢银行,豁出去拉倒,总比这样半死不活的好。"

他对李谦说"对不起"——很轻的声音。李谦怔了怔,还没反应过来,头上已挨了一下子。倒下的那刻,他看到瘸子手里的棍子,脸上满是愧疚的表情。

"对不起、对不起——"瘸子翻来覆去地说。

迷糊中,李谦的意识还没有完全消失。他被人拖了出去,地板硌得他背上生疼,头昏昏沉沉。他想,自己还是疏忽了,瘸子老婆把人都带了出去,单留下她老公,实在是可疑。瘸子说恨不得去抢银行,那未出世的孩子,本来就容易逼得父母铤而走险。

忽然,浑身一颤,猛然打个机灵。脚一着地,人陡地坐直了。瞥见对面的瘸子,有些诧异的神情:"你怎么睡着了?"

——原来是个梦。

不知不觉,他竟趴在桌上睡着了。

李谦摇摇手,示意没事。兀自心有余悸,又有些不好意思,想,怎么做这样的梦,倒有些对不起人家了。到了晚上,瘸子老婆带着大队人马满载而归,得意扬扬的,说灯谜实在简单,又说他们这么往商场里一站,别人都不敢上来了。那些保安也没办法,条款里又没规定要饭的不能进去猜谜。

孙晓美过来时,她们拿了些东西送她。

"老板娘,这条围巾蛮适合你,还有这盒巧克力,好像是进口货,我们也吃不来——"

孙晓美带来了汤圆,炭炉上架个锅子,煮汤圆。"也算是过元宵节了。"大家团团坐着,各人拿个小碗,去捞锅里的汤圆,听着外面呼呼的北风声,屋里却是暖意融融。

"托你的福,年夜饭也吃了,元宵节汤圆也吃了。"带狗阿婆对孙晓美道。

"大家都有福。新年里,你们天天能吃上饱饭,我能早一点看到我男人。"

　　李谦坐在旁边，瞥见孙晓美的侧脸，红得像个苹果，很忸怩的模样。还有人凑趣说，等老板娘结婚的时候，要来吃喜酒。她娇羞无限地说："八字还没一撇呢，新郎官都不晓得在哪儿——"

　　李谦低下头吃汤圆，心里忽然有些难过——二宝没撒谎。那男人真的另有女人，在无锡，还有个女儿，开了家茶馆，也是每周二免费送盒饭。孙晓美说他除了她，什么都没有。其实根本不是。几年来，他从未向孙晓美提过自己的事，应该一开始便没打算和她做长久夫妻。李谦有朋友在公安局，查出来并不难。他甚至比二宝还早知道，却不敢透给孙晓美，怕她受不了。她守着这套房子，也就是守着希望。她是为了男人才受这份罪的。女人都倔得要命。

　　李谦想起当年的她——隔了十几年，同样这个地方，同样都是女人，他想赎当年的罪，尽力帮她守住房子。几月前，他在网上看到孙晓美的招聘启事，那一瞬，他觉得，那个女人仿佛又回来了。李谦原先不怎么信命，但从那一刻起，他有些信了。年纪一点点上去，他觉得自己也变得倔了。二宝隔三岔五便往他手机上发短信，劝他收手他就是不听。他知道二宝其实也是真心为他。鸡蛋碰不过石头，胳膊拧不过大腿。大势所趋，说的就是这个意思。可他过不了自己那关。当年那个女人，他一次次画她，那是她留给他记忆里最后的样子。她努力伸出的手，他想握住。

　　火一点点蔓延开来。

　　起初大家都没察觉，忙着"击鼓传花"，直至有人闻到烟味，才发现炭炉不知怎么倒了。火苗已蹿到了被子上。众人尖叫着，跳了起来，没命地往外逃。门太小，情况一时有些危急。孙晓美应该是吓傻了，僵在那里，李谦一把揪住她的衣服领子，沉声道：

"出去！"

好在人都逃出去了。瘸子老婆身子重，不方便，几乎是被她男人拖出来的。小王一手一个，把瞎子和阿婆挟出来。到底是年轻力壮，关键时候派大用场了。李谦朝他看，犹豫了半天，还是忍不住问：

"那次酒里的药，你是怎么下的？——我明明看见你也喝了。"

小王也朝他看，停了停："药抹在勺子上，我吃完一杯，用勺子去舀，酒里就有了。"

李谦恍然大悟："智取生辰冈里的办法。"

"我没看过，是自己想出来的。"

李谦笑笑。想二宝没看错人，这小伙子挺聪明。又想，他应该是后来才入的伙。否则之前送饭时的那些酒，十个李谦也早倒了。小王脸红了一下：

"李叔叔，不好意思。"

李谦摇了摇手："没啥不好意思。现在赚钱不容易，靠打零工，十年也娶不了美美。你爸妈还等着抱孙子呢。叔叔我以前干的也是这行，懂的。"

"你说过，'拔钉子'也要有品，我记着呢。缺德冒烟的事，坚决不做。"

"看看吧，看二宝退休后，谁接他的班。有钉子户，就有人'拔钉子'。行当不分好坏，就看人了。你本质不错，是个好孩子。"

忽地，有人没命地喊起来："小洋、小洋还在里面——"

"小洋"就是那男孩,喊叫的是他的"父亲"。众人朝他看,都是谴责的眼神。"他、他刚才睡着了——"他张口结舌起来。

火势越来越猛。打了119,但应该还有一会儿。屋里传来一阵孩子的哭声。接着,屋梁掉了下来。一段燃烧着的焦木,火星四溅。看得人心惊肉跳。瘸子说那人:

"不是你儿子嘛,怎么不冲进去?"

那人灰着脸,一句话也说不出来。

李谦脱下大衣,到旁边一处水沟浸了浸,兜头披在身上。众人的惊呼声中,他冲了进去。他听到孙晓美的尖叫声"你找死啊——",忍不住笑了笑,这个女人,平常看着还算文雅,紧要关头粗话就冒出来了。他又有些难过。她迟早会晓得那男人的事,也不知她能不能撑得住。世上本该是各人过各人的日子,没有谁离开谁会活不了。为了别人而活的人,尤其是女人,最为可怜。那男人或许也称得上是好人,只是,却辜负了这个女人。

火势很大。刚一进门,烟雾便把他的眼睛熏得什么也看不见。脑子嗡地一下,差点昏过去。应该是吸入了浓烟。他定了定神,通过孩子的哭声辨别方向,很快便找到了目标。

男孩趴在地上,尖叫着大哭。脚被什么东西压着,让他不能动弹。

李谦正要上前,忽地,又一根梁倒下来,正中他的背。他啊的一声,倒在地上。后背一阵剧痛,头也跟着疼了起来,眼前一阵发黑。

男孩看见了他,朝他伸出手。

他试着站起来,立刻又倒了下去。背上应该是受伤了,也许骨折了。他又试了一次，还是不行。再一次，依然是失败。他有些绝望了。这时，他看到男孩的手。

——小小的手，朝外张着。一只等着人来握紧的手。

那一瞬，他好像有了些力气，朝那只手伸了过去，越来越近，只差一点点了。他听到屋外的警笛声，消防车到了。他使出全身力气，朝前挪了几分。终于，握住了那只手。

他触到男孩手心的温度，很热。他看到男孩的眼睛，小鹿似的，瞳孔里有他。

与此同时，脑子里电光石火。他一下子记起来了，十几年前的情景。

——也是这样燃着熊熊大火的屋子，他冲进去握住女人的手。是的，他握住了，握得紧紧的。女人的眼泪，落在他的手背上。直到意识消失，他一直都握着。

他不曾放弃她，从来不曾。虽然没有成功，但他尽了力。

画上的女人，应该是感激他的。所以，她眼里透出的话，只有他能听见。这么多年来，她一直陪着他，看着他。她喜欢他，喜欢得不得了。

——李谦哭了，眼泪模糊了视线。他不知道自己为什么会哭，在这个时候。

男孩有些诧异地看着眼前这个男人。他那样勇敢地冲进来，都不曾害怕过，此刻却哭得这般伤心，也不知是什么缘故。更奇怪的是，他那样紧握着自己的手，像是握着什么宝贝，连消防员把他抬走，他还是握着不放。一动不动，傻了似的。

小么事

(一)

郑琰琰给顾怡宁的第一印象，便是——这姑娘好像有点傻。

沈旭的解释是，比正常人傻点，但比傻子肯定聪明。总体而言，还算是个正常人。

那天，顾怡宁跟着沈旭来到市中心一所大学。周五的下午，上海学生都回家了，外地学生忙着谈恋爱逛街，也都走了。校园里人影零零落落的，夕阳透过树缝洒落到地上，网眼似的。毕业两年再回来，没什么改变。顾怡宁倒无意来参观母校，纯粹是沈旭的主意，说带她来见个人。

"一个很有用的人，绝对不虚此行。"

沈旭说到这里笑了笑。顾怡宁猜想这人必定与她拜托他的事情有关。沈旭还是老样子。顾怡宁十年没跟他联络了。说是老邻居兼初中同学，可那时毕竟还小，无非也就是个玩伴，谈不上什么交情。顾怡宁不擅于记人的长相，那天要不是沈旭突然叫住她，她是无论如何认不出他来的。他风风火火地丢下一张名片，说有空找他。结果没几天，顾怡宁便打了他的电话，约他出来喝茶。沈旭倒有些意外了。在他的印象里，顾怡宁是个话特别少的人，也不大会主动跟人搭讪。他猜她是有事。果然，她是真的有事求他。

"你在报社里做事，认识的人多，能不能帮我个忙？"

一月前，顾怡宁家的天花板忽然脱落，整块砸在她父亲的腿上，造成粉碎性骨折。房子买了半年不到，还是新居，发生这种事情，很让人沮丧。顾怡宁是个较真的人，第二天便去找这家房地产公司理论。谁晓得对方根本不予理睬，纠缠了几次，烦了，还丢下一句：

"有本事就去法院，看看最后谁倒霉！"

沈旭没想到顾怡宁是求他帮这个忙，差点脱口而出"我只是个小编辑，又不是市长"，忍住了。他想顾怡宁应该是走投无路了，才会找到他，病急乱投医了。他笑笑，心想着该怎么拒绝。有些不好意思，到底是旧识，隔了十来年才见面的，又是个小姑娘。沈旭朝顾怡宁看，见她模样比小时候差不了多少，只是人高了，瘦了，五官清秀了许多，是大姑娘了。她比他小一岁，大月生，他是小月生，所以是同一届。

后来，当顾怡宁问沈旭，为什么最终还是答应了，沈旭回答，是因为想起读书时有一次，他被几个高年级的同学欺负，弄得脸上青一块紫一块的。午休时，她带他冲到那些学生的教室，抡起裁纸刀，把他们的作业本划成一片一片。"很壮观的场面啊——"他说到这里，朝她笑笑。她说她不记得了。他说，后来老师追究下来，她一个人把责任全扛了。

"你这么仗义，我当然要报恩了。"他的神情让顾怡宁吃不准是开玩笑还是认真。

沈旭带顾怡宁走进学校礼堂。一个女生在弹钢琴，旁边还有几个学生和老师，应该是钢琴兴趣班。弹钢琴的女生长发垂下来，遮住了半张脸，弹琴的手雪白。

一曲结束，沈旭走上前，鼓掌——有些突兀了，旁边人都朝他看。顾怡宁也觉得他莫名其妙。沈旭变戏法似的，从上衣口袋里拿出一枝红玫瑰，双手递到那女生面前。

女生抬起头，两只眼睛的距离本就远，因为错愕，更加分开了。嘴也张大了。她有些慌乱地站起来，手不知如何摆放，将落到前额的刘海儿朝后捋去。

"你、你是……？"女生结结巴巴地问。

"我是谁不重要，关键是——我很喜欢听你弹琴，非常喜欢。"沈旭微笑。

旁边人发出一阵轻轻的嘘声。连顾怡宁也觉得沈旭有些过了，话说得有些恶心了。这女生长得并不漂亮，大约以往从未受过这般待遇，脸一下子红成了番茄，嘴唇使劲地抿，眼睛眨了又眨，一副手足无措的模样。

沈旭上前一步，把玫瑰放在她手里，又朝她微笑。

"你好，我叫沈旭。你应该不认识我，但我认识你，你叫郑琰琰，会计系二年级——很高兴认识你。"他朝她伸出手。

郑琰琰犹豫了半天，伸出手，与他一握。

回去的路上，顾怡宁问沈旭："这个女生是谁？"

"郑琰琰。"

"我不是问名字——她是什么人？"

"大学生呀。你的同门师妹。"

顾怡宁晓得他在逗她，索性不问了。沈旭朝她看，说：

"先让我卖几天关子，到时候你就晓得了。"

一周后，沈旭打电话给顾怡宁，说有客人要去医院看望伯父。顾怡宁心里隐约猜到是谁，但在医院里见到郑琰琰时，还是有些意外。只隔了一周，这女孩看沈旭的神情，便变得完全不同。自始至终都紧依着他，寸步不离，好像他是她的守护者似的。沈旭说："去跟人家打声招呼呀。"她便乖乖上前，叫了声"伯伯"，像个小孩。沈旭又道："看病人要怎么做呀？"她愣了愣，有些茫然。沈旭嘴一撇。她似是想了许久，忽地从手腕上脱下表，放在桌上。

"对不起，我临时来没有准备，这是一点心意，请收下。"

顾怡宁见那是一只萧邦表，18K 镶钻，不由得吃了一惊。沈旭也是一怔，有些意外了。床上的病人张大了嘴巴，朝顾怡宁看。顾怡宁又朝沈旭看。沈旭咳嗽一声，对郑琰琰说：

"嗯，这样，我们来拍一张照留念好了。来，你站到伯伯身边——一、二、三！"

照片拍得并不很好。郑琰琰的表情有些木，眼神更有些惊惶，像只无助的小兔子，但这无碍于它成为报纸人物版的头条。主编本来还有些犹豫，但禁不起沈旭死磨烂缠，到底是同意了。他咬牙切齿地说，要是惹出麻烦，你自己兜去。沈旭笑嘻嘻地说："能惹啥麻烦，这是好事呀，给郑老板脸上贴金，他谢我还来不及呢。"

——郑老板便是郑琰琰的父亲，也是房地产公司的董事长，上海滩排在前十位的富商。顾怡宁晓得这层关系时，已是几天以后了。报上那篇文章是沈旭的杰作，将天花板脱落的事情轻轻带过，着重写郑琰琰来医院看望病人，慷慨解囊。萧邦表被登在显眼位置，钻石熠熠发光，倒像是在给表做广告了。照片稍稍修了一下，郑琰琰脸上的青春痘抹去不少，光洁了，也漂亮了。表情原本是僵硬的，但换个角度看，倒更像是沉痛了。顿时上升了一个层面，意义不同了。

"千金女一掷千金，为父行善不遗余力"，很吸引人眼球的一个标题。

接下去的事情，似乎都顺理成章。郑老板亲自来到医院，看望病人，并提出负担所有的医药费。关于赔偿，他先开了个小数目，支票都带在身上了，准备好苦主往上加码。照报上所说，天花板脱落似与公司无直接关系，但为善不欲人后，郑老板是多年的生意经，这么大的公司，报纸杂志登广告要钱，慈善捐款赚人气又是一笔钱，现在有这个机会一次搞定，似乎也不坏。郑老板记住了"沈旭"这个名字，这人让他打落牙齿和血吞，还不好发作，是个人才。当然那是后话。当务之急，是把这件事搞定，搞得顺顺当当、漂漂亮亮的。

意外的是，顾怡宁拒绝了郑老板的赔偿。"我只想讨个说法，不是为钱。除了医药费,我一分钱都不要。"脆生生的,让旁人大跌眼镜。

沈旭说自己是白忙了一场。"早晓得你什么都不要,我那么辛苦干吗?"他故意做出生气的样子。顾怡宁请他吃饭,在淮海路上的傣妹——上海出了名的廉价火锅,乱七八糟叫了一堆,结账时一百都不到。沈旭喝了几瓶啤酒,大着舌头说:"我还以为你会在金茂上请我呢。"顾怡宁笑笑,说:"我没钱,你晓得的,一分钱赔偿都没拿。"

沈旭朝她看了一会儿,说:"你这人有点怪。"

顾怡宁问他:"小学时候,我真的拿裁纸刀划过同学的作业本?"

他说:"真的。"她道:"我怎么一点儿也记不起?"他嘿的一笑,道:"你记性真差。"她也笑笑,道:"你晓得为什么我会找你帮忙?"他说:"为什么?"她道:"你猜。"他想了半天,说:"猜不出来。"

顾怡宁朝他笑。那一刻,两人都有些醉意了。顾怡宁瞥见沈旭前额几根白发,想,这人真是少白头呢,小学时就有白头发了,也不晓得怎么回事。她自然不能告诉他,读书时她坐在他后面,上课老是偷偷数他的白头发,一根一根的。她更不能告诉他,其实那天找他帮忙,只是想有个机会和他见面。他问她什么事,她当然不能说没事,那几天满脑子都是父亲骨折的事,随口便说了。她没想到他竟真的能帮上忙,意料之外的事。也好,又有了机会请他吃饭。

那只萧邦表,顾怡宁托沈旭还给郑琰琰,沈旭欣然答应。顾怡宁瞥见他脸上的表情,想,这么做,是给他机会见那女孩呢——对于郑琰琰，顾怡宁是有些感激的，还有些抱歉。她后来才晓得，这女孩是早产儿，不到八个月便出生了。郑老板把她当心肝宝贝，格外地疼惜。沈旭应该是晓得这一层的，所以才会想出那个主意。打蛇打七寸，攻的是要害。她托他的事，他倒是办得认真。顾怡宁想到这，心头甜丝丝的。

"等过几个月拿到年终奖，我再请你吃好的。"临走时，顾怡宁为再见留了余地。

"好啊，我等着。"他道。

顾长荣坐在沙发上，埋怨女儿：

"一分钱都不要，你倒是潇洒，反正骨折的是我不是你，你做好人，我吃苦头！"

顾怡宁在厨房择菜，听父亲在客厅一遍遍地唠叨。出院都快两个星期了，这老头儿兀自不死心，几次撺掇女儿再去找郑老板，把赔偿的事从长计议。家里条件不好，女人死得早，男人收入又少，好不容易买套小两室，想尝尝新房子的滋味，偏又碰上这倒霉事，断了腿，伤筋动骨一百天，单位效益不好，正愁找不到人下岗，麻烦事还在后头。女儿大学毕业没两年，工资连自己也养不活——多少该赔偿些的。顾长荣絮絮叨叨，把这番话说了又说，恨不得自己变成女儿的模样，去见郑老板。顾怡宁只当没听见。顾长荣到后来也恨了，丢下一句：

"养了个怪胎！"

顾怡宁择完菜，拿拖把抹地，抹到顾长荣那里，叫他抬脚。他不理，说："腿伤了，抬不起来。"顾怡宁二话不说，把他的腿一扳，重重放在茶几上。顾长荣哎哟一声，大叫："你对外头人倒客气，对自家人狠心得不得了。"顾怡宁头也不抬，又把他的另一条腿放在茶几上。顾长荣问："中午吃啥？"顾怡宁说："面条，放两棵青菜，再煎个荷包蛋做浇头，好吗？"

顾长荣嘿的一声，说："当然好了，我哪敢说不好？这个家里是女儿说了算，老子没地位。"

小么事在顾长荣腿下偎着，是条小野狗，被顾长荣从垃圾桶里捡了来，取个名字叫小么事，是上海话"小东西"的意思。小么事又瘦又小，眼睛水汪汪的，时常流露出孩子般的惶恐与依赖，尤其对着顾长荣，几乎是一步也离不开，整天腻着。两只耳朵像兔子那样长长的，也不知是什么品种，身上毛皮像得了癞疮，斑斑驳驳的，很难看。大约因为长相丑陋，所以刚出生便被遗弃了。顾怡宁说父亲："对人不咋的，对狗倒有良心。"顾长荣也不理会，反正小么事也好养活，平常不用管，上班时问肉摊小贩讨些碎肉碎骨，不用花什么本钱。

"女儿太凶，不像女儿，倒像老妈。养个小么事玩玩，消遣消遣。"

顾怡宁从冰箱里拿根火腿肠，剥了外皮，扔在地上。一会儿，小么事踱过来，叼了便走。顾怡宁煎荷包蛋，听父亲在外面大呼小叫，说腿疼，又说没胃口，吃不下饭。顾怡宁晓得父亲是在作。男人作起来，比女人更甚。顾长荣当了半辈子的菜场管理员，整天跟那些菜贩子对仗，鸡鸡狗狗，东家长西家短，练得一张嘴比女人更碎。说是管理员，其实便是菜场一个混混，还是不入流的。好处是买菜有保障，谁也不敢短了他的秤。顾怡宁母亲在世的时候，每次去菜场，那些小贩都叫她"顾大嫂"，双重含义，顾大嫂的诨名是"母大虫"，顾怡宁母亲便是这样厉害的女人，在单位里雷厉风行，家里也把男人管得死死的，还有女儿的学业，里外料理得十分周全。一个窝囊男人，是该有个能干女人撑着才是。等妻子过了世，顾长荣像陡然被抽去了脊骨，彻底散架了。原先不搓麻将的，也开始搓了，还酗酒。整天混在外面，家不回，女儿也不管。亏得顾怡宁天生材料好，硬是靠着自己一步步考上大学。偏偏顾长荣这两年又爱上了赌，把女儿的工资捏在手里，有恃无恐般。好几个朋友都劝顾怡宁，干脆在外面租房子算了，眼不见为净。顾怡宁本来也动过这个脑筋，恰恰碰上天花板脱落的事，又搁下了。

顾长荣叫痛的声音一阵高过一阵。顾怡宁有些心烦，她晓得父亲的腿已好得差不多了。开验伤报告的医生是认识的，塞了些好处，把病情夸大几分。顾怡宁也找路子，不过是为了一口气。父女俩出发点不一样。郑老板又不是傻子，真要追究起来，你一个"普通骨折"写成"粉碎性骨折"，已是讹诈在先，决讨不了好去。顾怡宁一半是硬气，一半也是见好就收，免得难堪。

吃完饭，顾怡宁到楼下倒垃圾，听旁边有人吹口哨。她不用回头，便晓得是谁，故意不去看，径直要上楼，被那人拦住。"喂！"李东穿一条黑背心，胸口肌肉似巧克力般，齐齐整整地鼓出来。嘴里叼着牙签，头发新染成金黄色，一根根钢丝般戳向天空，像只鸡冠。顾怡宁本不想睬他的，见了也忍不住笑：

"瞧你那副模样——"

李东把手插在裤袋里,问她:"吃过饭了?"她道:"嗯。"他道:"本来还想请你吃饭的,来晚一步。"她晓得这是虚话——他必定在楼下站了半天了,她要是不下来,他只怕要等到晚上。她不拆穿他,顺着他的话头说:"谢谢哦,心领了。"李东摸摸鼻子,又朝她看,问:"你爸爸还好?"她道:"还好。"他道:"你让他收收心,街口那个地下赌场,太乱,小心出事。"

顾怡宁听了一惊,道:"地下赌场?"他点头,道:"嗯,上月新开的,里面乱得很,你让他小心点。"说完便要走,脚尖在地上蹍了个圈,眼睛朝顾怡宁瞟。顾怡宁皱着眉,待他转身了才醒觉,叫住他,说了声"谢谢"。李东手一挥,道:"谢什么,自己人。"——后面这句"自己人"讲得有些犹豫,是怕她生气。顾怡宁没说话,转身上楼。李东哎的一声。她回头,问:"怎么?"李东摸了摸头,问:"就走啦?"她道:"你还有事?"他呆了半晌,摇头道:"没事。"

回到家,顾怡宁把自己的工资卡要走了。顾长荣不敢不给,嘴上唠唠叨叨,说女儿大了,翅膀硬了,赚钱了就不把老子当回事了。小么事一旁仰起头,朝顾怡宁叫了两声。顾怡宁从皮夹里抽了两张钞票出来,放在茶几上,说:"这礼拜的生活费,用完了再问我拿。"顾长荣嘿的一声:"真把我当小孩了。"顾怡宁不理,又问他:"你准备什么时候上班?"

顾长荣请了两周病假,早过了,这阵子拿的是年假。菜场离家不过一刻钟的路,他也懒得动。顾怡宁给父亲下了最后通牒:"最迟后天,给我上班去。"——上班也是混日子,但总比待在家里好。顾怡宁晓得李东不会骗人,地下赌场,听着便让人头皮发麻。

这时手机响了。顾怡宁看到屏幕上显示的号码,有些惊讶,接起来:"喂?"

"是我。"沈旭的声音。

"哪位?"顾怡宁故意道。

"是我呀沈旭——不是给过你名片的嘛。"

"啊,抱歉抱歉,我没把你号码存进手机里。不好意思哦。"

沈旭说请她吃饭,这周日晚上,张江园区新开的一家傣妹火锅。"你不是喜欢吃火锅嘛。"他道。

顾怡宁挂掉电话,想这人也好笑——她请他吃火锅,就表示她一定喜欢吃火锅了?没道理嘛。她走到阳台上收衣服,嘴里不自觉地哼起歌来。顾长荣一旁见了,道:"刚才还是乌云密布,一下子就多云转晴了。"顾怡宁没理会,把衣服抱到他跟前:"喏,反正你也没事做,叠衣服吧。"

周日下午,沈旭又给她打电话,问:"那个地方你晓得的,是吧?"她道:"我不晓得,你来接我啊。"话一出口,便有些脸红,想自己也忒皮厚了些。他真的问她地址。她犹豫了一下,索性告诉他了,扭扭捏捏反而不好。一会儿挂了电话,她心里开始打鼓,想,他别来才好,倒有些尴尬了。又想,话都到这个份上了,他不来就是失礼了。心里又是懊恼又是期待的。

半小时后,他给她发短信:"我到了,在你家楼下。"

顾怡宁拿了包,飞快地奔下去。到二楼时停了下来,整整衣服,调整了一下呼吸，再缓缓地走下去。见他站在树下发短信。她走近了，嘿的一声。他抬起头，笑道："吓我一跳。"她道："你还真来了？"他道："你不是让我来接你吗？"她道："跟你开玩笑的，抱歉，害你跑一趟。"

他道："客气啥，这点绅士风度我还是有的。"

吃饭时，她问他："怎么想到请我吃饭了？"他道："请客还要什么理由，想见你了呗。"她听到后面那句，心里一跳。沈旭又道："最近怎么样？"她道："还不是老样子——你呢？"他道："一样，混日子。"

两人寒暄了几句。她偷偷朝他看，两人目光相接，笑笑。菜陆续地上来，各自涮自己的锅。顾怡宁想，这人半天也不吭声，也不晓得是什么事，又不好多问。心里是盼着他其实没事，纯粹是想见她。顾怡宁这么想着，心不由得跳得飞快。瞥见他拿了片牛肉放进锅里，牛肉遇热卷成一团，他用筷子去挑，却笨手笨脚，怎么也挑不开。她帮他挑，很快便挑开了，夹到他碟里。他说了声"谢谢"。她笑了一下，道："客气啥，这点绅士风度我还是有的。"——是学他之前的口气。他拿筷子掉个头，在她头上轻轻一敲："小朋友，不好学大人讲话的。"

这动作有些亲昵了。顾怡宁一愣，下意识地朝旁边一让。他也察觉了，干咳一声，低头吃碟里的牛肉。两人沉默了几秒钟。他忽地问她："你晓得我外婆是广东人吧？"

"嗯。"她不明白他为什么说这个。

"我说句广东话给你听，好不好？"

她点头。他放下筷子，清了清嗓子，看着她，说道：

"我——中意你。"

顾怡宁的心猛地跳了一下，像陡然被什么撞了一记，想装作没听懂，脸却不自禁地红了。他朝她看，她迎着他的目光，看到他的瞳孔里有她——竟是一副受惊的神情。她暗骂自己，很没有出息呢。心头却像夏日里吃冰淇淋，凉凉甜甜，惬意得很。

他问她："听明白了吗？"

她摇头，说："不明白，中意是什么意思？"

"真不明白？"他问。

"真不明白。"她道。

他盯着她看了一会儿，缓缓地道："中意，就是'请你吃生活'的意思。"说完，在她的手背上，轻轻砸了个毛栗。

锅里的热气一点点升上来，慢慢晕开，薄纱般。周围明明嘈杂得很，不知怎的，竟又似安静极了，都能听见自己的心跳声，一下、两下、三下。顾怡宁想说话，一张嘴却不听使唤，光顾着吃了。锅里的东西涮得差不多了，她又放了些新的下去，拿筷子搅啊搅的。不敢看他的眼睛，东张西望，做贼似的。想笑，使劲地抿住，嘴角肌肉都快抽筋了。

这是不是就叫两情相悦呢？那一刻，她有些甜蜜地想。

沈旭后来告诉顾怡宁——他那次之所以帮她，就是因为喜欢她。

"不信你换个男的试试，要不然换个长得丑的，看我还会不会这么卖力。"

顾怡宁问他："那次的事，有没有给你惹麻烦？"他说："没有。"她道："郑老板没派人把你做掉？"他道："派了个杀手，被我反过来做掉了。"两人都笑。

沈旭从口袋里摸出手机给她："当然麻烦也不是没有——"

顾怡宁接过，见是长长的一排短信："你在干什么？""你吃过饭了吗？""上班累不累？""晚上几点睡觉？"诸如此类的一些问候语——落款是郑琰琰。顾怡宁笑笑，又把手机还给他。

沈旭说："这小姑娘烦得很。"顾怡宁道："谁让你先去惹人家？"他道："还不是为了你？你以为我想啊，又不是什么天仙。"顾怡宁嘲他："要是天仙，肯定就不嫌烦了，是吧？"

沈旭找了个时间，约郑琰琰出来。那天，顾怡宁再次见到了这女孩。Dior 的粉红色小礼服，Gucci 高跟凉鞋，还有 LV 手袋。一身名牌。顾怡宁猜想是她妈妈替她打扮成这样的。好看是好看，也贵气，只是太成熟了，不适合学生。喝咖啡时瞥见她手上的戒指，竟是 Cartier 的新款。沈旭也察觉了，趁她上厕所时，对顾怡宁说，小暴发户一个，没啥品位。

顾怡宁倒有些同情这女孩。她显然没意识到这次约会，其实是沈旭对她的最后摊牌，意思就是"我把女朋友也带来了，你就死了这条心吧"。她是那样单纯的一个人，混混沌沌，竟还有些喜气洋洋的。顾怡宁看得出，她对沈旭是依恋到了极点，一刻也不愿离开他。沈旭去厕所的时候，她坐立不安，两只手放在胸前反剪着，局促得很。顾怡宁朝她笑，她也笑，只是目光不住地飘向厕所那边。顾怡宁心里叹了口气。

她叫顾怡宁"师姐"，是沈旭提议的。她说话带些娃娃音，吐字不大清晰，声音是往里收的，往往要沈旭翻译了才行。二十来岁的人，连寒暄也不会，没话时就那么呆呆坐着，像个小孩。顾怡宁问她："国庆节出去玩吗？"她说："嗯，爸爸带我去欧洲。"顾怡宁又问她："有男朋友了吗？"她飞快地朝沈旭看了一眼，说："没有。"沈旭说："琰琰这么讨人喜欢，学校里一定有很多人追。"

郑琰琰一愣，随即重重地摇了摇头："没有，一个也没有。"

顾怡宁觉得沈旭这招行不通，对付这样的女孩，旁敲侧击是没用的，要直截了当。沈旭说："是啊，看来不狠下心来不行啊，这小女人有点拎不清。"

他说到做到，隔天便把这事给办妥了。顾怡宁问他："顺不顺利？"他道："快刀斩乱麻，干净利落。"顾怡宁又问："她怎么样？"他道："也没怎么样。"顾怡宁说："是不是挺伤心？"他嘿的一声，道："伤心也没用啊，不喜欢就是不喜欢，皇帝老子也没法子。"

他这种斩钉截铁的口气让顾怡宁觉得很欣慰。

事情的转折是在国庆节后。顾怡宁的生日也在十月里。生日那天，沈旭亲自为她做了个提拉米苏，照着食谱做的，材料货真价实，比店里卖的要扎足。味道是逊了点，不过胜在有心思。吃完饭，沈旭说送她一件生日礼物。自己人不搞惊喜那套，当场买好，实惠又称心。两人顺着淮海路一直逛，进了家钟表店。沈旭说："给你买块表吧，瞧你手上那块卡西欧，都是老掉牙的款式了。"顾怡宁也觉得好，便说买块精工或是西铁城。挑了半天，也没定下来。

沈旭让她慢慢挑，自己踱到一边，随意看柜台里的名牌表。

很快地,他看到了那款萧邦表——郑琰琰手上的那款。他低头看价格。顾怡宁走近了,也看到这款表。两人抬起头,对视一眼,都笑了笑。那瞬,顾怡宁从沈旭眼里看到些东西,一阵烟似的,夹杂着什么,倏忽便飘了过去,很轻,悄无声息的。后来,当顾怡宁回想起这天,便觉得一切其实都是有征兆的。又或许,人生是那般诡异,充满了许多变数。像山间赶着的羊群,鞭子轻轻一挥,进了这条道,再一带,又入了那条道,完全不由自主的。

不久,沈旭下班途中,被几个流氓截下打了一顿。应该是专业打手,攻的不是要害,不致命,却很痛,像腋下、脚踝、手指什么的。表面还看不出伤。顾怡宁吓坏了,劝他去医院看看,他说:"有啥看的,骨头没断,也没出啥血。"顾怡宁停了停,问他:"是不是郑老板?"他嘿的一声,道:"没凭没据,天晓得了。"顾怡宁心里叹了口气,想新仇旧恨,这是合在一起算了。

意外的是,几天后,沈旭又约了郑琰琰。先喝咖啡,再看电影。顾怡宁作陪。这样的三人搭配多少有些奇怪。顾怡宁问沈旭,怎么回事。沈旭解释,这叫"软着陆"。好比喝多了白酒,不能马上停下,一停更要坏事,来点啤酒黄酒之类的低度酒,过渡一下比较好。顾怡宁想起那天他说的"快刀斩乱麻",满脑子的问号,忍住了没开口。

郑琰琰倒是很开心,照例又是紧依着沈旭,眼底是藏不住的缱绻情意。看电影时,她一屁股坐在沈旭和顾怡宁中间,像是活生生的两人的楚河汉界。吃饭时还拔沈旭头上的白发,拔了一根又一根,人来疯似的。沈旭也不拒绝,就那样乖乖随她摆布。顾怡宁忍不住了，回家的路上，便说这女孩"没心没肺，傻乎乎的"。沈旭微笑着不置可否，听她说多了，冲一句"你跟这种女孩有啥好计较的"。顾怡宁说："不是我跟她计较，是有些想不通。"他道："想不通什么？"她道："看情形好像是你们俩约会，我在旁边做电灯泡似的。"话一出口，她心里咯噔一下，没来由地有些慌了。沈旭在她头上轻轻一拍，说："不要瞎讲！"

郑琰琰要了顾怡宁的手机号码，没事便与她联络，一口一个"师姐"，听得顾怡宁别扭极了。她猜这女孩也轧出了苗头，倘若要跟沈旭多接触，势必先要与她熟络。可见爱情的力量有多大，让不谙世事的女孩也变得精明了。

这种情形又延续了一个月。沈旭被派去青岛培训两周，其间只打来一个电话，说是培训任务紧，没空。好不容易回上海了，又是几天没音信，人间蒸发似的，倒是郑琰琰约她去看电影。那天下午，郑琰琰带了个保鲜盒，打开——是一块提拉米苏。

"不是买的，是沈旭亲手做的，昨天是我的生日——师姐，我特意给你留了一块。"

这种示威虽说笨拙，却着实有威慑力。顾怡宁愣了半晌，拿刀叉吃了一口，味道较之前大有进步，面粉和奶油的比例对了，吃起来不会沙沙地往下掉粉。可见是花了心思钻研。

她不动声色，等着那男人的说法。几天后，沈旭羞答答地打来电话，语气像个小媳妇，越说越轻，越说越激动，到后来都有泣音了。顾怡宁拿着听筒，竟觉得好笑——好像委屈的是他似的。起初的愤怒倒是没了，一点点沉下去，平息了。再一想，男未婚女未嫁，又不曾海誓山盟，其实也谈不上什么大错呢。他实在不必如此的。她打断他的话，用和缓的口气说道：

"我明白的，祝你幸福。再见。"

挂掉电话，顾怡宁在沙发上坐了许久，一动不动，雕塑似的。顾长荣瞧女儿的模样，不敢惹她，进屋睡觉去了。小么事也识趣，乖乖地蹲在脚下，一声不吭。

顾怡宁抬头瞥见墙上的年历——从再次相逢到现在，原来才过了半年不到。那句"我中意你"好像还在耳边，一眨眼的工夫，已是分手了。这般来去匆匆，连个反应的机会都不给她。

又想起那次，他说"软着陆"，当时还以为是指郑琰琰，现在才晓得，说的竟是她自己。

（二）

很快便是过年了。顾长荣原说要回苏北老家，问女儿回不回。顾怡宁没这个心思，不想动。顾长荣索性也不回了。乡下其实也没剩什么亲戚，都是些远得连辈分也搞不清的，跟陌生人差不多的。讲起来总归是上海人，回去一趟多少还要花销些，没啥意思。

年夜饭是在家里吃。顾长荣一年到头也只有这顿才像个父亲。一大早便去菜场买菜，那些小贩见到他，一口一个"爷叔"叫得亲热，秤自然是掂得满满当当，一点水分不含，东西还新鲜。回到家便杀鸡宰鱼。顾怡宁要帮手，他还不让，说："你玩去吧玩去吧，我来弄。"顾怡宁说："我又不是小孩，玩啥。"顾长荣说："那就去逛个街买件衣服什么的,大过年的。"顾怡宁说:"只有小孩过年才穿新衣服。"顾长荣说:"你本来就是小孩,没结婚都是小孩。"

顾怡宁走下楼,小区里到处挂满了灯笼和贴画,花花绿绿,很有节日的气氛,大白天的已经有鞭炮声了。她预备去超市买瓶酒。老头子嗜酒如命,可平常也喝不上什么好酒,都是零拷的,也作孽。走到小区门口,见街对面拉出一副对联:

"老房子,老乡亲,老死也勿搬;不要钱,不要命,不信你试试!"

对联拿毛笔写在白色的被单上,两端挂在电线杆上,风一吹,浩浩荡荡的,倒也颇有气势。虽说言语粗鄙,但胜在意思清楚,一目了然。这附近原本是城乡接合部,后来房产商开发了几个新楼盘,绿化一弄,高级会所一造,房价便慢慢升上去了。唯独边上这条街,毒瘤似的,小卖部美发店洗脚店,乱七八糟凑在一起,与周围的环境很不相称。房产商动了不少脑筋,要打造一个新型社区,像古北、联洋、碧云那样的。成气候了,房价才能抬得更高。偏偏就是有几家钉子户,死也不肯搬。你催得越紧,他钉得越牢,吃了秤砣似的。

围观的人很多,嘻嘻哈哈的。顾怡宁不喜欢凑热闹,快步走了过去。到超市里买了瓶剑南春,出来,忽地手一松,那瓶酒已被别人拿去。她吃了一惊,再一瞥——是李东。

"吓我一跳,我还以为碰上强盗了呢。"她拍着胸口说道。

李东笑:"强盗才不会抢酒,直接抢你手里的皮夹子了。"

两人往回走,又看到那副对联。李东说:"这帮人早晚吃亏。"顾怡宁道:"你怎么晓得?"

他避开她的目光，摸了摸头，随即又拿了支烟出来，叼上。

"我好歹也是个小老板，你晓得的，财务公司嘛，江湖上的事情都要了解一些。"他道。

顾怡宁盯着他。他嬉皮笑脸地说："脸都给你看红了，怪不好意思的。"她没好气地问他："你很空吗？老跟着我干吗？"他耸耸肩，道："我倒是真的很空，只要你不嫌烦，我可以跟你一辈子。"

"你爸妈到底是干什么的？看你整天游手好闲也不管，不怕你把公司败光？"她听他说过，他开公司的钱都是他爸爸给的。他不是读书的料，高中毕业就出来混了，名片上印的是"某某财务公司总经理"。店面位置倒还不错，在虹桥开发区一个高级写字楼。

"我爸压根没指望我赚钱。公司是送给我玩的，随便怎样都行，只要别闯祸。"他道。

"你爸对你要求可真高——哎，你会不会是李嘉诚的儿子？"她嘲他。

她说着，从他手里拿下酒，大步往前走去。他在后面叫："看不起人啊，看不起我们这种落后分子是吧？"路过的人听了，都朝他看，又朝顾怡宁看。顾怡宁加快脚步走了，到了自家楼下，气喘吁吁的。一回头，见他还跟在后面，手插在裤袋里，离开两三丈远，不敢走近。

"你上去了，还下来吗？"他远远问道。

顾怡宁忍不住好笑，想这小老板怎么讲话像白痴一样？也不回答，噔噔上了楼。顾长荣在厨房拔鸡毛，脸上兀自沾着几滴鸡血，瞥见女儿手里的酒，一愣，有些忸怩起来：

"哎，买这个干啥——"

"你说干啥，总不见得当料酒咯——"顾怡宁把酒放在桌上，系上围裙，转身便从水池里拿起鱼，重重一摔，把鱼摔晕了，开始刮鳞。顾长荣眯着眼，看了她半天，嘿的一声，说：

"还是女儿好啊——"

除夕夜，父女俩一边吃饭一边看春节联欢晚会。菜摆了满满一桌子。冷盘、小炒，正中放一锅热气腾腾的腌笃鲜。小么事在桌下打转，身上穿了条红呢子的狗背心，倒也颇有过年的意思。顾长荣从汤里捞了块火腿肉，放到它面前："过年了，也给你吃点好东西。"小么事叼了火腿，朝主人轻轻鸣了一声，显得很是开心。

顾长荣打开剑南春，自己先倒了一杯，问顾怡宁："你也来一点？"顾怡宁摇头，开了罐可乐。顾长荣喝了一口，啧啧道：

"一分价钱一分货，是好啊，有酒味。"

顾怡宁问："那你平常喝的那些呢，没酒味吗？"顾长荣道："那些哪能算酒啊，跟这一比就跟洗脚水没两样。"顾怡宁嗤的一声，道："洗脚水你还喝得起劲？"顾长荣道："嘴巴淡，没办法。"

零点时，鞭炮声响彻夜空。顾长荣睡了。顾怡宁趴在沙发上，翻看手机里的贺岁短信，都是些热闹的吉利话，朋友间转来转去——居然还有沈旭和郑琰琰的。顾怡宁挑了条精彩的，给他们转发回去——自上次那通电话后，几个月没联系了，本想把号码删了的，想想还是算了，也不用绝到这个份上。他那份报纸是时常买的，也看他写的专栏文章，文笔是越来越好了。顾怡宁想，也不晓得他和郑琰琰怎么样了，该是情投意合吧。郑老板想必会反对，可天下的父母没一个拗得过自己的子女,最后只怕还得妥协。

顾怡宁躺在床上,怎么也睡不着。窗外的鞭炮声此起彼伏,隔着窗帘,亮光一阵接着一阵。拿被子塞住耳朵,还是吵。原先想借睡觉当个记忆的逃兵,现在落了空,失眠的夜晚,有些东西像水里的绿藻,慢慢浮上来,先是一点一点,再是一大片一大片,铺天盖地的,怎么也掩不住。

第二天,顾长荣大清早便出门了。顾怡宁拿饭泡了水,就着隔夜的菜吃。大年初一有传统说不能吃泡饭,否则一年到头都发不了,顾怡宁也不管了。等到中午,顾长荣还没回来。她想,总不至于大年初一就去赌吧?——心里晓得必定是这样。昨天好不容易收了性,今天还不连本带利玩个够?索性不等他了,又独自吃了中饭。

到了下午,隔空听见远处有人尖叫,嘈杂得很。接着,是几道冲天的火光,伴着轰轰的响声。她想,难不成白天就放烟花?又过了一会儿,心没来由地跳了起来,不知怎的,竟有些慌乱。听见消防车的鸣笛声,忙冲到窗前,见那片火光冲到半空,黑烟滚滚,都有些蘑菇云的景象了——正是小区外那条街的位置。脑子里电光一闪——老头子常去的地下赌场不也在那里?

顾怡宁飞也似的冲下去。失火的是一家美发店,几个消防员正在拿高压水管灭火。房子已烧得不成样了,门前许多人围观,已经抬了几具尸体出来了。里面还有人,隐隐有哭喊声。一个女人几次要冲进去,说要找她老公,被旁边人死命拉住。女人哭到后来嗓子都哑了,发不出声了,虚脱了。一会儿,消防员抬了架尸体出来。女人上前掀开白布——只剩下半张脸还看得清,认出是自己丈夫,当即昏死过去。

顾怡宁不停地打父亲手机，没人接。那一瞬，脑子空得什么也不剩下了，只听见咚咚的心跳声，都快跳出嗓子眼了。

身后响起一阵欢快的手机铃声。"顾怡宁！"有人叫她。

顾怡宁飞快地转身，见李东扶着顾长荣，一瘸一拐地走过来。顾长荣脸上几抹焦黑，头发乱蓬蓬的，额角还在出血。顾怡宁先是一愣，随即一颗心砰地落地，都想哭了。

"阿爹的娘啊，吓煞我了——"顾长荣看到女儿，抽抽噎噎地叫起来。

顾怡宁没想到，沈旭会来看望父亲。

顾长荣应该是吓傻了。火灾过后好几天，他兀自没回过神来，张嘴便是"着火了，着火了"。顾怡宁带他去看中医，开了些定神的药。沈旭来的时候，炉上正在煎药。厨房门关着，不能被老头子看见炉火，要不然又是一通惊吓。

屋里弥漫着浓浓的中药味。顾怡宁倒了杯茶给沈旭。他说了声"谢谢"，问伯父身体怎么样。顾怡宁说："还好，休息一阵就没事了。"她忽地想起，上次也是父亲受了伤，他来探望。这大半年来，老头子也是命运多舛。她朝他看，好像瘦了些，下巴那里都尖了。两人有一搭没一搭地说话。干坐着有些尴尬，顾怡宁索性给自己也泡了杯茶，又拿了些开心果、小核桃出来。

李东也来了。两个男人打了个招呼，沈旭便说要走。顾怡宁送他出去，再进来，瞥见李东似笑非笑的神情，嘴里唱："再见亦是朋友——"

顾怡宁没睬他，猜想定是父亲告诉他的。火灾后，老头子与这人的关系陡然上升了一个台阶。以前下楼倒垃圾撞见他，总要痛斥一声"小流氓"。现在救命之恩大过天，完全不计较了。她成日里烦他跟着，可那天要不是他在她家附近晃悠，也不会凑巧碰到老头子在火场里挣扎，拼着命地救了他出来。现在李东敢堂而皇之地上门了。拿探病做幌子，师出有名。只不过见了顾怡宁还是有些顾忌，抖抖豁豁的。一次顾长荣说他："你怕她做啥，她又不会吃了你！"李东道："我属老鼠，你女儿多半属猫。"顾长荣便笑，说："你老懂经的，我女儿属老虎，也算猫科动物。"李东便嘿的一声，在自己大腿上重重一拍，叫起来："我说嘛！"

火灾后，那些死者家属闹到法院，说火灾是房产商搞出来的花样，为的就是逼他们搬走。没凭没据的，法院自然不理。网络上倒是传得沸沸扬扬，瞎猜的乱编的，帖子挂了长长几页。居然有记者找到顾长荣——后来顾怡宁才晓得，原来老头子是唯一的生还者。也是他命大，出来上了趟厕所，避过了火势最大的那段。美发店门面不大，但里头九曲十八弯，拿门板隔得七零八落，老虎机、轮盘赌、麻将室，居然连贵宾间也有。怕警察查房，门从内反锁，还上了门闩，火势一起，那些赌棍逃都来不及。

顾长荣说他听到纵火者说话。顾怡宁吓了一跳。

"瞎讲！"

"真的，不骗你。我在厕所里听到的，两个人的声音，我听得清清楚楚——一个说，这边再倒点；一个说，差不多了，打火机给我。"

顾怡宁劝父亲别蹚这个浑水，没好处的。顾长荣说他有分寸，让女儿放心，可转过身便与记者聊了半天。那名女记者得宝似的，欢天喜地地走了。

几天后便见了报。文章写得很巧妙，把之前的钉子户事件稍稍带了一下，着重写火灾。没有一点主观臆断，都是目击者的转述，分寸把握得很好。读者可以凭想象力去猜。这份报纸谈不上主流，但销售量也过得去——很有吸引力了。

顾怡宁叮嘱父亲尽量少出门，"省得惹麻烦"。平心而论，她是有些烦那个记者的。虽说隐去了父亲的名字，但说"生还者"——全上海滩都晓得这场火灾只有一个生还者，太明显了。那些苦主都跑到房产公司门口去静坐了。原先对联上的字擦了，被单洗得干干净净，拿红笔写上大大的"杀人偿命"，挂在公司门前的树枝上。到了不可收拾的地步了。

第二天，顾怡宁陪父亲去医院复诊，半路上被人扔了个臭鸡蛋——应该是个恶作剧，否则扔的会是硫酸桶。顾长荣额头起了个包，到医院搽了药。顾怡宁瞥见老头子的狼狈样，本来想啰唆两句的，忍住了没说。回去叫了辆出租车，路上顾长荣一直怏怏的，也不吭声。顾怡宁晓得父亲是吓坏了，带他去玉佛寺烧了炷香，捐了一百块钱。

"这是不凑巧，有人好好地走在路上，还被花盆砸到呢——没啥。"顾怡宁安慰他。

事情还没完。两天后，顾怡宁在报上看到沈旭的文章，题目是

《什么是真相》。

"……顾老先生作为一个赌徒,耳聪目明是肯定的,能从火海中逃生,运气也是毋庸置疑的。他今年两次大难不死,且每次都能掀起波澜……"顾长荣自出生以来,照片还是第一次上报纸,大人物似的。顾怡宁想不起几时曾把父亲的照片给过沈旭,还有——X光片。文章指顾长荣曾贿赂医生,为的是多索要一些赔偿。"……警方已确定这次火灾非人为造成,可顾老先生的一句话,使得死者们的家属不离不弃,硬是要讨个说法……当人们被'为富不仁'的惯性思维所牵制时,是否想过,其实事情本身有无数种可能性。富有富的想法,穷有穷的目的。既然真相藏在云里看不清楚,那不妨用一些看得清楚的东西来说明问题。"

文章的下方,顾长荣的腿骨X光片和验伤报告被放得很大——拍片结果是"骨折",验伤报告上却是"粉碎性骨折"。除此之外,还有一张银行的转账单,日期是去年八月,也就是天花板事件发生的两月后。户名是"顾长荣",金额是十万元。

顾怡宁把报纸扔到父亲面前。顾长荣先是抵赖,禁不住女儿再三追问,终于承认了:"我是找过那个姓郑的——我是想,要一点是一点,我的腿不能白挨一下——"越说声音越轻,到后来都像蚊子哼了。

顾怡宁觉得脑子发涨,难为情得要命,都想撞墙了。报纸上那些文字,像一只只黑蜘蛛,张牙舞爪,几乎要向人袭来。

又想,这是份厚礼呢,毛脚女婿上门,有了这篇"美文",郑老板再怎么不待见,这会也该心花怒放了吧。沈旭上周来探病,其实该叫"探路"才对。那张照片，该是趁她不注意时拍的，有些仓促，老头子脸都没对着镜头，眼睛朝旁边斜着，一只手还在抠鼻子——有些猥琐的模样。

原来"再见亦是朋友"真的只有歌里才有，生活中不可能。顾怡宁不晓得沈旭这么放得下，换了她，无论如何不会这么决绝。真是一门心思要断得干干净净了。别说朋友，只怕下次见面会忍不住请他吃耳光。顾怡宁想到这，竟有些想笑了，只是鼻子痒痒的，像有虫子在爬。瞥见父亲在看自己，忙拿纸巾掩住，张大嘴巴，做出打喷嚏的样子。

李东说要找道上的朋友教训沈旭，替顾怡宁出气："你自己说吧，斩他一条腿，还是一只手？"

顾怡宁没心思理他。顾长荣这几天变得有些唠叨："为啥我说的话警察就不相信呢？明明有人放火，我没骗人，汽油味我都闻到了，吓得我一泡尿差点尿在裤子上——你说，这是不是叫'人微言轻'？"老头子冷不丁冒出个成语。李东在旁边笑起来，说："爷叔你学问老好的。"

小么事踱到顾长荣身边，朝他摇了摇尾巴。顾长荣剥了些瓜子仁，蹲下身子，放在手心里。小么事舌头一卷，瓜子仁便进了肚子。

顾怡宁劝父亲别多想："人家说大难不死，必有后福。好好过日子就是了，管别人怎么想呢——我看赌场烧了也好，干净，让你以后没地方赌去。"

顾长荣说女儿："好多条人命呢，不作兴这么讲话的。"

顾长荣拿来年夜饭剩下的那半瓶剑南春，倒了一杯，一口喝干。怔怔的，盯着五斗橱上女人的遗像，看了足有两分钟。半晌，打个酒嗝，口齿不清地说：

"明天上班去——不混日子了。"

顾怡宁在百货公司给父亲买了件羊绒背心。原价一千出头，打完折三百五，挺划算。想着过年也没给老头子买啥东西，就当是压惊。临到家时，又特意去菜场弯了一趟，预备当众秀一下毛背心，让老头子脸上有光。走进去，没见到人，正纳闷间，几个小贩急急地跑来告诉她：

"你爸被几个警察带走了！"

公安局刑侦人员在火灾现场找到一张烧焦的纸片，上面的字迹很模糊，经技术还原后，确定是一张借条。"……借人民币五千元整……"除了这几个字勉强能看清，还有下面的落款——"顾长荣"。这张纸片与几个烟头在厕所马桶边被找到，经多方勘查，警方认定这里是火灾的第一现场，怀疑顾长荣企图在厕所烧毁借条，引发火灾——这才是火灾真正的起因。

事情发展得比想象中要快得多。借条上的笔迹，经专家比对，证实与顾长荣的笔迹完全相符。同时，警方调出顾长荣的档案，发现他有前科。十年前与邻居赌博，因输钱而动手打人，将对方打成脑震荡，缝了二十多针，拘留了两个月。又找了原先街道的负责人调查情况，证实顾长荣一向劣行不断，酗酒、赌博，动不动就打老婆、女儿——十足是个二流子。

警方以纵火罪向检察院提起公诉。那几天，顾怡宁借来一大堆法律书籍,想找出案件中的漏洞帮父亲翻案——后来,当她再回想起这些时,便觉得自己是笨到家了,脑子被枪打过了,居然做这么无聊的事。可以做的事很多,哪怕找人劫狱也比这强些。

顾怡宁与律师反复交流,觉得这案子不是没把握。单凭那张借条和烟头,未免有些太武断了。那名律师也是刚从大学毕业,血气方刚,急性子,讲话还有些口吃。顾怡宁出不起钱请大律师,只好找了他。两个年轻人都对案子充满信心。那律师甚至还打了包票:"要是不赢,我把钱退给你。"

顾怡宁去探望父亲时,劝他宽心:"没做过就是没做过,怕什么?"

顾长荣说他不怕:"我想过了,要实在不行,我就装神经病——神经病不用判罪的呀,对吧?连招数我都想好了,从马桶里捞屎吃,拿头撞墙,见人就打自己耳光,再不然就对着狱警小便。"

顾怡宁忍不住笑:"这样就算不坐牢,也要被关到神经病医院去的。"

"神经病医院总比监狱好。"

"要装一辈子呢,天天从马桶里捞屎吃,你受得了?"

"开始捞两天,后来就不用天天捞了——神经病也会康复的呀。"

父女俩在拘留所里开起了玩笑。顾怡宁瞥见父亲额头上的皱纹,很深,刀刻似的,那一瞬,忽地冒出这样一个念头,老头子要真坐了牢,她也不想活了。顾怡宁这么想着,又觉得自己太多虑。老头子运气好得很,那么大一块天花板掉下来,也只是砸到脚踝;火灾死了那么多人,偏偏就他活下来了——这一关肯定能过去。

顾怡宁到庙里看香头。点了炷香，插上。和尚看了，说香头连成一条线，直冲上天，是个好兆头。旁边还有几个看香头的人，也说这炷香不错。

出庭那天，顾怡宁早早便到了法庭，与律师聊了一会儿。律师是第一次正式上庭，里面穿了件红衬衫，说是讨个吉利。两人心里都紧张，嘴里半咸不淡地说些安慰彼此的话。到了开庭时间，审判长等一些工作人员陆续进来了。又来了些旁听的人，零零落落地坐了几排。顾怡宁看表，已经过了十分钟，顾长荣还没到。

"难不成警车也会堵车？"律师在一旁说。

她笑笑。两只手放在胸前搓着，一会儿，手心竟湿了。这么冷的天，鼻尖居然也冒汗了，呼吸也跟着急促起来。律师朝她看，说："放轻松。"她点头。又过了一会儿，人还没到。在场的人都有些纳闷，交头接耳。顾怡宁不停看表。律师说："今天是周一，说不定警车真的也会堵车。"

这时，一个人快步走进法庭，对着审判长耳语了几句。审判长露出惊讶之色，很快，宣布暂时休庭。

顾怡宁被一个工作人员请了出去。那人先劝她冷静，随即告诉她——顾长荣所乘的那辆警车，路上发生交通意外，顾长荣以及负责押送的两名警察，当场死亡。

日子依然是一天天地过。家里少了个人，只剩下顾怡宁一个，静得有些奇怪，连龙头滴水的声音都响得像打雷，听得人心颤啊颤。五斗橱上的遗像倒是多了一幅。两幅并排放着，男人的头大些，嘴稍稍撇着,像在跟女人说悄悄话。女人始终是那么年轻,永远定格在三十多岁,那时顾怡宁还在读小学。孤零零了十多年,现在好了,多了个人陪伴,活着时候再吵吵闹闹,死了摆在一起,看着倒也挺登对。老头子的照片也是翻箱底挖出来的,十几年前的老照片。白衬衫的领子系得紧紧的,小分头,嘴唇朝外鼓着。

小么事找不到主人,这几天似是有些烦躁,在房间里踱来踱去,不分昼夜地乱吠,邻居都抗议了。小么事看到五斗橱上的照片,想要立起身子,两条前腿使劲往上趴,却怎么也做不到,吠得更大声了。顾怡宁把它抱起来,小么事顿时便安静了,在顾怡宁怀里一动不动,看着照片里的人,灰黄色的眼珠黯淡着,像是默哀。

意外的事不只一桩。那天,和李东一起看新闻,市委组织部开会,李东忽地指着电视上一个男人,笑说:"昨晚跟我妈吵架,脸上耳光印子还没消——"顾怡宁没听懂。他说到这里停了停,有些讪讪地说下去:"这是我爸。"顾怡宁一怔,还当他在开玩笑。他说,后年就要退下来了。顾怡宁不敢置信地看电视里的人,再看他,竟真有几分相似,意外得都说不出话来了。这样一个二流子,居然有那样的父亲。李东摸摸头,又道:"你爸那件事,我找过我家老头子,他不肯,我没法子,连安眠药都拿出来吓唬了,还是不行。"他显得很不好意思,使劲搔自己头发,一遍一遍地。顾怡宁兀自有些回不过神,愣了半响,才说了声哦。

火灾的事情到底是平息了。那些家属再犟再闹,终归也要吃饭。死的都是重劳力,家里还有老的小的,要为将来打算——到底是搬走了。都说郑老板是个善心人,体谅他们的苦处,硬生生把拆迁费往上抬了十几万，一点也不趁火打劫。没几天工夫，一条街便撤得干干净净，死巷似的。拖了几年的事，到底是尘埃落定了。推土机下周便要过来了，横幅也拉上了："某某建筑公司在此施工，如有不便，请大家谅解。"

顾怡宁站在阳台上，往下望。远处还有好几个工地，造的都是二三十层的高楼。已完成了大半。这一带的房源是潜力股，虽说离市区远了些，可远也有远的好处，空气好，地方大，够开阔，绿化又好，世外桃源似的。轻轨明年也要通了，到时候房价还得往上涨。

从这个角度望去，那条小街是有些格格不入。癞皮狗似的，混在一堆德国牧羊犬里，怎么都觉得别扭。自己看着可怜，别人看着讨嫌，那么渺小那么卑微，真是小么事了。不满意时还要乱吠几声，却不晓得别人只需伸个小手指，便能把你弹开八丈远。一个是天上的星，一个是地上的草，差得太远，自己还懵懂不知的。

"人微言轻"，顾怡宁记得父亲这么说过。火灾里那十来条人命，焦炭一样的尸体，挂在电线杆上的横幅，死巷般的小街——放电影似的，在眼前掠过。一桩连着一桩，触目惊心。还是那种老电影，黑白胶卷，人的脸似是拿铅笔勾勒出来，线条清晰而硬朗。说话的声音也像从很远的地方传来，隐隐有回音。地是黑的，天是白的。透着凄凉和孤寂，气氛渲染得更肃杀了。想哭，却哭不出来，眼泪顽强地停留在鼻腔里。心起初是酸的，渐渐地，起了化学反应，一点点硬了，重了，慢慢沉下去，直落到底。牢牢钉在胸口处，石头般坚定。

顾怡宁收拾父亲遗物时，看见那件羊绒背心——还一次没穿过呢。老头子平常总是穿得乱糟糟的,女人走得早,没人料理,也不会收拾自己,瘪三似的。

她把羊绒背心抖开,放到那张遗照下,想象父亲穿上会是什么样子。照片上的人在笑,笑得有些没心没肺,大约是穿上新衣服的缘故。撑着肩膀,两个袖管笔直地垂下,端端正正的。

"乖的。"顾怡宁怔怔看着,没头没脑地说了句。

(三)

春天越来越短。过完年,大衣棉袄依然捂得严严实实,没多久,便是衬衫上阵了。这便是温室效应了,连着好几年,从冬天直接到夏天,连个过渡也没有。其实春天也不至于才那么几天,主要是下雨的关系。气温不低,雨一下,潮乎乎的,像给寒冷撒了一把味精,味道都提上来了。夜里睡觉被子也是潮的,阴冷到骨子里。听着窗外的雨声,滴滴答答,像老式的挂钟,沉闷而有节奏。起初是有些烦躁,听久了,也就惯了。

沈旭的一个死党结婚,邀他去喝喜酒,他带了郑琰琰同往。婚礼设在市郊一家五星级酒店,本来想坐公交车的,碍着郑琰琰,只得叫了辆出租车。郑琰琰打扮得很隆重,低胸长裙外搭一块氅皮,颈上钻石项链闪闪发光,像个小贵妇。沈旭在车上笑说她这是莫泊桑《项链》里女主人公的装扮:"小心别把项链丢了。"她没明白他在开玩笑,还检查了一下项链的搭扣,说:"很牢的,不会丢。"

新郎官调侃沈旭:"有本事啊,钓了个金龟女——啥时候听你好消息?"他连声道:"还早还早。"新郎又道:"巧也是巧,新的旧的碰一起了。"说着,嘴一努。沈旭顺着他的方向看去,竟见到顾怡宁站在不远处,穿一袭淡绿色的套装,手里拿着饮料,笑吟吟的。沈旭吃了一惊。新郎解释:"她是我老婆的高中同学,巧吧,天下事就是这么巧——"

  沈旭犹豫着要不要去跟她打招呼,上了个厕所回来,见郑琰琰和顾怡宁已经聊上了,只得走过去,说声"你好"。顾怡宁只同他寒暄两句,便又转去与郑琰琰说话,说她的发型很好看,衣服也合适:"才几个月不见,琰琰你漂亮多了。"郑琰琰很是开心,咧开嘴笑个不停。两个女人越谈越投契,沈旭倒成陪衬的了。他站在旁边,手一会儿插在口袋里,一会儿又拿出来,有些尴尬。新郎新娘过来敬酒,沈旭趁机拉着郑琰琰回原座。忍不住又朝顾怡宁看,新娘的头纱乱了,她替新娘整理,眼睛有意无意朝沈旭这边瞟来。沈旭忙不迭把目光移开。郑琰琰问他:"你不舒服吗?"他摇头道:"没有。"郑琰琰又问:"那你怎么动来动去?"他掩饰道:"椅子坐得不舒服。"屁股挪了两下,佯装整了整椅垫:"嗯,现在好多了。"

  回去的路上,郑琰琰告诉沈旭,顾怡宁在福利院做义工,邀她这周日一块儿去:"我觉得挺好,你说呢?"沈旭当然只有说好。郑琰琰显得兴致很高,说这事有意义,是好事。沈旭猜想这必定是顾怡宁洗脑的结果。也不晓得她说了些什么,引得这傻丫头这般兴奋。福利院做义工自然没什么不好,只是与顾怡宁走得太近了,有点那个。沈旭都不晓得该怎么跟郑琰琰解释,说了她也未必明白,有些复杂了。要直接跟郑老板说,又似乎太严重了些,也没个必要。

正想着，郑琰琰手机响了，是短信。沈旭问她："谁发的？"她回答"师姐"。沈旭心里一动，想问她内容，忍住了。郑琰琰说："师姐夸你呢。"沈旭一怔，嘴上道："是吗？"佯装摸鼻子，凑近了，朝她手机瞟去，隐约见到"你们很配""下次出来"之类的字眼。郑琰琰一本正经地回短信，刚写了"好的"两个字，瞥见沈旭在偷看，忙拿手掩住了："不许偷看！"

郑琰琰说："师姐——"沈旭竖起耳朵，"比以前更好看了。"沈旭听了不吭声。郑琰琰问："是不是？"沈旭嘿的一声，做出不屑的样子："她刚才夸你好看，你现在又夸她好看，小姑娘就是喜欢这样夸来夸去。"郑琰琰说："师姐也夸你的呀。"沈旭问："她夸我什么？"

"她说你对我很好。说我能找到你，很有福气。"

沈旭哦了一声，竟有些隐隐的失望："——她还说了什么？"

"没有了，"郑琰琰收好手机，"那么，这周日我真的去了？"

她依然像个孩子，什么事都要问他。沈旭说："只要你喜欢，我没意见。"心里是盼着她开口邀自己同去。偏偏她不接茬，只问他去福利院要买些什么东西。他随口答着，瞥见前面计价器已跳到了一百块。来回路费就要两百，加上红包，这顿饭价值着实不菲。沈旭心里叹了口气，目光滑过郑琰琰的头颈，一怔，脱口而出："咦，你的项链呢？"

两人又折回去找。这条项链是郑琰琰二十岁的生日礼物，坠心是一颗三克拉的钻石，搭扣刻上了"琰琰"两个小字。郑老板在比利时请匠人定制的。

把大厅找了个遍,连卫生间也找了,就是不见踪影。沈旭暗骂自己乌鸦嘴,好好的提什么莫泊桑的《项链》。郑琰琰倒是无所谓,还安慰他:"没关系的,让爸爸再给我买一条。"新郎官一旁听了,朝沈旭做怪腔,在他耳边说:"大户,绝对大户。"

把郑琰琰送回去,沈旭舍不得再叫出租车,坐地铁回家。这么来回折腾,肚子倒又饿了,在家门口的小吃店叫了碗咸菜肉丝面。皮夹里只剩下最后一张百元钞票,面条八块钱,找了一堆零票。店老板是熟面孔,奉送一碟腌黄瓜,又问他:"这么晚了还没吃饭?"沈旭叹道:"命苦啊。"店老板在他肩上一拍,笑道:"小阿弟,年纪轻轻不好说命苦的。"

沈旭吃完面,抽了根烟,拿出手机,打了一行字"你是不是存心的?",翻出顾怡宁的号码,拇指按着"发送"键,作势要发——当然不会,很快便删了。沈旭觉得自己像个神经病,逗自己玩呢。他又想起顾怡宁的脸,以前太瘦,下巴尖得像枣核似的,好看是好看,就是太单薄了些,现在丰润了,五官也更秀丽了,倒有些像小时候的长相了,胖嘟嘟的邻家女孩。沈旭想到这,觉得很不好意思。婚宴上也没喝什么酒,莫名地,竟胡思乱想起来。

连着几个周日,郑琰琰都去福利院做义工。福利院在青浦,沈旭借了朋友的车去接她。他想,若是碰上顾怡宁,便大方一些,也送她回家,可惜没这个机会。顾怡宁每次都让他们先走,说她还要再待会儿。沈旭在车上问郑琰琰义工都干些什么。郑琰琰便告诉他——陪小朋友一起做游戏、唱歌,教他们做点心、折纸鹤。沈旭又问,那顾怡宁呢——他装作无意般问起。郑琰琰并不察觉,也详细地说了,并说顾怡宁今天和小朋友玩跷跷板时,摔了一跤。沈旭哦的一声。郑琰琰说,师姐的膝盖都破了。沈旭依然是哦的一声。郑琰琰说,流了好多血。

沈旭停了半晌,憋出一句:"贴创可贴了没?"郑琰琰朝他看,有些奇怪地说:

"那么大的伤口,贴创可贴行吗?——你怎么跟傻瓜一样。"

被傻姑娘骂成"傻瓜",沈旭心情还不算太坏。送郑琰琰回家后,车子调头又往青浦开。趁红灯时,给顾怡宁发了条短信:"听说你受伤了,要紧吗?"一会儿,顾怡宁回过来"没事"。沈旭把油门踩到底,车子在高速公路上没命地冲,发疯似的。

到福利院时已经快天黑了。顾怡宁就站在门口。最后一缕夕阳余晖与路灯混合在一起,黄澄澄的、有些模糊的光线,像裹着一层雾。她脸上的表情看不甚清。沈旭一路上都在想碰到她该说什么,又担心她走了,扑个空——现在有些措手不及了,头皮都发麻了。车子直直地靠上去,他摇下车窗,说:"上车,我送你。"她朝他看了一会儿,走到另一边,开门上了车。

进市区的路很堵,高速收费口前车子排成了一条长龙。沈旭拿余光瞟旁边的顾怡宁,见她在打哈欠。两人一路上都没说话,现在总算有了开口的机会。沈旭干咳一声,说:"很累啊?"她道:"就是。"他又道:"膝盖疼不疼?"她道:"还好。"

沈旭朝她看,忽地,直愣愣地来了句:"我晓得,你心里肯定恨我恨得要命。"

她没吭声,像是没听见。沈旭一句话说完,戛然而止,也不晓得再说什么好。车子朝前蠕动了几尺,后面车使劲揿喇叭,吵得要命。沈旭咕哝着"喇叭揿死也没用,除非你长翅膀,变成飞机——"一侧头,瞥见顾怡宁似笑非笑的神情,"我、我又没说错,这鬼地方,只有飞机才走得脱,还非要直升机不可,喷气式飞机也没用,不够滑行距离——"越说越觉得自己像个傻瓜。

顾怡宁问他,为什么又折回来。——这是沈旭最怕听到的问题。装模作样揿了几下喇叭,离合器放了又踩,车子往前移动了两毫米。顾怡宁径直说了下去:

"前几个星期,我都等到天黑才走……我以为你会回来找我,谁晓得直到今天才——要是我没摔跤,你是不是预备一生一世都不来找我?"

沈旭听到自己心跳的声音,砰地一下,像石头落到海里,水花都快溅到外面了。他不敢看她,慌里慌张地把反光镜往右一扳,镜子里呈现出她的脸,有些嗔怪的。他忙不迭把目光移开,做贼似的。忍不住又骂自己没出息,想这是怎么了,比女人还忸怩了。

"人家的车子,我、我不好做主的。"沈旭恨不得打自己一拳,越说越傻了。听见她笑了笑:"开车吧,要不然后面又要揿喇叭了。"

沈旭启动车子,一摸,竟摸到她的手——她的手便放在档位上。他朝她看,她也朝他看,嘴角带着笑。沈旭心里一暖,竟是不想放开她的手。后面的喇叭声越来越吵,他索性踩下刹车。

"揿吧揿吧,反正我是准备在这里待到天黑了。"他说着,牢牢握住她的手。

五一里,郑琰琰说要去香港玩,问沈旭有没有兴趣,又说她爸妈也去。沈旭自然是不乐意,说:"你们一家人去,我就不凑热闹了。"郑琰琰嗔道:"你怎么不是一家人了?你要是不去,我也不去了。"沈旭只有从命。

机票买的是港龙航空的头等舱。沈旭还是第一次坐头等舱,座位空间很大,食物很精致,漂亮空姐笑得格外亲切,都有些不习惯了。上洗手间时,与经济舱相隔的布帘没拉严,瞥见前排一个女孩长得有些像顾怡宁,心里一动,想自己真是要死了,这当口还想着她。回到座位上,郑琰琰在打PSP(掌上游戏机),郑老板和郑太太都在睡觉。沈旭拿了本杂志看。郑琰琰问他:"去过香港没?"他回答:"没有。"郑琰琰说:"我都去过七八次了。"沈旭心里嘿的一声。郑琰琰又道:"师姐刚才给我发短信了。"他道:"是吗?说什么了?"郑琰琰说:"没什么,就是让我玩得开心点。"

到了香港,酒店订的是金钟的香格里拉。沈旭和郑琰琰各自一个房间。郑老板骨子里还是老派人,但也算开通,说:"这两天你们自己玩自己的吧,我们上了年纪的,喜欢在山顶喝喝茶什么的,你们不见得喜欢。"沈旭表面上还要客气一番,说:"我们也喜欢喝茶的,可以陪叔叔阿姨的。"晚上,郑琰琰拖沈旭去购物,沈旭推辞说头疼不去了,独自一人在酒店后面的小街转了个圈,走进一个大排档,想吃些东西。

刚坐下,霍然见到顾怡宁就在对面,笑吟吟的。还当自己眼花,揉了揉眼睛。顾怡宁朝他招手。"是做梦,"她笑道,"你快打自己一记耳光,梦就醒了。"

沈旭先是错愕，随即在她对面坐了下来："偏不——就这么一直梦下去才好呢。"

顾怡宁说想给他个惊喜："我预备把你吓昏过去。"沈旭笑道："是乐昏过去才对。"两人吃完饭，到旁边的香港公园，坐在长凳上。风很轻，吹在脸上柔柔的。两人也不说话，手牵着手，就那么你看我，我看你，直到半夜才分开。

回到宾馆，刚好有电话进来，是郑琰琰。"你去哪儿了？敲了半天门都不在。"

沈旭说："出去散步了。"郑琰琰问他："头还疼吗？"他说："还好。"郑琰琰说："那你早点休息。"沈旭正要挂电话，她又说，"喝点热牛奶，对睡眠有好处的，明天早上起来头就不疼了。"沈旭想这傻姑娘倒也晓得这个，心里一暖，说："好。"

三天的行程很快结束。最后一天，时代广场顶楼 Dior 换季清仓，人山人海，跟抢似的。郑琰琰挑了只皮夹，原价三千多，打折只要一千。沈旭也偷偷买了一只，回到上海便给了顾怡宁。两人去恒隆广场看了，一模一样的皮夹，要四千八百块。"赚了赚了，早晓得多买几只回来贩——"都像捡到钱那么开心。顾怡宁邀沈旭到自己家，请他吃虾肉馄饨，自己买馅擀皮。沈旭要帮忙，她说不用："我的虾肉馄饨是一绝，保证吃得你打耳光都不肯放。"

沈旭瞥到五斗橱上的遗照，一凛，很快把目光移开了。家里摆设还是老样子，没啥变化。小么事当初跟他挺熟，现在有些生疏了，对着他叫个不停。沈旭说："小么事，小么事。"从口袋里挖出一块饼干给它吃。小么事舌头一舔，饼干便下肚了。

他随意翻看书报架，抽了本杂志，刚打开，里面掉了张照片出来。一看，竟是他的——脸上被刀片划了几道，横七竖八的，都有些可怖了。他心里咯噔一下，忽想起读小学时，她冲到邻班划那些同学的作业本。那时她是为了给他出气。他拿着照片怔在那里，顾怡宁从厨房出来，与他目光相接，随即看到他手中的照片。她哦的一声，手在围裙上擦了擦，拿过照片。

"我们分手那时候划的——我是不是有些小儿科？"她吐了吐舌头。

沈旭摇了摇头："这说明我对你来说还是很重要的，划得越狠，爱得越深。"

两人都笑。

几天后，顾怡宁约郑琰琰去看电影，是她买的票。付钱时，用的新皮夹。"漂亮吧，沈旭在香港给我买的"——就像当初那块提拉米苏，是甩给情敌的最有威慑力的武器。顾怡宁自然不会像郑琰琰那般喜形于色，傻姑娘就是傻姑娘，这时候该显得若无其事才是。顾怡宁猜想她会立刻脸色大变，傻姑娘再傻，总归是女人。

"哦，"郑琰琰居然并不意外，"漂亮的——沈旭说了，你让他在香港帮你带个皮夹——"

顾怡宁没有让错愕表现在脸上。她顺着郑琰琰的话头，夸赞沈旭很细心，很会买东西。看电影时，她想起那张照片——当初是太冲动了，也大意了，就那么随便夹在杂志里。沈旭是多么聪明的人。顾怡宁拿出手机，给沈旭发了条短信："亲爱的，皮夹的钱我还没付呢。"

很快地，沈旭回过来："你给琰琰吧，我跟她说过了。"

顾怡宁细细揣摩这句话的含义——是个大大的句号呢。又像一堵墙，牢牢夹在他和她之间。悬崖勒马般，不容置疑的，比第一次还要决绝。她甚至能想象沈旭此刻的表情，决绝中必定还带些后怕，心还咚咚跳着呢。顾怡宁暗自冷笑了一下，朝郑琰琰看，见她正被电影情节所吸引，手捧爆米花，嘴巴张得老大。便也伸手抓了一把爆米花。郑琰琰朝她看，笑笑，她也笑。

看完电影，顾怡宁让郑琰琰把沈旭叫来："我请客，大家聚聚。"

她猜沈旭应该不敢来，谁晓得沈旭居然来了。晚饭时，顾怡宁一直微笑看着沈旭，毫不掩饰的。完全是挑衅了。沈旭这顿饭吃得艰难无比。趁郑琰琰上厕所时，他飞快地说了句"别搞花样"。顾怡宁笑笑，从皮夹里抽了一千块钱出来。

"买皮夹的钱，谢谢。"

他把钱收好，端起咖啡喝了一口。顾怡宁远远地看见郑琰琰走来，停顿一下，促狭地对着沈旭说了句"我爱你"。声音着实不轻。沈旭一口咖啡差点呛出来。

接下去的事情，像电影里的情节。

不久，沪上一家知名杂志发表了一篇文章《好心的姑娘》，正中是郑琰琰的照片，在教一个六七岁的小男孩叠纸鹤，情景十分温馨。文章说，郑琰琰每周都会去福利院做义工。这个小男孩，在几月前一场火灾中失去了父母。那场火灾，当时曾盛传与某房产公司有关。而这个好心的姑娘，则是那家房产公司高层的女儿。"是巧合，是安排？是有心，还是无意？这个女孩，是纯粹出于善心，抑或是为父亲的某种行为做些补偿?"文章最后,还转载了某报纸去年的一篇文章《千金女一掷千金,为父行善不遗余力》——作者是沈旭。

沈旭看到这份杂志时,已是好几天以后了。郑老板把杂志扔到他面前,还有一张照片——他与顾怡宁在维多利亚海港的合照。他记得当时是叫路人帮忙拍的。顾怡宁笑得很甜。两人依偎着,他的手搭在她的腰上。沈旭倒吸一口冷气——这招其实很简单,像电视剧里演的,很落俗套。但最简单的招数往往最有效,亘古不变的。

顾怡宁也给他寄了本杂志。"请多指正,"她在电话里谦虚地说,"我这个人比较笨,也想不出什么新点子。东施效颦,不好意思啊。"

一些记者找到郑老板。郑琰琰更是被记者缠得晕头转向。他们从早到晚等候在学校门口。系领导都找郑琰琰谈话了,劝她这阵子是不是可以在家休息。郑老板向来疼这个女儿,可这次也忍不住说了重话:"你可不可以不要这么傻啊——"

郑琰琰的霉运并没有结束。天晓得这傻姑娘居然跑去找顾怡宁理论。顾怡宁没有睬她,三句两句便下了逐客令。当天晚上,顾怡宁那套房子突然失火。所幸发现得早,没什么大损失。顾怡宁报了警。小区保安证明,郑琰琰曾经来过。警察更从顾怡宁家的地板上找到一条钻石项链——搭扣处刻有"琰琰"两字。这么精致而昂贵的首饰,就算仿冒也难。

当然是有惊无险,郑琰琰只在公安局待了两天,便回到家里。郑老板公安局有的是熟人,保个人出来不是难事。只是有些窝火,莫名其妙的,平白无故折腾一场。巧得很,又是火灾,又扯上姓郑的。郑老板头都大了。郑琰琰受了惊吓,没多久便病倒了,一周才痊愈。那条钻石项链被郑太太卖给二手商店了，又怪丈夫："好好的上面刻什么名字，生怕别人不晓得——"

沈旭打电话给顾怡宁："你是不是疯了？"

顾怡宁说："没错。"沈旭叹道："你又何必去害郑琰琰？你晓得她是个傻姑娘。"顾怡宁说："打蛇打七寸，是你教我的。"沈旭都不晓得说什么了。半晌，又问她："你到底想干吗？"

顾怡宁不作声，把电话挂了，嘟嘟嘟的忙音。一会儿，沈旭收到她的短信：

"把我爸爸还给我。"

李东的新房产公司注册成立了。开张那天，顾怡宁买了个花篮过去庆贺。公司靠近外滩，一幢新造的办公楼，玻璃外墙，门前有花坛和喷水池，还有一座外国女人雕像。看上去规模不小。李东把他的鸡冠头拉直了、染黑了，穿上西服系上领带，倒也像模像样。顾怡宁说："不得了啊，进军房地产了。"他嘿的一声，道："我就是个标标准准的傀儡，拿我名字注个册，老头子在后面赚钱，真没意思。"顾怡宁说："你要是觉得没意思，名字改成我的好了——你这是身在福中不知福。"李东听了，大着胆子开了句玩笑："行啊，名字改成你的，民政局一登记就行了。"

换成过去，顾怡宁是要恼火的，现在情况完全不同了。杂志登的那篇文章，如果没有李东，铁定发不出来。李东的说法是："只要你高兴，发篇文章让你出口气——"顾怡宁当然晓得，这口气不是人人都出得了的。李东对她而言只是个暗恋她许久的小跟班，在外人眼里却是李经理、李公子。顾怡宁开口的时候,觉得很不好意思。李东说先要探探他爸爸的口风——老头子居然默许了。李东因此很高兴。上次顾长荣的事情,他一直对顾怡宁心存愧疚:"放着这么大一尊佛,只能看不能用。"他说他爸,因为快要退下来了,做事便格外谨慎。

顾怡宁去香港的那几天,李东本来也想去的:"万一你跟他旧情复燃怎么办?"顾怡宁说:"不会,我连杀了他的心都有呢。"李东说:"真的?"顾怡宁朝他笑。李东也笑了笑,又劝她:"也别太那个了,你爸在下面,肯定是希望你能太太平平过日子。"

顾怡宁晓得他是为自己好。像他那样的人,原来也会说道理安慰人。顾怡宁有时候觉得,李东其实真是个不错的人呢。有次他问她:"晓得我为什么仰慕你吗?"——他用"仰慕"这个词,让顾怡宁觉得很滑稽。

"不晓得。"她摇头。

他说,他第一次看到她,是大前年的秋天,她从他前面走过去,穿一条白色的裙子,路边几棵树的叶子都微黄了,风一吹,飘飘洒洒地落下来。"那场面真像童话一样,你就是童话里的公主。周围的人都是陪衬,都是为了突出你而存在的。"顾怡宁听他说得这么诗意,忍不住又笑。

"真的,不骗你,这就是缘分,不信不行。"他很肯定地说。

顾怡宁晓得他的意思。他到底还是有些怕她,始终是藏了半句话不敢说。他请她吃饭,问她想吃什么。她说"傣妹火锅"。他开着新买的宝马 X5,陪她去吃傣妹火锅。吃完饭,又要送她回家,她说:"不用,你是商界新贵,日理万机,不敢劳您的驾。"她开玩笑。

回到家,远远地看见沈旭站在楼下。路灯照在他头顶,少白头镀上了一层淡淡的金色。她一愣,随即慢慢地走上去:"有事吗?"

"这样下去没好处,"他直截了当地说,"拿鸡蛋跟石头碰,吃亏的是你自己——你别以为我对你还有什么想法,我晓得你恨我到了极点,恨不得我明天就死在马路上——我是看在过去的情分上。你听得进就听,听不进就当我放屁。"

顾怡宁不吭声。

他转身便走。走出几米,又停下来:"其实那个姓李的也蛮好,有钱,对你也不错。"

顾怡宁嘿的一声:"你以为我和你一样,喜欢钓金龟?"他皱眉:"别搞得跟不食人间烟火似的——我说了,你听得进就听,听不进就当我放屁。"

他飞快地说完,停了半晌,又加了句:"反正以后也不大会再见了。"

顾怡宁站着不动,听他的脚步声渐渐远去。忽地想起李东刚才问她为什么喜欢吃傣妹火锅。她说,不为什么。其实她真的不晓得为什么会选傣妹火锅,好像不由自主地,一张嘴就说了。进门挑的位置,也是当初和沈旭坐的。那时候两人还重逢不久,讲话都瞻前顾后的。她偷偷数着他头上的白头发。他用洋泾浜的广东话,说"我中意你"——都隔了一年多了,现在想来,好像还是昨天的事。又觉得好笑,那样廉价的火锅,服务也不好,半天叫不应的,两人竟也吃得那般开心。李东以为她喜欢吃火锅,提议说:"下次我们去虹桥路的鲍鱼火锅，环境好，味道也嗲。"她笑笑，没说话。心想，沈旭和郑琰琰在一起，必定不会再吃傣妹火锅了，只有没钱的人才会吃那个。没钱时候，气氛要靠自己营造，煞费苦心的；有钱了，就能用钱买气氛了，笃笃定定。再想想，换了她是沈旭，说不定也会和郑琰琰好，再自然不过的事情。人嘛，不食人间烟火的神仙毕竟是少数。

李东不敢说的那半句话，沈旭替他说了出来。说到底，都是为她好。李东是道护身符，又是张白金卡，额度能让人看花眼，一辈子不愁的。

顾怡宁在楼下的小卖部买了两根火腿肠，拿回家扔给小么事。李东上月买了些进口的狗食，小么事嘴便开始刁了，剩菜剩饭都不吃，只吃外面买的狗食和火腿肠，开销上去不少。由奢入俭难，狗也是一样的道理。父亲刚捡它来那阵，隔夜的咸菜馒头也吃得津津有味，现在竟也晓得挑嘴了。小么事成"小精刮"了。

睡到半夜，只听得哐当一声，腿上猛地被什么东西砸到，一阵剧痛，顿时醒了过来。忍着痛开了台灯，一瞥，惊呆了。

一大块天花板掉在床上，正压着她的腿。粉块落得到处都是，房间里一片狼藉。往头顶看去，竟是空了一大块，像平白地砸出一个大坑。

顾怡宁打120时，忽然想到了父亲——又是天花板脱落。

好像转了一圈，又回到起点。

尾声

顾怡宁被送进医院。拍了片子,确诊为小腿粉碎性骨折。

李东隔天便送了骨头汤过来。护士见了,说:"骨折不好乱喝骨头汤的。"李东还嘴硬,说:"补钙的。"护士说:"这个时候补钙要出事情的。"李东只得自己喝了骨头汤,听从护士的吩咐,让小保姆送了些粥和清淡的小菜来。

来了好多记者,也不晓得他们是哪里得到的风声。顾怡宁晚上住的医院,第二天下午记者便过来了。初时被李东挡着,后来人越来越多,挡也挡不住,问的都是天花板脱落的事。

"短短一年时间,你家的天花板脱落两次,请问你对此有何感想?"

"据了解,小区内类似事故发生过多起。你是否觉得楼盘的质量有问题?"

"去年震惊全市的那场火灾,你父亲是纵火嫌疑人,并间接因此而去世。顾小姐,你有没有觉得这一连串事情都非常巧合?"

……

事情发展迅速,都有些出乎人的意料了。短短几天,这起事故被各大报纸杂志炒得火热。接着,郑老板被公安机关拘留。去年那场火灾,据说有关部门一直在暗中调查,终于查清背后黑手原来是郑老板。他为了牟利,利用非法手段迫使居民动迁。放火杀人倒不见得,本意是想吓唬一下,谁晓得地下赌场就开在那儿,也是不巧,十来条人命就那么没了。

审判那天,顾怡宁和李东都去了。顾怡宁脚上的石膏还没拆,坐着轮椅来的。听审席里还有郑太太、郑琰琰、沈旭。审判长宣布结果时,顾怡宁不自禁地看了沈旭一眼——见他也在看自己,眼神有些空洞,看不出什么来,脸上没有表情。顾怡宁把目光移开,又看向被告席的郑老板。她还是第一次这么清楚地看他。剃了平头,穿了囚服,一点也不像个大老板。五官生得很寡淡,个子也不高,完全是个普通人的长相。

散庭后,李东推着顾怡宁出来,说要上个厕所,让她在门口等着。忽地,郑琰琰冲过来,狠狠给了她一记耳光。她猝不及防,被这记耳光打得有些蒙了。

沈旭把郑琰琰劝开,郑琰琰兀自恶狠狠地瞪着顾怡宁,都不像平常的她了。顾怡宁忽觉得有些好笑,莫名其妙被傻丫头打了一巴掌。郑琰琰激动得很,抢着巴掌又要冲上来。沈旭拉住她,反绞住她的双手。一会儿,她妈妈也出来了,劝了女儿两句,朝顾怡宁看,三人随即走了。

国庆节时,顾怡宁和李东结婚了。新房买在浦东的一个高档社区,独幢别墅。

婚后,顾怡宁回了趟老房子。拿些东西,顺便再办理出租手续。站在阳台上,看前面那条老街——新楼已造得初具规模了,欣欣向荣的模样。两年后,一座世界大型主题公园即将在这附近落成。这一带的房价已经呈直线上涨趋势了。前几周公开拍卖一块地皮,好几十家房产公司竞标,最后李东的房产公司以天价竞标成功。报纸上都头版登出来了。顾怡宁都觉得吃惊,原来规模已经大到这种地步了。还有原先郑老板公司的两项计划,因老总入狱而搁置,也统统由这边接手了。顾怡宁看报纸,李东的公司不知不觉竟已跃居全市房地产前五位了。

那天,偶尔听见李东和他父亲拌嘴。吵了几句,李东扔下一句"你别以为我不晓得那块天花板——",声音突然一下子轻了,听不甚清。接着,又是一句"万一把我老婆砸死怎么办?",顾怡宁一怔。继而听到他父亲的声音,不疾不徐的:"我这都是为谁?"一会儿,李东也静下来了,嘴里咕哝着"老头子"。他父亲似是嘿的一声。很快的,父子俩的争吵便结束了。

顾怡宁有些吃惊。不过再一想,好像也是意料中的事。自己没多想罢了。

手机里沈旭和郑琰琰的号码,她删了。这辈子应该是再用不着了。那天郑琰琰凶神恶煞的神情,她记在心里,竟又有些为她高兴,晓得打人,便不再是洋娃娃了。活在这世上,太傻总是不好,打人总强过被人打。沈旭是更加不会联系的了,发生了这么多事,真的都成假的了。那天和李东逛街经过药店,看到橱窗广告上有一种进口的药品,专治中青年白头,立即便想到他了。当然只是一时的冲动,想想罢了,终究不会那么做,早就是没干系的人了。

有些遗憾,却淡得像一缕烟,转瞬便消逝了。即使觉得空虚,也只是一会儿的事,很快便被别的什么填满了。有时想想,生活像是记忆枕,一指戳下去,一个洞,只几秒钟,便一点点鼓出来,充满了,与之前完全没有异样的。再怎样也是白费力的。哪里缺了,哪里补上。也不用时间来愈合，自己便是最好的疗伤师——人，便是这么过日子。

小么事在脚下蹿来蹿去。顾怡宁把它抱起来，搂在怀里。橱上，顾长荣夫妇的遗照端端正正地摆着。顾怡宁静静看着。小么事也不叫唤，就那样眼也不眨地看着。

"小么事，小么事——"半晌，她轻轻唤道。

星空下跳舞的女人

到家前,去附近的面包房买面包。付账时,排在我前面的是位头发花白的老妇人。她没有拿面包,只买了一杯胚芽奶茶。服务员把奶茶交到她手里。

"麻烦你,再给我两小袋白砂糖。"脆生生的很标准的上海话。

服务员一怔。"奶茶封了口,给你糖你也放不进去啊。"

"没关系的,我可以放进去,"老妇人不紧不慢地说道,"上次我买奶茶,另一个小姑娘也给我糖的。谢谢你。"

服务员把糖给她了。老妇人拿着奶茶和糖,走到旁边靠窗的位子,坐下。小心翼翼地拆开奶茶的胶膜封口,把白砂糖放进去,用吸管搅拌两下,喝了一口。随即开始看报纸。

我买好面包出去时,老妇人的报纸刚好掉在我脚下。我捡起来,还给她。

"谢谢你哦。"老妇人朝我微笑。

我也报以微笑。老妇人七十出头年纪,保养得挺好,没有皱纹,皮肤也白皙。穿一件格子呢的外套,里面是乳白色的高领羊毛衫。我注意到她无名指上一枚钻石戒指,熠熠闪光。

几天后,又在面包房里遇到老妇人,依然是一杯胚芽奶茶,坐在靠窗的位置看报纸。午后的阳光落在桌上,温暖得像一杯刚制成的奶茶。买面包的队伍很长,我索性坐下来等。

老妇人抬起头,与我目光相对。

"妹妹,又是你啊。"她道。

"你好。"我道。

我们随意聊了几句。她忽地问我:"新结婚啊?"

我有些吃惊:"你怎么知道?"

"你身上有一股甜香,这是只有新结婚才会有的味道,遮也遮不住的。"

我不自禁地脸红了一下。很少见上了年纪的人用这种语气说话。我告诉她——我月初刚结婚。她说:"哦,还在蜜月里呢。"我笑了笑。

老妇人姓诸葛,单名一个蔚。我当然不会问老人家姓名,是她主动告诉我的。这是个有些自来熟的老人,她居然邀我去她家玩:"妹妹,我觉得跟你很谈得来的。"

天晓得,我们才聊了没几句。我只有婉拒:"我还有事,下次,这个,下次——"她显得有些可惜:"哦,那就下次吧。"

回到家,照着菜谱纸上谈兵,一番手忙脚乱,总算是把晚饭做好了。老公下班后,照例是一番惊天动地的夸奖:"没有吃过比这些更好吃的小菜了——"这就是蜜月里的情侣了。八宝辣酱里的肉丁，一块块切得像红烧肉那么大；饭放少了水，有些夹生；还有葱烤鲫鱼，居然忘了刮鳞就放进油锅了。亏他还吃得那么津津有味。

我说："真是乱七八糟的一顿啊。"

他说："就算乱七八糟，也是甜蜜的乱七八糟。"

我忽地想起诸葛老太的话，于是把遇到她的情形说了。老公说："老太婆一个人喝奶茶？啧啧，懂经的。"我反驳："怎么老太婆就不能一个人喝奶茶吗？将来我老了，说不定也会这样。"老公说："不会的，就算喝奶茶，也是我陪你一起喝。老头老太一起喝。"

我猜想诸葛老太的爱人应该不在了。正如老公所言，这么大年纪了，一个人出来喝奶茶，确实有些奇怪。或许她也没有儿孙。有儿孙的老妇人，不会有时间喝奶茶。

很凑巧，不到两天，我又在超级市场遇见了诸葛老太。她在挑选一块牛排，看到我，便让我帮她拿主意："澳洲牛排好，还是日本的好？"我瞟了一眼价格，日本的要贵一些。便说买澳洲的吧，看上去都差不多。诸葛老太拿了牛排，又挑了瓶红酒。

"妹妹，晚上一起吃饭，"她再次对我发出邀请，"我家就在不远。"

我答应了。老公出差，家里只剩我一个人，晚饭本来也是凑合。叨扰人家自然不好，可看老太的神情，应该是真心邀请我。况且我一米六九的身高，而她连一米六都不到，又是个老太太，想来也不至有安全上的担忧。

"好的呀，阿婆。"我脱口而出叫她"阿婆"。不晓得她是不是喜欢这个称呼。吃牛排、喝红酒的老太，也许我该叫她"女士"或是"小姐"才对。

结账时，我注意到她是用信用卡付款。龙飞凤舞地在回单上签下名字，然后拿出环保袋，把牛排和红酒装进去。"走吧，妹妹。"她竟然要拉我的手。我下意识地一缩，她扑了个空。我很不好意思，便主动勾住她的胳膊。出去时，自己都觉得好笑。还是第一次和素昧平生的人这么亲热。我闻到她身上的香水味，以及淡淡的肥皂粉的清香。

很快到了她家。是离我家不远的一个楼盘，只有两幢楼，绿化挺好，物业也管得不错。她是靠马路的那幢，顶楼，三室两厅。她带我参观了一遍。有些古老的装修，颜色很深。好几件家具都是红木的，博古架上的摆设大都是古色古香的风格，文房四宝，金镶玉那种。除了一件小摆设——一个用木头做成的女人在跳舞，长裙拖地，很飘逸。背景也是一块木板，刻的是星光熠熠的夜空，栩栩如生。

楼上还有一个天台，做成阳光房，种了许多植物，像个小花园。

她去厨房准备，让我随意。我坐在沙发上，朝四周看。没有家人的合照，阳台上也只晾着几件女人的衣服，没有孩子的痕迹，我肯定这套房子只有她一个人住。

牛排煎得火候刚刚好。红酒是2004年智利产的赤霞珠，入口很香，挂杯度也过得去。

老太问我："妹妹，你今年几岁？"

我回答："二十九。"

她嗯了一声："那你结婚有点晚。"

我笑笑，考虑着该拿些什么还礼。澳洲牛排不便宜，还有红酒。毕竟是个认识不久的老人，我当然不会请她上我家，但白吃无论如何也说不过去。

"阿婆，"我想了想，"这周末有空吗，要不要去星巴克坐坐？"

她欣然应允。

临走前，她请我到天台上坐坐。夜里的风有些凉了，我披上外套，在藤椅上坐下。抬起头，满天繁星就在头顶，一颗颗闪着荧光，仿佛伸手便能摘到。我还是第一次在城市里欣赏到如此美丽的星空。鼻里嗅着花草的清香，感觉好极了。

"你是不是常这么坐着看星星？"我问她。

她似是有些定神，仰着头，眨也不眨地看着，没听见我的问题。半晌，她忽道：

"你，看见星星在跳舞吗？"

我一怔。

"你看，星星在动呢——它们在跳舞。"她很认真地道。

这番话从一个老太太的口中说出来，实在是有些别扭。她居然盯着我，又问了一遍："它们在跳舞，你看见了吗？"

我只好点头。

回去的路上，我不自觉地又朝天上望去。星星与天台上看到的没什么不同。它们在跳舞吗？我撇撇嘴，加快了回家的步伐。

周六、周日两天加班，竟忘了星巴克的约会。等想起来时，已是周一的早晨了。我像个受惊的兔子，一下子从被窝里跳起来。"哎呀！"

老公说我小题大做："反正也不是认识的人，忘了就忘了呗。"

下班时，我特意到面包房弯了一趟，没看见诸葛老太。我有些失落，心里是一百个不好意思，竟然对一个老人爽约了。她也许会认为我是一个没有信用的女孩，与许多浮躁的青年一样，许下的承诺像羽毛那样轻飘飘。

我有些沮丧地在一张椅子坐下。这时，有人在背后叫我："妹妹！"

我转过头。诸葛老太笑眯眯地朝我招手。我顿时有了精神，也朝她招手：

"阿婆，你好！"

我向她解释爽约的原因。老太连连摇手："没关系没关系，工作要紧——星巴克也没啥好的，美国人的咖啡太蹩脚，我喜欢真锅。日本人的东西还精致些。"

我忙说请她去真锅。她说："都到了这里了，还去什么真锅？台湾人的奶茶也不错呀。"我笑笑，去柜台买了两杯胚芽奶茶。又拿了两块糕点，找个靠窗的位置，坐下来。

这次我们聊得更加深入。诸葛老太向我说了她的家庭情况。果然不出所料，她丈夫十几年前便去世了，没有孩子："我先生是一名建筑师，这座城市里好几幢著名的建筑物都出自他的设计。他和我是中学同学，大学毕业后，我们就结婚了。有过一个孩子，不到五岁便夭折了。"

她说话的语气很平静,哪怕谈到孩子夭折,也是波澜不兴,像在说别人的事。礼尚往来,我也简单介绍了一下自己——新闻系毕业,在报社当记者,新婚丈夫是我大学同窗,谈了八年的恋爱,去年底买的房子,一装修好便结婚了。

"准备要孩子了吗?"她问。

我回答:"顺其自然吧。"

我们聊了半个多小时。我起身向她告辞,老太说:"这么快就走了——好吧,下次再聊。"我听这话的第一反应便是——怎么还有"下次",笑笑,没吭声。我不是喜欢与陌生人搭讪的人,这几次已是破例了,应该不会再见面。各人过各人的日子,冷暖自知。像两条直线,交汇了一次后,该是不会再碰到了。

在连续做了两个月的晚饭后,我终于发作了。

"再夸我也没有用,我不干了。"我盯着老公,"这么难吃的饭菜你可以一顿不落地夸到天上去,只能说明一件事——你是个骗子。天天回来吃现成的。你不觉得有什么不对吗?如果我不发火,你是不是预备让我做一辈子饭?"

老公显然有些意外。换了别的女人,也许会从唠叨开始,有个过渡期。可我不。我喜欢直奔主题。昨天还是贤妻,今天便是河东狮吼。我的忍耐期是两个月,不多不少,非常精确。像日本货,在保质期内,完美得无可挑剔,可一过保质期,便彻底散架。

他还想淘糨糊:"老婆——"伸手搭我的肩膀。

我一把让开:"明天晚饭你来做,OK?"

他同意了。我嗯了一声,端着碗筷去厨房洗。他嬉皮笑脸地凑上来，说要帮我洗碗。我说不用。

"做饭的人负责洗碗，一条龙服务到底。明天起，从周一到周五，大家轮流做饭，除非有特殊情况，否则雷打不动。周六、周日如果不去双方父母家，由我来做饭好了。你要是没意见，就请你在那边的保证书上签字。"我嘴一努，指着桌上的A4纸。

老公疑疑惑惑地走过：“你不去国务院当秘书长真可惜，做事这么干净利落——"说着，在纸上签了字。我没有让不愉快的气氛保持太久，脸色很快缓和下来。

"去看电视吧，一会儿我削个苹果给你——"

老公提议去看晚场电影。第二天还要上班，我拒绝了。洗完澡上床睡觉。老公凑过来与我亲热。这晚他表现得尤其体贴，带着明显讨好的意味。我应付着，感慨男人是比女人皮厚。窗帘没有拉严，几颗星星漏了进来，在遥远的地方闪烁。我想起诸葛老太，在她家的天台看星星，不像现在这么逼仄。天空离得那么近，仿佛宇宙间只有一个人似的，星星就在头顶。也只有那样的环境，诸葛老太才会看出星星在跳舞。一个人，没有丈夫没有孩子，她的心也像她搭的阳光房，是玻璃做的——一个精致的老太太。

老公电话里说想吃面包房的蒜香包，又说他下班后要去菜场，没时间，拜托我去一趟。

走进面包房，一眼便看到诸葛老太坐在窗前。趁着人多，我混在队伍里，想避开她的视线。服务员不紧不慢地打包、收钱，队伍排得很长。有人开始抱怨。周围乱糟糟的。

诸葛老太看报纸时，上身挺得笔直，与桌面呈九十度。上海话称之为"功架摆得很好"。真的是个非常讲究仪态的老人。我结完账,朝外走去。一个穿灰衣服的老妪推门进来,脚步飞快,与我撞个满怀。我胸口吃疼,啊的一声,然而她没有停留,径直走到诸葛老太面前。

——接下去发生的事情,完全是电影里的桥段了。

她端起桌上的奶茶,朝诸葛老太兜头兜脸地泼去。

"你个老贱货!"咬牙切齿地骂道。

事出突然,旁边人都被这幕惊得呆了。

黄褐色的液体从诸葛老太头发上流下来,一滴一滴的。她兀自没回过神来,错愕地看着眼前的人。肇事者显然还没有尽兴,又是一记耳光上去。"啪!"声音清脆至极。

"老狐狸精!"

诸葛老太捂着脸,神情很不好看了,声音却还镇定:"你是谁?"

"像你这种老贱货,活该没老公没小孩——"骂得很重了。

这时,外面冲进来一个老头,二话不说,拉着老妪便往外面走。

"前世里作孽,我真是输给你这个老太婆——"老头一边拽一边嘴里嘀咕。老妪还要挣脱,被他一把抓住胳膊,趔趔趄趄地往外拖。老头低着头,朝诸葛老太打招呼:

"对不起哦,对不起——"

老夫妇俩很快出了面包房,留下诸葛老太。旁人大致明白了这场闹剧是什么情况。只是主人公这把年纪,未免有些意外,应该是老年版的"大奶抓小三"。

诸葛老太掏出纸巾,把脸上的奶茶擦拭干净,衣服上也沾了一些。她拿湿纸巾擦，动作很慢很轻柔，依然是非常优雅的模样。一会儿又从包里取出一把小梳子，把有些乱的头发梳齐，手指间那枚钻石戒指熠熠闪光。

几分钟后，她站起来，整了整衣服，朝外走去。

看热闹的人们目送着她出了面包房。很快周围便恢复了原状，大家该干什么干什么。傍晚的一段小插曲，虽说有些特别，但总归是段小插曲，一会儿便要忘却的。

夕阳渐渐西沉，天色一点点暗了下来。我远远跟在诸葛老太身后。她走得很慢，像是边走边想心事。走到一棵树边，她停下来，手撑着树干。我也停下来，隔着一段距离，朝她看。

不知怎的，我总觉得她的背影有些令人心酸。受了那样的羞辱，换了谁都受不了的，更何况还是个老人。也作孽，像被什么驱使着，我陡然走上前。

"阿婆，你好！"我竭力让声音显得轻松，"真巧啊，又见面了。"

她转过头："你好。"

我寻思该说些什么逗她开心的话，忽地瞥见手里的面包袋，印着面包房——顿时便卡壳了。冲动了，很有些尴尬。诸葛老太也意识到了，对我笑笑。

"那个老婆子比我还小七八岁呢——看不出来吧？"

我一愣，随即明白诸葛老太是说那老妪显老，没她保养得好。这当口还惦记着这个，真是个奇怪的人。"是呢，"我响亮地嗯了一声，顺着她的话："看上去起码比你大五岁。"

诸葛老太告诉我，那老头是她的舞伴，天天晚上在家乐福门口的广场内跳交谊舞。"锻炼身体，好多老头、老太都在那儿跳呢，是好事——也不晓得他女人怎么了，说那些莫名其妙的话。"她慢条斯理地说来，好像也不怎么生气，至多是有些惊讶。

"老太太吃醋了。"我笑道。

诸葛老太叹了口气。"老冯乐感不错，搭了这么久，都有默契了。可惜了。"

她又说，本来都报名参加市里的老年舞蹈大赛了。"这下跳不成了。"她忍不住又叹气。

我安慰她："今年参加不了，就明年呗。赶紧找个新舞搭子，现在开始练，时间笃笃定定。"

我们边走边聊。她问我："会不会跳舞？"

我摇头。

她说："女人跳舞有好处——能保持身材，还能变漂亮。"

我不解："怎么个变漂亮法呢？"

"男人的手这样搭上你的肩膀——"她比画着，手搭上我的肩膀，说话像念诗，"你的身体变得很轻、很柔，甚至还有些酥麻，一举一动越来越有女人味，优雅、高贵，想把自己最美的一面展露给他看——"

我保持着微笑，心里有些鄙夷。甚至有些同情那个显老又干巴的老妪——该怎么说呢，也许是我太保守，在这样的老太太面前，我这个还不到三十岁的女人竟是觉得别扭极了。这老太应该比我奶奶小不了几岁，除了我爷爷，我奶奶大概还没有搭过其他男人的肩。

还有那个闹事的老妪,挥舞巴掌的手又黑又糙,眼袋像鸟窝那样深陷着。原来女人与女人之间真的可以差别这么大。

"有股妖气——"老公这么评价她,"她老公要是还在,一口血都要吐出来。"

"男人是不是都喜欢有些妖气的女人?"我开玩笑地问。

老公嘿的一声。

一周后,我把同样的问题又问了一遍。这次不是开玩笑,却做出开玩笑的样子。公司里搞尾牙,上洗手间的途中,我在角落里看见老公和一个妖娆的女子同席,两人状似亲密。我回到座位,给老公打电话,问他在哪里。他回答:"加班。"

"男人是不是都喜欢有些妖气的女人?"我躺在床上问他。笑得像个标标准准的贤妻。

他依然是嘿的一声。

我一夜没睡着。早上没吃饭便去上班了,在公司里只觉得头疼。中午实在撑不住了,向领导请了假。回去兜头便睡,昏天黑地地睡了一下午。到了五点多,打开手机,看见老公的短信:"晚上想吃红烧肉,拜托拜托。"

我心里冷笑了一下。走下楼,到附近的一家饭馆点了份套餐。这顿饭吃得很慢很慢,旁边桌子都换过人了,我还在吃。脸上有两团高原红的女服务员一直盯着我看,似是生怕我不埋单逃跑。手机一直在震动,一会儿是短信,一会儿是电话,我只当没听见。

深夜十一点,我走在寂静的马路上。行人很少,偶尔有自行车驶过。路灯把影子拉得忽长忽短,扯橡皮筋似的。我忽然觉得自己像个傻瓜。这么游魂似的荡在路上，该说的不说，该骂的不骂。自己跟自己过不去，很憋屈。

人在某些特殊的时刻，会做出某些特殊的事情。像喝醉了酒，完全不由自主的，只是听凭潜意识做主。我的潜意识其实还是清醒的——不能回娘家，免得让父母担心；更不能去婆家，于事无补反而越闹越大；朋友那里也去不得，都是有家有室的，除了丢脸，没有任何好处。

几分钟后，我走到诸葛老太家那幢楼下，按了门铃。一会儿，话筒里传出声音："谁啊？"

"是我，阿婆。"我道。

从电梯出来，诸葛老太站在门口迎接我。她显得很欣喜。在这个糟糕到极点的夜晚，看到有人如此欢迎我，不能不说是一种安慰。我鼻子忽然有些酸，眼泪在我还不及制止的时候，已汹涌地夺眶而出。我拿手捂住脸。

诸葛老太拉我进房，并为我泡了杯普洱茶。

"天这么冷——"她把茶杯放到我手里，"焐一焐。"

我直截了当地把老公的事情说了。深更半夜叨扰，也由不得我隐瞒。诸葛老太起身又给我拿了些点心："随便吃些——"

"阿婆，"我说，"真是不好意思——"

"有啥不好意思的，你来找我，我不晓得多开心呢。"她朝我微笑。

手心的温度渐渐暖了，连带着心也一点点暖了。普洱茶淡淡的香气弥漫上来，触到脸上一片温润。诸葛老太朝我看："你，是不是很喜欢他?"

我想了想,心有不甘地点了点头。

又坐了一会儿,诸葛老太竟劝我回家。

"不是我要赶你走,妹妹——回到家只当什么都不晓得,别再提了。女人和男人不一样,女人要抓紧一样东西,有时候反而要放得松些。眼泪只能落在心里,脸上要笑,还要笑得很漂亮。这样才能把想要的东西抓得紧紧的,也才能笑到尽头——你自己想想吧。"

我细细咀嚼着这番话,很简单,却似有无穷的意思在里面。

我呆呆坐着。诸葛老太问我想不想学跳舞。我一怔,说:"好啊。"

"那你先回去,周五晚上到这里来,我教你。"

回到家,老公躺在床上看电视,问我去哪儿了,手机也不接。我说:"调振动挡没听见,晚上碰到一个老同学,一起吃的饭。"他问我:"什么同学,男的女的?"我故意说:"男的。"他嘿的一声。我想到诸葛老太的话——"女人要抓紧一样东西,有时候反而要放得松些"。连做了三次深呼吸,把藏在嗓子眼的那些话压下去,还有怨气。去卫生间洗澡,在镜子里看到肚子上微微的赘肉,还有眼角,平时不察觉,细细看来,竟也有几根鱼尾纹了。

睡前,我做了五十个仰卧起坐,又贴了张 HR(护肤品品牌)的胶原蛋白面膜,一百多块钱一张,舍不得用,都快放过期了。老公朝我看,先是不语,随即冷不丁冒出一句:"见个男同学,回来就这么折腾——"

周末跟诸葛老太去跳舞。她教我伦巴,说我坐办公室的,颈椎腰椎都不好，跳这个最合适。试了几个基本动作，她夸我挺有感觉，应该会学得很快。她让我全身放松，心情也放松。

"什么也别想，把心思全放在跳舞上，想着自己是最漂亮的，谁也比不上你——"

她的声音有催眠的功效，那一瞬，我好像真的什么都不想了。耳朵里只有音乐，脚下只有舞步，心里只有自信。诸葛老太是个很好的老师，耐心又不辞辛劳，一遍又一遍的。其实我清楚自己是块什么料，哪有什么感觉啊，大学里扫舞盲，试了好多次，硬是没成功。身子僵得像块铁。老公常说我没女人味，说话直来直去，打扮中规中矩，连床上也是，像老和尚给小和尚讲故事，刚开个头，就晓得后面是什么了，几百年不变的，没意思。

诸葛老太很快又找到了新舞伴，是个六十来岁的老头，宁波人。晚上，她和新舞伴在广场上翩翩起舞，音乐声响彻周围。我还是第一次来这里，看那么多老人相拥起舞。虽然大多动作不怎么好看，腰太粗，手太硬，节拍也不对。但他们那么虔诚的神情，让我相信，他们是真的非常非常投入。正如诸葛老太所说，每个人都觉得自己是最漂亮的，无论是男人女人，无论高矮胖瘦，无论职业贵贱，此刻都化作了舞池里的一个鲜亮的生命。我过去曾无数次经过这里，却从未停下来注意过他们。这里真的是个很奇妙的所在。

在喝光了一整瓶智利的赤霞珠后，我来到诸葛老太家的天台，又一次躺在藤椅上，欣赏头顶的星空。

那样的华丽，却不让人望而生畏。美丽的东西不见得一定是冰冷的。亲切、可爱的星空，星星像顽皮的孩子，不时朝我眨着眼睛。

天空竟是流动着的，像块黑色的绸缎，看得出细细密密的纹理。我怔怔看着，像是痴了。

诸葛老太说要和我跳舞。一老一少，在顶楼的天台，自己给自己打拍子，连着跳了好几支舞，一支接着一支。我的脚不断踩在她的鞋子上，"对不起"说了又说，笑容却是越来越盛。在这样的夜晚，有什么东西在胸口充盈着，几乎要溢出来。是以前从未尝试过的。

诸葛老太说："看，星星在跳舞。"

我抬头望去——可不是，星星真的在动，不光动，而且是有着某种韵律的，向前，向后，再向前，再向后，转个圈——真的是在跳舞呢。我眯起眼，手搭凉棚，想把它看得更清楚些。

"看星星呀，又不是看太阳。"诸葛老太笑我。

这一晚，我睡在诸葛老太家。对着老公只说是跟几个同学到杭州去玩。老公的声音在电话里疑疑惑惑，我说声"再见"，很爽气地挂了电话。

诸葛老太给我看她以前的照片。她与她丈夫的，还有她儿子三岁时的模样。她丈夫生得很端正，五官干干净净，一看便是个知识分子。她儿子很胖，脸上的肉鼓出来，像《乌龙院》里的郝邵文，挺逗。

"你想他们吗？"我没头没脑地问了句，酒精让我有些神志不清。

诸葛老太没说话。半响，说了句："都过去这么久了——"

我又道："怎么不再生一个呢？"

她笑笑："就算再生，前面那个也回不来了。"

我觉得这话好像不对，可一时又想不出该怎么辩驳。睡意渐渐侵袭了我，我翻了个身，很快进入了梦乡。这晚我梦到自己不断在跳舞，似是身在一个不知名的所在，周围影影绰绰，看不甚清。渐渐地，有光亮一点点露出来——头顶是满天繁星。我在星空下跳舞。

"妹妹，"梦里有人在跟我说话，是诸葛老太的声音，轻轻柔柔的，"你跳得很好，很漂亮。"

我一直笑。人来疯似的，跳个不停。

第二天临走时，诸葛老太把那个木头做的跳舞女人送给我。

"这叫'星空下跳舞的女人'，是几年前我在香港买的，送给你——妹妹，我总觉得跟你很谈得来的。"她道。

我被派到广州出差半年。再回来时，诸葛老太似是搬家了。我去她家按门铃，没人应门。面包房里也见不到她喝奶茶了。问服务员小妹，回答是好久没来了。

我有些怅然若失，但很快便淡忘了。人生中的一个过客。毕竟是无亲无故的，纵然留下些印迹，随着时间的推移，也会渐渐消失得一干二净。

不久我怀孕了，九个月后，生下一个女孩。沿袭了我和老公的优点，长相很甜美。产假后，我就上班了，所幸以前的职位还留着，一切顺利。老公的事业也节节上升，当了信贷科主任。级别不高，但以他这个年纪，也算难得了。

女儿满周岁时，我们搬了新家，原先那套房子卖了付首付，再贷了五十万。月供款有些压力，但还可以承受。因为是赶在那轮房价大涨前买的，所以感觉特别好，像捡到钞票一样开心。装修请我一个做设计师的朋友帮忙，很花了些心思，特别是灯光的运用，整个格调上去不少。陆续邀了双方的亲戚过来参观，都说不错。以我们的年纪，能自力更生在上海买房，已经足够让人羡慕了。

女儿三岁的时候，我一直居住在市郊的奶奶去世了。葬在嘉定的松鹤公墓。落葬那天，一家人都去了。我抱着女儿，在墓前鞠了三个躬。奶奶从小把我带大的，小时候我总喜欢坐在她怀里摸她的双下巴。她的遗像比本人要胖些，笑眯眯的，很富态。早逝的爷爷的照片与她并排放着。奶奶的名字原先是红笔写的，现在拿黑笔重新描了一遍。

老公兴致勃勃地观察附近的墓碑，见到有奇怪的名字诸如"阿三""小毛"之类，便会唤我一起看。母亲一旁拉我的衣襟，说你这个老公怎么长不大似的。我笑笑。

忽的，前排一块墓碑上，"诸葛蔚"三个字陡然映入我眼帘。我怔了怔，不由得走上前——果然是老太的照片，与丈夫、儿子葬在一起，一家三口。她丈夫姓苏，照片上是个五十来岁的中年人。与诸葛老太的遗像放在一起，年轻许多。

我看到遗像旁的生卒日期——原来她两年前就去世了。

墓前站着一个年轻女孩，手捧鲜花，眉宇间有几分像诸葛老太。我迟疑了一下，上前跟她打招呼，自称是诸葛老太的街坊。她有些狐疑地朝我看。我向她提及诸葛老太爱喝奶茶，还有那个"星空下跳舞的女人"。她才信了。告诉我，她是诸葛老太的外甥女。

我问她："人是怎么走的？"

她回答:"肠癌——拖了七八年了,还是摒不过。"

我先是诧异,随即摇头叹息。想到与她相识的那些日子,不免有些酸楚。看老太的模样,谁能想到她其实是个病人呢。她是那么豁达,跳舞时美得像个仙女。她一遍遍地说着与我有缘,"跟你很谈得来的",那样可爱的一个老太,此刻已安静地长眠于地下。

旁边,老公抱着女儿嘻嘻哈哈。他答应女儿待会儿去吃麦当劳,女儿兴奋得满脸红光。我想提醒他,待会儿家里说不定还有活动,想想还是算了,随他们去吧。

我又把目光转向墓碑,忽地有些感慨——若不是诸葛老太,也许此刻老公就没机会站在我身边了,更不会有女儿。老太说得没错,手放得松些,果然有些东西会捏得更紧。起初是强忍着,痛苦得很,可渐渐地,好像竟真的不是那么在乎了。老公向我提过,曾有个女客户向他表示过好感,"妖里妖气的,一看就讨厌"。我不晓得这个女客户是否就是当年饭店的那个。隔得久了,也没心思追究了。我把这理解为老公对我的坦白,便更加释然了。

我每周做一次瑜伽,每月做两次美容。相比前两年,反倒显得更年轻了。肚子上没了赘肉平坦如少女,皮肤也水润白皙。阳光明媚的下午,会一个人去喝咖啡,星巴克、真锅,还有面包房。

偶尔也跳舞。有星星的夜晚,一个人在阳台上跳。那一瞬,我告诉自己——什么都不重要,只有自己是最值得珍惜的。

我走到墓碑后面,看见下面刻着一行小字:

"深爱着这个男人,还有这个孩子。为了他们,我选择努力活在这世上。活得更加洒脱,更加美丽。"

回去的车上,女儿躺在老公的怀里,老公靠着我的肩——父女俩都睡着了。

我靠着车窗。阳光很好,让人昏昏欲睡。一会儿,我竟也睡着了,还做梦了——梦见一个女人在星空下翩翩起舞,面孔朦朦胧胧的,看不甚清,身段很窈窕,一袭长裙。舞姿美得像是不食人间烟火。脚尖在地下转圈,一圈又一圈的。

叶儿随风去

(一)

叶闻莺到车间来那天，穿一条浅蓝色裙子，头发松松地扎起，绑一条白手绢。凉鞋式样很简洁，只是两根纤细的带子，往后一串，再一系，便包住了脚踝。叶闻莺笔直地站着，眼观鼻，鼻观心，恬静得很。加上五官生得精致，整张脸便给人很舒服的感觉。问题出在眼神上——她的眼神是往里收的，是松的，看人的时候搭不牢，轻轻一碰就落下来。周围有好几个人都在看她，可她谁也不看，即便看了，也是不大上心，草草了事。这就让人觉得她很骄傲。有人心里嘀咕了：傲什么傲，你还以为是过去啊？渐渐地，大家看她的眼神倒是变得越来越实在，是实实在在的不满，实实在在的气不过。到后来还有点幸灾乐祸，肆无忌惮了。叶闻莺依然静静地站着，挺胸，收腹，肩膀微微朝后。她的站姿像松柏，站得久了，便有种气势出来，像练武人的金钟罩，刀枪不入。这层东西护着她，外面坚不可摧，里面却是柔暖无比，像保温瓶的内胆，又似棉衣的那层夹里。叶闻莺听到自己的心跳声，一下、两下、三下，沉闷又坚实。她知道，从此刻起，一种完全不同的生活开始了。前面的路又黑又长，要一点点去摸索。

关伟是叶闻莺的师傅，十九岁进厂，干了快十年了。他技术好，耐性也好，因此每次有新人进来，都会跟着他学一阵子。算起来，关伟已经带过七八个徒弟了。叶闻莺的哥哥叶知秋也曾是关伟的徒弟。那时，叶县长还在任上。叶知秋被车间主任小心翼翼地带进来，宝贝似的交到关伟手上。叶知秋长得蛮俊秀，可惜小时候发高烧把脑子烧坏了，有点智力障碍，讲话还大舌头。关伟挺喜欢"叶知秋"这个名字，用在他身上可惜了。不到两个月，叶知秋就调到机关去了。关伟早晓得是这个结果，心里冷笑，脸上不动声色。这十年里，车间里有人进来，也有人出去，关伟像海边的大石头，看着潮来潮往，屹然不动。日子久了，大石头上渐渐长出青苔，越来越多，越积越厚。关伟知道，这块大石头就在他心里，硌得他很是难受。空闲的时候，关伟会拿本英语书背单词。背着背着，他又想，就算把整本书都背下来又怎么样呢？便觉得气闷，憋在心里，又不能说给别人听。关伟连自己爸妈都不说。实在气闷不过，他就拼命地干活。大家都说关伟聪明、能干，知道的人还会叹口气，说关伟就是可惜了。关伟听了不吭声，心里的委屈一阵阵袭来，几近酸楚了。惋惜的人多了，让关伟生出些怀才不遇的感伤，到后来，反倒是另一种安慰了。

关伟起初以为叶闻莺的名字是"叶文英",及至看到她的工号牌,才晓得是"闻莺"。关伟想,这对兄妹的名字倒是都不坏。叶闻莺在厂里挺有名气,不全是因为她爸爸。她人漂亮,又会拉小提琴,每次厂里搞联欢,都是她主持。她喜欢在台上穿旗袍。县里偶尔也有女人穿旗袍,但完全是两码事。叶闻莺的旗袍是长在身上的,连着肉的,每一寸都服服帖帖,味道从里面慢慢透出来——别的人穿不出这种味道,跟她一比,就是笑话了。叶闻莺的美,是有些突出的,加上她爸爸那层关系,便完完全全是个仙女了。叶县长倒台后,叶闻莺从宣传科调到动力车间。车间主任分配完毕,叶闻莺朝关伟微微侧身,点了点头,算是对师傅的谒见。相比对其他人,已是格外不同了。关伟也点点头,脸上淡淡的,既不格外热情,也不显得夹生,做师傅就该这个样子。关伟对这个女徒弟其实并无太多好感,纨绔子弟罢了——就像她哥哥一样。关伟把轻蔑藏在心里,包起来,只留条缝,透些气,要让她有所察觉,但又不能太露痕迹,否则就是小儿科了。

关伟对叶闻莺说:"车间里的活儿不太难,仔细些,老老实实按步骤做,就不会出错了。"叶闻莺说:"嗯。"关伟说:"这两个月你跟着我翻班,今天我是早班,明天休息,后天做晚班。"叶闻莺说:"嗯。"关伟说:"有什么不明白的地方,可以问我。"叶闻莺说:"嗯。"关伟拿了一套工作服过来,说:"换上吧!"

叶闻莺把长发盘到头顶,戴上帽子,工作服偏大,穿在身上松松垮垮。叶闻莺看到镜子里的她,愣了愣——都不像自己了。她一声不吭地从更衣室出来。车间里弥漫着塑料和橡胶的味道，起初没什么，时间一长就觉得头晕，还是那种令人烦躁的头晕，恨不得立刻出去吸几口新鲜空气。叶闻莺抬头看，天花板很低，直愣愣地压下来，没有窗户，阳光透不进，常年阴冷潮湿。这里像是监狱——爸爸进了监狱，现在，她也到"监狱"来了。爸爸被判了十年，她是无期徒刑，连个盼头也没有。叶闻莺在心里叹了口气。午饭时，她到哥哥那里去了一趟。那些人正撺掇叶知秋打电话问天气预报。他们把办公室另一个电话号码告诉叶知秋，说是天气问讯电话。叶知秋便打过去，那边，一个调皮的青年接起来，怪声怪气地说："今天傍晚局部地区将有八到十级地震。"叶闻莺沉着脸站在一旁。叶知秋挂了电话，心急火燎地告诉叶闻莺："妹妹，妹妹，要地震了，怎么办？"叶闻莺不说话，朝那些人看。他们憋着笑，被叶闻莺这一看，都讪讪的。叶闻莺淡淡道："地震就地震，怕什么？又不是你一个人——"放在过去，这些人是绝不敢这样对叶知秋的。叶闻莺死死地把一口气忍着，好不容易散开来，却像飓风过后的村庄，狼藉一片，更加难堪了。

叶闻莺在走廊里遇见江厂长。江厂长笑吟吟的，问她："怎么样，还习惯吧？"叶闻莺嗯了一声。江厂长说："凡事开头难，慢慢就好了。"叶闻莺朝他看。他也看她，意味深长的。叶闻莺忽然笑笑，道："我要是一直不习惯呢？"她嘴角一撇，拿眼瞟他，很妩媚了。江厂长心里一荡，刚想说话，叶闻莺截住了他，脸上满是冰霜。她冷冷道："咦，你眼屎没擦干净。"说完快步走了，再也不看他一眼。叶闻莺觉得畅快了些。回家时，门前那条林荫小道，再也不是盛夏时缤纷的感觉，吸一口气，鼻尖触到的也是微凉的空气，地上一片片落叶，踩上去沙沙作响，听着便晓得是深秋了。一眼望去，干净倒是干净，只是过了头，有些清冷惨淡了。

叶闻莺知道那些人背后会怎么说她。过去就常有人说她骄傲，其实叶闻莺自己清楚，那时的骄傲和现在是不同的。那时的骄傲，是实打实的，现在的骄傲只不过是陷阱上铺的一层稻草，是虚的走过去就会扑个空。叶闻莺的心里也是空的，什么都没有，只靠上面一点东西撑着，都有些筋疲力尽了。叶闻莺弯腰把床底下一个盒子拿出来。盒子外面上了锁。她并不打开，拿布擦拭上面的灰尘。盒子是老货了，斑斑驳驳褪了漆，现出木头的原色。叶闻莺擦拭了一遍又一遍，小心翼翼地，就像它是一件稀世珍宝。叶闻莺静静地看着盒子，露出微笑——这是她的底线，最后那层骄傲就靠它苦苦撑着。只有看到它，心里才踏实些。

关伟除了教叶闻莺手艺，并不多与她说话。叶闻莺也只是默默听着。两人一教一习，都在安静中进行。遇到难的地方，关伟就停一停，等着叶闻莺问他。谁晓得叶闻莺并不问，眼睛微抬，等他讲下去。关伟径直讲了下去，末了再问她，叶闻莺稍一思索，居然都答了出来。关伟这才知道她与她哥哥是不同的。叶闻莺不说话，垂手站在一旁。她看上去恭恭敬敬，比车间里其他个人都温婉得多。关伟却看出她这恭敬中透着不恭敬，她是有些不屑的，她愈是不说话，心里的话就愈多，一句一句都在脸上写着呢。这样才难办，你还不能说她，说了就是落了下风了。关伟不喜欢她这种气势。气势这东西谁也看不见，可就是明明白白地摆在那儿。叶县长倒台时，从他家里搜出几十条中华烟，还有成箱的茅台和五粮液。电视机是液晶的，冰箱是带电脑智能的。卫生间的水龙头居然是镀金的，解完大手不用擦纸，马桶里会自动出水帮你洗屁股，惊世骇俗了。叶县长平常走路总是气定神闲，夏天穿件丝绸衬衫，手里拿把羽毛扇，潇洒得很，没事还爱临摹几手古人的字。关伟看过叶县长的字，颜体，写得确实好。关伟小时候也爱书法，得过全班第一，后来渐渐就搁下了。家里连大学都供不起，哪有闲钱给他练字？笔墨纸砚，这文房四宝说到底都是一张张的钞票。家里的钞票只够买柴米油盐，其余便是奢侈了。叶闻莺从小就拉小提琴，师傅是从省里请来的音乐学院老师。小提琴不是口琴，也不是手风琴，县里好多人连小提琴什么样都没见过。联欢会上，拉小提琴的叶闻莺头顶是有一圈光环的。每到这个时候，关伟心里就会生出些不平来，五脏六腑像有好多虫子在爬，痒痒的，爬了一圈又一圈。关伟的不平是混着些伤心的。他晓得不管怎样，他和那些人比起来气势上始终是差了一截。气势不是随随便便有的，气势看不见摸不着，可它背后的东西是实实在在的——实实在在把关伟压了下去。关伟心里清楚压他的是什么东西。别的地方他不输人，可唯独这个，他输得一塌糊涂。

　　关伟讲到最难的环节时，停下来看叶闻莺。叶闻莺依然是不吭声，眼珠微微动着，应该是在琢磨。关伟想，要是你连这个都懂，我才服了你。这时，车间主任过来了，关伟让叶闻莺去机器上操作。叶闻莺慢慢地做，做得都不差。关伟故意拿刚才的内容考她，这回叶闻莺难住了，愣在那里。车间主任皱皱眉头，说："还是要加强学习啊。"车间主任走后,叶闻莺轻声问关伟刚才的难题。关伟讲了一遍。叶闻莺说:"能不能再讲一遍?"关伟又讲了一遍。叶闻莺沉吟着。关伟知道她没有全懂,便让她演习一遍。叶闻莺果然还是做不来。关伟也不责备,一遍一遍地教。叶闻莺脸有些微红了,睫毛不停闪动,动作更不协调了,关伟晓得她是有些难为情了。做到第六遍时,她才彻底学会。关伟看看表,说:"该下班了,去换衣服吧。"叶闻莺换好衣服出来,说了句:"师傅,我走了。"默默走了出去。关伟看着她的背影,心里似是被熨斗熨过,本来坑坑洼洼,一下子平坦了,顺了许多。旁边一个同事夸他好耐性,说:"也只有你啊,换了我老早不耐烦了。"关伟笑笑。

　　叶闻莺在工厂门口遇见卢子明。她本想避开的,偏偏卢子明还上来跟她打招呼,笑着说:"你好。"他还是和以前一样,没怎么变。叶闻莺便也笑一笑,说:"你好。"卢子明是她的高中同学,母亲是县里的计委书记。读书时,卢子明曾向叶闻莺表示过好感,被拒绝了。高中毕业,卢子明考上省里的大学,叶闻莺由于生病,错过了高考,便不读书了,进了工厂上班。四年后,卢子明又回到县里,也进了这家工厂,当厂长助理。叶闻莺倒不是讨厌他,只是每次见到他,就会想到一根藤上结的两个葫芦,一个长得好好的,另一个被雷劈到,掉在地上枯死了。有了对比,便更显出她此刻的落魄来。叶闻莺匆匆走了。卢子明站在那里,看到她背上两片突出的肩胛骨。她比以前又瘦了些。卢子明轻轻叹了口气,想上前安慰她几句,又不晓得该怎么说。他是有些了解她的,如果说得不好,比不说更糟糕。

次日上班，叶闻莺在更衣箱里发现一枝玫瑰。旁边还有一张纸条，她拿起来瞟了一眼，便揉成一团扔了，花也扔了。

江厂长让叶闻莺吃完午饭到他办公室去。叶闻莺过去时，江厂长正在躺椅上休息，衬衫扣子松了两颗，露出毛茸茸的胸膛。他起来给叶闻莺倒了杯茶，反手把门反锁上。叶闻莺问："你锁门干吗？"江厂长不答，看她一眼，问："我送的花还喜欢吧？"叶闻莺不说话。江厂长又问："在车间里上班很累吧，我看你最近脸色不大好，要不要买点补品给你？"叶闻莺依然不说话。江厂长笑笑，扯开话题，说叶知秋的事。他说："厂里对你哥哥都很有意见啊，你也晓得你哥哥那个人，你爸爸在位的时候，他们还不敢怎么样，现在情况不同了，天天都有人缠着我说这件事。"江厂长叹了口气，"我和你爸爸也是老交情了，他走的时候，拜托我一定要照顾你哥哥，说你还不要紧，你哥哥就不一样了，我答应下来，说一定保住你哥哥。可是，你也要体谅我的难处，厂里的事也不是我一个人说了算，我也得听听大家的意见，你说是不是？"江厂长说到这里，朝叶闻莺看了看，伸手想碰她的肩。叶闻莺眉头一皱，避开了。江厂长叹道："树倒猢狲散，人走茶就凉，人就是这个德行，没办法呀。"他说完摇了摇头，端起桌上的茶给叶闻莺。叶闻莺去接，他的手指触到她的手，轻轻搔着，一遍又一遍。他瞟她，目光直直地划过她的胸部。叶闻莺见了，手一松，茶杯掉在地上，咣当，摔个粉碎。江厂长一愣，叶闻莺趁机离开了，临走时，把门重重地一关。

晚上，隔壁张大婶气呼呼地拉着叶知秋来告状。她对叶闻莺说："你管管你哥哥吧！他竟然吃我们家阿秀豆腐。"叶闻莺一怔，道：

"不会吧?"张大婶说:"怎么不会?我亲眼瞧见的还会有错?他摸我们家阿秀的脸蛋。"叶闻莺朝叶知秋看。叶知秋一个劲摇手,说:"我没有,阿秀脸上有个虫子,我、我帮她拿掉。你看,我把虫子捏死了。"他给叶闻莺看手指上的血迹。叶闻莺对张大婶说:"你听见了吧?"张大婶凶巴巴地扔下一句"还没到春天呢,就发花痴",走了。

叶闻莺在厨房洗碗。叶知秋低着头过来,可怜巴巴地说:"妹妹你不要骂我。"叶闻莺对他笑笑,说:"我不骂你。你到客厅去看电视吧。"叶知秋立刻高兴起来,说:"哦,现在有奥特曼的。"他蹦蹦跳跳地过去。叶闻莺叹了口气,再想起白天江厂长的话,不由得眉头紧蹙起来,无精打采的。

洗过碗,叶闻莺到房间里,把门锁了,从床底下拿出那个盒子,打开锁,取出厚厚一沓钞票出来。纸币上印着外国人的头像——是美金,一共十万美金。爸爸入狱的前一天,把钱交给叶闻莺。他说:"你妈死得早,我走了以后,这个家就靠你撑了。"爸爸的眼里含着泪,语气却是坚定无比的。他的话,是一颗种子,落在叶闻莺心里,生根发芽。叶闻莺小心呵护着,这是心底最柔弱的地方,却也是最坚硬的。十万美金,换成人民币就是八十多万。每天晚上,叶闻莺眼前都会浮现出爸爸的脸,很慈祥地微笑着。耳边响起的,是爸爸那番话。叶闻莺知道爸爸犯的是贪污罪,那阵子闹得很凶,连市里也惊动了。叶闻莺不去想这些,爸爸再怎样,始终都是爸爸。爸爸如何贪污受贿,她没看见。可是爸爸倒台之后,她从大房子搬到现在这个犄角旮旯儿的地方,一天到晚断电断水。没有保姆,她必须自己烧菜烧饭,打扫房间。小提琴放进大橱,她再也没有那个心情拉小提琴了。没有漂亮衣服,没有精致的首饰。那么一点点工资,要掰着手指花销才行。世界一夜之间就变了样——这些,都是活生生的。叶闻莺把美金摊在床上,一张张地数。一张、两张、三张……一百元一张,一共是一千张。叶闻莺数完一遍,再数一遍。这天晚上她一共数了五遍。每数一遍,她的心头就轻些。等到第五遍数完,觉得舒坦了许多。她知道这样轻松的心情并不能维持多久,等到第二天上班,又会变得沉重了。因此,她只能不停地数,像吸毒的人,上了瘾。叶闻莺把盒子收好,躺在床上,却怎么也睡不着。眼睛刚闭上又睁开,闭上又睁开,像装了弹簧。到后来,索性一直睁着,过一会儿,不知不觉,倒是睡着了。

(二)

卢子明去找车间主任,拜托他对叶闻莺多多照顾。车间主任的妻子以前和卢子明的妈妈是一个办公室的,也算有点交情。卢子明说:"无论如何,请您一定要帮忙,她从小到大都没吃过什么苦,她爸爸刚出事,这阵子心情又不好。"车间主任答应下来,朝他看,笑笑。卢子明有些窘了,忙说:"其实也没什么,这个,我和她是高中同学——"车间主任摆摆手,笑道:"我晓得,我晓得。"卢子明说:"谢谢。"车间主任说:"谢什么,到时候请我吃喜酒就是了。"卢子明脸一下子红了,说:"什么呀,别开玩笑。"车间主任回到车间,见几个女人凑在一起,说叶闻莺的是非。"什么玩意儿,她还以为她是孔雀呢，我呸！"一个女人一边吃瓜子，一边骂。另一个女人说："就算是孔雀，也是只拔光毛的孔雀，还美个屁啊！"女人们低低地笑。车间主任咳嗽一下，女人们便不笑了。车间主任说："不要在背后议论同事，人家又没得罪你们。"女人们撇撇嘴，散开了。

叶闻莺拿着扳手修机器，弯着腰，工作服上有好几处污迹，手套也全黑了。关伟在一旁看着。车间主任见了，问："怎么，机器坏了？"关伟说："出风口堵住了，一会儿就好。"机器里冒出来的热气，蒸得叶闻莺满脸通红，汗水滴滴答答往下落，像下雨一样。车间主任看看她，说："放下吧。"叶闻莺说："没关系的，我能修好。"车间主任说："让你放下就放下，去洗把脸，休息一会儿。"叶闻莺走后，车间主任对关伟说："这种事让男人做就行了，小姑娘没力气，做也做不好。"关伟说："修机器是一定要学会的，万一轮到她值夜班，机器坏了找谁修？"车间主任笑笑，说："机器也不是豆腐，哪里会一天到晚坏？"关伟说："就算只有万分之一的概率也要学，这是没办法的事。"车间主任说："你看车间里那么多女的，有几个会修机器？"关伟说："她们不是我带的，我的徒弟就一定要学会修机器。"车间主任有些不悦了，说了句"随便你"，就走了。关伟也觉得自己有些过头了。倘若不是叶闻莺，说不定他早让步了，偏偏那人是叶闻莺，就让他很气不过——怎么你生来就是公主的命，连个机器也修不得？一会儿叶闻莺过来了。关伟说："休息够了吗？休息够了就继续干。"叶闻莺说："好。"关伟冷冷地看她修机器，有几次叶闻莺都快成功了，只是欠缺经验，差了那么一点。关伟也不提醒，站在一旁只是看着。叶闻莺被喷出来的蒸汽熏到了眼睛，热辣辣的，睁不开。关伟问她："要紧吗？"叶闻莺说："不要紧。"足足修了一个多小时才修好。叶闻莺长长地吐出一口气，直起身子，问关伟："这样总可以了吧？"也不待他回答，便跑到卫生间去洗脸了。关伟一愣。那几个女人又凑上来，说："看到吧，她在跟你憋气呢。"一个女人说："关伟你就多让她干点，挑重的活累死她，看她还傲！"关伟说："她还是挺能吃苦的。"另一个女人说："嘿，她是装的，当面这样，背后不晓得跟主任怎么说你坏话呢。小女人会发嗲，老头子最吃这套了。"

叶闻莺洗了一遍又一遍，蒸汽渗进皮肤里，整张脸红通通的，看去都有些肿了，灼热得难受。她走出来，瞥见那些女人在跟关伟小声说话。叶闻莺大大方方地上前，往她们旁边一站，女人们便停下了。叶闻莺就那么站着，一句话也不说。那些人倒尴尬了，话题陡然打住，很不自然了。叶闻莺朝她们笑，笑得很甜很纯，眉眼都亮了。她就是要笑给她们看。她笑得越是灿烂，心里就越是看不起这些人。叶闻莺也朝关伟笑，嘴角微微歪着，带着些许嘲弄。叶闻莺是要让他明白，她不是傻瓜，忍着憋着，是不想和他一般见识。这笑容里，有着居高临下的意思——她比他们高出整整一截呢。叶闻莺脸上笑着，肚子里包着一汪眼泪，她委屈得很。她想，怎么这么难啊？叶闻莺坐下来，把刚才修机器的内容记在本子上。写完了，她拿过去给关伟看："师傅，是不是这样啊？"关伟看了一遍，说："差不多。"叶闻莺嗲嗲地说："差不多是什么意思？师傅你好好帮人家看看嘛。"她故意拿眼去瞟他，还眨了几下。叶闻莺看到关伟脸微微红了一下，心里冷笑。

中午，叶闻莺在食堂里吃饭，一个人坐在角落里。卢子明端着饭菜过来，问她："我坐这里好吗？"叶闻莺抬头看他，说："好的。"卢子明坐下来，见到她盘里的菜是番茄炒蛋和炒刀豆，便道："你吃得太素了。"叶闻莺说："我喜欢吃素菜。"卢子明说："车间里都是体力活，光吃素菜怎么行呢？"便把自己盘里的红烧狮子头拨到她碗里，见叶闻莺眉头皱了皱，忙解释道，"我还没动过，是干净的。"叶闻莺说："我知道，我不是这个意思，你自己吃吧！"把狮子头又拨了回去。卢子明说："不喜欢这个，太油腻了对吧，吃溜鱼片好不好？"叶闻莺说："不用。"卢子明又道："那就吃蚝油牛肉吧，我这里还有卤鸡腿和炒虾仁，你喜欢什么就拿什么。"叶闻莺朝他的盘里瞥了一眼，竟有七八样菜，想，这人胃口倒不小。心念一动，顿时明白他买这么多菜其实是为了她，心头一暖，道："我吃炒虾仁好了。"卢子明很是开心，一边给她拨菜，一边说："多吃点，我看你最近有些瘦了。"叶闻莺笑笑，说："瘦一点好看，没哪个小姑娘喜欢变成大胖子。"卢子明道："你会变成大胖子？你离大胖子还有这么远呢。"他拿手比画着。叶闻莺一笑，忽然想起当年高中里的情景，卢子明给她写了一封情书，有四页纸，她只看了第一页便放下了。他长相英俊，功课也不错，可她好像从来就没有特别注意过他。一转眼，六七年就过去了。卢子明又给她夹了一只鸡腿。叶闻莺道："谢谢你。"卢子明一笑，说："谢什么，跟你一起吃饭，今天吃得特别香呢。"

卢子明的母亲给了儿子一张照片，上面是一个撑小花伞的年轻姑娘，脸圆圆的，倚着一棵树微笑。卢母说："隔壁刘阿姨给你介绍对象，这个小姑娘我看不错，是幼儿园老师，她爸爸刚从部队调回来，在市检察院工作。"卢子明瞟了一眼，说："我现在不想谈恋爱。"卢母说："都二十四了，该谈了。"卢子明说："反正我就是不想谈。"卢母看看他，问："你是不是心里有人了？"卢子明说："没有。"卢母说："我看你是有了。"卢子明说："没有就是没有。"卢母笑笑，把照片塞进他抽屉。没人的时候，卢子明把照片拿出来看，渐渐地，姑娘的脸变了，变成叶闻莺的脸，眉毛弯弯的，一双黑如点漆的眼睛，鼻子小小巧巧，嘴唇薄薄的，皮肤白得透明。卢子明目不转睛地看，看到后来自己都不好意思了。一定神，叶闻莺不见了，又成了那张陌生的脸。卢子明轻轻叹了口气，把照片放回抽屉。

市里派了检查组到县里，重点是几家大工厂。检查组到厂里的那天晚上，在县里最高级的海鲜城吃饭。江厂长特意把叶闻莺叫过来作陪，叮嘱她把小提琴也拿过来。叶闻莺原先不想来的，江厂长说："既然你不肯帮我的忙，那你哥哥的忙——"他说到一半，朝她看。叶闻莺只得来了。席间有个人原先是认识叶县长的，也见过叶闻莺，便说这位小姐好像很面熟啊。江厂长说："她是我们前任县长的千金。"大家都恍然了，看叶闻莺的目光也变得不同。江厂长说："先让她给领导们敬酒，待会儿再拉段小提琴助兴。"大家连声说好。叶闻莺说："我不会喝酒的。"江厂长说："不会喝也要喝，这是诚意。"叶闻莺便说喝啤酒，一个人笑了，说哪里有喝啤酒的道理，硬要她喝白酒。叶闻莺倒了半杯白酒，江厂长又给她加满了。叶闻莺端着酒到居中那人面前，说："我敬您。"将酒干了，喉咙里顿时升起一团火,呛得咳嗽起来。连着敬了三个人,头有些发涨了。叶闻莺对江厂长说:"我不能再喝了。"江厂长说:"还有好几位领导呢,你可不能厚此薄彼。"

好不容易敬完一圈,叶闻莺回到座位上,眼前一阵阵发黑,胸口难受得很,想吐。她正想去卫生间,一个人端着酒杯过来了,说:"今天遇到这么美丽的小姐,我一定要再和她喝一杯。"叶闻莺说:"我不能喝了,再喝就要吐了。"那人不肯罢休,说:"叶小姐是不是不肯赏脸?"叶闻莺觉得自己像是古代犯官的女儿,沦为官妓供人消遣取乐,心头一阵悲凉,借着酒意,便不理他。那人窘了,愣在那里。叶闻莺酒劲上来,胆子也大了,索性手抱胸,大剌剌地看他。江厂长过来打圆场,说:"闻莺你陪赵科长喝一杯。"叶闻莺干脆地说:"不喝!"江厂长眉头一皱,说:"快陪赵科长喝一杯。"叶闻莺笑笑,说:"奇怪了,我为什么要陪他喝酒?他是来检查工作的,又不是来喝酒的。"话一出口,几个人脸色都变了。江厂长只好道:"闻莺你喝醉了。"叶闻莺打个酒嗝,笑道:"我哪里喝醉了?你才喝醉了。"她摇摇晃晃地站起来,先是呆在那里,忽然砰的一声,在江厂长头上重重打了一下。江厂长猝不及防,痛得大叫起来。叶闻莺得意极了,咯咯笑着,拿起小提琴飞快地奔了出去。

叶闻莺在街上转了几个圈,脚下打着飘,也不知怎的,就到了厂里。车间里只有关伟一人在值班。关伟见了她,有些意外:"你不是被厂长叫走了吗?"叶闻莺笑了笑,道:"走了就不能再回来吗?"关伟闻到一股酒味,问:"你喝酒了?"叶闻莺点了点头,说:"没……错!"关伟看看她,说:"你醉了。"叶闻莺说:"我没醉。"关伟哼了一声,说:"醉成这样还说没醉。"叶闻莺大声道:"我就是没醉。我可以证明给你看,我没醉。"她朝四周看,似是在找什么东西,忽然着急起来:"小提琴呢?我的小提琴呢?"关伟又好气又好笑,道:"小提琴不是在你手上吗?"叶闻莺一看,放心了。她说:"为了证明我没醉,我拉段小提琴给你听。请你先鼓掌,这是礼貌。"关伟从没见过这样的叶闻莺,倒是有些新奇了,便鼓了两下掌。叶闻莺站定了,一弯腰,朝他深深一鞠躬。

她演奏的是巴赫的《C弦上的咏叹调》。关伟以前也听过她拉小提琴,但那时她都是站在舞台上,台下有好多人看着,他只是几百人中的一个。他没想到有一天,她会在他面前演奏,太不可思议了。关伟怔怔地听着。琴声仿佛长着翅膀,扑腾在他耳边飞着。琴声又似是能看见的,曲曲绕绕,荡漾在四周每个角落,柔得像水。拉琴的人,就在他身边,离他这么近。叶闻莺的脸,白得像玉砌出来的,眉目如画。她似是完全沉浸在琴声里,眼睛微微垂着,睫毛在脸上投下一片淡淡的影。她的眉毛在动情处会稍稍往上一扬,嘴角一翘,整张脸便又是另一种味道了。她很美,美得似是不食人间烟火。关伟原先不喜欢别人说她是"仙女",但此刻,他居然也有这种感觉。漂亮姑娘多的是,可谁也不能跟她比。关伟又有些气不过了,不过这次和平常不一样,是气自己,是妥协的气不过,认命了,没脾气了。关伟这么想着,心里不知不觉生出些别样的东西,是随之而来的。是什么,他自己也说不清,就那么隐隐约约的一个影子,在心头绕啊绕的。

叶闻莺还没拉完一曲,忽地胃里一阵痉挛,连忙将小提琴放下,冲进卫生间。关伟跟到卫生间门口，大声道："哎，你不要紧吧？"里面没动静。过了一会儿，叶闻莺脸色苍白地出来了，身子摇摇晃晃。关伟要扶她，被她推开了："没事，我自己能走。"叶闻莺走了几步，脚下一软，摔倒在地上。关伟连忙上前拉起她。她身子软软的，没有一点力气，就势便伏在他肩上。关伟还是第一次和女孩子靠得这么近，一动也不敢动。叶闻莺先是叽里咕噜说个不停，很快就安静了，似是睡着了。关伟就那样让她靠着。过了一会儿，他感到背上凉飕飕的，衣服像是湿了一片。他轻轻掰她的手，想松开她，谁晓得她紧紧抱住他，动弹不得——原来她并没有睡着。关伟一怔，这才想到她是在哭。叶闻莺身子微微颤动，到后来都能听见抽泣声了。关伟背上湿湿的一片，还有些黏糊糊，应该是鼻涕。他不禁有些好笑，平常冷若冰霜的一个人，怎么就哭成这样？关伟伸出手，想拍她的背，犹豫了半天，没拍下去。听着她断断续续的抽泣声，哭得很是伤心。刹那间，关伟脑子里灵光一闪，明白了一件事——她平常那些骄傲，其实是硬撑出来的，是做给别人看的，像草莓，外面看着光鲜厚实，却一戳就烂。因为她爸爸那层关系，她过得其实比别人都苦，是变了味的苦，比苦还要难熬的。关伟想明白这点，便有些黯然了。他想，其实早该想到的。他停在半空的那只手，过了片刻，终于还是落了下去，在她背上轻轻拍了两下。

次日清晨，关伟醒来，发觉自己坐在凳子上睡了一晚。旁边沙发上，叶闻莺已然不见了。他站起来，一条毯子从身上落下来——想必是叶闻莺为他盖上的。这天还是晚班，关伟先回家睡了一觉，六点多钟起床，吃完晚饭，骑上自行车便到厂里来了。见到叶闻莺，眼圈有些发黑，大概是没睡好。两人依然是不说话，连起身坐下都是轻轻的，似是怕吵着对方，其实是拘谨。夜班本来就冷清，这样一来，便更冷清了，只听见机器的声音。叶闻莺去搬零件，厚厚一大包，分量不轻，关伟抢在她前头搬了。她朝他看了一眼，关伟察觉了她的目光，正要迎上去，她却已避开了。关伟想说"你小提琴拉得真不错"，却总是说不出口。话憋在嘴里，难受得很，只能一遍一遍地咽口水，干活都有些没心思了。

叶知秋到底还是被辞退了。劳人科下了通知：因该同志身体状况不适合工作，故劝其辞职。叶知秋只能待在家里。叶闻莺每次上班前，都再三叮嘱——不能玩水，不能碰电线插头，不能开煤气，她回家之前，不许溜到外面去。叶知秋手里拿个变形金刚玩具，嘴里含着棒头糖。叶闻莺把饭菜做好，放在桌上，关照他自己吃。一切料理停当了，走出门，心头像是堵了块大石头，闷得厉害。

叶闻莺到监狱去看爸爸。爸爸的精神还好，就是瘦了许多。爸爸问她最近情况怎样。她说："还可以。"爸爸又问："你哥哥好吗？"她说："挺好的。"她带了爸爸最喜欢吃的虾肉馄饨。爸爸问："这是你自己包的？"她点点头。爸爸说："真好吃。"笑眯眯的，一连吃了十几个。她不晓得，其实爸爸心里酸得很，女儿娇生惯养，以前连青菜也没炒过一个，现在却已学会包馄饨了。临走前，爸爸说："打起精神来，好日子在后头呢。"爸爸朝她一笑，是充满鼓励的。叶闻莺点点头，也笑了笑。

叶闻莺给当初教自己拉小提琴的李老师写了封信。李老师是省音乐学院的教授，几年前退休了。叶闻莺在信里写道，她有意报考音乐学院，想麻烦李老师帮忙打听一下报考程序。叶闻莺把信塞进邮筒时，心跳得很快，好像握着的不是一封信，而是性命攸关的一道符，关系着她、哥哥，还有爸爸。叶闻莺再三检查了信封上的地址和邮票，心里默念"老天保佑"，将信投了进去。

工厂食堂里每晚十点到十一点供应面条和糕点，专给做晚班的同志当夜宵。关伟去吃了，回来时带了两客小笼包给叶闻莺。叶闻莺一愣。饭盒边有个小袋，里面装了醋和麻油，很细心了。叶闻莺说："谢谢。"拿到一边吃了。关伟看着她，终于把那句话说出口："你拉小提琴，这个，很好听。"嘴微微发抖，听着别扭得很，反倒不像真心夸人了。关伟懊恼得要命。叶闻莺笑笑，说："谢谢。"她吃完小笼包，赞道："味道真好。"关伟脱口便道："那我明天再给你买。"叶闻莺一怔，有些愕然。关伟见到她的眼神，恨自己冒失了，只得说："明天不行，这个，明天休息，下次吧。"叶闻莺嗯了一声。

半夜一点多钟时，关伟接到电话，说是另一个车间机器坏了，让他去看看。关伟对叶闻莺说："你在这里守着，有事打电话。"叶闻莺说："好的。"关伟走后不久，叶闻莺听到有动静，回头一看，江厂长赫然站在身后。她一惊，整个人从椅子上跳了起来。"你怎么来了？"她问。江厂长先是不答，继而笑了，反问："你说呢？"叶闻莺头皮都麻了。她说："我师傅很快就来了。"江厂长笑道："这个我晓得，他一时半刻还回不来。"叶闻莺向后退去。江厂长叹了口气，说："你为什么要怕我？我又不是老虎，我这么喜欢你，难道你不晓得吗？"叶闻莺朝外面看，静悄悄的，一个人也没有，心顿时提到嗓子眼。她沉声说："你再不走，我就叫人了。"江厂长笑笑，走近了，伸手去搭她肩膀。叶闻莺惊叫一声，避开了。江厂长还是笑，突然一下子笑容不见了，冲上前，一把抱住她。叶闻莺拼命挣扎，奈何他的手臂像铁箍似的，抱得她牢牢的，动弹不得。江厂长伸嘴亲她，她拿手死死抵住。江厂长喘息着，说："你跟着我有什么不好？我会亏待你吗？难道你想当一辈子工人？"他用力一拉，把她胸前衣服撕开，露出雪白的肌肤。叶闻莺惊叫："你——"还没说完，江厂长重重一推，将她推倒在沙发上。与此同时，整个人便扑了上去。

这时，门外有人咳嗽一声。

江厂长顿时惊觉，站起来，整了整衣服，快步走了。叶闻莺披上衣服，走到门外，一个人也没有。她转身把门关上，锁好，心有余悸。身体不住发抖，连嘴唇也在抖，脸上全是泪水。她听出刚才咳嗽的人是关伟。他一定是怕她难堪，所以没进来。周围一下子静得骇人，只听见她的呼吸声，是带着颤音的，抖抖的。叶闻莺呆了半晌，忽然伏在桌上，痛哭起来。

李老师的回信很快来了，信中详细写明了报考的有关程序。叶闻莺向车间主任请了一个星期的假，说是到外地看望生病的亲戚。临走前一天，她把床底下那个盒子拿出来，一沓沓的美金，整整齐齐。她摸着这些钱，想，这里头，有我的学费。她为叶知秋准备了足够吃一周的干粮。叶知秋问她："妹妹，你要去哪里？"叶闻莺笑笑，没有告诉他。她隐约看见前面有一缕阳光，虽然不太强烈，但也够了。这里的每一天，都是阴云密布，心也像黄梅天的屋子，总是湿湿冷冷的。她需要阳光。去省城的路，便是阳光灿烂的。她不晓得去了之后会怎样，但总归有了盼头。这盼头，像菜肴里放一点糖，能吊鲜，硬生生把滋味吊了出来。

去了省城，她住在李老师家，早晚不停地练琴。大约是太累的缘故，面试那天，她居然发烧了。李老师给她吃了片退热药，安慰道："不要紧张，没关系的。"叶闻莺在门口排队时，头昏沉沉的，想睡觉。她一遍一遍地对自己说，放松，放松。轮到她了，她走进去，老师们坐成一排，朝她看。她先是鞠了个躬，报了名字，便开始拉琴。手竟有些抖了，强自镇定着。前面拉得还行，坏就坏在最后那几个音，也不知道是太紧张了，还是手上出汗打滑，竟然走调了。错得很离谱了。结束后，她又鞠了个躬，额头上全是冷汗，一颗心沉了下去。一个女老师说："乐感不错，就是太紧张了。"她回到家，饭也没吃，便躺在床上。李老师问她怎么样。她不说话，眼泪大颗大颗地落下来。李老师帮她到学校打听消息，回来时不住叹气。叶闻莺一看便明白了。她愣在那里，居然还笑了笑，说："李老师你说有趣不有趣，我高考那年也是因为生病所以没读下去，现在又是生病。我这个人一到考试就会生病，你说怪不怪？"当天晚上，叶闻莺高烧发到三十九度八，不停地说胡话，一会儿哭，一会儿笑。到医院打了吊针，两天后才退烧，整个人瘦了一圈。李老师劝她："没关系，今年不行，明年可以再来，你还年轻。"她点点头。嘴巴里苦得很，像是刚刚生吃了一根苦瓜。喝了口水，连水竟也似是苦的。剥了颗奶糖放进嘴里,含了一会儿,奶糖也变苦了。苦得一塌糊涂,苦得心都要揪起来了。

叶闻莺回到县里。还没走到家门口,便有个女人告诉她:"你家昨晚遭火灾了。"叶闻莺一惊,飞快地奔回去,消防队刚刚收队,楼上还在冒着青烟。叶闻莺朝四周看,不见叶知秋,急道:"我哥哥呢?我哥哥呢?"居委会干部告诉她,没事,受了点轻伤,在医院呢。她这才稍稍放心。消防员板着面孔说她:"你怎么能把你哥哥一个人留在家里呢?他烧开水,居然睡着了。火苗蹿出来,他拿床单去灭火,你说天底下怎么会有这样可笑的人!"叶闻莺忽然想到一件事,心顿时提了起来,急急地冲向屋子。消防员想拦她,可她动作太快了,没来得及。叶闻莺噔噔奔上楼,房门已经没有了,里面是一片废墟。她抱着一丝希望,奔到里屋,床烧成一段烂木头,四分五裂了。她找出那个已经变成黑炭的盒子,打开,里面的钱没了,只剩下一堆灰烬。她愣在那里,呆呆的,眼珠成了两个黑黑的空洞,一丝光芒也没了。窗也没了,风直直地吹进来,把那堆灰烬吹得飘起。顷刻间,盒子便空了。一会儿,连那堆灰烬也无影无踪了。叶闻莺眼前一阵黑,什么也看不见了,整个人笔直地倒了下去。

(三)

这年的冬天来得特别早,仿佛短袖衬衫还没脱下多久,便已换上羊毛衫了。而且来势汹汹,人在屋子里,听见窗外呼呼的狼嚎般的风声,总觉得心惊肉跳。那种老式的房子,窗格被吹得嘎吱嘎吱响,好像随时要掉下来似的。外面就更不用说了,狂风夹着树叶、沙土,还有马路上的碎屑,劈头盖脸朝你扑过来,皮肤顿时便有刺痛的感觉,忙不迭地拿衣袖护住,快步往家里赶。街上都是行色匆匆的人,那阵势,不像走路,倒似逃命。渐渐地,行人就少了,尤其到了晚上,整条马路光秃秃的,树也是光秃秃的,天空没有一颗星星,仿佛被一块黑布兜头蒙住,昏天黑地的。

叶闻莺坐在窗前折纸鹤。五颜六色的美工纸放在左边,一张张地叠,叠成一只只纸鹤,放进右边的篓里。篓里的纸鹤满了,便倒进脚下的塑料袋里,松松地绑个结。已有七八个塑料袋了,装着五颜六色的纸鹤。她一边叠,一边在想,他怎么还没来?菜都洗切好了,只等他来一炒就好。鸡汤拿小火煨着,香气飘散在房间的每个角落。她坐的这个位置刚好能看见楼下,谁家的小孩放学了,谁家的男人单位里发了点东西,推着自行车过来,谁家的女人拎着菜篮在和人聊天。她特意坐在这里,为的是能早早地看见他。

卢子明到楼下的时候,仰起头,见她隔着窗在对自己微笑。卢子明心里暖洋洋的,加快脚步上去,把楼梯踏得噔噔响。门开了,叶闻莺站在那里,斜睨着他。他要进去,她偏不让。她问他:"怎么这么晚?"他看表,六点零五分,不过比平常晚了一刻钟。她在向他撒娇。他心头似被什么挠了一下,麻麻痒痒的,很是惬意,便故意说路上见到个老同学,多聊了一会儿。她问他:"男的女的?"他笑而不答。她撇嘴说:"是女的对吧?嘿。"他喜欢看她这副吃醋的模样,笑而不答。叶闻莺转身到厨房烧菜去了。卢子明从包里拿出一小盒东西,进去搁在灶台旁边——是她最喜欢吃的苏式酥糖。他说:

"兜了个大圈,去帮你买这个,谁晓得你还怪我。"她看他一眼,低头将番茄倒进铁锅里炒。卢子明从背后环住她的腰。叶闻莺把炒好的番茄炒蛋给他,柔声道:"端到桌上去。"

叶闻莺将鸡腿撕下,一只给叶知秋,另一只给卢子明。叶知秋拿起来便吃,卢子明要让给叶闻莺。叶闻莺不肯,说:"你不吃,我就不开心了。"卢子明这才吃了。叶知秋吃完饭,嘴巴一抹,说要下楼玩一会儿。叶闻莺说:"只能玩半小时。"叶知秋答应着,兴冲冲地走了。屋子里只剩下他们两个人。叶闻莺看卢子明,卢子明也在看她。两人目光一对视,都笑了笑。卢子明把手放在她手背上,轻轻抚着。叶闻莺问他:"累不累?"卢子明说:"累死了,一整天都在写文件,一刻不停,写得我眼珠子都快掉下来了。"叶闻莺说:"我帮你揉揉。"她站到他身后,捧着他的头靠在自己胸口,伸出两根手指,点在他眼窝那里,轻轻揉着。她一边揉一边问他:"舒不舒服?"他说:"舒服极了。"她手指慢慢移到眼角,再移到眉心,最后移到两边太阳穴,微微用力。卢子明说:"这个穴位不能用力的,性命交关的。"叶闻莺撇嘴说:"我偏要用力,弄死了才好呢。"卢子明笑了,问:"弄死我,你有什么开心?"叶闻莺叹了口气,说:"我是不开心,可是没法子啊,你活着一天,我就受一天的罪。还不如把你弄死算了。"卢子明糊涂了,问:"为什么?"

叶闻莺又叹了口气,说:"我也不晓得怎么回事,你不在的时候,我这颗心就七上八下的,做什么都打不起精神。吃饭的时候,就想,你在吃什么,吃得好不好,有没有营养。睡觉的时候,又想,你老是失眠,不晓得现在睡着了没有。看书的时候,又想,这段挺有趣的，做个记号等你来了给你看。满脑子都是你，连晚上做梦都天天梦到你。好不容易等到你来了，憋了满肚子的话想告诉你，可是总想不起来，等你走了倒又想起来了，也不晓得怎么搞的。我每想你一次，就折一只纸鹤。我一边折，脑子里一边想着你的样子。你看看那边，我折了多少纸鹤？唉，这样下去非变成傻子不可。你说说看，我到底该怎么办？"

卢子明站起来，他看到她眼里都噙着泪水了。她说："我以前不是这样的。"他点头，说："我知道，我知道的。"她哽咽道："干脆把你弄死算了，好不好？"卢子明又是感动，又是好笑，伸手抱住她，轻轻抚着她的长发。叶闻莺把头埋在他怀里。有几根发丝钻到他鼻孔里，痒痒的。他的心也变成了一根根发丝，细细的，像琴弦，一拨就动。胸口有什么东西满满当当的，似是要溢出来。他闻到她身上淡淡的香气，她的身体暖暖的柔柔的。他想，要是能够这样一辈子搂着她该有多好。两人就这样搂着，一句话也不说。也不知过了多久，卢子明忽道："我们结婚吧。"叶闻莺一震。卢子明又说了一遍："我们结婚吧。"叶闻莺先是愣在那里，继而脸一点一点红起来，像天边徐徐而来的彩霞。卢子明朝她微笑，她羞得低下头去。他托起她的下巴，在她唇上轻轻吻了一下。

叶闻莺送他到楼下。他说："晚上回去给你打电话。"她点点头。他衣服有些皱了，她伸手帮他抚平。她说："天黑了，走得慢些，别心急慌忙的，小心汽车。"他说："我晓得了，老婆。"她白他一眼，说："现在不许这么叫。"他问："那什么时候能叫？"她说："等我们——"话到一半，便停住了，说，"你这个人很不老实，我偏不说。"卢子明呵呵笑着，说："我走了，你上楼吧。"叶闻莺说："你走得慢些，我到楼上再跟你挥手。"她飞快地奔上楼，到窗台前，往下看，他果然才走了几步。她朝他挥手，他也朝她挥手。他走几步，便回头看她。短短一段路，这么频频回首，居然走了有十来分钟。终于转弯了，看不见人了。叶闻莺把窗帘拉上，坐下来，觉得疲倦了。整个人有种陡然松懈下来的感觉，长长地吐出一口气。

一轮明月挂在窗外，叶闻莺眨也不眨地看着。房间里冷冷清清。她倒宁愿这样冷清，没人打扰，静静的。她好久没去看望爸爸了。不是不想去，只是不忍心看到爸爸黯淡的眼神。他是想笑的，却笑得比哭还难看。她对着爸爸，心里一阵阵酸楚。那次临走前，爸爸忽然说："其实再想想也没什么，世界上还有那么多人饿死呢，心平些，活着就好，活着就好啊。"爸爸的话到后来听着像是佛理了。叶闻莺知道爸爸原先并不是这样与世无争的人，便越发难受了。十万美金没了，叶闻莺原先已是绝望了，见爸爸这样，倒又不甘心了。她想，怎么就真到了这一步呢？不至于呢，不至于呢。回去的路上，她把"不至于"默默念了几千遍，脑子里本来空荡荡的，忽地一下子，蹿进个人来——卢子明。豁然开朗了。接下去的事，并不太难。他本来就有心，她只是顺着他罢了。一点一点，不疾不徐，节奏是刚刚好的，既不拒人千里，也不热络得让他生疑，像渔翁钓鱼，叶闻莺是花了点心思的。刚才说那番话时，她泪水在眼眶里打转，很楚楚动人了。纸鹤是饵，眼泪是鱼钩。他心甘情愿吞了饵，上了钩。

厂里都知道卢子明和叶闻莺的关系了。卢子明的妈妈是下届县长的热门人选，卢子明年轻有为，仕途一片光明。车间里那些女人不敢再说叶闻莺的闲话了，都猜她原先那套房子大概风水不好，烧了倒走运了，反找着了个好男人。孔雀到底是孔雀，拔光毛的孔雀也是孔雀，照样能引来凤凰。叶闻莺和卢子明走在一起的时候，旁边都是艳羡的目光。不久，叶闻莺被调到劳人科去了。调令下来那天，江厂长把叶闻莺叫到办公室，说："闻莺啊。"声音激动得都带哭腔了。叶闻莺鄙夷地看着他。江厂长说："闻莺啊，我很喜欢你，这点你是晓得的。如果说我过去有什么地方得罪你，那也是因为太喜欢你的缘故。你一定要原谅我。"他从抽屉里拿出一条白金项链，说："我早就买了想送给你，可一直都找不到机会。现在送给你，当是你和小卢的结婚礼物。"叶闻莺说："我们还没结婚呢。"江厂长说："迟早总要结的嘛，你收下，就算给我个面子。"他道，"闻莺啊，虽然我很喜欢你，但看到你找到了一个这么好的归宿，我真心真意替你开心，这个，喜欢不代表一定要占有嘛。"叶闻莺没理他，东西也没收，出来了，心想天底下怎么会有这样不要脸的人？她却不晓得，江厂长是担心她把过去的事告诉卢子明，才这样扮小丑似的。江厂长心里其实忧虑得很。得罪了卢子明，就等于得罪了卢子明的妈妈。卢子明妈妈是个厉害角色，做人做事都风风火火，连县长见了她都忌惮三分，伤脑筋啊。江厂长知道她喜欢喝茶，刚好前天有熟人捎来两罐极品乌龙，准备找个机会给她送去。

叶闻莺到车间收拾东西。车间主任笑吟吟地说："其实我还真舍不得你走呢，像你这么勤快的工人现在可不多。"关伟在旁边一声不吭地干活。叶闻莺收拾完了，走过去，说："师傅，我走了，你多保重。"关伟嗯了一声。他看她的背影,觉得心头有东西堵着,憋气得很。这跟以前的憋气还不同,多了些怅然,更不是滋味了。车间里有个与他相熟的人,约他晚上一块儿去喝酒。酒过三巡,那人道:"你也别气了,再气也是白气,谁让你没后台没靠山?我晓得你聪明有本事,要不是家里没钱,老早就读博士了。可没办法,谁让你爸妈是农民,供不起你读大学呢。我跟你讲,世界上不公平的事情多呢,老老实实当一辈子工人吧,这就是命——"他以为关伟是为这个不高兴。关伟不说话,将酒一饮而尽。那人又道:"听说厂里要搞竞聘了,你实在心里不痛快,就去试试,聘不上也别生气,聘上了算你小子走狗屎运。"关伟有些醉了,听了便大声道:"我去,为什么不去?凭什么我就是一辈子工人的命?凭什么好处都他们得了?要钞票有钞票,要女人有那个……女人……"那人听了嘿嘿直笑,说:"我看你是想女人了。"关伟大着舌头,说:"为、为什么不想?"他眼前浮现出叶闻莺的脸,微微朝他笑着。他想起那天晚上她拉小提琴的情景,心里一阵发酸,一会儿,酒精涌上头了,晕乎了。那人道:"要不要我帮你介绍一个?"关伟摇摇头。那人问:"你是不是有喜欢的人了?"关伟不说话,眼神呆呆的。那人说:"我晓得你喜欢的人是谁。"关伟朝他看,说:"你晓得?你、你倒说说看!"那人道:"是小芳对不对?"关伟说:"不对。"那人又道:"是不是丽丽?这小女人去年还给你织了条围巾,一定是她。"关伟说:"也、也不对。"那人猜不出了,便道:"你自己说,是谁?"关伟打个酒嗝,朝他傻笑,说:"你猜不到的,我告诉你——"凑近他耳朵,带着熏人的酒气,轻轻说了三个字,"叶、闻、莺。"

卢子明的母亲并不很喜欢叶闻莺。她对儿子说："你们将来结婚了，她哥哥也得跟着，是个大累赘。"卢子明说："跟着就跟着吧，他是闻莺的哥哥，照顾他也是应该的。"卢母说："你说得倒轻巧，又不是小猫小狗，是个大活人，你们以后肯定会有小孩，又要照顾小孩，又要照顾他，你想想，这日子怎么过法？"卢子明听了不作声。卢母道："我不是泼你冷水，结婚不是小孩子过家家，方方面面都要想清楚，现在一时冲动，将来要后悔的。"卢子明说："这个我晓得。"卢母道："我也搞不懂你为什么这样死心眼，比她条件好的女孩又不是没有。"卢子明笑笑。卢母叹道："有些话现在跟你说你也不明白，等你到了我这把年纪就清清楚楚了。"

星期天，叶闻莺到卢子明家里吃饭。叶闻莺每次来吃饭，心里都有些惴惴不安，怕自己有疏忽的地方，时刻警惕着，一顿饭吃下来，倒比上班还累。她到厨房去帮卢母的忙，被卢母笑着推了出来，说："你是客人，坐着吧。"卢父在装烟丝，他是轻度青光眼，每次往烟斗里装烟丝，都要折腾半天。叶闻莺见了，便说："伯父，我来帮您弄。"她小心翼翼往里装着烟丝，堆得紧实，又不掉下来，点起来也方便。她把装好的烟斗交给卢父，甜甜地说道："您慢慢抽。"叶闻莺将阳台上的衣服收进来，放在沙发上叠。一件件叠得棱角分明，服服帖帖。卢子明要她到他房间里坐会儿，她不肯，轻声说："不大好。"卢子明不明白了，说："到房间坐会儿又怎么了？"她笑笑，说："还是在客厅里坐着吧。"叶闻莺知道卢子明是想跟她亲近亲近，可他爸妈都在旁边，尤其是他母亲，心眼比谁都多。她不想给他们留下轻佻的印象。吃饭时,叶闻莺举起杯子,说:"伯父伯母,我敬你们。"卢子明的外婆快九十岁了,叶闻莺坐在她旁边,不停地为她夹菜,"外婆,这块鱼有刺,我来帮您挑掉""外婆,这块鸡最嫩了,您尝尝""外婆,您胃口真好,怪不得身体这么壮"卢子明的外婆被她哄得眉开眼笑。吃完饭,叶闻莺执意要洗碗,她对卢母说:"伯母您忙了半天了,我来弄,您去看会儿电视吧。"卢子明要帮忙,也被她拒绝了。她哄小孩似的说:"你乖乖的,待会儿我切水果给你吃。"叶闻莺一边洗碗,一边回想刚才的举动,每个细节都不放过,猜测他父母到底是满意还是不满意。又担心是不是过于殷勤了,反而弄巧成拙。一颗心乱糟糟的,理不出个头绪,患得患失了。

　　卢子明送她回家。走到一半,忽然下起雨来。是阵雨,豆大的雨点没头没脑就落了下来。两人都没带伞,便到一旁的商店门口躲雨。叶闻莺说:"又不是夏天,怎么说下就下?"卢子明一只手拿包,另一只手搂着她。他问她:"冷不冷?"她说:"不冷。"他将她前额一绺头发朝后捋去,在她脸上亲了一下。叶闻莺嗔道:"当心给人家看见。"卢子明道:"看见就看见,多几个人看见才好呢。"他凝视着她,说,"真希望这场雨一直别停,最好下到明天,我就可以这样一直搂着你。"叶闻莺笑道:"我哥哥还等着我呢,要是雨一直不停,家里就闹翻天了。"卢子明听了,不说话。叶闻莺问他:"你怎么了?"他说:"没什么。"过了一会儿,他忽道:"闻莺,你家里还有没有别的亲戚?"叶闻莺说:"还有个阿姨,不过很久没联系了。"卢子明哦了一声。叶闻莺看看他,道:"怎么忽然问这个?"卢子明笑笑,说:"没什么,随便问问。"他心里憋着话,又不晓得该怎么说,揣摩了半天,道:"那个,我们结婚该买多大的房子呢?你哥哥,给他住朝南的房间好,还是朝北的?"他说完看叶闻莺。叶闻莺想了想,说:"这个,再说吧。"两人接下去都不说话了,都等着对方开口,可又怕说了反倒更糟,有些僵持了。只得转身朝外,呆呆望着屋顶上落下的水珠,时而连成一条线,时而又断断续续的。

雨停了,卢子明送叶闻莺到家门口。叶闻莺说:"你回去吧,出来这么久,你妈一定急了。"卢子明说:"没关系的。"叶闻莺从家里拿了一把伞给他,说:"拿着,怕一会儿又下雨。"卢子明接过,怔怔地朝她看。叶闻莺微笑着,拍拍他的脸,说:"发什么呆呢?快走吧,回家早点休息。"卢子明说:"你也早点休息。"她点点头。等他下了楼,她才进门。叶知秋坐在沙发上看电视。一只脚跷在茶几上,另一只脚却伸到嘴里。他见了叶闻莺,兴奋地说:"妹妹,妹妹,你看我厉害不厉害,我能吃到自己的脚指头!"叶闻莺没理他,坐下来,回想刚才卢子明的话。她知道他的意思。叶闻莺眉头蹙得紧紧的。叶知秋站起来,拉她的袖管,说:"妹妹,我饿了。"叶闻莺道:"怎么,你没吃饭?"他道:"吃了,可是又饿了。"她到厨房给他煮了碗面条。叶知秋狼吞虎咽,很快便吃完了。他拿着碗到厨房去洗,只听得咣当一声,碗摔在地上,碎了。他愁眉苦脸地问:"妹妹,怎么办?"叶闻莺没好气地说:"把碎片捡起来,扔到垃圾桶里,小心别伤着手——"话音未落,就听见叶知秋杀猪似的叫起来,她奔过去,见他右手食指被碎片割开了,流着血。她到药箱里拿了绷带,给他包上。叶知秋两行眼泪挂在脸颊上,可怜兮兮的。

她叹了口气，道："你坐着吧，我来收拾。"

她回到房间，翻出通讯本，找到阿姨的电话号码，正要打过去。想想还是放下了。姨父身体不好，常年吃中药，阿姨单位效益也不好，表弟又在上大学，不能给人家添麻烦。过了一会儿，拿起电话又要打。拨了几个数字，犹豫着，还是挂断了。叶闻莺躺在床上，直愣愣地看着天花板。角落里有个蜘蛛网，一只蜘蛛停在上面。昨天才刚打扫过，隔了一天，蜘蛛网就结成了，倒是挺快。她目不转睛地看着，心想，你再辛苦又有什么用，拿把扫帚就能把你灭了。你这个小东西，你就忙吧忙吧，再忙也是白忙。叶闻莺关掉灯，在黑暗里叹了口气。

叶闻莺挑个星期天，一大早就出门了。阿姨家住在另一个县城，坐汽车要三个多小时，到那里刚好是吃午饭时间。叶闻莺买了些水果糕点，还有一只烤鸡，专给午饭添菜的。打开门，一个穿着睡衣的中年女人站在门口。她朝叶闻莺看，问："你找谁？"叶闻莺激动地叫了声："阿姨！"女人一愣，又定睛看了看，这才认出来："闻莺！"她惊讶极了。姨父和表弟也从里面出来，见了叶闻莺，都是一脸的诧异。叶闻莺朝他们笑，说："好久不见了。"

叶闻莺说明来意。她说："阿姨、姨父，我现在除了你们，一个亲人也没了。你们要是不肯帮这个忙，我就真的走投无路了。"——完全是求恳的语气了。阿姨和姨父对视了一眼。叶闻莺说："阿姨你是自己人，我也不怕跟你说实话，要不是想拴牢那个男人，我也不会这么做。我哥哥在这里最多住一年，等我们结婚了，我一定会把他接回来。"阿姨为难地说:"闻莺啊,不是我们不想帮忙,只不过,我这里的情形你也看到了,房子小,你姨父身体又不好,唉——"叶闻莺说:"这个我知道,可是阿姨,我实在是没有别的办法了,你一定要帮我这个忙。我带了点钱过来,虽然不多,但请你们收下。"她从包里拿出一个信封。她说:"一共是两千块。我所有的积蓄都在里头了。阿姨,我这是孤注一掷了。要是我将来能过上好日子,我一定一定不会忘记你们——"叶闻莺眼里泛着泪光。

叶闻莺带叶知秋去监狱里看爸爸。爸爸问叶知秋:"你怎么样,最近乖不乖啊?"叶知秋说:"我一直都很乖。"爸爸笑着说:"你要听妹妹的话,知道吗?"叶知秋点点头,津津有味地咬着手指,再"呸呸",把指甲吐出来。叶闻莺在他手里塞了根棒头糖,让他吃这个。爸爸叹了口气,对叶闻莺道:"你哥哥不像你,不会照顾自己。"叶闻莺说:"这个我晓得,我会照顾好他的,爸爸你放心吧。"

临走前一天,叶闻莺把叶知秋的东西整理成一个大包。她对叶知秋说:"明天送你到阿姨家去。"叶知秋嘴一噘,说:"我不去。"叶闻莺哄他说:"阿姨家可好玩了,阿姨会烧红烧肉和糖醋鱼给你吃,姨父会变戏法,还有表弟可以陪你下跳棋。"叶知秋说:"我不去,我要和你在一起。"叶闻莺说:"你要是不去,阿姨会不开心的,爸爸也会不开心的。"叶知秋愁眉苦脸地想了一会儿,问:"那要去多久?"叶闻莺说:"如果你乖的话,我很快就把你接回来。"叶知秋一挺胸,说:"我很乖。"叶闻莺笑着点头,说:"我知道了。"第二天,叶闻莺早早地起床,给叶知秋下了一大碗面条,加两个荷包蛋。她看着他吃,说:"多吃点。"中午到了阿姨家,寒暄几句就出来了。叶知秋送她到楼下，苦着脸，一只手死死拽着她的衣袖。叶闻莺说："别这样，表弟看见会笑你的。"叶知秋只得放开了。他说："妹妹，我很乖的。"叶闻莺说："我晓得。"他又大声说了一遍："妹妹，我很乖的！"叶闻莺心里一酸，说："我晓得的，你一直都很乖。"她朝他笑笑，挥了挥手，转身走了。

卢子明知道了叶知秋的事，倒有些不好意思了，也不敢问叶闻莺。一天他到她那里，两人吃完饭，在沙发上说话，说着说着，不知不觉都有些动情了。卢子明吻她的嘴唇，一只手搂住她，另一只手去解她的扣子。也不知怎的，脱口说了句"你哥哥不在，倒是自由多了"。叶闻莺一下子没了兴致，推开他，坐起来。卢子明看看她，说："你怎么了？"她道："没怎么。"他去扳她的肩膀，她不理他。卢子明愣在那里，两人都不说话。过了一会儿，叶闻莺叹了口气。卢子明说："我知道你在怪我。"叶闻莺说："我没有。"他道："你就是在怪我，我知道的。"她道："我没有怪你，我是在怪自己。"卢子明握住她的手，他说："你这样等于就是在怪我。"叶闻莺摇头，说："我怎么会怪你呢？我要不是因为太喜欢你，也不会把我哥哥送走。"她说着，眼泪就流了下来。卢子明一把抱住她，说："闻莺你不要这样，我看着心里很难受。"这天晚上，两人一起去看了场电影。两人眼睛盯着银幕，心里都在想事情。卢子明是有些内疚的，可再想想，自己好像也没什么不对，有些事情叶闻莺本来就该想到的，不该由他提出来，倒像是他的错了。心里别扭得很，又不能说出口。他轻轻推了推她。她看他，微微一笑。卢子明想，做人还真是挺难啊。叶闻莺心里也不舒服，想，人都已经送过去了，还跟他怄什么气啊？懊恼得不得了。两人看完电影出来，走在路上，依然是都不说话。路灯把两人影子拉得老长老长。叶闻莺去搀他的手，他将她的手牢牢握在手里。他问她："你喜欢我吗？"她道："傻话！"他又问："你喜欢我吗？"她一笑，说："喜欢，喜欢得不得了。"说着在他脸上亲了一下。他说："我也喜欢你，喜欢得不得了。"两人相视一笑。

叶闻莺回到家，本想看会儿书再睡的，也不知怎的就没了精神，躺在床上，觉得累了，却又睡不着，就那样呆呆地躺着。看着窗外。好久没擦窗了，连着下了几场大雨，玻璃上的灰尘被雨水一冲，干净是干净些了，不像前阵子那样灰蒙蒙的，只是留下一条条印子，夹着残余的污渍，看着反倒更怪了。几天前那只蜘蛛还停在那里，一张网是越织越大了。叶闻莺看着它，想，小东西，你慢慢织吧，我不来碰你，看你能撑多久。

（四）

厂里是没有秘密的，尤其男女间的情事，传得比风还快。一夜间，人人都知道了关伟在暗恋叶闻莺。他们经过关伟身边时，总会忍不住朝他多看几眼，再笑一笑——意思都在里头了。关伟表面若无其事，心里却恨不得把那个多嘴的人舌头割下来。他想，好端端的喝什么酒。关伟不单单是后悔，还有比后悔更难堪的。他晓得那些人背后会怎样说他——癞蛤蟆想吃天鹅肉，痴心妄想，不自量力。关伟心底最深处那点自尊被伤了。一直以来，关伟没觉得自己比别人差，没钱没地位并不代表没本事，他靠这点自尊在厂里待了十年。倘若那人不是叶闻莺还好些，偏偏是叶闻莺——谁都晓得叶闻莺是天上的仙女，你关伟再臭屁，也是高攀不上的。到后来，众人看关伟的目光，不光是可笑，简直有些可怜了。

卢子明原先与关伟是不相熟的，话都没说过半句。那天，两人在工厂门口遇上了。一个推着自行车从这边过来，一个从那边走来。打个照面，都是一怔。这一怔，便表示两人心里有事，是本能反应。只是短短一秒钟，很快地，卢子明笑了笑，关伟也笑了笑。一前一后进去了。卢子明把脚步放慢，走在关伟后面，向旁边几个认识的人打招呼，脸上带着笑，比平常还要热情些。一人问："几时喝你喜酒啊？"卢子明笑道："急什么，到时不会少了你。"又一人问他："哎，说说看，到哪个阶段了？"——贼忒兮兮地笑。卢子明道："这个嘛，不方便告诉你。"说罢将那人的脖子轻轻一按，再一笑。关伟听见身后的嬉笑声。他猜他们应该是在看着他的。嬉笑声一阵接着一阵。他心底有些狼狈，脸上却比往常更加坦然。"我没做错事呢，有什么大不了的。"他这样说给自己听。从厂门口到车间这段路，他走了十年，从没像今天这样长，似是怎么走也走不完。好不容易走到了，进更衣室，把门一关。那种古古怪怪的难受，看似没什么，却又是伤筋动骨的，闷着憋着，到后来，恹恹的都有些心灰了。

卢子明与叶闻莺吃饭时，说："你走的时候，怎么没请你师傅吃顿饭？"——他装作不经意的，朝她看。叶闻莺说："我跟他不太熟，再说车间里也没这个风气。"卢子明哦了一声，道："这个人技术不错。"叶闻莺说:"是啊。"卢子明又道:"听说他以前谈过一个女朋友,都快结婚了,女方父母嫌他穷,又吹了——"话一出口,便觉得不妥。叶闻莺看他一眼,说:"是吗?我倒不知道。"卢子明讪讪地扒了口饭。忽然,鱼刺卡进喉咙里,进出不得,一张脸涨得通红。叶闻莺拿来醋,他咕噜噜喝了一大口,过了一会儿,总算是好了。她笑道:"这么大的人了。"挑了块鱼肉,仔细地将刺剔掉,喂到他嘴里。她问他:"喉咙疼不疼?"他道:"不疼,你喂我就不疼了。"她笑笑。两人一边吃饭,一边在想接下去该说什么。因是刻意的,斟字酌句,便觉得说什么都不好,干脆不说了。吃完饭,卢子明只稍坐了会儿,便出来了。走在路上,回想刚才的场景,都有些难为情了。叶闻莺那样聪明的人,其实还不如直说,拐弯抹角反倒显得不磊落了。卢子明又悔又急,恨不得立刻回去再说清楚。夜里风大,狡猾得很,直往人脖子里钻,身体一下子就凉透了。

　　叶闻莺躺在床上,呆呆地出了一会儿神。她给叶知秋打了个电话,是长途,匆匆讲了几句便挂了。叶知秋告诉她,他吃坏肚子了,拉了整整一天,屁眼都拉疼了。他带着哭腔,说:"我很乖的,妹妹,你什么时候来接我?"叶闻莺说:"快了。"他又道:"我很乖的,很乖很乖。"叶闻莺挂掉电话,鼻子酸酸的。想哭,又哭不出来。她关灯躺下,过了一会儿又坐起来,拿手机给卢子明发了条短信:我爱你。拇指按下去,便有些后悔了,又不能收回来,一颗心吊在半空,悬着。两分钟后,手机响了——这两分钟像两年那样漫长。叶闻莺看到屏幕上的四个字:我也爱你。一颗心总算是放了下来。再一想,这四个字轻轻巧巧,焉知是不是惯性作用下的产物。

她看不到他的人,也看不透他的心。这么一想,依然还是不踏实。叶闻莺拿自己的心去猜他的心,一颗心揉来揉去,揉得都要碎了,到后来只觉得累。

第二天是周六,卢子明没过来,电话也没一个。叶闻莺有些气了,想你这算是什么意思。其实她不晓得,卢子明不是不想来,而是不敢来,怕又闹得不愉快。那种气氛促狭得很,让人笑也不是哭也不是,说不得也骂不得,完全使不上力。他想,女孩子的性情多变,说不定过些日子就好了。叶闻莺在电话旁待了整整一天。到了晚上,卢子明忍不住了,打个电话过来,约她次日出去逛街。叶闻莺想也不想,就说没空。卢子明问她:"你是不是不开心?"她反问:"我为什么要不开心?"卢子明碰了个钉子,心里不大舒服,就说:"我怎么晓得。"两人在电话里僵持了一会儿,叶闻莺说:"我要睡觉了。"也不待他回答,便挂了电话。说的时候爽气,说完又后悔了。把刚才的话咀嚼了一遍又一遍,起初觉得是有些过分,多想几遍,又觉得没什么。她安慰自己,耍耍脾气又怎么了,平常就是对他太客气了。叶闻莺睡到半夜,只觉得口渴,起来倒了杯水喝,又觉得浑身发冷,喉咙疼得厉害。

第二天,叶闻莺到药房买药时,遇见了关伟。她本想装作没看见,可惜慢了一拍,目光刚好相接。她只好说:"来买药啊。"关伟点点头,问:"你也来买药?"叶闻莺道:"嗯,有点感冒。"关伟说:"怎么不去医院?"叶闻莺道:"星期天要挂急诊,算了。"关伟噢了一声,指指手里的药方,说:"快冬至了,给我妈抓服中药补补。"营业员将各种各样的中药拿出来摊在纸上,再一包包扎好。关伟付了钱。两人走出药店,叶闻莺说:"再见。"关伟也说:"再见。"嘴上这么说,脚却没动。叶闻莺察觉了,朝他看,他也看她。关伟有些窘了,胆子反倒大了,说:"这个,一块儿走走怎么样?"叶闻莺有些意外,一怔。关伟是豁出去了,心怦怦地跳。过了一会儿,听见叶闻莺轻轻柔柔的声音:"好的。"关伟愣了愣,倒不知如何是好了。叶闻莺笑道:"我还没有请师傅吃过饭呢。"关伟听了不是滋味,倒像跟她讨饭吃似的。叶闻莺说:"对面街新开的那家火锅店不错,去尝尝好不好?"关伟忍不住道:"我没有让你请客的意思。"叶闻莺一笑,说:"我知道,就当陪我去吃,人家说感冒的人吃火锅发身汗就好了。"

火锅店开张不久,装潢布置都是新的,也没有发腻的油烟味,干干净净的。羊肉是内蒙古空运来的,很新鲜,连蘸料也不需要。一会儿啤酒送上来,叶闻莺要给他倒,关伟推辞道:"不喝了,我这人一喝酒就要犯傻。"他说到这里停了停,有些尴尬了。叶闻莺依然给他倒上了,也给自己倒了一杯。叶闻莺笑道:"其实我也不能喝酒,一喝就出丑。"关伟想起那天晚上的事,感慨万分。他对她道:"女孩子最好还是不要喝醉,不大好。"叶闻莺点头说:"知道了。"关伟接着说:"对身体也不好,伤胃。"叶闻莺说:"嗯。"关伟涮了两片羊肉,夹到她碗里。又将汤表面的白沫撇净,舀了半碗汤给她。叶闻莺想起当初他为她买小笼包的情景。他真是个很细心的人。叶闻莺朝他看。他触到她的目光,柔柔的,比平常亲切了许多。她就坐在他的身边呢。他常常会梦见她,也是这样静静地坐在一旁。他有许多话要对她说,此刻却一句也想不起来,即便想起了,也不晓得怎么说,索性不说了。他也朝她看,只看了几眼便移开了,笑道:"你别这样看我,我要不好意思了——"他是想开个玩笑的,说出口,才觉得不伦不类。他拿起酒杯,一饮而尽。

卢子明来找叶闻莺,敲了半天门都没人应。他打她手机,却是关机。在门口等了一会儿,只得走了。过马路时,见叶闻莺和关伟从对面走了过来。卢子明愣在那里,叶闻莺瞥见他,也是一怔。关伟连忙解释:"闻莺到药店买药,我们在那里碰见的。"卢子明问叶闻莺:"你不舒服?"叶闻莺道:"没什么,有点感冒。"关伟不想给叶闻莺惹麻烦,打声招呼便走了。卢子明闻到叶闻莺身上的酒气,问:"你喝酒了?"叶闻莺说:"吃火锅,喝了一点。"卢子明问:"和他一起吃的?"叶闻莺瞟他一眼,说:"你不是让我请师傅吃饭嘛。"卢子明心情不好,没听出她话里撒娇的意味,倒听成挑衅了。他把叶闻莺送回家,门也没进,便道:"我走了。"叶闻莺想开口留他,迟疑了一下没说。她看他走下楼梯,心想,让你吃吃醋也好。过了一会儿,给他发了条短信:我发烧了,四十二度。她本意是想吓吓他,谁晓得他竟没回音。她等了一个多小时,心一点点沉下去。她是有些后悔的,自己却又不肯承认。这些日子乱糟糟的,脑子也乱糟糟的。叶闻莺怔怔的,忽地一下子想起爸爸,还有叶知秋。清醒了些,却越发难受了。她把头蒙在被子里,蒙得紧紧的。直到快喘不过气了才掀开,到卫生间洗了把脸。对着镜子里那张脸,先是发了会儿呆,继而冷笑了一声。她恶狠狠地说:"叶闻莺,凭你也配跟男人耍小性子发脾气,劝你还是安分些吧,你这个倒霉蛋。"她说完笑了笑,眼泪却流了下来。一滴又一滴,流到头颈里,衣服上。

卢子明倒不是故意不回短信。他手机没电了，到家也没察觉，直到第二天换上电池板才看见。上班时经过劳人科，往里瞟了一眼，见叶闻莺坐在位子上，这才放心了。卢子明一整天都没精打采的。有个同事问他什么时候办喜事。他脱口而出："谁晓得，早着呢。"下班回到家，他母亲见他这副模样，便问："跟闻莺吵架了？"他说："没有。"卢母又问："厂里的事不开心？"他道："不是的，你别乱猜。"卢母笑笑，没头没脑地说了句："上次那个女孩，她爸爸当上副检察长了。"卢子明皱皱眉头，回房间了。坐在写字台前，打开抽屉拿东西，无意间看到那女孩的照片，嫣嫣笑着，没有叶闻莺明艳，却也算是清秀了。卢子明怔怔看着，一动不动——也不知过了多久，每一分钟都像是一个世纪那么漫长。渐渐地，心情一点点平静下来。脑子也清楚多了，想事情不那么拘泥了。换个角度，再退一步，便是海阔天空了。卢子明在房间里待了几个小时，连饭也没吃。第二天早上向母亲说了番话，卢母笑了笑，说："我早晓得，我儿子傻是傻，可也没傻到家。"卢子明忙说："不是的。"卢母一摆手，说："你跟我解释什么，我是你妈，我还能笑话你不成？"卢子明有些不好意思，脸都红了。又想，只是见见面，也没什么呢。

叶闻莺上班时遇到卢子明，问他："这几天怎么都不给我打电话呢？"她嘴角带着笑，似是忘了前阵子的不愉快。卢子明倒不晓得怎么说了。叶闻莺看看他，关切地问："你脸色不大好，是不是不舒服？"卢子明说："没有，我很好。"他问她，"你呢，还发烧吗？"她道："早好了，要是烧到现在，人都烧焦了。"她咯咯笑了。卢子明也跟着笑。叶闻莺说:"今天你过来,我炖鸡汤给你补补。"她笑吟吟的,心里却是没底。卢子明犹豫了一下,说:"这个,今天就算了,我有点事。"她依然笑吟吟的,说:"噢,没关系,那就过几天吧。"

接下去一段时间,卢子明都没到叶闻莺家去,电话是每天都打的,却只是寥寥几句,言辞间客客气气,像普通朋友的寒暄。叶闻莺听到厂里的风言风语,说卢子明在和另一个女孩交往,女孩的父亲是市检察院的副检察长。叶闻莺装作毫不知情,人前人后,倒比平常更加温婉体贴。她二十四岁生日那天,让卢子明过来一块儿庆祝。卢子明买了个蛋糕——蛋糕不是别的东西,吃完就没了。他没准备其他礼物。叶闻莺心里凉了半截,脸上却还是笑着。吃完饭,她换了身紫色的羊毛裙,是新买的,紧身收腰的式样,曲线妩媚动人,很性感了。卢子明还是第一次看她穿这样的衣服,顿时就有些不自然。叶闻莺浅浅笑着,坐在床沿上。她牵着他的手,将他拉近,一点一点,慢慢地往上移,最终放在自己胸脯上。叶闻莺心跳得像打鼓。这是背水一战,不能有顾虑了。她眼波柔得像溪水,嘴唇湿湿润润,整个人都是泛着光的。她看到他的脸唰地一下红了,人也局促起来。她闭上眼睛,等着他来吻她。她是温柔的水,却也是撩人的火。等了一会儿,没动静。她睁开眼睛,见他站在那里。她没说什么,只对他笑了笑。他迟疑着,去拿桌上的自行车钥匙,说:"我要走了。"叶闻莺听见自己身体里有根东西嘣地断了,勉强撑着,说:"这么早就走了?"卢子明说:"嗯,家里有点事。"叶闻莺送他到门口,看着他,无限依恋地。他装作没看见,转身要走,她一下子扑倒在他怀里，哭了起来。卢子明愣住了。叶闻莺哽咽着说："求求你，别走好不好？"——她满脑子是"大势已去"四个字，却兀自存着一线希望。泪水把他的衣服都湿透了。卢子明有些不忍心了，拿手去抚她的头发，却只是轻轻一下，便放开了。他想起那个女孩。笑起来嘴巴有点歪，照片上看不出，见到真人才晓得她额头上有条疤，说是小时候从床上掉下来摔伤的。好在不算太深，拿刘海一遮就遮住了。相亲那天，双方父母都来了，女孩的父亲身材高大，举手投足活脱是个军人，他对卢子明印象不错，临走时还笑眯眯说了句"小伙子，好好干，前途无量啊"，不像未来岳父，倒似领导的口吻。这话有醍醐灌顶的功效。前面千条万条路，阡陌交通，而摆在眼前这条，便是朝阳大道，情势一下子明朗了。卢子明这才晓得自己原先是太过混沌，小打小闹了。他在叶闻莺肩上拍了拍，轻轻叹了口气。叶闻莺望着他，泪水止不住地往下落，一滴又一滴。刚恋爱那阵，她也常在他面前哭。但那时的眼泪，像立夏后的雨水，每落一阵，温度便升一点，是锦上添花的妙物。现在的眼泪，却是立秋后的雨水，落一阵便冷几分了。眼看着已快冬至了。远处，树枝光秃秃的，一根根张牙舞爪地竖着，青得发白。空气里透着冷冷的木木的味道。叶闻莺站在阳台上，望着卢子明渐渐走远。很快地，缩成很小的一个点，看不清了。她也不哭了，就那么怔怔地站着，一动不动，像座雕塑。

几周后的深夜，一场特大暴雨袭击了邻近的几个县城。闪电划过长空，屋里一阵亮一阵暗的，惊雷一个接一个，咣啷一声砸下来，似是砸在人的头顶。雨水在窗玻璃上疾速落下，像瀑布。看不见外面的景象，就觉得心惊肉跳。按理说这样的季节不该有大暴雨，怪异得很。叶闻莺坐在家里正看着电视，一个雷陡地劈下来，屋子顿时漆黑一片，想必把高压电线给打断了。等了一会儿还是没电，她只得拿出蜡烛点上，一抹孱弱的黄色的光，抖抖索索的。不知怎的，她忽然想到叶知秋。每次打雷，他总会逃到她的房间来，抱着头蜷缩在她身边，哈巴狗似的。他其实更像她的弟弟。他把她当姐姐，也当妈妈。不晓得他现在怎么样了，四个人在一起，他应该不会害怕吧。叶闻莺想打个电话过去，又怕太晚了打扰人家休息，只得睡了。躺在床上，又是一个惊雷在头顶炸开，耳朵都震得疼了。也不知道为什么，心怦怦直跳。睡了一会儿，心还是跳个不停。扑通扑通要跳出胸腔似的，翻来覆去睡不着。过得片刻，周围稍静些，黑寂寂的，却又有些怖人了，总觉得心里有事。迷迷糊糊中，她似是听见有人在说话，却又听不大清。渐渐地，有些清晰了，像是叶知秋的声音——"我很乖，我很乖的。"轻轻细细的，"我很乖，很乖很乖。"一遍一遍地，在她耳边回旋。她想起叶知秋那张脸，咧开嘴，傻傻笑着。一手拿根棒头糖，另一手放在嘴里，咬指甲。叶闻莺听见自己的心跳声了。她想，这是怎么回事，不就是打雷嘛，方寸竟都乱了。

第二天清早，她接到阿姨的电话。阿姨的声音像是从很远的地方飘来，隐隐有回音。她还没开口便哭了出来。叶闻莺的心也跟着收缩。阿姨叫道："闻莺啊！"阿姨本来说话声就尖，因是边哭边说，夹着鼻音，听着更怪，都有些诡异了。

阿姨告诉她，叶知秋昨天半夜里偷偷溜出去，今早，被人发现躺在附近的菜田里，全身烧成一段焦炭——被雷打死了。

接下去的日子过得很慢，一天天难熬得很，都是数着秒针过去的，一秒、两秒、三秒、四秒、五秒……屋子里静静的，只听见墙上挂钟的声音。嘀嗒、嘀嗒……听得久了，觉得这钟似是敲在人的心上，都震得疼了。说是慢，却又快得很。叶闻莺一觉醒来，想着叶知秋还在隔壁，去叫他起床，走到客厅，看到五斗橱上的遗照，这才猛地醒觉。屋子里每个角落都有他的身影。吃饭时，对面坐的是他；看电视时，他在旁边咬手指甲；出去时，他乖乖地跟在后面，说，妹妹，我很乖，很乖很乖。只一眨眼的工夫，便隔着两个世界了。叶闻莺呆呆地坐在沙发上，傻了似的。起初是后悔，难以言喻的后悔，排山倒海的，压得都喘不过气来。渐渐地，平静了些，却不晓得那些情绪已渗入五脏六腑，流到血液里，是蚀骨的毒药，一点一点，把整个人都能蚕食了去。追悼会那天，爸爸也来了，身后跟个警察，是特批出来的。爸爸的脸色比躺在那里的遗体还要差。他致的悼词，声音在空气中打着战，一句一句，从嘴里滑出来，飘浮在每个人的头顶。爸爸念着念着，有些站不住了，两个人上前扶住他。到后来几乎听不见声音，只看见他的嘴在动。向遗体告别时，爸爸先是怔怔地看着儿子，忽地就倒了下去，直挺挺的，嘴唇白得像纸，休克了。救护车来了，送到医院抢救。爸爸苏醒后，把头蒙在被子里。叶闻莺听见爸爸的哽咽声，一阵一阵，像小孩似的。她走过去，说："蒙着头睡不好，缺氧。"爸爸没理她。她要掀被子，爸爸猛地转了个身，背对着她。叶闻莺晓得爸爸是在怪她。她坐在一旁陪着。整整一晚，爸爸都没有说过一句话。

阿姨和姨父帮着料理后事。阿姨几次想和叶闻莺说些交心的话，都被叶闻莺岔开说了别的。阿姨是急性子，包不住事，就直截了当问她："闻莺啊，你是不是挺恨我？"叶闻莺说："没有啊。"阿姨急急地说："那天晚上都一点多了，我们全睡下了，我怎么晓得你哥哥他会一个人跑出去。"叶闻莺点头，说："我知道，阿姨我不怪你，你帮我的忙我谢你都来不及呢，怎么会怪你？"叶闻莺说的是实话，换了是她自己，也未必会察觉。只是她口气冷冰冰的，阿姨以为她在说反话，又是气又是委屈。阿姨其实心里也有疙瘩——当初叶县长掌权的时候，她没得过他一分好处。叶闻莺的妈妈死得早，按说姐夫官做得那么大，也该照顾一下小姨的，皇帝都有几门草鞋亲呢，他倒好，势利得连过年过节都不来往。叶闻莺来求她的时候，阿姨想到这层，原本是有些犹豫的，再想想死去的姐姐，就答应下来了。现在反倒成了恶人。阿姨都有些灰心了。对丈夫儿子说，吃完这顿豆腐饭，以后大家各顾各，老死不相往来。

厂里派了几个人来参加追悼会，卢子明也来了。他对叶闻莺说："节哀顺变，当心身体。"说完这两句，便走过去与同事一起。叶闻莺哭得背过气去，他也不来劝慰——反倒连一般朋友也不如了。叶闻莺知道他是想避嫌疑，故意做给别人看的。到了这一步，反不觉得伤心了，只是有些来不及反应。她曾以为他是把她放在心尖上的，就算时间长了会滑下来，也是慢慢地，一点一点地。没想到他动作快得很，刺溜一下，就把她赶了下来，又换了个人上去。她从不晓得他是这样果断的人，做事一点不拖泥带水。那时她还想，等结婚以后，要改掉他温吞水的毛病，现在看来，竟是自己多虑了。叶闻莺并不十分怪他，换了她是他，说不定也是如此。她拿她的心映照他的心，便能看得更清楚些。吃饭时，叶闻莺一桌桌地招呼，到卢子明那一桌时，刚好服务员在上一锅鸡汤，她忽然想到当初为他熬鸡汤的情景，小火煨着，香气飘散在房间的每个角落。汤里有她的心思，满满一锅的心思，慢慢熬着。她是一只小鸟，把他当成大树，良禽择木而栖。现在她才晓得，其实他也是一只鸟，女孩的爸爸才是大树。她都有些感慨了。

爸爸只待了一天便回监狱了。临走时，叶闻莺拉他袖管，轻轻叫了声："爸爸。"他没吭声。她又叫了声："爸爸。"都含着泪了。爸爸转过身，看了看她。爸爸的两鬓全白了，才五十来岁的人，看着像六十岁。叶闻莺心里酸得很。爸爸伸出手，想抚她的头发，伸到一半又放下了。爸爸的眼泪顺着脸颊流了下来，他说："为什么要送你哥哥过去？"叶闻莺眼泪也流了下来，她说："我是为了这个家。"爸爸喉头滑动了一下，想说话，没说出口。眉心蹙成一个"川"字，嘴唇哆嗦着，身体晃了两晃。叶闻莺扶住他，爸爸看着她，在她手背上拍了拍，说："不怪你，不怪你……"他反复念叨着这三个字，上车了。车子启动那刻，叶闻莺隔着窗子朝爸爸挥手，爸爸也朝她挥手。叶闻莺使劲地挥手，挥得手都酸了。她想哭，强忍着，对爸爸微笑了一下。直到车子驶得远了，她还在招手。很快地，她眼泪夺眶而出，哗哗地流。周围有好几个人朝她看，她不在乎，越哭越凶，到后来干脆哭出声音了，哭得酣畅淋漓。这一刻，她什么也不在乎了，她要把心里的不开心全都哭出来，谁爱看就看吧,她就是要哭个痛快。她回到家,把家里彻彻底底打扫了一遍。晚上睡觉时,想到天花板上那只蜘蛛。一看,果然已不见了,干干净净,踪影全无。她一怔,居然还笑了笑。自言自语道:"我早说了,你这个小东西撑不了多久的。看,我没说错吧?"

　　叶县长回到监狱后,大病了一场,病好后,便开始信佛了。成天"阿弥陀佛"挂在嘴上。他觉得这世上是有因果报应的。那几天他常常梦到叶知秋。不说话,就那么愣愣地看着他。叶县长说:"儿子啊,我对不起你。"叶知秋咧嘴笑。叶县长想去拉他,一拉就拉个空,醒了。叶县长想起当年,他还是个技术员时,脑子活络,很得领导喜欢。有个副厂长最爱打"八十分",他时常陪着打通宵,再说些甜言蜜语,哄得领导眉开眼笑。那年,叶知秋六岁,叶闻莺四岁,兄妹俩体质都不好,三天两头感冒。有一次孩子妈到外地出差,两个孩子托邻居照看着,半夜里,叶知秋高烧发到四十度,邻居心急火燎地跑去找他。领导牌兴正浓,他走不开,心想小孩发烧也没什么大不了的,便忍着不回去。第二天再送医院已是迟了,脑子硬生生被烧坏了,成了白痴。他后悔得一塌糊涂,恨不得去跳河。叶知秋妈妈受不了这个打击,一连几天滴水未进,把身体弄垮了,不久,也病死了。说来也怪,从那以后,他仕途倒是一帆风顺,不到几年,便当上了县长。呼风唤雨,很威风了。他心里总觉得亏欠了两个孩子,尤其是叶知秋,想着将来要加倍地给他,别人有的,这孩子一样不能少,还要娶个千娇百媚的媳妇,皇帝似的侍候着。入狱后,他倒也不为自己难过,反正该享受的,他那几年里都享受了,值了。他是替两个孩子担心。叶知秋死讯传来那天,一下子,整个世界都坍塌了。躺在床上，先是睡不着，眼泪都流干了，后来忽地想明白了——这是报应，其实该天打雷劈的不是叶知秋，是他。他知道，老天爷这是在惩罚他呢，让他下半生都不得好过。他宁可死的那个人是他。不久，叶县长开始念佛了。逢人便说："少做坏事，老天爷看着呢，会有报应的。"狱中那些人听了都笑，说："你现在开始信佛，是不是晚了点？"他不理，只管自己念佛。遇到打雷闪电的天气，他先是缩成一团，抖抖的，继而跪下来，冲着天上喊："打我，打我！该天打雷劈的是我！"又是哭又是笑的。旁人都说，这人疯了。其实他并未全疯，平常好端端的，只有见到雷电才会失常。后来狱警总结出了规律，每遇到雷雨天气，便把他押到一个单人囚室，让他疯个够，等天气好了，再送回去。让他念他的佛——阿弥陀佛，阿弥陀佛。

尾声

这个冬天似乎特别长，立春都过了一个月了，却还连着下了几场雪。冷倒也不算太冷，只是缠缠绵绵的，棉衣始终是脱不下来，捂着都有些烦了。前两天下的雪，到现在还没融尽，屋顶上、枝头上、墙角里，都是散落的白点。积雪的光反射到空中，成了千道万道亮线，洒落下来，像瀑布，又似流星。

叶闻莺与关伟是年初领的证。没办宴席，只叫了几个亲戚，简简单单凑成一桌，算是结婚了。关伟的父母原先想搞得热闹些，叶闻莺不喜欢，她这边没什么亲戚，关伟那边的亲戚大都是些种田务农的,她懒得与他们打交道。关伟知道她的心思,便劝父母打消了念头。结婚那天,叶闻莺穿一身红色的旗袍,抹了些胭脂,整个人看着很喜气。不久,她又从劳人科调回车间工作了。叶闻莺并不觉得意外,只是想着这世界怎么像小说里写的一样,过于戏剧化了。一天,她在走廊里遇到江厂长。江厂长笑眯眯地说:"闻莺,恭喜恭喜啊。"叶闻莺说了声谢谢,问他,厂长:"那根白金项链呢?不是说好给我当结婚礼物的吗?"江厂长愕然了。她一笑,露出嘴角的酒窝。江厂长误以为她在撩拨他,心里一痒,正要接腔。叶闻莺面孔一板,冷冷地迸出三个字:"王八蛋!"江厂长一怔,还当自己听错了。叶闻莺又骂了一遍:"王八蛋!"她歪着头看他,嘴角带着不屑——到了这一步,她什么都不必顾忌了。解气得很,像喝完可乐打个嗝,浑身都通畅了。

三月里,卢子明和那女孩结婚了,风风光光地办了几十桌,请的都是县里的名绅要人。婚后,卢子明住在丈人家,很快地,便调去市政府了。叶闻莺只见过他一面,匆匆忙忙地,一手挽着新娘子,一手拿着皮箱。两人都没说什么,只是笑了笑。那天,关伟也不知怎的,正看着书,忽然抬起头对叶闻莺说:"你老公没本事,委屈你了。"叶闻莺晓得他是非常在乎这些的,便笑一笑,道:"谁说你没本事?我老公是匹千里马,只是还没遇到伯乐罢了。你就等着吧。"

叶闻莺居然一语成谶。几个月后,厂里新来了一批机器,是从国外进口的,不料才两个星期就瘫痪了,当初派去国外学习的技术员也束手无策。眼看着高价引进的机器成了废铁,厂领导急了,闲置一天就是一天的损失啊。正要和厂家联系,关伟站出来了,说:

328

"让我试试看。"车间主任知道他的本事,同意了。关伟三下两下,机器便运转自如了,变戏法似的。周围人眼珠子都要掉下来了。关伟说:"机器没坏,只是操作手法上有点小问题。"他轻描淡写地讲来,一旁的技术员顿时面红耳赤。新上任的副厂长是个爱才的人,说:"这么好的同志,在车间里翻三班,埋没了嘛。"当下一拍板,关伟调到业务科,成了技术员。他是副厂长亲自提拔上来的,业务又精,大家心中有数,对他便格外不同。半年后,关伟破格升为副科长。

叶闻莺生孩子那天,是难产,医生要家属签字剖腹产,偏偏关伟在陪副厂长打麻将,他父母急急地把他叫来时,孩子已出生了,是龙凤胎,大小平安。关伟松了口气,走进病房。叶闻莺睡着了。两个孩子躺在旁边,粉妆玉琢,眼睛骨碌碌地转。阿姨和姨父专程来看叶闻莺,都说这两个孩子长得好,女孩像妈妈,男孩像娘舅。话一出口,便觉得不大妥当。阿姨说:"闻莺啊,你算是苦尽甘来了!"叶闻莺笑笑,转头去看两个婴儿。刚吃完奶,在那里玩自己口水。叶闻莺喝完一盅当归乌鸡汤,懒懒地靠在床背上,朝窗外看。已是初夏了,太阳暖暖地照进来,地板上一个亮亮的白影。关伟又去陪领导了。她晓得下个月厂里调整干部编制,这阵子是紧要关头。叶闻莺打个哈欠,有些累了,眼皮渐渐耷拉下来,听见阿姨在说:"闻莺啊,将来让这小姑娘也去学小提琴,考音乐学院,你说好不好?"叶闻莺含糊答应一声,便睡着了。这一觉睡得很熟。

又见雷雨

清晨六点，阳光从窗帘缝里漏进一缕，延伸开来，先是窗台，再是地板，随即又爬上张一伟的脸。从额角到下巴，细细长长，像粉笔画的一道。认识他八年了，郑苹还是第一次离他这么近，看得这么仔细。男人长了张圆脸，皮肤又白净，多少缺些英武气，所以他留了络腮胡子。过了一夜，胡子越发浓密了。郑苹起身拿来剃须刀，涂上泡沫，替他刮胡子。小心翼翼地，连下巴与头颈接缝那样难处理的地方，也刮得干干净净。他动也不动，任凭她摆布。刮完了，她又拿自己的润肤露，替他打上薄薄一层，免得皮肤发涩。

她朝他看。这么一番折腾，他依然是不醒。

"是睡着了，还是昏过去了？"她凑近他，往他耳里呵着热气，手指在他脖子上轻轻挠着。他没忍住，扑哧一笑，随即一把抓住她的手。她另一只手去搔他腰眼，他呵呵笑着，将那只手也抓住。随即在她嘴上亲了一下。她朝他看，忽地，很严肃地道：

"过来，让我吃一记耳光。"

他一怔："什么？"

"这些年，你让我受的委屈，一记耳光便宜你了。"她正色道。

他把脸凑过去："打吧。"

她举起手，高高扬起，轻轻落下，嘻的一声，按在他脸上，捋了捋。"算打过了，"她自说自话地点头，"——以后不可以了，晓得吧？"

他看了她一会儿，那一瞬忽有些心酸，抓过她那只手，放在自己掌心里，"其实我不值得你这样，"他道，"你是个好女孩。"

"这年头，好女孩都喜欢坏男人，"她叹道，"没法子的事。"

吃早饭时，郑苹接到维修铺小弟的电话，说手机修好了，让她有空去拿。郑苹答应了，说今天就去。挂掉电话，兴冲冲地告诉张一伟："我爸那只手机修好了。"张一伟道："那么老的手机，还能修？"郑苹道："修是不难的，就是利太薄没人肯修，亏得老耿有个亲戚在手机店。蛮快，前天刚送过去，今天就修好了。"张一伟替她庆幸："好险，这个手机要是修不好，难保你不去跳黄浦江。"郑苹在他背上拍了一下，嗔道："没那么夸张。"

手机是父亲的遗物，八年来郑苹一直用这个手机。她曾把手机里的视频给张一伟看——父女俩在草地上搭帐篷，因是刚买的帐篷，不怎么会弄，两人嘻嘻哈哈折腾了半天，郑母在镜头这边数落他们："笨手笨脚，有这工夫，人家房子都造好了。"那天风很大，图像有些抖，呼呼的风声，比说话声还大。这是郑苹与父亲最后一次合影。之后不到两周，父亲就去世了。手机摔过几次，有点故障，上不了网,视频和照片都导不出来,郑苹只能把手机带在身上,想念父亲的时候便拿出来看。手机上了年头,隔三岔五便出状况。但通常是小毛病,凑合着能用。这次大修是因为前天跟周游吵了一架,激动时随手拿起手机便朝他抡去,砸在墙壁再掉下来,摔个稀烂。

"没跟他拼命?"张一伟问。

"他贱命一条,宰了他我还要抵命,不值得。"

"为了什么?"他朝她看,"还动手?"

"社里的事,你也晓得,搞艺术和满身铜臭的人,总归说不到一块去。"她岔开话题,"昨晚的事——后悔吗?"

他笑起来:"这话应该男人问女人才对。"

"我不后悔,这你八年前就该晓得了。"

"女人都不后悔,男人说后悔就忒不上路了。"

"主要是昨晚大家都喝醉了,否则我也不问了。"

"酒醉三分醒。"

"那又怎么样?什么意思,我不懂。"

"再说下去就少儿不宜了。"他一把搂住她的肩膀。

郑苹不喜欢他说话的语气。人还在床上呢,就算撇清,也该有些过渡才是。没一句话超过三两,都是轻飘飘的——其实也是意料之中。她和他之间,始终是隔了些什么。八年前,同一天,同一个殡仪馆,她的父亲,还有他的父亲。那是郑苹第二次见到张一伟。她也不知道怎么会踱到那里。一间间过去,哭声是会重叠的,这边已入尾声,渐渐隐去,那边又掀起一阵,原先那些还未退尽,低低和着,又过一阵,又不知哪里的哭声掺杂进来,衬托得这边更加层次分明。哭声不同笑声，笑的人一多，便觉得烦，自顾自的节奏；哭声却是往里收的，一两个人哭不成气候，哭的人多了，悄无声息地蔓延开，是另一种沉着的气势。郑苹到的时候，张一伟父亲已经被推去火化了，张一伟母亲被几个亲戚拥着坐在一边。一个十八九岁的少年站在角落里低声啜泣。郑苹之前与他见过一面，是周游父亲安排的，请两位遗孀出来相谈。那天郑苹与张一伟面对面坐着，大人在桌子那边谈事，他们静静坐着。有人给他们倒上饮料，郑苹喝了一口，张一伟碰都没碰。车祸是由于张父过马路闯红灯，周父开车送周游去学校，经过时避让不及，车冲上非机动车道，又把骑车的郑父撞倒。郑父当场死亡，张父送到医院急救无效，当晚去世。走路的、骑车的，都死了，按法律规定，即便事故原因与周父无关，机动车司机也必须承担相应责任。周父花了些工夫打点，很快便全身而退。至于两家的赔偿金，他开出了一个相当不错的数目。郑母不作声。张母还未开口，张一伟已站起来："我不要钱，把爸爸还给我。"说完走到周父面前，霍地亮出一把水果刀，直直朝他胸口刺去。周父没提防，竟被他刺个正着。送到医院急救，医生说再往左边偏半寸，命就没了。追悼会上，周父给两家都送了花圈，人没到场。那天张一伟倒是表现得很平和，郑苹在门口静静看了他一会儿，想，这人和自己一样，都没了爸爸。郑苹看到他的眼泪，始终在眼眶里打转，却不落下来。本已平息下来的悲恸，那瞬间重又被勾起来。替自己，也替这个少年。

　　窗台上放着一罐纸鹤，是郑苹八年前叠的。花了整整一周的时间，在张一伟十九岁生日那天送给他，里面还附了张卡片："做朋友好吗?"——结果被张一伟连东西带卡片退了回来。那天恰恰是郑苹动身去英国读高中的日子,行李都搬上车了,当着郑母和周家父子的面,张一伟放下东西就走。郑苹也不说话,面无表情地把纸鹤塞进包里。这事后来被郑母一直挂在嘴上,说郑苹你这样的人还会叠纸鹤啊,不像你的风格,做手榴弹、土炸药倒还差不多。

他看见纸鹤,先是一怔,应该是想起了当年的事。随即瞥见郑苹的目光,停顿一下:"现在送给我,行吗?"郑苹摇头:"送给你不要,现在又来讨。"他笑笑:"男人都是贱骨头。"郑苹嘿的一声:"喜欢就拿去吧。"停了停,又问他:

"现在,你当我是朋友了吗?"

"不是朋友是什么?"他反问。

"不晓得,"她老老实实地道,"我总觉得你一直都挺恨我。"

"就算恨,也是恨周游他爸,恨你干吗?"

"因为我妈嫁给周游他爸了,所以你恨我也不是一点没道理。"

"那,就算是爱恨交织吧。"他想了想,"其实,应该说是'同病相怜'更恰当——同一天成了没爸的孩子。"

"所以啊,我们更要对彼此好一点,"郑苹一本正经的,"我们都是受过伤的小孩。别人不疼我们没关系,我们要自己疼自己——天底下没有比我们更合适在一起的人了。"

有八年前的教训,她故意扮傻大姐,把真话说得像傻话。这样即便被他弹回去,也好少些尴尬。她以为他听了会笑,谁知他只是低下头吃盘里的煎蛋,像是走神了。她等了他一会儿。女孩子这么说,男人一点表示没有,多少有些难为情。郑苹打开收音机,尖锐的女声陡地跳出来："我爱你，轰轰烈烈最疯狂，我爱你，轰轰烈烈却不能忘——"

吃完早饭，张一伟先走了。郑苹奔到阳台，本想喊他回来带把伞，说是今天有雷阵雨。但这男人走得匆忙，连背影也是义无反顾。郑苹便有些气不过，老夫老妻也就罢了，怎么说也是第一次留下过夜，一步三回头也在情理之中，可他的脚步毫无留恋。直到他走出小区，郑苹才回屋，收拾一下，上网看微博。

照例在搜索栏里打入关键词"郑寅生，雷雨"，一条条看下去。大多都是老话，"民营话剧社进驻上海大剧院小剧场""场景漂亮，演员演技好"，也有人说："一张票送一大盒费列罗，差不多就值回一半票价了。人家亏本赚吆喝，我们乐得捧场。"往下翻，有人说："那个演鲁贵的演员，长得像唐国强，好像以前也有点名气的，怎么会让他演鲁贵？"下面跟着一长串评论，有人说："没错，这人一看就是正义凛然的那种，演鲁贵看着真别扭，他每次低声下气地跟在周朴园边上说话，我都想笑，感觉他像个潜伏在资本家身边的地下党。反倒是那个演周朴园的，看上去獐头鼠目，一点也不像大资本家。也不晓得是怎么选的角！"也有人反驳："谁说长得像唐国强就不能演坏人？好人坏人从脸上能看得出来吗？再说周朴园也不是好人啊！照我说，让他演鲁贵才好呢，老是本色出演有什么意思，反差越大越是能考验演技。"又往下看了几页，与前阵子一样，许多微博说的都是"鲁贵"，一边倒地认为这演员与以往的"鲁贵"似乎有很大不同。

上月《雷雨》刚上演时，有记者采访郑苹，说作为一家民营话剧社，能入驻大剧院演出实属不易。而且在营销上别出心裁，比如母亲节那场送康乃馨，凭票根参加抽奖，有咖啡券、电影票、联华OK卡、双飞自由行……特等奖甚至是一辆小轿车。"网上有您亲自颁奖的视频。您觉得，这次话剧演出之所以大获成功，是否与这些营销手段有关？还有，成本预算方面，您是怎么控制的，说得更明确些，您不怕亏本吗？"记者口气里难掩好奇。郑苹回答得很简单："说句实话，我办这个话剧社，不是为了赚钱，至于亏本，大家也不必替我担心。我有赞助。那些营销策略都是别人替我想出来的，我只管排话剧，其他事情统统不管。"记者又问起骆以达："有趣的是，十年前在上海人艺演出的那场《雷雨》，骆老师扮演的是周朴园。时至今日，他竟然演起了鲁贵，来了个一百八十度大逆转。请问，您是如何请到他加盟的？又为什么想到让他来扮演鲁贵？是一种噱头吗？"郑苹没有正面回答，只是笑笑："你说是噱头——那就算是吧。"记者最后问："你们话剧社叫'郑寅生话剧社'，请问，'郑寅生'是谁，以他命名有特别意义吗？"郑苹如实相告："郑寅生是我父亲，他生前也是个话剧演员。"

关于抽奖的事，郑苹很早就对周游表示了不满："玩得太过了，连公交车上都是《雷雨》的广告，你看过哪个话剧搞这么大？送电影票、咖啡券也就算了，你还给我弄辆小轿车出来，怎么不送别墅、送游艇？"周游说："我就是怕搞得太大，所以才没这么干。别墅有现成的，你要是答应，下次我就直接去三亚买游艇了。"郑苹无语，对付这样的纨绔子弟，话一定要往狠里说："我非常不喜欢这样。"郑苹明确告诉他："别学你爸捧戏子，他那是老一代的做派，八百年前就过时了。"周游说："我不捧戏子，我只捧你。你是戏子吗？你是艺术总监。"郑苹道："我不是我妈，别说游艇，你就是买飞机也没戏。"周游照例是笑笑，不妥协，也不跟她真吵。八年来，两人像亲戚，又像朋友。周游跟她同岁，月份稍大些，初见面那阵客客气气，有些半路兄妹的味道，后来熟了，就比亲兄妹还随便，说话行事游离于自己人和外头人之间，好起来无所顾忌，狠起来又是剥皮拆骨。当然这主要是郑苹单方面对周游，尤其是郑母刚嫁给周父那阵，面上看着无异，心里只当他是半个仇人，眼神都是夹枪带棒。说起来还是周游难得，待郑苹就不用说了，对郑母也是不错，按理说十几岁的少年，对后母耍些刁也在情理之中，偏偏他这层看得极开。他曾对郑苹半开玩笑地说："我爸是多情种子，这点我随他。"郑苹只当听不懂："你爸讨三个老婆，你也随他？"他道："就算讨三个老婆，你也是最后白头到老的那个。"郑苹嘴上照例又是一顿揶揄，心里晓得这话不假。她在英国读书那几年，他每隔两个月便飞去看她。她回国办话剧社，是他给她张罗，人脉上、资金上，料理得妥妥当当。连话剧社门厅正中那幅山水画，也是他周少爷的真迹。"换了别人，一百万求我一幅，我都不肯——你自己要拎得清。"周游从小习画，这几年因为跟着父亲学生意，便搁下了。在别人面前，他是少东家太子爷，唯独对着郑苹，就成了喽啰跟班。抽奖那事，连他父亲都有些看不下去了，吃饭时半真半假地训他，说："总经理我另外找人当，下次调你去营销部，看你是把好手。"以郑苹的性格，贴心贴肺的朋友不多，周游算是仅有的一个。愈是这样，说话便愈是不讲究，心里想的便是嘴里说的，一点不加工，也亏得他才忍受得住。他也惯了，好的坏的，中听的不中听的，都当补药吃，从不与她较真。唯独前天那次，他不知怎的，竟动了真性子，话越说越僵。

"张一伟要是真的喜欢你，我把头割下来当球踢。"

"他不喜欢我，干吗跟我在一起？"

"说了你要生气。"

"我不生气，你说。"

"其实我不说你也晓得，这些年他明里暗里搞的小动作，加起来都有一箩筐了。在检察院当了个小办事员，就人五人六起来。他也不想想，我爸要真跟他顶真，单凭八年前那一刀，他早就进大牢了——"

"这跟我有关系吗？"郑苹打断他，"说重点。"

"怎么没关系，你妈嫁给我爸，你就是半个姓周的，在那家伙眼里，你跟我们是一伙的。"

"那又怎么样？"郑苹好笑，"所以他想要始乱终弃，或者，先奸后杀？"

周游叹了口气："郑苹你就装傻吧。智商135的人，装35，不累吗？非要我把话说得那么明白是不是？那好，我一条条列给你听。先说那个姓王的女人，是他介绍进来当会计的吧？你也真是到位，二话不说就把老刘给辞了，给人家腾地方。他是变着法子来查账，你不知道吗？亏得现在是没事，要是真有些什么，我爸、我，还有你，统统都要吃牢饭。"

"你都说了没事，那怕什么？"郑苹冲他一句。

"还有他妈,淋巴瘤晚期,是你自己说的,三个礼拜化疗一次,每次打两支'美罗华',一支两万多。丙种球蛋白、营养针,五百多一支,两三天就要打一支。八年了,他早不找你,晚不找你,偏偏挑这个时候找你,为什么?难不成要找人结婚冲喜?本来这也没什么,男人玩女人要花钱,女人玩男人当然也要花钱,我找个小明星睡一晚几十万,你给他妈住贵宾病房,大家都是花钱找乐子,什么玩不是玩,是吧?可你要是来真的,就没意思了。"

"还有呢?"郑苹朝他看,"——说下去。"

"是你让我说的,"周游犹豫了一下,没忍住,"也好,索性我给你兜头浇盆冷水,让你彻底清醒——男人嘛,就那么回事,追了他那么多年,顺风篷也扯得差不多了,见好就收。你长得不难看,身材也过得去,又是自己送上门,这么便宜的事不要白不要——"

手机就是那个时候砸坏的。周游的额头也撞出个桂圆大小的包。事后郑苹多少有些后悔,吵就吵吧,还动手,又不是小孩子。况且愈是这样,便愈显得自己心虚,该一笑了之才是。一股邪气因那人而起,竟全出在周游身上。郑苹又想起前一日晚上,她和张一伟都醉了,他先送她回家,到了她家门口,她邀他进去坐坐,他没有拒绝。两人坐在沙发上看电视,他伸手去解她的衬衫扣子,她问他:"你喜欢我吗?"两人都醉得很厉害,脑筋跟不上手,耳朵跟不上嘴。她完全不记得他是怎么回答的,怎么想也想不起来。只记得墙上的挂钟嗒嗒地走着,是时间流动的声音。此刻不知怎的,那句话忽然一下子从某个角落蹦了出来——那时,他大着舌头,贴着她的耳朵,轻声道:

"我说喜欢你，你信吗？"

上午九点，郑苹来到社里。"郑寅生话剧社"位于卢湾区与徐汇区的交界处，闹中取静的一条街道，二层楼的小洋房，门前铺了满地的梧桐叶，车马不兴。阳光从密密的树荫漏下来，过滤掉表面那层焦灼，硬生生拉下几分热度，也不觉得十分难熬。与陕西路口的环贸广场只隔了两条马路，那边人声鼎沸，这边却静得仿佛另一个世界。连踩在梧桐叶上沙沙的声音，也似是透着几分空灵，隐隐有回声。

桌上放了豆浆、油条，照例又是老耿买的——就是《雷雨》里演周朴园的那位。老耿去年签的约，其他演员只有排练时才来社里，他则是天天准时报到。在路口的点心铺吃完早饭，再替郑苹带一份。初时郑苹让他演周朴园，他只当自己听错了，及至剧本送到手里才知是真的。老耿今年五十多岁，演了三十年的戏，从没台词的小龙套，到现在依然是面熟却陌生的配角，心态倒也不坏。他早年离婚，一直没再娶，无儿无女，回到家也是孑然一身，倒不如在戏台上混，短短一两个小时，便历尽人生，白云苍狗，那些生活里没尝过的滋味，戏台上全尝了个遍。演过儿孙满堂，也演过人间帝王。角色虽说是假的，投入的感情却是真的。演戏的时间加起来也有小半个人生了，老耿想得很穿，就算活八十年，实打实的二十年在台上，那假的也成真的了。台下倘有五分不如意，与台上那些凑一凑，便可减去一两分。

郑苹边吃早饭边与老耿聊天，晚上是最后一场《雷雨》。"耿叔这段时间辛苦了，总算能休息一阵了，"郑苹捧了个场，"——您演得好。"老耿摇头："千万别这么说，我都觉得对不住您呢，看网上那些评论，我都恨不得找个地洞钻下去。"

"演得再棒，也不可能人人都说好。"

"形象差太远。周朴园要是长成我这样，四凤她妈和繁漪就是两个近视眼。"

郑苹笑起来："那也不一定。剧本上又没说周朴园长得有多英俊，关键还是要靠演技。"

"我知道您的想法，是想辟条新路子，其实偶尔玩个新鲜还行，时间一久，什么角色该什么人演还是有一定路数。演戏就是演戏，天生一张主角的脸就得演主角，配角也是一样。都说人不可貌相，可这世上，以貌取人的多了去了。久而久之，就成道理了。"老耿是正宗上海人，可一口京片子抑扬顿挫，甚是好听。

"别老是称呼'您'，我比您小了两轮都不止。"郑苹道，"我看过您的简历，您五九年生的，比我爸还大三岁。"

"我知道你爸，以前市里开会碰到过两次。挺可惜。"老耿叹道。

郑苹沉默了一下。"那天采访我的记者，他知道骆以达，说十年前骆以达演的是周朴园，可他却不知道'郑寅生'是谁。其实当年那张《雷雨》的海报上，就有'郑寅生'的名字——我爸演的是鲁贵。"郑苹说到这里停下来，瞥见老耿并不意外的神情，便有些后悔说这个。笑笑，拿起杯子，让老耿："耿叔您喝茶——"

老耿换了个话题："您母亲今晚上场，准能掀个小高潮。"

"十年前的繁漪，谁还记得？"郑苹嘿的一声，"——都是周游爸爸想出来的噱头，说把这一场的票房收入全捐出去，再请些社会名流捧场。其实就是给自己挣名气，没意思。"

"您还年轻，不晓得您母亲当年的风头。说是'风华绝代'也不过分啊。"

正说着，郑苹手机响了。她接起来，是周父："苹苹，过来帮你妈挑旗袍，晚上穿的。"郑苹答应了。走到外面，有些起风了，夹杂着热乎乎的黏人的湿气。天气预报说有雷阵雨，看样子不假。路上很顺，一会儿便到了。走进去，郑母在换衣服，周父坐在沙发上看报纸。郑苹叫了声"周伯伯"，瞥见店员一旁候着，手里拿着几套旗袍。

郑母穿着一袭墨绿色的旗袍走出来。五十来岁的人了，身材依然保养得当，薄施脂粉，长发松松地扎起来，在顶上盘个髻。见女儿来了，照例是懒懒的神情，眼角一夹，并不停留。在周父面前转了个身，问他怎么样。周父连声称赞："这套比刚才那套还要好——"随即对郑苹道："我还有个会，你陪陪你妈，差不多就定下来，反正她穿什么都好看。"郑苹还没说话，郑母已是轻轻哼了一声："男人就是这样，嘴上功夫。"周父笑道："怎么是嘴上功夫呢，我可陪了你半日了。苹苹，"又转向郑苹，"挑完衣服再陪你妈去恒隆逛一圈，卡地亚或是宝格丽，把晚上的首饰也定一定。"

店员送上茶水。郑苹坐下来，挑了本画报。郑母也坐了下来："怎么样？"郑苹头也不抬："不是说了嘛，你穿什么都好看。"郑母不作声，喝了口茶，拿出化妆盒，补粉。

"昨晚留那姓张的过夜了？"她拿粉扑在脸上轻按。

郑苹一怔,还未开口,郑母径直说下去:"不是周游说的,别冤枉人家。"

"那是谁?"郑苹问。

"没人说,我就不知道了吗?"郑母收好化妆盒,"——下午把人叫过来,跟我再对一遍。"

"昨天不是排过了?"

"十年没演了,还是再排一遍的好。省得丢你的脸。"

"您怎么会丢我的脸呢?"郑苹似笑非笑,"您可不是一般人。"

郑母淡淡地说:"你走吧,该干吗干吗去,我不用你陪。"

"好,"郑苹停顿一下,"——要我打电话把骆以达叫过来陪你吃午饭吗?"

郑母朝女儿看了一眼,"我自己会打。谢谢。"

"有一阵子没去他那儿了,怎么,吵架了?还是他毒瘾太大,看不下去?"郑苹叹了口气,"其实妈你也该劝劝他的,前天跟他见面,一条手臂伸出来全是针眼,让人看了多不好。台上化了装不觉得,面对面站着,瘦得跟个骷髅差不多。啧啧,也作孽。他这副样子,再过一阵,连鲁贵都演不成了。只能演赤佬(鬼)。"郑苹说完,拿起茶喝了一口。

郑母目光投向窗外:"不用你操心。"

"我怎么能不操心呢?"郑苹叹道,"你是我亲妈又不是晚娘,妈在外面找相好的,做女儿的多少也要出点力。我也算是不错的了,又给他工作又给他钱,隔三岔五还去看他,上个月生病了还陪夜——亲生女儿都没我这么道地。"

"差不多了。"郑母提醒她。

"其实有时候想想，真的挺有意思。撞死我爸的人，成了我的后爸。我妈的姘头，我好茶好饭地侍候着，一口一个'叔叔'，叫得比自己老爸还亲。下午有人夸你是'风华绝代'，想想还真是这样。要不然这么复杂的关系，除了妈你，还有谁可以处理得这么一团和气，你好我好大家好，跟一家人似的。我爸在天上看了，肯定也特别欣慰——"

"别总是一副欠你多还你少的神情，"郑母说女儿，"你也不是天使。"

"我知道，但至少不是狗屎。"

"那张照片是谁拍的？"郑母朝她看，忽道。

"又来了，"郑苹嘿的一声，"说了很多遍了，不是我。"

"你爸去世没几天，照片就到了他领导手里。你逼得他走投无路，工作没了，老婆跑了，每个人都戳着脊梁骨骂他。你把他逼到绝路上了，他才会去吸毒——那时候你才几岁啊，二十岁都不到，郑苹你才不是一般人——"

"你是他什么人？"郑苹不客气地问母亲，"你替他抱屈，那我爸呢，谁来替他抱屈？姓骆的再怎么样，总归还活着，可我爸死得那么惨，是谁害的？"

"你说是谁害的？"郑母摇头，"我本来不想跟你吵的，可你这个小神经隔一阵就要发作一次，比来例假还准时。"郑母冷冷地看她："——是谁打电话让你爸去城隍庙买小笼包？他要不是特地跑去买小笼包，能走那条路吗？他不走那条路，会撞上车祸吗？啊？"

"我为什么要打那个电话?"郑苹望着母亲,一字一句地,"因为,你和姓骆的在做不要脸的事,我怕他见了伤心,才故意让他绕路去买小笼包。如果我知道走那条路会遇到车祸,我怎么可能会打电话给他?就让他回来看见你轧姘头吧,哪怕再伤心,至少不会送命——"

郑母把茶杯重重一放,水泼出来,沿着桌角流下去,滴滴答答。

店员上前擦拭。母女俩沉默着。店员退下去。郑母先是不语,随即幽幽地说了句"看样子恋爱谈得不太顺利",走进更衣室。再出来,郑苹已不在了。

郑母缓缓走到镜子前,望着里面的自己。旗袍将身形衬得极好,她腰细,但髋部有些大,穿别的衣服一般,唯独旗袍是最合适的。所以正式场合她通常是穿旗袍。家里的旗袍加起来,不下二十件。她记得初时与骆从交往时,他便说她"天生就该演繁漪",说她是那种民国女子的气质,中西合璧、内外兼修,静若处子,动若脱兔。他说了一连串的成语,惹得她笑个不止。她与他,还有郑寅生,是大学同窗,毕业后都分到人艺。二十世纪八十年代,看话剧的人多,最鼎盛的时候,她走在路上,都有人叫她"繁漪"。那时的粉丝还比较含蓄,通常是叫一声,便在旁边看着,恭恭敬敬的。她与他,被人称作"金童玉女",台上搭档,台下也是搭档。她以为嫁给他是早晚的事,但结果不是。他妈妈不喜欢他找个圈内的妻子,反对得很厉害。他要做孝子,便跟她分了手。他很快结了婚,办喜事那天,她喝了农药。遗书上写"我先走了,来世再给你一次机会,如果你还是这样,那来世的来世,就不用见了"。她就是这样的脾性。农药分量下得很重，差点就救不回来了。嫁给郑寅生，一是因为这男人从大学时便对她用心，鞍前马后的，二来鬼门关走了一圈，多少有些心灰意冷，想着人生不过数十载，得过且过吧。婚后第二年，便有了郑苹。她以为自己会怨他一辈子，最恼的那阵，单只听到"骆以达"这三个字，便要绕道行。爱得愈深，恨起来也愈深。但后来的事，让她晓得恨与爱一样都不容易。恨他的那个，是嘴上的她，可心里的那个她，依然是爱他爱得入心入肺。他身上有磁石，与她刚好是正负极，只要过了安全距离，自然而然便会吸在一起。这是她的命，让她顾不上去考虑是对是错。床照那事捅开后，他和她走到哪里，背后都有人指指点点，都是有家有室的，更何况她还刚死了男人。照片拍得很露骨，脸和身子都清清楚楚。那阵子，在众人的眼里，她与他，就是潘金莲与西门庆。她不理会，对他道："只要你一句话，我马上就嫁给你。"他有些抖豁："你不怕？"她道："只要你不怕，我就不怕。"她说这话时，其实已经猜到了他的答案。果然，他又一次退缩了。她这次倒是表现得很平静，连一滴眼泪都没落。几月后便嫁给了周父。她与他是缘分，可谁又能说她与周父便不是缘分呢？那几年什么都变得快，今天这样，明天便是那样，心思分分钟都在活动。戏台上那些小精彩，渐渐便打动不了人心了。进剧院的人少得可怜，可只要有她的戏，台下人数总是能保证的。那男人是她的超级粉丝，放在过去，就是包她的场、往台上扔金戒指的那种人。她都不晓得他在她身上到底花了多少心思和金钱。嫁给他后，她甚至还问过他："我男人不会是你故意撞死的吧？"他瞥见她认真的神情，一时竟不知说什么好，"这就是缘分。你是演员，台上演的就是无巧不成书。难道还不信这个？"

郑苹车开出一段，便停在路边。下车抽了支烟。读大学时抽过一阵，后来戒了，不太彻底，但至少瘾是没了。可此刻，她迫切地需要一支烟，头疼得厉害。从英国回来后，她便搬出去独住，借此减少与母亲见面的机会。到底是成年人了，老是吵架不合适，不吵又忍不住，索性不见面干净。记得上次吵架，还是一两个月前的事了。母女俩吵架有固定的路线图。话题不管是什么由头，走向都是一样的，三言两语，七拐八绕，总会到达那个点——那个要命的点。

空中传来一阵阵闷雷声，眼看着要下雨了。八年前，也是这样的天气。那天她在楼梯口给父亲打电话，闪电一道接着一道，响雷就像打在人的头顶。她回家换衣服，恰恰看见了母亲和骆以达在床上的那幕。她第一反应就是，不能让父亲见到。她给父亲打电话，问他在哪里，父亲说二十分钟后就到家。她谎称想吃松鹤楼的小笼包，让父亲去城隍庙买——郑苹每次想到这些，心里便会一阵抽紧，疼得整个人都要散架似的。母亲说得没错，如果没有那个电话，父亲不会死。她无数次在梦里把那天的情景重演，她没有回家，也没有看见母亲和骆以达，没有打电话，父亲也没有死。她整夜整夜地做梦，一会儿笑，一会儿哭，醒来时整个人都是空的。这些年，她对母亲有多恨，其实便是对自己有多恨。

旁边驶过一辆公交车，缓缓靠站。车身上是巨幅的《雷雨》海报，浓墨重彩的色调，"繁漪"占了大半的位置。端坐着，红唇雪肤，细眉入鬓，眼神冷傲中带了三分漠然。郑苹与她对视了一会儿。随即将半截烟往地上扔去，拿脚踩灭。

中午十二点，郑苹与张母坐在饭店靠窗的位置，远远看见张一伟走进来，便朝他挥手。张一伟走近了，坐下："怎么突然想着一起吃饭了，还把我妈拉出来？"

"伯母偶尔也该出来逛逛，吃顿饭、喝个茶什么的。"郑苹叫服务员上菜，亲昵地替张母把餐巾铺好，"伯母这阵气色不错，蛮好。"

"好什么呀，过一天算一天了。"张母摇头。

"别这么说，医生都说化疗效果很理想，您身体底子又好，这么下去，笃笃定定能活到一百岁，"郑苹笑吟吟地，转向张一伟，"没影响你上班吧？"

"没有，反正中午本来就要吃饭。"张一伟道。

郑苹邀张母晚上去看话剧："是最后一场，结束后有个慈善酒会，还能抽奖。您就当凑个热闹，给我捧个场。"张母忙说不用，"我这种土包子，上不了台面，去了反而给你丢脸。"郑苹说："怎么会，您是一伟的妈妈，也就是我的妈妈，别人不到没关系，您是一定要到的。"张母求救似的朝儿子看去。张一伟道："妈你就去吧，也难得的。"张母这才不作声了。

"衣服我都给您准备好了，"郑苹拿过旁边一个纸袋，递给她，"我拿您旧衣服去比照的，尺寸应该不错。"张母接过，有些局促的，"这个，真是的——"郑苹又给她一张名片，"您下午去做个头发，再做个脸，就这家店，钱我付过了，您人过去就行。"张母更加不安了："这辈子都没做过脸——"郑苹笑道："您先试试，要是合适，我再帮您办张卡，以后每个礼拜都去一趟。到您这岁数，再不对自己好点,做女人就太亏了,是吧?"

吃完饭,郑苹先送张母去美容院,再送张一伟去单位。路上,两人都不说话。张一伟朝她看:"怎么我妈一下车,就没声音了?"她道:"你不是也没声音?"他道:"我是不敢发声音。"她嘿的一声:"为什么?"他道:"做错事了。"她问:"做错什么了?"他道:"其实应该我把你妈请出来才对。请吃饭、送衣服、做美容,这些都应该让我先来——男人不主动,被女人抢了先,就是做错了。"他说完笑笑。

郑苹不作声,半晌,道:"张一伟,我觉得你变了,跟以前完全不同了。"

"哪里变了?"他问。

"说不上来,反正变得不伦不类,文不文武不武的,像整容没整好,豁边了,走样了。"她不客气地评价。

"哪个更好?"他又问。

"你说呢?"她反问。

一会儿就到了,车停在路边。他道:"晚上我和我妈一起过去。"她嗯了一声。他下了车,朝她挥手。她摇下车窗,也朝他挥手。踩下油门,反光镜里见他站在原地不动,心里莫名酸了一下。停了几秒,见他依然伫着不动,便又把车倒回去。

"怎么不进去?"她问他。

"没什么,就觉得挺对不起你的。"他朝她看。

她嘿的一声:"莫名其妙——"停顿一下,"知道对不起,那就对我好一点。"

"再好，也比不上你对我好。"

她哑然失笑："演戏吗？早知道今晚让你上台了。"

他在她脸颊上轻轻一捏："我进去了，——晚上见。"

"晚上见。"

郑苹径直去了电脑城拿手机。维修铺的小弟很客气，说还让你专门跑一趟，不好意思。这人是老耿的远房表亲，一口本地话刮拉松脆。郑苹看了，果然视频和照片都在，便放下心来："下次叫上耿叔，一起出来喝茶。"小弟答应了。

心情顿时好了许多。手机握在手里，便觉得踏实。父亲用了四五年，放在那时都是旧款。前几日周游还说"拿着这个，跟你出去谈业务，都觉得底气不足，阿诈里（骗局）似的。现在连民工都不用这种老古董了"。周父也说过一次，"苹苹很节省啊——"郑苹猜他其实是知道的。他那样的生意人，大处精明，小处也不会糊涂。看在母亲的面上，这些年只把她的好挂在嘴上，坏处半分也不提。有时候郑苹也觉得自己是有些过分了。八年前，母亲再婚那天，郑苹去找了骆以达，说我妈请你喝喜酒。骆以达当然是拒绝了。郑苹不依不饶，说："我妈说的，如果你不去，就让你们团领导来请你。"骆以达不跟小女孩计较，只是劝她回去。郑苹一不做二不休，又以骆以达的名义包了个红包和一束鲜花，叫快递送到喜宴上。亏得酒席上人多事杂，郑母敷衍过去。郑苹到底是没有再出现，周父也不提这茬，反过来劝郑母，这个年纪的女孩是难弄些。话剧社成立后，那时骆以达已是个不折不扣的烟鬼，演不了戏，靠老房子收租度日。她晓得他缺钱，吸毒的人瘾上来，便是让他去偷去抢，他也做。她高薪签下他，却不让他演主角，单单挑些不起眼的小配角给他，就像父亲当年演过的那些。父亲临死都不知道妻子和这个男人的龌龊事，郑苹是在替他报仇呢。有些秘密是藏不住的，"郑总和骆老师有仇——"话剧社里大家私底下都这么说。连周游都提醒过郑苹了——"别做得那么明显"。关于这种桃色新闻，每个人的神经都是异常敏感，只需一鳞半爪，便能将现场还原个清清楚楚。郑苹猜周父也是知道的，但他从来不提。郑母是他的第三任，大家都不是白纸。周游的生母是高干子弟，周父靠她才发的家。之前好像还有一位，郑苹隐约听周游提过，但她不太在意。郑母也不在意。她一直是这样的人。郑苹从记事起，便觉得母亲整日都是一副淡漠的神情，对什么都不上心。周游对郑苹说过，"你妈是冷美人"。郑苹想，你是没见过她跟骆以达在一起。当然这话不能说出来，否则就真是过分了。对于骆以达，郑苹其实也已经谈不上多么恨了，更像是一种惯性，八年来只存着一个心思，便是要把骆以达弄得灰头土脸，要多狼狈有多狼狈。

　　车子到社里停下，周游变戏法似的蹦出来："哈啰！"

　　她吓了一跳："作死啊——"瞥见他额头那个包还未全消，便有些内疚，"还疼吗？"

　　"早不疼了，"他指着自己胸口，"就是这里还有点疼。——伤了头，问题不大；伤了心，就比较麻烦些。"

　　郑苹嘿的一声："我有创可贴，待会儿给你的心包扎一下。"

　　周游没吃午饭，办公室有方便面，替他泡了一碗。郑苹坐在对面，看他吃得香甜："怎么来了？"他回答："你妈说要换人。"郑苹一怔:"什么?"他道:"你先冷静,听我说——你妈想让骆以达演周朴园。"郑苹一拍桌子:"胡说八道!"

"就知道你会这样,所以我才过来,"周游道,"我爸特意叫我关照你一声,就让骆以达跟老耿换一下角色吧。"

"晚上就要演了,这时候换人,开玩笑啊?"

"姓骆的演了那么多年周朴园,稍微整理一下就行了。那个姓耿的,以前也演过鲁贵,问题应该也不大。反正待会儿还要再排练,就着重排他们两个的,不就行了?"

郑苹不语,拿起电话要拨号码,被周游拦下:"别弄得大家不开心。你也晓得,晚上那个酒会我爸是很看重的。你别让他下不来台。"

"我就是怕他下不来台,才一定要打电话。再说排这戏花了我不少心力,我说什么也不能让它毁在这最后一场。"她说着去拿手机。周游一把抢过,嗖嗖几下,又把座机的线也全拔了,"——是你妈又不是你仇人,老跟她对着干,不累啊?"

郑苹去抢,抢了半天没抢到,索性拿过桌上的车钥匙:"我当面去跟她说——"周游抓她手臂,她挣脱不掉,有些急了,一口咬下去。好在他早有提防,一让,她扑个空。

"那个要不是你妈,就算你们抢菜刀,我也不管。——我是为你好。"他恳求的口气。

她到底是没去成。两人走到楼下,倚着树抽烟。一会儿,她说要喝酒,他不敢动,怕她又要走。郑苹道:"我真要走,你以为你拦得住?"他飞也似的去便利店买了半打啤酒回来。两人也不上楼,就坐在台阶上喝了起来。算起来,两人好久没这样喝酒了。最嚣张的是刚认识那阵,一个高三,一个大一,时不时地便去酒吧喝到深夜。统一口径,对爸妈只说是温习功课。郑苹初时的想法,是听周游诉说车祸时的细节。父亲去世的那一瞬,只是短短几秒,她央求周游,仔仔细细地,把这几秒拉长、放大,再拉长、再放大。父亲是从哪里骑过来的,骑在哪条道上,靠里还是靠外,当时路上行人是多是少,父亲是一下子就去了呢,还是挣扎了一阵,他脸上表情如何,说了什么话,等等。周游被这女孩吓到了。倒不是嫌烦,而是诧异于她这个年龄居然那样冷静地谈论生死,不带任何感情,只是单纯想知道当时的情形。她隔几日便求他说一遍。他说的时候,她眼睛微闭,眉心稍稍攒着,手心也捏着,虔诚的神情。她听得那样仔细,以至于偶尔他说错,她会立刻指出他的前后不符。后来两人渐渐熟了,他会开玩笑地问她:"你小时候听'百灵鸟'少儿广播,是不是晚上听一次,第二天中午再要听一次重播?"她说:"有时候我真想杀了你爸爸——就跟他一样,在你爸胸口捅上一刀。"周游知道这个"他"是谁:"那为什么不捅?"郑苹停顿一下,沉吟道:"是啊,我为什么不捅呢——非但没有捅他一刀,还和他成了一家人,吃他的用他的。我恨我妈嫁给他,可我为什么也要跟过来呢?我是成年人了,有手有脚,就算扔在大街上也不至于会饿死。我要是再有骨气一点,还可以跟我妈断绝母女关系——所以有时候,我自己都不知道自己是个怎么样的人,心里在想些什么。"周游听了便有些黯然:"我爸也不是故意的。"郑苹感慨:"所以这就是最尴尬的地方了,谁都不想故意做错事,但就是有人受伤害。"周游是第一次听到十几岁的女孩这样说话："如果有一天我喜欢上你，不是因为你漂亮，也不是因为你聪明，而是因为，你太奇怪了。"

半打啤酒很快喝完。郑苹还要喝，周游不让："准备待会儿打醉拳吗？"她嘿了一声："我妈练过铁布衫，一般外家功夫根本没用。"他坏笑："那我陪你练玉女心经，就杨过和小龙女练的那个。"她白他一眼："你先把葵花宝典练好再说吧。"

他笑起来，问她："还是跟我在一起更自在吧？"她知道他的意思，没接口。他又道："劝你一句，别老跟你妈过不去。我爸跟我妈离婚那阵，我也特别恨我爸，觉得这老家伙忒不是东西，可后来再一想，他就算坏到天边去，总归是我爸，杀又杀不得，打又打不得，既然这样，索性好好过吧。"

"那是因为你妈现在还活得好好的，"郑苹道，"漂亮话人人会说，没轮到自己头上，说什么都是假的。"

"那也不见得非得死个爸或是死个妈才有资格来劝你吧？"

"不用劝，劝了也没用。我和我妈，这辈子就是冤家对头，不可能好的了。"

"说了你又要怪我多管闲事，可把你爸的死全怪在你妈头上，也不公平。这世上真的好人和坏人都不多，绝大部分都是中间地带。你、我，还有你妈、我爸，都属于这个范畴。做人嘛，就那么回事，没必要太执着。——你那个张一伟，又是什么好东西了？"

"干吗又扯到他头上？"郑苹皱眉。

"我爸就算是为富不仁，他也不见得是出淤泥而不染。"周游嘿的一声，"摆出一副替天行道的模样，伪君子，我见了就想吐。"

"少借题发挥，"郑苹提醒他，"我现在是热恋阶段，智商30以下，听不进。"

"没关系，"周游豁达地说，"我这人有耐心，别说你们才刚开始，就算你和他结婚了，我也等着你们离婚的那天。不是我触你霉头，早早晚晚的事。"

"你就胡诌吧。"郑苹摇头。

他笑笑，停了停，忽地问她："你妈预备和我爸离婚，你知道吗？"

郑苹一怔，有些吃惊："啊？"

下午两点，社里排练《雷雨》。话剧社二楼是排演室，将原先的主人房、书房连同小茶厅打通，家什统统搬走，空荡荡的一大间，不算很正规，但也过得去了。每隔几天，演员们便到这里排演。导演是当下炙手可热的红人，靠周游出面，好不容易才将他请到。起初周游劝她自己当导演："你在英国学的不就是戏剧编导嘛。"郑苹不肯，说："学编导不见得就能当编导，我名片上印'艺术总监'已经很难为情了，如果再当导演等于是寻大家开心，拿您周少爷的钱开玩笑。"周游郑重地表态："我的钱就是你的钱。"这话郑苹早听惯了，只是笑："少豁胖，你的钱是你爸的钱。"周游觍着脸："我爸也是你爸。"这话让郑苹不舒服："我爸在天上。"周游只好自找台阶下："你爸先走一步，早晚都能碰头。"

"周朴园"和"鲁贵"到底是换了角色。跟老耿打招呼时，郑苹都不晓得该怎么开口，觉得挺不好意思。倒是老耿想得穿："没啥,本来就该这样。演了一个月的周朴园,算是尝了个鲜,也够了。"郑苹还是抱歉:"临时换角,怎么都讲不过去。"

导演挺窝火,不好意思对女人发作,拉着周游数落半天。周游对付郑苹没辙,但对付别人,场面话加实在话,软的硬的真的假的,很快便平息下去。一会儿,郑母姗姗来迟,见了导演说一句"抱歉,来晚了",随行的小助理递上纸巾,她轻轻按着妆面,嘴上对着导演,眼睛却瞟过不远处的骆以达,也是不落痕迹的。导演是80后,资历上差了一个辈分:"没事,也才刚开始,还没到您呢——"周游亲自把郑母迎进去,恭恭敬敬地,一口一个"阿姨"叫得贴心贴肺:"阿姨今天气色真不错,晚上肯定是个满堂彩。"郑母不答,见郑苹背对着自己,只当没看见似的,也不在意,径直走到一边坐下。

……

"你怎么还不去?"

"上哪儿?"

"克大夫在等你,你不知道么?"

"克大夫,谁是克大夫?"

"跟你从前看病的克大夫。"

"我的药喝够了,我不预备再喝了。"

"那么你的病……"

"我没有病。"

"克大夫是我在德国的好朋友,对于妇科很有研究。你的神经有点失常,他一定治得好。"

"谁说我的神经失常?你们为什么这样咒我?我没有病,我没有病,我告诉你,我没有病!"

"你当着人这样胡喊乱闹,你自己有病,偏偏要讳疾忌医,不肯叫医生治,这不就是神经上的病态么?"

"哼,我假若是有病,也不是医生治得好的。"

……

这段"繁漪"和"周朴园"的对手戏,郑苹从小到大不知看过多少遍,隔了十来年,"周朴园"老了、瘦了,两颊那里瘪下去,与胶原蛋白一起消逝的,是一去不回头的好年华,流水似的,稍不留神便没了踪影。"繁漪"依然是旧模样,妆化得浓,灯光一打,竟似比当年更艳丽了几分。这些年养尊处优,台上台下都是贵太太,气场也更接近了。

"繁漪"先下场。助理送上茶水,她喝了一口。导演道:"您演得到位。"她笑笑。一会儿,"周朴园"也下场了,与她隔了两个座位。郑苹远远站着,见"繁漪"撩了一下头发,脸朝他那边转去,不说话,很快又回到原位。他眼神微微一转,其实是与她打了个照面的,但不动声色。——有时候郑苹也想,若是她与他真的结婚了,只怕未必有多么恩爱,反不及眼下这么若即若离似有似无。"求而不得"或许是男女间的最佳状态,夹缝里生出的那朵花最是撩人。郑苹心里叹了口气,替父亲,也替自己。

目光不经意间与骆以达相对。郑苹微微欠身,做了个"骆叔叔"的口形。骆以达点头,表情多少有些尴尬。除去陈年旧事那段,上周他还问她预支了八万块薪水。不是第一次了,每次都是旧账未消,新账又来,一笔叠着一笔。他也实在是狼狈,银行信用记录是零级,亲戚朋友也不管他，走投无路了，只好问郑苹借。郑苹是有求必应，心想着就看你能走到哪一步。八年前床照的事，已经让他身败名裂了，吸毒的事小圈子里大家也是心照不宣。再说花的也不是自己的钱。周游都说过她几次了："把我当死人——"郑苹说："不是把你当死人，是当好人。"周游说："你就欺负我吧。"郑苹："钱等于是我妈问你拿的，她不方便出面，只好我来。是她欠你人情，跟我没关系。"周游道："你们母女俩，合起来欺负我们父子。"嘴上这么说，脸上却做出撒娇的神情。郑苹想起以前张一伟说的一句话——"逼债的和欠债的团团坐，一屋子祥和。"他嘲讽地说："天底下每起车祸要是都能这么和谐地解决，那法官和警察就统统没事做了。"

骆以达坐着不停地打哈欠，鼻子揉了又揉，都红了一片。他瘾是越来越大了。一双手伸出来，鸡爪似的，指甲倒是还修剪得整齐——他年轻时也是个相当注重仪表的人。郑苹听父亲说过，他读书时与骆以达一个宿舍，睡上下铺，骆以达每天都拾掇得山青水绿，而父亲则不修边幅，穿了一个礼拜的衬衫，领口都发黄了，往身上一披，照样大摇大摆地走出去。那时两人是关系很近的好友。很长一段时间里，逢年过节，郑苹都会收到骆以达的礼物和压岁钱。那时郑苹去的最多的地方就是剧团，坐在角落里看排练。骆以达通常是站在居中的位置,灯光最亮。然后某个不经意间，郑父上场了——"鲁贵"佝偻着身子，因为惶恐而有些结巴："老、老爷，客、客来了。""周朴园"道："哦，先请到大客厅里去。""鲁贵"道："是，老爷。"腰弯得越发低了，正眼也不敢瞧一眼——郑苹那时总是对母亲抱怨，爸爸在台上一点儿也不像他。"是演戏呢，"郑母向女儿解释，"台上那不是你爸爸，也不是骆叔叔，是另外两个人。"小郑苹便很想不通，私底下关系那么好的两个人，到了台上，原来可以演成那样。灯光一打，脸和身形还是和原先一样，人就成了另一个。"演戏"两字，在郑苹心里是另一层概念，有些像"变了"的意思——人没变，心变了。含着些伤感的成分。所以渐渐地，郑苹就不喜欢看话剧了，说不上来为什么，就是不喜欢。即便不进去，站在剧院门口，也隐隐觉得难受。及至父亲与骆以达下了台，见到他们卸了装的模样，还是不舒服。郑母常说这小姑娘有些奇怪。"看个热闹罢了，"她道，"没必要想太多。台上有人富贵有人倒霉，台下也是如此——你索性别念书，出家当尼姑算了。"

手机响了，拿出来看，是张一伟发来的短信："排练得怎么样？"

她回过去："还行。"

"快下雨了，带伞没？"

"开车，不需要。"

他接着便没声音了。她猜他或许调了个闹钟，差不多时间便动静一番，纯粹礼节性的。

那罐纸鹤，他到底是没拿走，应该是忘了。她听他那样说，倒是重新擦拭了一遍，瓶盖有些生锈，拿铁丝球擦了半天，才又锃亮了。当年那张卡片，她也拿出来放在旁边。那句"做朋友好吗"，看着竟有些好笑了。当年生涩的小丫头，明明额头上写着"屁都不懂"，偏偏还要故作老成，脸是板着，眼里的殷切却是怎么也遮不住。被他那样拒绝，眼泪都涌到鼻尖了，强自忍着，一口一口咽回肚里。

　　导演冲到台上骂人。那个演四凤的女孩子，叫刁瑞，不是科班出身，因为认识周游，有些公关手段，便也挤了进来。脸蛋是一流，演技连三流也轮不上。导演都跟郑苹说过几次了，这人不行。郑苹再去跟周游说。周游回答得也很实在："我的人，你替我罩一罩。四凤嘛，只要漂亮就行，要不然怎么周萍和周冲都喜欢她？"郑苹又好气又好笑。有时候周游对她疯话说多了，她便拿这些触他的霉头："别的不说，光我社里的女演员，跟你好过的，加起来五个不止吧？"他掰着手指："不止，算上刁瑞一共七个——不玩女演员，我砸那么多钱办话剧社，吃饱了撑的？"郑苹点头："大实话，我喜欢。所以啊，你玩你的，少来惹我。"他恬不知耻："玩归玩，老婆还是你。"郑苹摇头无语。他说下去："这么多女人，我只给你画过肖像——"他指的是她二十岁生日那天，他硬逼她坐着不动，给她画了幅素描。那时她还留着一刀平的厚重刘海，鼻子上有颗青春痘，唇线不太清晰，脸颊比现在要丰润些。他把这些特点更加重几分，让她看上去显得有些傻乎乎。她不满意，作势要把画扔了，他不答应，死活让她收起来："等你老了，回想起来，我是第一个替你画肖像的男人。"他说这话时，眼里没有一丝开玩笑的意思，神情一本正经得像个孩子。

　　被导演训了几句，"四凤"求救似的转向周游。周游扭头不看，瞥见郑苹似笑非笑的神情，耸了耸肩。"刁瑞"用上海话念与"貂蝉"是同一个音。郑苹常取笑周游："找了个貂蝉，绝世美女啊——"周游说刁瑞这个人挺难弄："姓刁的，一听就不好对付。"

前阵子她居然怀孕了，拿着检查结果找他要说法。他被逼急了，只好搞了张已结扎的医生证明，把她吓了回去。郑苹笑说："四凤都演上了，怀你周少爷的孩子还不是早点晚点的事？"周游摇头："没意思，到这份上就没意思了，胃口太大，弄不好吃进去的全部吐出来。"

导演气吼吼地下台来，对郑苹说："马路上随便拉一个过来，都比她强。"郑苹笑笑，没接口。吃这碗饭的女孩，心思一半在台上，一半在台下。刁瑞属于没掌握好比例的那种，有些失调。平时见了她一口一个"阿姐"，叫得很是亲热。郑苹劝她有空可以去读个戏剧表演课程，补一补台词功底，还有走位什么的，她也只是敷衍。郑苹办话剧社，本意是想替父亲出个气，圆个梦。进来了才晓得，原来之前听说的那些，十之八九都是真的。做人的套路，台上台下都差不多，台下是浩瀚的人生，台上是浓缩的世情。想得到的，想不到的，分分钟都在发生。剧本讲究的是"情理之中，意料之外"，现实每每也是如此。

排练中场休息。郑苹坐着看手机，一条短信跳出来："——六小时内本市将有雷电灾害性活动，请市民留意。"再随意翻看——照片和视频果然是都还原了。当初手机交给老耿时，郑苹千叮嘱万叮咛："别的无所谓，那些照片和视频一定要给我留住。"老耿说："放心，你和你爸的回忆丢不了。"她眼圈顿时就有些红，不自觉地低下头："我这人有些傻——"老耿看着她，叹气："这不叫傻，最多是痴。"

照片一张张飞快地翻过去，忽觉得不对，再翻回来——脸色不由得一变，下意识朝旁边看去，把手机合上。原地怔了几秒，思路有些跟不上。猛地站起来，撞到旁边椅背上，踉踉跄跄朝前冲了几步，差点摔倒。快步上了楼，走进办公室，把门锁上。脑子兀自是嗡嗡的，做梦似的。手机握在手里，都不敢碰了。过了片刻，才又重新拿起来翻看。

——手机里的视频与照片，都是熟得不能再熟了，几乎都能背下时间、地点。只是突然间多了一张，时间久了画质不甚清晰，但依然能看清是一男一女在床上，正是郑母与骆以达。郑苹怔怔看着，大脑起初是一片空白，像被人撞击了一下，渐渐地，思路一点点理顺了。看照片的存档时间，正是车祸前几日——手机是父亲的，照片自然是他拍的。将照片发到团领导那里的人，也只能是他。领导有他们的考量，收到照片后未必马上动作，或许拖了几日，事情因此在父亲死后才爆发。这些都是有可能的。父亲将照片发出后，应该是立刻便删除了。只是他万万没想到，店员在修复手机的时候，竟然将已经删除掉的文件也统统还原了。——郑苹觉得额头有些凉，一摸，竟然全是汗。手脚有些发麻，紧接着，全身不自禁地颤抖起来。眼前闪过"鲁贵"那张因为堆笑而有些扭曲的脸，躬着身，嘴里叫"老爷"，因为脸上作得厉害，人又矮着，便看不清眼里的神情——郑苹拿过一瓶水，咕噜咕噜灌下半瓶。喘着气。重重地甩了一下头，像要把什么东西狠命甩出去。细想一下，中午那小弟的神情是有些异样，想笑又不敢笑似的。"——不该是这样。"她心里一遍遍地说，"不该是这样。"

回到排练室，周游见到她，吃了一惊："脸色这么差，不舒服？"她摇头："没事。"坐着继续看排练，然而只见到台上人影在动，什么也没看进去。一会儿，一人在旁边座位坐下，她侧目看去，是老耿。"累了吧？"他说她，"看你眼睛都直了。"郑苹勉强笑笑，瞥见老耿神情与往常无异，猜想他或许不知道这事。又有些吃不准，按常理，那小弟是他远房亲戚，手机该他拿回来才对，而让她亲自去一趟，似是有故意撇清的嫌疑。

郑苹指着手机："修好了，谢谢耿叔。"他道："小事情。"她道："都没收钱，挺不好意思。"他道："你平常那么关照我，这点小事再收钱，我也别做人了。"郑苹道："话不能这么说，亲兄弟还要明算账呢。"边说边留意他的反应，并不觉得有什么，想或许是自己多心了。老耿又劝她："换个手机吧，一个时髦大姑娘，拿着这个怪别扭的。"郑苹不语。老耿又道："等到了我这岁数你就明白了，世上没什么是放不下的，你这么放不下，苦的是你自己。想开点，你才几岁啊。"

去卫生间洗了把脸，站在镜子前半天。莫名地，有些害怕。不敢出去，不敢开口，不敢面对别人。像半夜做个噩梦，一脚踩空，醒来有些无所适从。郑苹走出来，到阳台抽烟。见到一辆黑色小轿车缓缓驶近，停下，司机匆匆出来开门——周父从车里走下来。便怔了怔，想他怎么也来了。抽完烟，回到排练室，周父已坐在那里。郑苹上前叫了声"周伯伯"。周父笑吟吟的，在她肩上一拍："苹苹辛苦了——"导演指着旁边两箱饮料："周总给我们发补给来了。"周父道："今天晚上结束后，夜宵我请。"众人都鼓掌。郑母坐在边上不动，静静地看剧本。骆以达也不动，依然与她隔了两个座位。周父主动与他打招呼，叫声"骆老师"。骆以达要站起来，他做了个往下按的手势："您坐您坐——天气热,大家辛苦了。"骆以达道:"房间里有空调,倒还好。"周父道:"总归辛苦的。骆老师最近怎么样?"骆以达道:"蛮好。"周父点头:"瘦了,不过精神看着倒比上回好些。"骆以达嘿的一声:"好什么,都五十好几了,老了。"周父道:"骆老师就算到八十岁,气度风采还是在的——您呀,是人不老、心也不老。"说着笑起来。骆以达停顿一下,也笑了笑。

周游嗤的一声。郑苹旁边听见了,问他:"怎么?"他耸耸肩:"没怎么——鼻子有点痒。"郑苹道:"有话就说。"他停了停,"要是你嫁给了我,再跟那个姓张的搞七捻三,我可做不到我爸这样。"郑苹摇了摇头,没作声。周游又道:"我要是女人,也喜欢骆以达。"郑苹问:"为什么?"周游回答:"不知道,就是有这种感觉。男人看男人,其实更准。讨女人喜欢的男人,男人一闻就闻出来了。"

周父重又回到郑母身边,坐下。"真人比海报更漂亮。"他递给郑母一张塑封的海报,是这一场《雷雨》的特别版。郑母接过,看了一眼:"PS 得都不像我了。"周父笑道:"你也知道 PS?"郑母嘿的一声:"我是外星人,连 PS 都不知道?"周父便笑着转向郑苹:"你瞧你妈,越来越懂经了。"又说预备把晚上这场的收入全部用于慈善:"你看怎么样?"他问郑母。郑母道:"你都定了,还来问我?"周父去揽她肩膀:"要夫人拍板了才行——"

这边说说笑笑,那边骆以达一人独坐着。手里拿着剧本,也是看看停停。郑苹见周围无人留意,便走过去,从口袋里掏出一样东西塞到他手里,骆以达接过一看,竟是一根针管,顿时张口结舌起来:"这——"郑苹道:"落在走廊里,我捡起来的——小心点,给人看见总归麻烦。"骆以达涨红了脸,把针管收好,嚅嗫着:"苹苹——"郑苹道:"下月排新戏,《茶馆》。"骆以达停了停:"黄胖子还是刘麻子?"郑苹一句"庞太监"在嘴里打了个转,瞥见他鬓角与胡须泛着雪白,心头涌上一丝酸楚,犹豫着:"——再看吧。"

黄昏五点,雨还没落下来。天色已是难看得很,像顶着口锅盖。风一阵接着一阵,越来越凌厉。将窗帘吹起九十度角,仙人掌的刺针都在沙沙抖动。老天爷憋着劲,似是要把这铺垫做到最足,才肯爽爽气气地落一场。

周父站在窗边,眉头微皱,似是不太满意这天气。旁边一人问他:"周总不喜欢下雨天?"他笑笑:"那倒不是,只不过今天是大日子,下雨总归烦心些。"那人凑趣:"周总见惯大场面了,还怕这点小雨?"周父便嘿的一声:"你不晓得,人跟什么东西较劲都可以,唯独不能跟天较劲。人在老天爷面前,就跟个小蚂蚁没两样。说一个人'天不怕地不怕',那要么是假的,要么就是傻子。"

排练结束后,郑母说想去附近走一走。周父道:"七点半开场,时间有些紧,况且天气也不好。"郑母道:"只走一会儿,用不了多久。"周父拗不过,只得随她:"我待会儿还有事——苹苹陪你吧。"郑母想说"我不用人陪",郑苹已接了口:"好。"不禁有些意外,朝她看去。郑苹到抽屉里拿了把伞:"——顺着襄阳路走到复兴路,从那头再绕回来。"

母女俩缓缓走着。这一段因为毗邻陕西路、淮海路,也算得半条主干道,虽规定了单行道,但马路窄,还是显得逼仄。郑母的高跟鞋，室内走得漂亮，室外走就有些辛苦。一路叮叮地过去，一脚高一脚低，自己受罪，旁人看着也难受。郑苹道："一会儿要是下雨，你这双鞋就废了。"郑母道："习惯了，在外面不穿高跟鞋就跟没穿衣服似的。"郑苹嘿的一声："累不累？"郑母道："做人哪有不累的？"郑苹道："那你索性踩高跷吧。"郑母摇头："又来了——你累不累？"郑苹道："不是说了，做人哪有不累的？"

郑母停下来。郑苹瞥了一眼她脚踝处，都磨红了。从包里拿出创可贴，蹲下身子替她贴上。站起来，与母亲目光相对。郑母停顿一下："随身还带这个？"郑苹道："以防万一。"郑母道："你倒是周全。"郑苹道："天底下的事情，今天保不准明天。全靠自己当心。"

母女俩复又向前走去。

"和那男人怎样了？"郑母问。

郑苹停了停，没有正面回答，而是问母亲："男人对你是不是真心，怎么看得出来？"

郑母思忖一下："有时候得凭感觉。讲不清的。"

"他呢？"郑苹问，"是不是真心？"

"谁？"

"明知故问。"

郑母沉吟着："应该是吧。"

"那我爸呢？"郑苹没头没脑地来了句。

郑母怔了怔，还不及回答，郑苹又问："我爸是个怎么样的人？"

"你爸，对我不错。"

"你和骆以达的事,我爸知道吗?"郑苹径直问下去。

郑母又是一怔:"——还是到此为止吧,晚上有演出,大家都别坏了心情。"

"我没想跟你吵架,"郑苹踢着脚下一块小石头,"——就是有点好奇。"

"你爸那个人,就算知道了也只会憋在肚子里,不会声张。"郑母停顿一下,"他是个老实人,其实挺有才气,就是运气不好。"

郑苹不语。过了片刻,又问:"——听说你要离婚?"郑母诧异地道:"——周游说的?"郑苹学她之前的口气:"没人说,我就不知道了吗?"

一辆助动车从后面驶来,郑苹将母亲朝里推些。郑母觉出这动作有些反常的亲昵,心头一暖:"你说——我下半辈子要是跟他过,怎样?"

"你哪里还有下半辈子?最多三分之一了。"

"所以啊,"郑母并不以为忤,"三分之二都浪费了,再不抓紧,就来不及了。"

"我无所谓,你开心就好。"

"都这把年纪了,也不是为了开心——安心还差不多,"郑母道,"他都落魄成那样了,再撇下他,实在说不过去。"

郑苹不吭声。瞥见母亲的侧脸,颊骨与下巴连成一个圆润的线条,睫毛颤着。五官也是柔和之极。母女俩许久没离得这么近聊天了。风愈来愈大,将她前面一绺刘海吹得不断扬起,她拿手去捋,刚捋上去,又落下来。捋了几次,便索性不管了。

"有事？"郑母朝女儿看。

郑苹一怔，把表情做得更自然些："——没事。"

"今天有点奇怪。"

郑苹嘿的一声，掩饰地道："在你眼里，我一直是奇怪的。"

回到话剧社，司机已等在路边。郑母上了车。郑苹到办公室去拿包，经过排练室时，见门虚掩着，里面似是有人。走进去，见骆以达一人坐着，动也不动。老僧入定般，连她推门进来也未察觉。

"骆叔叔。"郑苹叫了声。

他一震，猛然醒觉："哦。"

"怎么还不走，一个人坐在这里？"

"啊，这个——"他似是还未回过神来，霍地站起来，"我马上就走，马上。"

郑苹见他脸色发白，整个人竟似在发抖，不禁吃惊："您没事吧？"

"没事，没事。"他朝外走去，脚不知被什么绊了一下，险些摔倒。郑苹扶住他，说了声"小心"，摸到他手心一片冰冷。他勉强笑笑，出去了。

老耿也没走，在阳台抽烟。郑苹问他："刚才我和我妈出去那会儿，没发生什么事吧，怎么骆以达脸色难看成那样？"老耿表情有些微妙："没什么，就周总拉他聊了一会儿。"郑苹没再多问，心想周游爸爸这就有些失分寸了，晚上还要演出呢，兴师问罪也不该挑这时候。拿出手机要给母亲打电话，让她安抚一下。想想又放下了，这当口多一事不如少一事。老耿还在说刚才排练的事："老骆演周朴园，到底是不一样。"郑苹嗯了一声。老耿又加了句："你妈也是，功架在那儿，原先那个完全没法比。"郑苹有些心不在焉，只是笑笑。

正要出发去剧场，忽然接到导演的电话，火急火燎的声音：

"刁瑞的事，你知道吗？"

郑苹一愣："怎么了？"

"这小女人，莫名其妙给我发了条短信，说她晚上不演了，让我另外找人。"

郑苹诧异极了："怎么回事？"

"谁知道，下午还好好的，突然说不演就不演了，她要早说倒还好，我老早就想把她换下了。可现在这个时候，让我上哪儿找人去？"导演气急败坏的，有些口不择言，"今天是怎么了，一会儿是换角，一会儿又给我玩人间蒸发，老的小的，存心想把我弄疯是不是？"

郑苹说声"我来想办法"，挂了电话，立刻便给周游打过去。

"你们家貂蝉怎么回事？"她问。

电话那头停顿一下，有些诡异的口气："——那得先问你们家张一伟怎么回事。"

郑苹愣了愣，一时没明白。

"你的男朋友把我的人藏了起来，什么意思？"

"再说明白点。"郑苹有些不耐烦。

"电话里说不清楚，你来剧场再说。"不待郑苹回答，那头已先挂了。

去剧场的路上，郑苹不停给张一伟打电话，都是忙音。把油门踩到底，小厢车当跑车开，呼啸着来到大剧场。一众演员都在。导演不停地打电话，联系"四凤"的候补。勉强找到一个，但也没敲定，说还要再看看。导演气吼吼地对周游道："你把酬劳给我往死里开，现在只能拿钱压人了，压死一个算一个。"周游答应了。郑苹把周游拉到一边：

"说吧，到底怎么回事？"

"还能怎么回事——姓张的想整死我。"

郑苹越发吃惊了："什么意思？"

周游停顿一下："上个月，我叫刁瑞陪个土地局的处长过夜，替我搞定一个项目。姓张的肯定是知道这事了，所以先把刁瑞藏起来。刁瑞要是上庭做证，这官司我非输不可。"

郑苹倒吸一口冷气。这才知道事情的严重性。

"你怎么知道是张一伟把她藏起来了？他要是真想整你，直接上法庭不就行了，干吗还告诉你？"郑苹想不通。

周游不说话，把手机递过来，给她看上面的短信："最后给你一次机会，如果你不答应，那我们法庭见。做不成夫妻，那就做仇人吧。你好好考虑。"

郑苹一怔，随即明白是刁瑞拿这事要挟周游。摇了摇头，把手机还给周游："你活该。她不是你的人吗，还让她去陪什么处长——真不要脸。"

"这女人，别把我逼急了。"周游咬着牙。

"乌七八糟——"郑苹皱眉。

"别说得你像天上下来似的。这世界就这样，你不知道？"

郑苹晓得他心烦，不跟他计较。这时，周父和郑母也到了。周父应该是已经知道了，但神情依然无异，笑吟吟地安抚众人："这就叫好事多磨——"只是叮嘱了郑苹一句，"待会儿酒会的开场，苹苹你替我盯好。"郑苹答应一声。酒会开场有个仪式，是她负责的。找了个专业的晚会策划，按周父的要求，要弄得风风光光。

周父近年来开始涉足慈善界，成立了一个基金会，就在今晚揭牌。张一伟说他是"老鸨子改行当妇联主席"，这话有些刻薄。郑苹觉得张一伟太钻牛角尖了。郑苹也爱钻牛角尖，比如父亲那件事。但郑苹的牛角尖，是就事论事的钻。张一伟不同。他喜欢把问题上升到另一个层次，再呈放射状向外延伸。在郑苹看来，其实是有些不讲道理。当年那笔事故赔偿金，张家到底是没有收下。因此这些年，他和他母亲过得很苦。他很少与郑苹聊起这事。唯独有一次，他与郑苹在墓地偶遇。两家父亲都葬在嘉定松鹤公墓。两人本来话不多，但在这种场合碰到了，出于礼貌，便各自到对方的父亲墓前鞠了个躬。郑苹看碑上的照片，张父长相很温和，眉眼淡淡的，像老太太。算下来，走的那年是四十三岁，比郑父还小了一岁。

那天，张一伟告诉郑苹，其实是他妈不肯收那笔钱。他妈是个很硬气的人，也吃得起苦。他父亲去世前在一家私营工厂干活，后来厂长卷了钱跑了，拿不到工资，家里开销就靠他妈给人家做钟点工。他父亲的意思是，上海待不下去了，看样子还得回苏北老家。他妈不肯，说老家原先的棉纺厂也倒闭了，回去也是饿死。她说实在不行就做点小生意，卖大饼油条，或是沙县小吃什么的。"他们是希望再撑个几年，等我考上大学，好歹能有个盼头。可没想到——"张一伟说到这里，哽咽了一下，又说到那笔赔偿金，"想拿钱买我爸的命，没门。"郑苹觉得这话好像不对，但一时也不知该怎么反驳。他讲话毫不顾忌："我挺佩服你妈，居然会嫁给撞死自己老公的人。你也是，一点也不觉得别扭吗？换了我，一把火烧个干净，然后直接上少林寺了。"郑苹听了挺不舒服，但不想在他面前失态，把话说得四平八稳："你爸和我爸的死，不能全怪周游爸爸。"他有些嘲弄地看她一眼："他要是个穷光蛋，你也会这么说吗？"这话更加过分，不给人留余地了。郑苹那时才二十岁不到，换了别人早就发作了，但张一伟是例外，女孩碰到心仪的男生，总是会装腔作势一番。郑苹记得自己那天修养很好，始终保持着三十六度七的健康体温，打定主意就算他当面骂娘也绝不还口。她对他说，天底下的事情，其实讲不清的，没必要每件事都去争个是非对错，你劝劝你妈，把那笔钱收下来多好——她终是纠结于他没有收下那笔钱。她有个老邻居与他上同一所高中，隔三岔五便把他的事情告诉她。他每天都带饭，基本上是白饭加咸菜，永远穿一双鞋，学校里凡是要花钱的活动全部不参加。除了上学，所有的时间都用来打零工。他甚至在校园里捡同学喝完的饮料瓶子装进书包——郑苹本来也恨周父，后来再大些，将心比心，便觉得周父也不容易，毕竟责任不在他，换个面黑心冷的，一句"谁让你爸自己闯红灯"便能把你弹回去，更何况人家还挨了一刀。收下那笔钱，接受人家的歉意，与人方便，自己方便，是两全其美的事。可张一伟不同意，他咬牙切齿地对她道："大家都是人，凭什么别人撞死人就要坐牢，而那老家伙撞死人，一点事也没有？他凭什么这么嚣张？有钱就可以逍遥法外，就可以为所欲为？他头上长角，有免死金牌？"张一伟的语气充满了不平与愤怒，郑苹无言以对。她猜他这么偏激，应该与他之前的家境有关。她不知道该怎么劝他，她和他的思路是两条平行线，交不了集。

没心没肺起来，她也曾把他的话学给周游听。周游道："在穷人眼里，总觉得天底下的有钱人统统都是为富不仁。其实这也是一种心理变态。姓张的就是个彻彻底底的变态。"唯独提到张一伟，周游才会把话说得这么促狭。他曾经问郑苹到底喜欢张一伟哪里。郑苹答不出来，说，喜欢就是喜欢，没道理的。那时他才二十出头，为此大受刺激，几天后大学里期末考试，居然一个人跑去西藏，回来时整个人晒得乌漆抹黑，包里塞满了皱巴巴的画纸。门门功课都缺考，成绩单上清一色的零分。周父没收了他所有的信用卡，罚他在家反思。换了别的女孩，也许会安慰他一番，可郑苹没有。她觉得还是不理他比较好，她甚至在他心情平复了以后，很认真地替他分析："为什么张一伟会说你们为富不仁？换了他，心情再糟糕，也不敢不考试，因为大学文凭对他很重要，他的前途，他和他妈妈的将来，都要靠这张文凭。可你无所谓，哪怕你只有小学文凭，你爸照样可以安排你到他公司去上班，你是太子爷、接班人。所以说，不是你有个性，是你有资本。在我看来，你这种举动一点也不帅，反而说明你小儿科。"周游吃瘪。男人碰到促狭的女人，其实挺头疼，打不得也骂不得，只能投降。有时候郑苹也觉得挺对不起周游，别的不提，单是话剧社那幢小洋房，便是周游买了给她的。她死活不要，周游劝到最后，也烦了，丢下一句："是借给你用，又不是把产权给你，你每月付房租就是了——"她才答应了。心里清楚，她占着他的好处，却又不承他的情，忒不厚道了。连郑母都提醒过她几次："你要怎么收场？"郑母自己情路坎坷，于男女间的进退算度，便看得极为清透。彼此花在对方身上的用心，像天平上的砝码，多一分少一分，立刻便显现出来。她说："郑苹，女人最忌讳话说得不清不楚，要么是虚荣，要么就是糊涂。"郑苹想想也是，跑去对周游交了底："你再怎么花心思也没用，这辈子不可能的——"谁知周游只是哦了一声，听过便算。接下去一切照旧。郑苹觉得，不是自己说得不够清楚，而是那位脸皮太厚。但不管怎样，郑苹对周游还是心存感激的，倘或没有他，这些年她会过得更糟。比起张一伟，周游其实更像个孩子。她记得他大学毕业后，第一次陪父亲去谈生意，直至半夜才回来，敲开她的门，呆呆一坐就是半晌。他说他不喜欢那种环境，不喜欢酒席上大家说话的模样，别扭极了："看样子以后要一直这样了，——怎么办？"他一脸苦恼，茫然地看着郑苹。郑苹其实也没有答案，连安慰的话也不知从何说起，两人照例又是喝酒。周游说他高考填志愿时与父亲几乎大打出手。他想报考美院，可周父硬要他读企业管理。周父说："等你坐到我这位置，便是一天画十幅也无妨，画画这玩意儿，是锦上添花，跟打高尔夫、玩赛车差不多，靠它吃饭就没必要了。"他拗不过父亲。原则问题上，周父从不会退让半分。两个半大不小的孩子在那晚断断续续地感慨着人生，说着"人生不如意十之八九""天涯何处觅知音"。酒精让思路时而停滞，时而跳跃，继而是混乱无比。他问她："我本来能当画家，你信不信？"她很郑重地点头："信。"后来的日子里，无论周游在生意场上磨砺得如何滴水不漏、收放自如，郑苹始终觉得，那天晚上那个愁眉苦脸的傻小子其实才是真正的他。

周游的电话响了，他到一旁接听。片刻后，走到焦头烂额的导演身边，拍了拍他肩膀：

"朋友，别烦恼了——刁瑞一会儿就到，照旧演她的四凤。"

晚上七点，大剧院后台，一众演员都已化装完毕，各自坐着待命。郑母有独立的休息室，闭目养神，助理替她按摩后颈。阴雨天，颈椎就酸痛，老毛病了。门半开着，正对着骆以达，瞥见他拿着一本书在看。这是他多年的习惯了，临上场前要看书。二十年前他最喜欢看苏联小说，《安娜卡列琳娜》《罪与罚》《复活》……厚厚一本拿在手里，说是最能稳定情绪。她不一样，嫌看书太累，费脑子，倒把好不容易记住的台词给忘了。他出自书香门第，父母都是大学老师，再往上，他爷爷是国民党的高官，1949年去了台湾。他家教很严，要不是赶上那段乱哄哄的六七十年代，他父母无论如何不会让他去当演员，尤其是他母亲，很高傲的模样，看谁都觉得是下九流。郑母有时候也想，亏得没嫁给骆以达，否则婆媳关系处不好，也难受。各人有各人的缘法，她和他，命中注定便是要这么折腾。几周前，她把意思跟他说了。他瞪大眼睛，半晌，又是那句："你不怕？"她也还是那句："只要你不怕，我就不怕。"她面上无异，心里其实是有些忐忑的，怕这人又往后缩。他都到了这个境地了，退无可退，该她患得患失才对。倘若他口里再说出个"不"字来，她打定主意，这辈子是不会再与他见面了——幸亏没有。他抖抖豁豁的，把她揽入怀里。她听到他隐隐的哽咽声，那一瞬，心头一酸，眼泪也跟着落下来。

骆以达合上书，起身去卫生间，一张卡片似的东西从书里掉出来。他没察觉。一会儿回来，见郑母站在那里，手里拿着那张登机牌，心里咯噔一下，与她目光相接。两人不说话，也不动，就那样站着，僵持着。旁人见他们的模样，都诧异不已，也不敢出声。只隔了几秒钟，便似几个世纪那样漫长。骆以达嘴巴动了动，想说话，却一个字也发不出来，喉口被什么堵住了。

"要去澳洲？"还是郑母先开的口。

"嗯。"他有些涩然的声音，像含着口痰。

"旅游？"她看他，完全是询问的口气。

他深吸一口气，又吐出来，似是斟酌了许久："——不是。"

话说出口那瞬，他看到她眼里有什么东西闪了一下，随即涅灭了。像萤火虫逝去的时刻，从绚烂到枯竭，只是一秒钟的工夫。他甚至听到她身体里嘣的一声轻响，什么东西断了。他内疚得都不敢看她了。周游爸爸很地道，买的是头等舱的机票。话说得也贴心贴肺："澳洲是好地方，养老最合适。那边都安排好了，完全不用你操一点心，这两天收拾一下，下礼拜二就走——"他一百个不情愿，可完全没有招架的余地。藏毒罪不大不小，判起来可长可短，周父一手拿着澳洲的移民资料，一手握着他的小辫子。全中国那么多吸毒的人，本来家里放一点海洛因也是寻常事，可真要是有人拿这个做文章，上上下下再通点路子，也是要吃不了兜着走的。周父的口气一点儿也不像威胁："——是去澳洲享福，还是要在牢里待个三五年，骆老师您自己决定。"骆以达收下登机牌的时候，手抖得厉害，几乎都握不住了。眼前发黑，身子晃了几下，扶住椅背才勉强撑着不倒下去，又狠狠地想，你有什么资格昏倒，你就是死也是不够格的，你就卑微地活在这世上吧。他想到"卑微"这两个字，竟窘得有些想笑了。

郑母站了会儿，说声"蛮好"，便要回到原座。骆以达依然是不动。周父从旁边走过来，亲亲热热地扶住她的肩膀："骆老师这么快就公开了？不是说等话剧结束才宣布嘛——也对，好事情晚说不如早说。上海AQI（空气质量指数）指数那么吓人，换了我也想移民。恭喜啊骆老师。"

众人回过神来，纷纷向骆以达表示祝贺。郑苹有些担心地看向母亲。后者只是轻轻摇了摇头，便走去卫生间。郑苹跟上她，也不说话，只是与她并肩。郑母说："你去吧。"郑苹嗯了一声，却不走开。郑母又说一遍："去吧，让我静静。"郑苹这才停住。瞥见众人的神情，嘴上说着"恭喜"，却都是有些异样。后台的气氛陡然变得有些诡异。骆以达坐着，不说话也不动弹。周游走到郑苹身边，幽幽地来了句：

"人生如戏啊。"

郑苹不语，想起下午问母亲"男人对你是不是真心，怎么看得出来"，母亲那时的口气，其实也不是很有把握的。说到底每个人只能对自己负责，再亲再熟的人，一颗心终究是隔了肚皮，完全估不准的。郑苹心里叹了口气，又想起父亲拍那些照片，把所有人都蒙在鼓里。母亲至今仍认定那照片是她拍的。世上出乎意料的事情太

377

多了。郑苹记忆里的父亲，话很少，好好先生的模样，母亲说什么，他就听什么，从不违拗，跟骆以达也是亲兄弟一样的交情。她无论如何想象不出，父亲躲在暗处拍照时，会是怎样一副情形。按下快门那刻，瞳孔收缩，拳头握紧，扭曲的快感。台上输给他的，台下双倍来讨。连同她给他的屈辱，一起来算。郑苹猜想，父亲对母亲应该也是真心的。周游说过，讨女人喜欢的男人，男人一闻就闻得出来。女人也是如此，讨男人喜欢的女人，女人也能闻出来。加上周父，母亲占了三个男人的心，却一点儿也不快乐。这些年来，郑苹头一次觉得母亲可怜。

"怎么搞定刁瑞的？"郑苹问周游。

周游不说话，鼻子里哼出一口冷气。

郑苹猜到了答案："她真缠着你结婚，怎么办？"

"那就结吧，"周游恶狠狠的口气，"——你等着我，我早晚弄死她，再来寻你。"

郑苹朝他看，不合时宜地笑了笑。如果不笑气氛就更不对了。明明是六月里的天，毛孔竟生生滋着冷气。停了停，她傻乎乎地说句："结吧，早晚总要结的，讨个貂蝉也不错。"

正说着话，一人从外面进来，正是张一伟。穿得很正式，西装领带，头式也很清楚。他绕过众人，径直走到郑苹面前。郑苹怔了怔，还未说话，他已先开口：

"我妈坐下了——我进来看看你。"

郑苹停顿一下："哦。"

"还是头一次来后台，挺有意思的。"他瞥过一旁的刁瑞，神情不变，又朝周游点点头，算是打招呼，"周公子，这阵子还行吧？"

"托你的福，蛮好。"

"气色不错。"张一伟加上一句。

"天天吃野山参，大拇指那么粗的。"

"天气热，当心上火。"

"不吃饱人参，怎么有力气跟神经病斗智斗勇？"

张一伟嘿的一声。周游揉了揉鼻子，作势抠鼻屎，往地上弹了弹。不远处的周父也朝这边投来视线，张一伟只当没看见，自顾自地拉起郑苹的手，捏了捏："你忙，我先下去了。"郑苹点点头。瞥见刁瑞自始至终低着头，不敢看他。又想，张一伟统共也只来过话剧社两三次，竟能策反这女孩，不晓得是怎么做到的。可惜这女孩太想飞上枝头当凤凰了，他这么做，费心费力，却也只是给她一次要挟的机会罢了。

对讲机里通知"各就各位"。郑母站起来便朝外走，周父拉她手臂，有些惊惶地问：

"你做啥？"

她轻轻甩脱："做啥？——去外面透透气，抽根烟。"瞥见他不太相信的神情，又冷哼一声："放心，我是演员，不会开这种玩笑。"说着又要走。周父不松手。她有些嘲弄地看他一眼："早知如此，又何必挑今天呢？我知道你是想让他演完才说的，可惜，人算不如天算，包袱提早抖开了。"她难得对他说这么多话，语速又是极快的。周父依然是不松手，脸上神情做得若无其事。碍着旁人在，她说话也是极小声。

"先坐下。"周父压着音量,语气却是有些严厉了。

她朝他看。忽地,重重地甩开了他。他没提防,往后踉踉跄跄退了两步。她径直朝外走去。高跟鞋在地上踏得清清脆脆,旗袍勾勒出的腰肢,随身形微微摆动。经过骆以达身边时,她停下来,虽只是一秒钟不到的时间,也很明显了——似是等他交代什么,说些话,或是做些什么。可惜没有。他背对着她,动也不动,木头人似的。她一颗心直沉下去,再不停留,快步往前走去。舞台督导早下了指令,所有演员在后台待命,但见她这样,也不敢拦。郑苹上前跟着母亲,见她开了侧门出去,果然点了支烟。

"要吗?"郑母拿着烟,问她。

郑苹接过。母女俩还是第一次一起抽烟。郑苹知道母亲会抽烟,但从未见过。郑母抽烟姿势很漂亮,纤长的手指夹着。但一看便是花架子,烟多数吐了出来,并不真吸进去。两人不说话,各自朝着一边抽烟。很快抽完了,郑母把烟头在墙上掐灭。

"进去吧。"她道。

话剧演得很顺利。台下几乎是座无虚席,不少是二十年前"繁漪"的粉丝,专程冲着她来的。隔了这么久,"周朴园"和"繁漪"都还是当年的面孔。舞台会转,像地球一样,到了一定时候又会转回来。人都还站在原地呢。演员有新旧之分,观众也是如此。新观众看的是热闹,老观众看的是情怀。逝去的年华是本书,翻一页过去,便在心上留道印迹,一页一页,密密麻麻。还未开演,心里已是满的,及至看见人,岁月的感觉袭上心头,立刻便满溢出来,哭与笑,喜与悲,台上台下都是相连的。

很快，演至结尾高潮处。"繁漪"痛苦地：

"萍，你说，你说出来；我不怕，我早已忘了我自己。（向周冲）你不要以为我是你的母亲，你的母亲早死了，早叫你父亲压死了、闷死了。现在我不是你的母亲。她是见着周萍又活了的女人，她也是要一个男人真爱她，要真真活着的女人！"

"周冲"心痛地："哦，妈。"

"周萍"对着"周冲"："她病了。（向繁漪）你跟我上楼去吧！你大概是该歇一歇。"

"胡说！我没有病，我没有病，我神经上没有一点病。你们不要以为我说胡话。我忍了多少年了，我在这个死地方，监狱似的周公馆，陪着一个阎王十八年了，我的心并没有死；你的父亲只叫我生了冲儿，然而我的心，我这个人还是我的——"

"繁漪"说到这里，忽然停下来，走到台前。饰演"周冲"的是个年轻演员，经验不足，见她对白说到一半，与排练时不符，便也愣在那里，不知所措。"繁漪"对着台下，哀伤地望向远处，一动不动。灯光打在她的脸上，五官像瓷器般纹理细腻，透着光。很美。剧场里静寂一片。连"繁漪"轻轻的一声叹息，都听得清清楚楚。她说下去：

"就只有他才要了我整个的人——可是他现在不要我，又不要我了！"

这句对白，她本该是对着"周萍"说的。此刻却是对着台下，第一排的观众都看到她眼里噙的泪了。她停顿一下，又说了一遍："——他又不要我了！"话冲出口那瞬，喉口立时便哑了。什么东西涌到鼻尖，涩得发苦。每个字都似是带着翅膀，在剧场内盘旋，还有回音。台上站着好几个演员，观众却只盯着她一人看。她是舞台的中心。有熟悉《雷雨》的，已觉出些不对，但又怀疑是新版的噱头，故意这么演的。

"繁漪"说完那句，停下来，静静地看着前方。"他又不要我了！"——她满脑子都是这句，接下去的台词，竟是一点也想不起来了。她完全不担心，反而一身轻松，想，索性就这么一直站着吧。脑子里是空白的。她又往前跨一步，再一步。脚像踏在云朵里，整个人似是飞了起来。跳下舞台那瞬，她眼前闪过他的脸——是初见面时的那张青青涩涩的脸，孩子似的纯真眼神，看她时有些露怯，看一眼，停一停，再看一眼。反倒不及她大方。他替她把行李拿到宿舍，她听到别人叫他的名字，骆以达，骆以达，她心里念了两遍，顿时便记住了。他笑的时候，居然还有酒窝。左边那个深，右边的要浅一些，不对称，但依然好看——她觉得自己很没有出息，这当口还想着他。这场戏没有他，他该是坐在后台，揣着那张去澳洲的登机牌。她晓得他有苦衷。这些年，他每回都有苦衷。否则他早娶了她。可又怎么样呢，他终究是没有。"苦衷"在她看来，跟"借口"差不多。天底下又有多少恋情是一帆风顺的？那些负心的，谁的嘴里又倒不出几汪苦水来？——她竟忍不住想笑了。不知是笑别人，还是笑自己。

她直直地往前倒去。舞台很高，摔下去必死无疑。她想，比喝农药好，演员死在剧场里，那是最妙的结局。——忽然，一双手抓住了她。众人惊呼声中，"周朴园"变戏法似的出现了，牢牢抓住

"繁漪"。她兀自没有反应过来，及至被他抱在怀里，闻到他身上那再熟悉不过的味道，不由得呆了。他抱得她那样紧，完全不管不顾的。她几乎要透不过气来，一阵晕眩。想，这是梦吧？肯定是。否则他怎么会当着这么多人的面抱她？这么大的场合，这么亮的灯光，这么多双眼睛看着——不是梦是什么？她听到他的心跳声，还有自己的，扑通扑通。也不知过了多久，她终是忍不住，眼泪夺眶而出，像个孩子那样哭了起来。

晚上九点半，慈善酒会准时开始，就在大剧院楼上的望星空宴会厅，布置得金碧辉煌。正中是"怡基金揭幕酒会"几个大字。郑母换了套衣服出来。周父揽着她，笑吟吟地招呼客人。有客人问起郑母身体怎么样。郑母还未回答，周父已抢在前头："为了穿旗袍漂亮，连着十来天都不吃主食，女人就爱这么作践自己。"说着朝郑母看，"你呀，早劝过你了，演戏也是体力活，不吃饭，别昏倒在台上才好——被我说中了吧？"

郑母不语，望向远处角落里的骆以达，他也在看她。

"最后一次了，"入座后，郑母对丈夫道，"——明天就去办手续。"

"那他呢？"周父问。

"他要是坐牢，我每天探监便是。"她淡淡地道。

周父嘿的一声，拿起酒杯，微笑着朝旁边客人让了让，再转过来，眼里笑意全无："——随你。"

郑苹是主持人，先说了段开场白，便请周父上台致辞。周父说得很简短:"我夫人名字里有个'怡'字,所以我设立了这个'怡基金',主要是想帮助那些无父无母的孤儿,让他们能够健康地成长,能够上学。这件事具体实施起来会有难度,但我一定竭尽全力,持续地做下去。"

掌声过后,台上的LED屏幕便开始播放关于"怡基金"的宣传片。PPT是郑苹请专业人员做的,一共二十分钟。郑苹走下台,坐到母亲身边。见她脸色兀自有些发白,神情倒是透着悦色。刚才那一瞬,心都跳到嗓子眼了,也亏得骆以达反应快,否则后果真是不堪设想。郑苹又想,在那么多人面前那样,这比盖一百个章都管用,是板上钉钉的意思。酒会还没开始呢,那边倒已先揭了幕——就不晓得接下去会怎样。

忽地,屏幕上出现偌大的三个字:"伪君子!"

众人一阵哗然。"伪君子"用了血红的特大号字体,占了屏幕的大半,甚是醒目。紧接着,又是一句:"踩在尸体上发财的不良商人。"后面有文字说明,几年前周父公司的一个楼盘在建筑过程中,发生倒塌事故,造成十来名工人死亡,结果只是草草了结,无人追究。还配有照片,先是一张工地事故现场的,惨不忍睹,接下去连着几张,是家属哭天抢地在周父公司门口讨要说法,被保安强行拉走。再接着,是已竣工的楼盘正面照,坐落在黄浦江畔,广告语是"坐拥极致,享尽奢华",与前面形成鲜明对比。最后一张照片,是该楼盘获得年度沪上最佳楼盘的称号,周父上台领奖,意气风发。

后台放映人员兀自不知,前台一干人也是呆了,忘了该如何应对。周游冲到后台,嚷着"你他妈给我停下来——",急急地按下

"停止"键。放映员才知道闯祸了。这么一来一回,也已是过了三四分钟了。

现场顿时鸦雀无声,众人面面相觑。饶是周父久经沙场,这会儿也是脸色铁青。郑苹匆匆拿出备用的 U 盘,交给放映员。音乐声中,屏幕上出现一群孩子,举起手,殷切地捧出一颗红心,映衬着"怡基金"几个大字,蔚为壮观。她再看换下的那个 U 盘,外观与她原先的一模一样,里面的 PPT 文件名也是完全相同。很明显是被人调了包。早上起来还在电脑上检查过一遍,并无异样。郑苹不禁朝张一伟看去。他也在看她,目光在半空中相接,干涩得像是深秋地上的落叶。——U 盘自然是他换下的。日子也是他算好的,不早不迟,恰恰是酒会的前一晚。U 盘就放在写字台上。趁她上厕所、洗漱,或是准备早餐的时候。机会多得是。她转过头,再不与他相对,心里忽然羞愧得要命,满脑子都是"自作多情"这个词。他又怎会真喜欢上她?要说喜欢,八年前就喜欢了,哪会等到现在?——是她多心了。女追男隔层纱、日久生情、精诚所至金石为开……这些对他统统都不适用。他对她的心,与八年前退还纸鹤那刻绝无二致。

宣传片结束后,大厅响起轻柔的华尔兹音乐。周父站起来,上身微躬,伸手向郑母邀舞。郑母迟疑了一下,还是与他相握。两人到舞池中央,缓缓起舞。郑母瞥过一旁的骆以达,见他脸上带着微笑,便也报以微笑。此时此刻,两人再无嫌隙,彼此心照。

"知道我第一次见到你是什么时候吗?"周父在她耳边道。

郑母不语。周父径直说下去:

"我猜你肯定想是在人艺舞台上。其实不是，比这个更早，是你大二那年，我刚好去上戏办事，看你们在排练《雷雨》，那时你演的是四凤。你一直以为我是看了你演的繁漪才喜欢上你的，我也从没跟你说过，其实比起繁漪，我更喜欢你演的四凤。男人嘛，说到底口味都差不多，周萍不也是喜欢四凤？周冲就更别说了。繁漪那样的脾性，放在舞台上出彩，生活里就有些过了。还是四凤好，简简单单。"他说着又加上一句，"——女人还是简单些好，自己舒服，别人也舒服。你说呢？"

郑母依然是不说话。

"你再考虑一下，"周父劝她，"那么多年都过来了，也不急于一时。"

"不用考虑。"郑母回答。

周父朝她看了一会儿，叹了口气，伸手在她肩上捋了捋："你这人啊——"喉口一紧，后面的话居然没跟上，像被什么绊了一下。这对他来说已是绝无仅有的了。便是当年与第二任妻子谈判，那女人干部家庭出身，思路清楚，口才也好，摆出要让他净身出户的架势。他脸上是笑的，手条是硬的，到头来也没让她占着一丁点便宜。他心里清楚，没有那女人，他无论如何到不了今天的光景。那段婚姻在他眼里只是场交易，所以他能硬起心肠，但此刻情形完全不同。他对她，别说手段，便是狠话，都扔不出一句。

"我，对你不好么？"他想问她。瞥见她并不看他——顺着她目光滑去，那头是骆以达——心里嘿的一声，把那句话咽了回去，脸上兀自笑容不变。他是主人家，开第一支舞。接着，宾客们也开始纷纷起舞。

张一伟来到郑苹座位边，伸出手："跳支舞？"

郑苹不动："没精神。"

"有话跟你说。"他道。

"说吧，我听着。"她头也不抬。

他停顿一下，在她身边坐下来。"我不预备说对不起——"郑苹哈的一声，竟有些好笑了，心想这男人连道歉也懒得敷衍了。"没关系，"她道，"说不说都一样，反正我也不会接受。"又想自己这话仍然像是赌气，该更无所谓些才对。索性不睬他，拿起香槟喝了一口，头转向另一边。停了几秒钟，终究是忍不住，又别回来，对他道：

"你另找个位子坐吧。"

"我晓得，你现在很生气，"他看着她，"不过我这么做，你该明白的。"

"嗯，"她点头，"——替天行道嘛。"

他不理会她的嘲讽，停了停，又道："其实我今天想做两件事，除了刚才那件，还有一件。"

郑苹心念一动，瞥见他裤袋那里凸起一块，似是有什么东西。"求婚啊，"她笑笑，"口袋里装的是戒指？啧啧，你张一伟梁山好汉似的人物，原来也会做这种事——拿出来我看看，当众求婚，钻石总不至于太小吧。不过也难讲，你这人不能以常理论之，到时候掏颗玻璃球出来，也不是没可能的。我要是不答应，你准会说，你凭什么不答应，凭什么这么嚣张？你有什么了不起，你头上长角么?"她学着他之前的语气,笑吟吟地一路说了下去。

他有些诧异地看她。认识她到现在,还是第一次见她这么促狭。她霍地停下,朝他看:"你是不是觉得我特别好欺负?"他一怔,还不及回答,她又道:

"嗯,不能叫'好欺负',应该叫'自作自受',或者是'傻到极点'才对。"她说到这里,鼻子一酸,强抑着不让眼泪流出来。嘴上却是越发凌厉起来:

"你知道吗——去年年底你跑来找周游爸爸,那天我刚好也在,就在你们隔壁。"

他一凛,脸色顿时变了。

"其实我也不是存心偷听你们说话,可你这个人呀,就算是问别人要钱,也是一副闹革命的模样,好像别人前世欠了你的,不给不行,"她嘲弄地迎住他的目光,"——我只是不明白,你不是恨他入骨嘛,道不同不相为谋,怎么会跑来问他要钱?你的原则呢,你的铮铮傲骨呢?怎么,那阵子没喝牛奶,比较缺钙,是不是?"

张一伟不说话。郑苹瞥见他嘴唇咬得很紧,隐隐有牙齿摩擦的声音,脸上一阵青一阵白,完全被刺痛的神情。她晓得这几句话的杀伤力。她以为自己会藏着一辈子不说,女人对着心爱的男人,嘴巴原本就是去芜存菁的。她甚至都快忘了这些了。如果不是此刻,他让她难受得想死,她真的会憋一辈子的,睁只眼闭只眼,不去想个究竟。他是怎样的人,对别人怎样,于她又有什么关系呢,她只要他对她的一颗心,就足够了。可到底是落空了——她感到一阵报复的快感,却又有什么东西在胸口直沉下去。很爽,却又很憋屈。

是自暴自弃的心情。

"是因为我妈的病。否则我妈只有等死。不为别的。"他看着她，一字一句地进出。

"他没答应，所以你就更加恨他了，对吗？"

"他答不答应，我都恨他。这是两码事。"他沉声道。

郑苹嘿的一声，完全不给他台阶下："也就是说，就算他把钱给你了，你也不会给他好脸色，照样骂人家为富不仁坏事做绝——你不觉得你很可笑吗？我倒要问问你，你这么做是把自己放在什么位置？你凭什么这么了不起，这么嚣张？你是上帝么，你头上长角么？"

他被她问得有些呆住了。"所以呢，"他道，"我应该像你一样，拿了人家的好处，就把自己原先姓什么都忘了，是吗？"

"那也比你好，至少我不会说一套做一套，又当婊子又立牌坊。"这话出口，她自己都是一惊，有些恶毒了。

他沉默了一下："既然如此，你干吗那么恨你妈？我猜你将来也是走你妈的老路，嫁个小开。周游不错啊，现在先吊足他胃口，弄得他服服帖帖。女人都喜欢玩欲擒故纵，你郑小姐属于玩得出神入化的那种。站在男人的角度，我劝你见好就收，差不多就行了，别把篷扯得太足，当心断掉。不过也难讲，你做事那么有分寸，应该也没问题。少了个老爸，现在又多了个老爸，还赚个未来的老公，蛮好。别看你面上棱角分明、咋咋呼呼的，其实骨子里很会为自己打算。我挺佩服你。"

"什么意思？"郑苹看他。

"没什么意思，"他耸耸肩，"夸你呀——只要实惠，不要牌坊。多灵光。"

两人对视一眼，便立刻把目光移开。其实是不敢与对方互望，你一言我一语地，每句话都是刀刃朝着外面，轻轻一擦便能看见血光。说的时候很畅快，像把前一阵肚子里积的东西一股脑吐了出来，剥皮拆骨。及至吐出来，又觉得浑身空落落的，没有一丝力气。两人都不曾料到会从对方嘴里听到这些。那些话，完全不由自主地，蹦一句出来，又蹦一句出来。其实是把双刃刀，这边受伤，那边也在流血，两败俱伤的架势。

"我从没说过自己有多么高尚。"半晌，郑苹说了句。

"我也没有！"他忽地提高音量，倒把她吓了一跳，抬头看去，见他眼睛布满了血丝，竟红得有些怖人，那一瞬，五官也与平时不同，声音也因为绷得太紧而沙哑了，整个人似是陡地老了六七岁。他下意识地抓着头发，"我也没有、我也没有——"他重复着这句话，像是喃喃自语，又像是辩解什么。眼神定定的，眼珠动也不动。郑苹被他这模样惊得呆了，拿手去抚他肩膀。他一让，她扑个空。她停了停，又去抚，这次他不动，她触到他微颤的肩头，心里难受得很。她原本是打算在他面前做一世乖女孩的。他与她，都是一样的境遇。她看他，有时候其实像在照镜子，又像左手跟右手下棋，再怎样七拐八绕都是差不多的路数。这手棋还未落定，下一手已晓得会怎样。这些年她想起他，脑子里最先冒出的，便是"怜惜"二字。这二字通常是用在女人身上。可不知怎的，他那样高大健硕的一个男人竟会让她有这样的情感。此时此刻，更是如此。她不自禁地在他肩上拍了两下。他霍地站起来，拿过服务生端来的一杯酒，头一仰，一饮而尽。说声"我去洗手间"，转身便走。郑苹在座位上呆了半响，一抬头，瞥见邻座周游似笑非笑的目光。猜他一直关注着这边，忙把头别开。周游已走了过来。

"你是前世欠了他的，我是前世欠了你的。"他摇头。

"刁瑞呢？"郑苹岔开话题，"刚才看见你和她在跳舞。"

"给了她一张空白支票，让她随便填。"

"结果呢？"

"没要，还给我了。说爱的是我这个人，不是钱。"

"那挺好。"

"这话要是真的，母猪都会上树。"他嘿的一声。

郑苹也笑笑："看来真的要喝你喜酒了。"

"还要谈，我没那么容易妥协。"

"你爸怎么说？"

"说了，这事让我自己摆平。如果摆不平，就自己兜进。"

郑苹知道这话不假。周父待她母女宽厚，对周游却向来严苛。膝下只他一个独子，偌大的家业将来都要交给他，老派的想法，自是要多管教些。想着安慰他两句，周游已说了下去："要是我真的进去了，老头子发发功，也许只关个三五年就出来，到时候我还不到三十，生意不管了，家产也去他妈的统统不要了，照旧画我的画——你愿不愿意等我？"

郑苹怔了怔，见他一脸认真，话说得又是这般孩子气，不禁心头一酸，嘴上道："到时候你小貂蝉都出来了，哪里还有我的事？"

刁瑞走过来，朝郑苹打招呼："郑姐。"郑苹点点头，识相地走开了。听见周游在身后道"寻个地方再聊聊"，刁瑞哈的一声，不说好，也不说不好。心里叹了口气，想这世上真正称心如意的人只怕也不多，在旁人眼里，周游算得是天之骄子了，却只有她晓得，遗憾的事情不只一桩。又听周游隐约说了句"上天台聊——"，心想眼看着就是一场雷阵雨，上天台做什么。

现场督导提示郑苹上台——抽奖环节到了。

郑苹走上台，说了流程。每人的请柬后面有个号码，已统统输入电脑，依次抽奖。先是三等奖和二等奖，热闹了一番，最后大奖是一辆宝马 X6，由周父亲自抽取。他上台来，大屏幕滚动号码，他按下鼠标，又滚动了几下，落定在一个号码上。

"75 号。"郑苹道，"请这位幸运儿上台来。"

台下并无动静。郑苹又说了一遍："请 75 号的先生或是女士到台上来，恭喜您获得了大奖。"依然是无人响应。众人正纳闷间，忽见一人站起来，缓缓地走上台——正是张一伟。

郑苹不与他对视，退到一边。周父亲自为他送上车钥匙与鲜花，握手那一瞬，靠近他，轻声说了句："本来是 X3，听说你来，临时改成 X6 了。"张一伟怔了怔，瞥见周父眼镜后那道光闪得狡黠，停顿一下。"这算是贿赂吗？"他问。

"你说是，那就算是吧。"周父微笑着，示意他面向台下，接受众人的鼓掌。郑苹偷偷朝他看，见他低着头，似在思忖。X6 最低配也要百把来万，周父这礼送得不小。不由得又有些担心，怕这人现在闹将开来，那便不好收拾，忙拿起话筒："让我们再次以热烈的掌声向这位先生表示祝贺。"目光依然是避开他，倒不是为了别的，而是怕他难堪，拿着那把特制的大钥匙，在她面前下不来台，别当众做傻事才好。

张一伟到底还是拿过了她的话筒，对着台下众人：

"这辆车，明天我会开到二手市场卖掉，就当是周总托我转交给那些家属的赔偿金。"

此言一出，台下俱是哗然。与此同时，屋外传来响亮的一记雷声，使得厅里几乎一震。张一伟不再停留，径直下了台。郑苹不自禁地朝周父望去。见他笑容不变，也走下台来。郑苹又朝四处张望，没见到周游和刁瑞。没来由地有些担心，想，不会真去天台了吧。周游再怎么说说笑笑，那件事到底是有些惊心动魄的，况且又是夜里，又是天台，还下着雨，这气氛竟有些森然了。

郑苹给周游打电话，那头接起来："什么事？"郑苹问他"在哪里"。他回答："动之以情晓之以理呢。"郑苹关照："吓唬吓唬就行了，别太过分。"那边扔下一句"我晓得"，挂了。

酒会结束，客人陆续离席。周父与郑母站在大厅门口送客。张一伟独自坐在角落里，郑苹远远望着他，并不上前。他应该也是感受到了她的目光，也不抬头。两人僵持了一会儿。张一伟站起来，四处张望，应该是找他母亲。郑苹缓缓走过去。

"伯母呢？"她找个由头开口。

"大概去厕所了。"他看表，"去了有一阵了。"

"我替你找找。"郑苹说着，又朝他看一眼。他说声"谢谢"。她道"不用"。——两人客气得过了头。她去了附近的卫生间，并没看见人。又见客人已走了六七成，大厅门口也只剩下郑母一人，上前问她"周伯伯呢"，郑母回答："张一伟妈妈找他有事，两人走开了。"郑苹便有些意外，想这两人竟然也有话说。这时手机响了，接起来，是导演，说他一个包落在后台上，让她替他先收着："下周我去话剧社拿。"郑苹答应了，踱到后台，一个人也没有，拿了东西正要离开，忽听见隔壁有人说话：

"你让我放过他，不如先劝他放过我。"正是周父的声音。

郑苹愣了一下，悄悄走近，隔着一扇偏门，果然见到周父与张母站在里头。背着光，两人的脸都浸在阴影里，看不甚清。

"算我求求你，行不行？"张母恳求的口气。

周父嘿的一声："你不用求我。反过来倒是我要求你，你儿子是要把我往绝路上赶啊。"

"我求求你——我从来没有求过你吧。当年你要和那女人结婚，我一句话不说，全由得你。八年前，你撞死我男人，我也没有求你，没要你一分钱——"

"我要给的，是你自己不要！"周父打断她，沉声道，"你一个女人带个孩子，我晓得你艰难，房子给你，钞票也给你。是你自己憋着一口气，死活不要。我晓得你的心思，是存心不领我的情，把我变成个大恶人。既然如此，你生你的病，又何必让你儿子来求我？"

"什么？"张母惊讶道，"几时的事情？"

周父咦的一声："原来你不晓得。——你儿子只当我不答应，嘿，他也不想想，单凭郑苹那小丫头，能请到那么好的大夫治你的病？还有几千块钱一晚的VIP病房，上海滩那么多有钱人，多少人排着队等，怎么就单单轮到你？我也算仁至义尽了。这些年睁只眼闭只眼，他倒得寸进尺。刚才的情形你也看见了，当着那么多人的面——是他不仁在先，别怪我不义了。"

"他是小孩子，你别跟他计较。我求求你。"张母依然是恳求。

周父冷哼一声，并不回答。

张母似是哽咽了一下："是我不好，不该让他知道我们之前的事情。这孩子脾气犟，想事情一条筋，心疼我这些年吃的苦。况且他同他爸爸关系又好——"

周父又是哼的一声："怎么你没说吗？我是陈世美没错，为了千金小姐抛弃糟糠妻，这些你告诉他也没什么。怎么他爸爸的事你倒不说了？他是怎么撞到我车子的，监控拍得清清楚楚，我是顾及你，才没说的。现在你儿子反倒为这个恨得我咬牙切齿。"

"你让我怎么说？"张母哽咽道，"告诉他，他爸爸其实是碰瓷，存心讹人钱吗？你不晓得，他爸爸是多么老实巴交的一个人，我们早上卖煎饼，少找别人一块钱，他都要追上去还给人家。要不是实在过不下去，也不至于——"说到这里，她已是泣不成声。

"你不要同我说这个，"周父似是有些不耐烦，"现在我也被你儿子弄得快过不下去了——你哭哭啼啼算怎么回事，你这个女人，你不要以为这样，我就会心软。你儿子现在就是我眼中钉肉中刺，非拔掉不可。机会我给过他很多次，是他自己不识趣。"

"你——"

"好歹夫妻一场，将来你养老送终，总包在我身上便是。"

屋外又是一记响雷,震得人耳膜发疼。

郑苹怔在那里。这一天里发生的变故太多,脑筋都转不过来了。她想起周游说他父亲以前在苏北老家有个妻子,没想到竟然是张母。一场车祸撞死两个男人,剩下两个女人,一个后来嫁给了他,一个竟是他前妻。都说戏台上是无巧不成书,现实生活竟更是匪夷所思了。她还是第一次听周父这么阴恻恻地说话,背上不自禁地起了冷汗。

停了半晌,张母似是下了很大的决心:"你听我说——其实,他是你的儿子。"

郑苹闻言一惊。只听周父嘿的一声,似是好笑:"你觉得我会相信吗?"

"我不骗你。他是八七年六月生的,你自己算日子。你八六年九月最后一次回的老家,十一月就写信来说要离婚。我恨你变心,就没跟你说这事。本来想打掉的,医生说我体弱,这胎打掉,弄不好以后就不能再生——你再想想,这孩子的长相是不是像极了你年轻时的模样?"

周父不语,似是沉吟。

"你如果还是不信,就去验 DNA,这总做不得假吧?"张母急得声音都有些哑了,"——本来我想瞒你一辈子的,可今天再不说,我怕你害了自己亲生儿子。"

周父蹙着眉,依然是不语。沉默了片刻,他缓缓地道:

"你去跟他说。"

张母答应了。他又叮嘱道:

"还有他爸——你前面那个男人的事,也一并跟他讲清楚。"

张母犹豫了一下:"这又何必?"

周父嘿的一声。

"教他晓得这世界不是他想当然的模样。人跟人的边限,不是铅笔描的那种,而是水彩颜料晕染出来的,泾渭哪有那么分明:——要做我儿子,这层先要想明白。"

郑苹匆匆离开了。回到宴会厅,见张一伟还坐在那里。很快,张母走了过去,拉住儿子说话。没说几句,张一伟的脸色便变了,霍地站起来,说:"不可能!"张母又拉他坐了下来。郑苹冷眼旁观,想,换作是她,这会儿肯定也接受不了。八年前跟着母亲刚到周家那阵,她天天算着周父上班的时间才出房间,连跟他打照面都觉得尴尬。仇人一下子变成亲近的人,那感觉真是要命的。更何况那个还是他的亲生父亲。郑苹心里叹了口气,想,够这人难受一阵了。朝四周打量,依然是没见到周游和刁瑞。

"我不信,你骗我!"张一伟忽然大叫一声,起身朝外冲去。张母叫他名字,他只是不理,转瞬便出了宴会厅。张母呆坐在当地,神情委顿。郑苹停了停,上前:"伯母,没事吗?"

张母摇了摇头。郑苹给她拿了杯水,她接过,说了声"谢谢",有气无力地。郑苹细看她,与母亲差不多年纪,却似大了七八岁还不止。女人一辛苦,就显得苍老。张一伟说他母亲性子倒比他父亲更像个男人,里外都靠她操持。郑苹想也是如此。年纪轻轻便被丈夫抛弃,带着儿子再嫁,个中苦处自是难以言喻。偏偏第二任丈夫又是早逝。她一人把儿子拉扯大,便是境遇再糟,负心男人的钱她也是绝计不收。硬气如此。况且又得了绝症。郑苹想到这里,对眼前的老妇人更多了几分敬重:"伯母你坐一会儿,我去给你们叫辆车。"

一道闪电从眼前划过,即便是室内,也觉得刺眼,像一条金龙舞过。接着,啪!一个惊雷,在头顶炸开。

与此同时,听到一人惊呼:"有人被雷打中,从楼上摔下去了!"

宴会厅里顿时乱作一团,都问:"怎么回事,是谁?"众人七嘴八舌。很快,有人补充:"是两个人,一男一女,从天台摔下去了!"郑苹一惊,立刻有种不祥的预感。果然一会儿,又有人冲进来,惊惶至极的神情:"是周总的儿子,被雷劈到,这么高摔下去,人都摔脆了。还有个女的,演四凤那个,都烧得不成——"这人话到一半便打住,看见周父站在一边,顿时期期艾艾:"周总,这个,周总——"

周父脸色惨白,身体抖了两抖,强自撑着。有人报了警。一会儿,他一个随行匆匆进来,走到他边上耳语了几句。周父先是不动,嘴唇突然像抽风那样抖动起来,想说话,却又发不出声。他立时便要冲出去,被人死死拉住。他挣扎了几下,便不动了。就那样定定地站着,眼睛成了两个黑洞,完全没有神气,也不知看向哪里。半晌,整个人剧烈地颤抖起来,撕心裂肺地叫一声:

"啊——"

正混乱之际,又有人叫:"那辆车,中奖的车,撞到电线杆上了!"

众人又是一惊。还没反应过来,张母已叫了出来:"一伟、一伟——"

"人怎么样?"又一人问。

"人都从车里飞出来了。怕是不行了。"

又一道闪电划过。"啪!"雷声像是打在人的心上。把五脏六腑都要惊得蹦出来。那瞬间,郑苹脑子忽然一片空白,莫名地,手脚开始发麻。张母疯也似的冲出大厅。周父终究还是撑不住了,整个人瘫在地上。旁人七手八脚,抬手的抬手,抬脚的抬脚。郑母的声音:"掐人中——"郑苹怔怔地站在那里,傻了似的。忘了接下去应该干什么。眼前发花,只见到人在动,机械得像木偶似的。世界似是变成了黑白色,线条冷峻,简约是简约,看久了一颗心便空荡荡的。她记得有一次周游教她画素描,白布上放本书。她觉得颜色太单调,不好画。他说素描最重要就是区别黑白灰的层次感。他说,不能只盯住一个地方,否则会失衡。从桌子到白布,到书,再到书的每一页,都要连起来看,要对比着画。她依然是不喜欢,说宁可学水彩画,鲜艳些。他说:"把那些颜色都卸下来,才是这世界真正的样子。你以为这世界是五颜六色的吗?——你闭上眼睛,想一想,这世界是什么颜色?"她竟真的闭上眼睛,却被他趁机在脸颊上亲了一口。他为她画的肖像,她放在抽屉里。隔了几年,纸张有些发黄了,上面那个少女手托腮,脸朝这边,眼睛却瞧向另一边。画的右下角有一行小字:给亲爱的苹。那时她嫌这话肉麻,死活要擦掉。周游把家里所有的橡皮擦都藏起来。那天,两人闹得很欢,真像两个孩子了。

警车和救护车很快到了。三具尸体被抬走。郑苹站在一边,没撑伞，雨水顺着额头落到颈里。雷声与闪电不断，天空像在放着巨大的鞭炮，还有烟花。郑苹奇怪自己竟然一滴眼泪也没有流。就像八年前，看到父亲的尸身那刻，泪腺被堵住了似的，怎么也哭不出来。那天，她想，索性就让雷把我打死吧。又想，跟父亲说的最后一句话是什么呢，是那句"买好小笼快点回来"——从那以后，她再也没有吃过小笼。

一个小盒子从张一伟的裤袋里掉出来。郑苹捡起，打开一看，是一只金子打造的小仙鹤，大拇指那么大小，十分精巧。——刚才她对他说"不会是戒指吧"，原来竟是这个。盒子里还附了张纸条，是他的笔迹："本来也想叠一罐纸鹤的，可我这人手笨，等做好恐怕头发都白了。别人都讲心意是最珍贵的，金的银的反而俗气。我想，俗气就俗气吧，不喜欢也请你收下。等将来有机会，你教我叠纸鹤，我叠一屋子心意给你，好不好？"

郑苹看着，怔怔地，一动不动，似是痴了。渐渐地，有液体从脸上流下来，不知是雨水，还是别的什么。一张纸随风飘了过来，落在她脚下，正是《雷雨》的海报。那一众人大大小小的脸，被雨水淋个透湿，又因是抛光的材质，五官都完全不像了。俱是望着天空，哭笑都看不甚清，脸浮凸起一片，朦朦胧胧的神情——看久了，竟觉得有些可笑了。

尾声

周父与郑母离婚后，找了个老和尚，不久便皈依了。他变得话很多，逢人便说"早晓得就让他画画了，学什么生意。是我害了他，该遭雷劈的是我——"初时人们还劝他几句，见他说得多了，便也烦了，索性由他去。

警察看了那晚天台的监控录像，周游和刁瑞先是说话，渐渐地，似是吵架了，周游推了刁瑞一把，她没站稳，便到了天台边上。两人越吵越凶。忽然一个闪电，刁瑞被雷劈中，一个踉跄，便朝楼下跌去。周游上前拉她，结果两人一起摔了下去。警察由此排除他杀，裁定这是一起意外。至于张一伟，法医在他体内验出酒精含量超标，属于酒驾。

骆以达进了戒毒所。郑母每周去看他一次。郑苹问她，几时办证。她说倒不急了，这把年纪领不领证心意都在那儿。她也去看过周父。说他变了个人似的，生意也不做了，听了师父的话，要洗清前世今生的孽，全副家当都投进"怡基金"。

"唉，"郑母说起他便叹息，"白发人送黑发人。"

郑苹心想，黑发人其实是两个。

《雷雨》下档后，话剧社开始排《茶馆》，老耿演黄胖子。一次午饭后，他来找郑苹。

"我想演王掌柜，您看行不行？"他开门见山。

郑苹有些意外："这个——都安排好了，不好意思啊耿叔。"

他摸了摸头："本来也没什么，演了那么多年配角了，被人家叫千年老龙套，都习惯了，可人就是有这毛病，演了一回主角，尝了甜头，就觉得还是主角好啊，"他说着，看向郑苹桌边那部手机，"——手机修得还行吧？"

郑苹一怔："蛮好的。"

"里面的照片啊视频啊，还清楚吧？"老耿朝她看。

郑苹又是一怔。

"您别误会，我没别的意思，"老耿道，"我是这么想的，您当初让我演周朴园，也是想圆您父亲的一个梦，长相和主角、配角没多大关系，关键是演技，您是这个意思，对吧？黄胖子、刘麻子我都演了八百多回了，为什么？就因为我长得不正气，换了别人会这么想，可您不一样啊，您能让我演周朴园，就能让我演王掌柜。您就再给我一次机会。"

郑苹不作声，半晌，道："我要是觉得不合适呢？"

"那也没法子，"老耿有意无意地又朝桌上的手机看去，"您是老板，让我演什么，我就演什么，这是做演员的规矩。我规矩了几十年了，总不见得为这个就怎么样。免得将来人不在了，被人指着脊梁骨骂不仗义。人是走了，看不到也听不见，可身后的名声也要紧啊，我们中国人都看重这个。您说是不是？"

郑苹嘿的一声。

老耿继续道："您别笑话我。当初我还劝您呢，说开辟新路子也要有个度，什么角色该什么人演，都有一定路数——讲起来也难为情，都到这把岁数了，戏台上过了半辈子，以为什么都想开了，人生如朝露，富贵如浮云，谁晓得临老了，反倒是看不透了，托您的福演了回正角，竟把心思给演活了，勾出了瘾。您说得有道理，谁说主角就该长成那样、配角就该长成那样呢？天底下的人，要是一眼就能分个好坏忠奸，那岂不是成了笑话？照我说，每个人其实都该是看不透的,看着这样,其实那样。演员要能把这层意思演出来,那就是了不起——"

郑苹听着,不觉有些走神。瞥见老耿的嘴巴不停地动,久了,就有些倦意。以至于他说什么,反倒不甚在意了。窗台上那盆蝴蝶兰开得正娇,粉紫的花瓣仿佛要振翅开去,姿势摆得极好——终是个样子罢了。盛夏的午后,容易犯困,不自觉便打了个哈欠。老耿停在那里,朝她看。最后那句是"您父亲要是还在世,王掌柜必然也想演的——"

郑苹朝窗外看去,这角度正对着门口那块招牌:郑寅生话剧社。她依然是不语。余光瞟见老耿依然等着,也不催促,恭恭敬敬的——是鲁贵候着周朴园时的模样。忽然间,门开了,一人走了进来。近前一看,竟然是父亲——还是八年前的模样。郑苹顿时呆住了,一句话也说不出来,父亲也不说话,父女俩就那样互望着。一会儿,父亲转身出去,她急得去拉他衣角:"爸,别走——"父亲朝她笑笑,说了声"你好好的",依然是走了出去。郑苹想追出去,身体却似不听使唤,只是在原地,只得大叫:

"爸——"

整个人一震,双足在地上一蹬,睁开眼睛,哪里有半个人影?——原来是个梦。本想闭目养会儿神,谁知竟睡着了。郑苹想着梦里的情景,觉得脸颊凉凉的,一摸,竟全是泪水。

隔日便换了个新手机。排练时拿在手里,老耿见了,笑说:"早该换了,"又问,"旧手机呢?"郑苹说:"扔了。"话一出口,下意识地朝他看。

"新手机挺漂亮。年轻女孩子就该这样，多好。"老耿说着，那边导演叫"黄胖子"，他应了一声，上场了。

郑苹走到窗前。街边的梧桐开花了，萼片状的浅黄色花瓣微微卷曲着，从楼上往下看，仿佛铺满整条马路。美得清雅，毫不张扬。为这干巴巴的城市添了几分趣致。让人看了便觉得舒心。仿佛随那尖尖的花瓣一起生长出来的，还有些别的什么。